降王小麻妃

Xiang Wang

XiaoMaFei

杜子藤 著

江西高校出版社
JIANG XI UNIVERSITIES AND COLLEGES PRESS

图书在版编目(CIP)数据

降王小麻妃 / 杜子藤著 . —南昌:江西高校出版社,2012.10
ISBN 978-7-5493-1529-1

Ⅰ.①降… Ⅱ.①杜… Ⅲ.①长篇小说—中国—当代 Ⅳ.①I247.5

中国版本图书馆CIP数据核字(2012)第230618号

降王小麻妃
杜子藤 著

责任编辑	邱建国 陈启辉
美术编辑	杨 青
排版制作	邓娟娟
出版发行	江西高校出版社
社 址	江西省南昌市洪都北大道96号
邮政编码	330046
总编室电话	(0791)88504319
编辑部电话	(0791)88595397
发行部电话	(0791)88517295
网 址	www.juacp.com
印 刷	北京民族印务有限责任公司
经 销	全国新华书店
开 本	890mm×1240mm 1/32
印 张	9
字 数	270千
版 次	2012年10月第1版第1次印刷
印 数	1~8000册
书 号	ISBN 978-7-5493-1529-1
定 价	19.80元

赣版权登字-07-2012-995

目录 CONTENTS

目录 CONTENTS

第一章

诡异穿越成痴凤凰

出老千之前，我随旅行团去了一趟哲蚌寺观光。待我把脑袋伸进阴风阵阵的墙洞里，看着那面据说能照出自己前世今生的魔镜，一不小心许了个可能会引发天怒人怨的愿……

人倒霉起来喝口凉水都塞牙缝，老娘不就手气背，见兜里的旅行经费所剩无几，玩麻将的时候出了下老千，结果就很不巧地被人发现还很暴力地遭到追杀了。

我勒个去，怎么跑到男厕所里来了，咱生来什么沟沟坎坎没迈过，第一次被这么不痛快地逼上了绝路。

“闷骚千，别以为你躲在厕所里我就拿你没辙！你们把门给我撞开，我非剁了她的手不可，敢在我的地盘出老千！”那八婆的怨念好重啊。

他奶奶的，我什么时候才能摆脱他们？我心酸酸的，望着厕所里比巴掌大不了几分的透气窗真想哭：那群王八蛋简直是没人性，连条活路都不给我留，竟然把窗户封得严严实实！

老天啊，你现在打雷劈死我，下人民币砸死我算了，我不想活了，要是我没有了双手，今后还怎么嗑瓜子打麻将啊！

我听着门外很有节奏的撞门声，突然感到肚子难受，想方便一下。眼下什么办法都没必要想了，面对这个封死的空间，我所有的聪明伎俩根本就无施展之地。

反正横竖也是死，肚子又胀痛得难受，不如方便之后再说。于是乎，我用拖把把厕所的大门卡死后，便脱掉裤子坐在马桶上。

突然我听见头顶似乎有谁轻笑了几下，周围的空气也莫名其妙地颤动，形成气流旋涡。

我一阵愕然，浑身哆嗦了一下，还没搞清楚刚才那种错觉是不是自己撞邪了，就发现身体很诡异地突然间缩小，手和脚都没有了知觉，身体里似乎有什么细微的东西正在被分解。

然后，我那缩水的身躯不受地球万有引力的影响悬浮在了半空中，被一股无比强大的旋风吸进了马桶里，又顺着白花花的水流冲到了黑沉沉的地底，撞在了一个又硬又尖锐的东西上。脑袋顿时传来一阵剧痛，我便什么都不知道了。

也不知过了多久，当我从昏迷中醒过来时，首先映入我眼帘的，是用稻草和木条编织而成的两扇稻草门。

我顿时就蒙了，半晌才转动眼珠子左右瞄了瞄，发现四周都是稻草，而我正坐在一个陶瓷罐上，罐子里装的全是粪便。奇怪的是，我身上还披着一件分明是古时候才有的衣裳。

我怀疑自己是不是神经不正常了，赶紧把眼睛给闭上，然后再睁开，再然后就像弹簧一样猛地从罐子上站了起来，抬起手重重地往自己的胳膊上拧了一下。中枢神经传来的痛感顿时让我泪流满面，这绝对不是在做梦啊啊啊……

"砰——"我身前的两扇稻草门不知被谁很用力地推开，吓得我条件反射地坐回马桶，抬起头愣愣地看着走进来的小姑娘。对方差不多有十四五岁，穿着浅蓝色有点像韩服又有点像唐朝宫女服的衣衫，着实让我震惊了一下。

小姑娘走到我身边，一把将我从"马桶"上提了起来，掏出粗糙的草纸对着我的屁股就是一阵蹂躏，嘴里还唠叨着："今天是第十次了，难道先生这次加重了药量？等回头跟崔妈妈说说……"

这究竟是什么情况啊？我坐的马桶实际上是时空穿梭机？

我纳闷，头也涨痛得厉害，眼前到处是飘动着的雪花点儿，身子骨尽是跑过马拉松过后的酸胀感。我努力回忆着自己究竟是怎么来到这儿的，就想起出老千躲在厕所里面的事，难道我真的是被马桶冲过来的？

我赶紧仔细嗅了嗅全身，发现衣服上并无异味。这时，那小姑娘突然把我给放开了，然后自顾自地蹲在罐子前，从地上捡起一根棒子伸到罐子里面搅啊搅的。

"静儿小姐这次的排泄物居然是黑色的，好像还有绿色……"

这小姑娘的做法让我这个资深抗雷人物都被雷得差点内出血，真看不出来她还是女中豪杰，对排泄物有着这么崇高的精神，居然乐颠颠地正分析着粪便的成色，这是哪国人啊？

我浑浑噩噩地走上前去，拍了拍她的肩膀，开口说话，却发现自己的声音很稚嫩："喂喂，你是哪国人啊？是棒子思密达，还是高卢雄鸡，或者东洋鬼子？"

小姑娘浑身一僵，缓缓转过头来盯着我，像见了鬼般脸色骤然一变，黑眸内闪过惊恐、惶惑和紧张的神色。

"用不着被吓成这样吧？现在又不是晚上，我也没有拿着手电筒从下巴往上照自己的脸，也没有阴森森地对你说，吾对排泄物也情有独钟……"

我的话还没说完，小姑娘猛地站起身，双手一推，完全不管摔倒在地的我就朝着一旁跑去，口中直呼着："老爷……三夫人……祖宗显灵啦……静儿小姐能……好像能正常说话了……静儿小姐……她、她、她……好像不傻了……"

我眼睁睁看着这小妮子像踩了滑板一般逃得无影无踪，这才反应过来要去追她，却不小心绊了自己一跤，屁股着地痛死了，脑袋里也嗡嗡乱响。我猛然想起真正导致我来到这个世界的罪魁祸首其实是：

出老千之前，我随旅行团去了一趟哲蚌寺观光。待我把脑袋伸进阴风阵阵的墙洞里，看着那面据说能照出自己前世今生的魔镜，一不小心许了个可能会引发天怒人怨的愿，大概内容是如果真有前世的话，希望本尊能以一种特立独行的方式，穿越回前世吃遍天下美食，泡尽天下帅哥……

然后就是我意外发现本次旅行经费超支，迫于经济压力出老千被人发现，逃到厕所想从窗户跑走，结果……

我勒个去，本大小姐真的回到自己的前世了！早知道会有这种机遇，我之前就该多学习下历史知识，掌握点造飞机、大炮、火箭筒的技能，然后打造俊男后宫……

想到此，我施施然从地上爬起身，大口大口地喘着粗气，一边拍着身上的灰尘，一边思索着刚才那个小妮子究竟在说什么。突然一个老妈子打扮的美妇人从一旁走了过来，撞入我的视线里。只见她一身白色素服，绾起的发髻中插着几朵明艳娇美的菱花。

她静静地杵在那儿，一双水汪汪的大眼睛中，柔情纷涌，而嘴角微微上扬似是有什么喜事般。

我呆了呆，见她一直不说话，就犹豫着开了口："嗨，美女，你忙不忙？不忙的话，给我讲解下这是哪个时代如何？"

我的话一说完，那美妇人不知受了什么刺激，两眼一翻四肢一伸就倒在了地上。不会吧？这也太不给面子了，说抽风就抽风？

我赶紧走过去，伸手拍了拍美妇人的脸蛋："美女姐姐醒来，美女姐姐快点醒来啊，再不醒来我就脱臭袜子捂在你的鼻子里了哦。"

我说出这么有威胁性的话语，美妇人却还是没有一点反应，我只能狠下心用大拇指去掐她的人中。不一会儿，美妇人就从昏迷中苏醒了过来，直起身子一把将我抱住，低呼着："我的静儿真的恢复神智了，静儿真的恢复神智了……"语调轻柔中带着一丝惊喜和忧伤。

美妇人的举动实在太惊人了，我惊异地瞪大了眼睛，只觉自己的头皮有些发麻,心跳也不受控制地开始加速起来。

美妇人放开我,热泪盈眶地说:“静儿不要怕,我是太高兴了,才会落泪……”美妇人说完扬唇一笑,捧起我的脸亲了几下,吓得我紧紧地咬住嘴唇,脑中顿时蹦出“此女疯了”的字眼。

“你不要动不动就抓着我又亲又啃的,我跟你非亲非故,你当我是玉米棒不成,叫你不要亲我啦!”我挣开她的身子,毫不客气地大声说道。

美妇人一阵惊讶,两眼立马黯淡了。

我沉默着。

许久,美妇人见我额上虚汗直冒,好像很难受般,这才回神急急忙忙从怀里抽出带有淡淡兰花香气的白色绢帕为我擦拭,目光又变得如水般温柔起来:“虽然我不知道方才静儿你在说什么,但是见你说话如此顺溜,看来你的病真的恢复得差不多了。”

我说的话她居然听不懂,难道我脑残了,需要补脑去?不过她的话,我也听不懂。

美妇人浅笑,继续道:“慕容先生所配之药乃至寒至毒之物,我还担心若加重药量你会挺不过去的,但现在看来,是我静儿福大命大……”

福大命大?我眉头轻蹙:“美女,你说的话我真的一句也听不懂,你还是别说了,先告诉我你是谁吧?”

我话音一落,美妇人的眼神突然又黯淡了下来,双手抓着我的肩膀,一脸失望地摇晃着我,速度快得可以把人搞成脑震荡了。

“静儿,我是你娘,我是你娘啊,你怎么连娘都想不起来了?”

我一惊:“虾米?”

美妇人一脸的茫然:“什么?”

我忙改口:“你是我娘?”

“是啊,难道静儿你真的什么都不记得了?”

我拼命点头,被美妇人的身份雷得不轻。她跟我的年龄看起来相差无几,但实际上她是我的老妈?我风中凌乱了,趴地不起浑身抽搐,打算装失忆,就听见美女老妈低低地说道:“唉,也罢,慕容先生说了即使你能恢复神志,也会对人对事,没有一点记忆。”

这么说来,我就不用装失忆了?我赶紧一整面容,可是对眼前的美女老妈暂时亲热不起来,干脆直截了当地问道:“我是谁啊?”

美女老妈不知道是没有听见,还是压根就无视我的问题,自顾自地说着自己想说的话："静儿恢复了神智，理应先去见见你爹。但是眼下时候也不早了，就直接去大厅跟大娘、四娘还有你爹一起用膳吧。今儿你爹不用上朝，你可以跟你爹多说说话。"

话音一落，美女老妈脸上，露出了一抹好似春风拂面的笑容。

我却郁闷了，我连自己是谁都没有搞清楚，就突然要见这么多人，还要跟对方一起吃饭。而且我这一世的爹会是怎样一个人呢，如此风流，娶了四个老婆，果然够强大。

我无奈摊手。

"来，跟娘走。"美女老妈无视我脸上的表情，牵着我的手，把我带到一间古色古香的房里，然后她对着外面喊了一声："崔妈妈，秋菊，进来给静儿梳洗。"

话音一落，一个老妈子打扮的人和先前见到的那个小姑娘就捧着一叠衣服和一个铜盆从门外走了进来。老妈妈将我从美女老妈的手中牵走带到一旁，动作又轻柔又熟练地将一件翠绿色带小白花儿的衣衫穿在了我的身上，然后在我胸前系上一根红色的丝带，最后又罩上了一件雪白没有一根杂毛的银狐皮短袄。

我恍恍惚惚地伸手摸了摸身上的银狐皮短袄，觉得好舒服，应该是真皮的吧？这种服饰还真是奇怪，我庆幸不是拖着金钱鼠尾的满清，不然我会崩溃的。

我咂舌，任由崔妈妈牵着手来到妆台前坐下，心想着要是这个地方的情形不好帅哥又少的话，我可不可以 CRTL+Z 回归现代？眼睛朝面前的镜子一望，只见镜中的人儿一副病秧秧的样子，洁白的面颊上一层乌色，我忍不住"啊"地叫了出来。崔妈妈老脸刷地一下变得惨白，放下手中的白玉花木梳，惊慌地跪在地上对美女老妈说："三夫人，静儿小姐她……"

美女老妈赶紧走了过来，伸手拍了拍我的肩膀，叫我不要淘气。然后，她拿起梳妆台上的梳子，一边为我梳着长长的秀发，一边对崔妈妈说："没事没事，崔妈妈你快起来，是静儿太高兴了，十几年没有开口说过一句话。"

美女老妈说话真是幽默，怎么可能会是那样，我只是被镜中的自己给吓到了，因为那根本就不是我。

我一个吃了二十五年膨化食品的人，突然间缩水变成了一个只有十三四岁的幼女，而且这一世我的相貌跟在二十一世纪的完全就是天壤之别，让我一时之间很是热血沸腾啊。

这真的就是我的前世吗?

十指尖尖像白嫩的茅草芽,皮肤白润像脂膏,眉细如蚕蛾触须,牙齿排列整齐而又亮白,笑起来一双大眼睛就像两弯月亮,再配上厚重的齐刘海和娘梳的发髻,简直让我觉得自己脱了胎换了骨,有种飞上枝头变凤凰的感觉!

美女老妈满意地望着镜子里的我,歪着脑袋比我还自恋地欣赏着,说道:“我的静儿好美,跟其他小姐比起来,简直让人无法小瞧。”

“是啊,静儿小姐一直都很美,长得就跟三夫人一样,若不是静儿小姐以前是个痴儿……”话说到这儿,崔妈妈乐呵呵地笑出声来,把后面的话给带过了。

美女老妈听崔妈妈说自己女儿是痴儿也没生气, 反而跟着笑了起来,看样子两人之间的感情很好嘛!

我无奈地摊了摊手,想着刚才美女老妈说要跟什么大娘、四娘吃饭来着,肚子就有点饿了,便起身跟在她的身后朝着门外走去。转念一想,自己是不是应该先搞清楚这里是哪儿,现在是哪个朝代,于是我伸手扯了扯美女老妈的手,望着她乐呵呵地笑道:“娘,这是什么地方啊? 你一定要告诉我哦。”

美女老妈微微一怔,蹲下身温柔地抚摸着我的脸颊,曼声说道:“这是唐府,丞相府啊。”

“丞相府? ”意思就是说我爹是丞相? 而唐府,那我的名字应该就是唐静喽? 这下子我总算弄清楚自己的身份和名字了。

我勒个去,唐静,多么恶俗的名字。还好不叫唐泡菜,不然我连死的心都有。

“静儿。”美女老妈柔声呼唤我。

“嗯? ”我眨了眨眼睛,望着她。

她说:“你现在的病才刚好,不宜多动脑,什么都不知道没关系,等你身子完全康复之后,娘再一一告诉你。”

我看着美女老妈眼里的那抹怜爱,感激地点了点头,屁颠屁颠地跟在她的身后来到一间很大的屋子。

里面原本细细碎碎的交谈声随着我跟美女老妈进入的那一瞬间都突然停了下来,大伙齐刷刷地把目光转向了我。

这场面太严肃了,一家人见个面吃个饭搞得就跟开会似的,造孽啊,鄙视所有利用眼神来制造紧张气氛的人。

第一个就是坐在左边穿着红艳艳衣衫的女人,瓜子脸,丹凤眼,年龄差不多有三十来岁,梳着流云髻,戴着玛瑙做的珠花簪,妖艳得让人不能忽视她的存在。我的字典里,小三一般都是这样打扮的。

而她旁边还坐着一个十三四岁的小姑娘，那姑娘长得跟她妈妈一样漂亮，可惜的是她那双眼睛却有着和年龄不相符的深沉，姑且就先叫她深沉妹吧。

深沉妹直直地盯着我，直到我停下脚步她才把目光收回，跟着她的娘亲从椅子上站了起来，向我的美女老妈以及我福了福身，脆生生地说道："给姐姐请安。"

美女老妈笑了笑，算是回应，然后对正前方的两张太师椅上坐着的一男一女福了福身说道："老爷，姐姐，我们来晚了，请恕罪！"

紧接着，一屋子的仆人齐齐下跪。脸庞逆着光，我看不见他们脸上的神色，只听他们口呼："给三夫人、静儿小姐请安。"

我万分惊讶，这么大的阵容还是第一次见到，难道他们每天都要这样请安吗？

我伸手抹了一把额上飙出的一排虚汗，心中忐忑地偷偷瞄了一眼坐在前面的两人。

男的不过就四十岁，肤色黝黑，满脸风霜，双目藏神，一身深蓝色的贴身长袍，头戴黑纱宽沿幞，有种卓尔不群的神威，一看就是个厉害的角色。

女的身材微胖，显得很富态，高高的发髻上戴着蝙蝠金簪，两侧用翡翠承托。本来我没有理由不爽她的，但是她那张樱桃小嘴，所用的粉色唇彩让我有种想自戳双目的冲动，于是我当场就赠了她两个字：雷母。

"静儿！"爹那一阵洪亮的嗓音，在我完全没有一点心理准备的情况下突然响起，我倒吸了一口凉气，惶恐地将目光移了过去望着他，心中止不住地埋怨：爹，你老是想叫人还是准备吓死人啊？只见他对我招了招手，示意我过去。

我不敢，不知怎的心里有点怕这个爹，总觉得他像我那阴晴不定特难伺候的顶头上司般，特别是他那双唬人的眼睛很是阴森恐怖，吓得我一下子退到美女老妈的身后躲了起来。

美女老妈用手轻轻地拍了拍我的肩膀，轻声慢语地开导了我一番："静儿别怕，他是你爹，快叫爹啊。"还牵着我的手往前走了两步。

我眉头轻蹙，心想叫一下又不会怀孕，于是弱弱地喊了出来："爹……"

爹听了好生欢喜，呵呵笑了起来，伸手拍了拍我的肩膀，一连说了几个好，然后说道："只要静儿的病有起色，爹就放心了。"

坐在爹身旁的大娘眼色一转，笑吟吟地强行插入，开口说："都说雾春谷的慕容先生医术高超，现在看来果然名不虚传。静儿如今吐字清晰，看来这病是完全康复了。”

爹把双手交叉在胸前，口气一下子严肃起来：“那是，慕容先生乃前朝宫廷神医，不可小觑，静儿的病如今好转，我看子逾的病应该也会有所起色！”说完，他将目光越过美女老妈的肩头望向远处，也不知在想什么，一副陷入沉思的样子。

我愣在一旁，神情恍恍惚惚好似未睡醒般，也不知是错觉还是自己太过敏感，老觉得有一道犹如碧水波光般流转的目光盯着我瞧，可是我又捉不住，诡异的感觉让我心神也顿时变得不安起来。

这时，大娘的目光突然斜了过来，咯咯地笑着说：“静儿的病好了，我看差不多也是时候安排先生教静儿识字学习诗词歌赋了。”

我皱眉，心想学什么诗词歌赋啊？我堂堂丞相千金又不行街乞讨，要学就学实际点的东西嘛，比如说武功这类的，最好是轻功。我已经做好不能回二十一世纪的心理准备，打算在这儿找个帅哥嫁了，学好了武功，今后万一我跟老公发生口角，我还可以仗着自己一身绝世无双的武艺，让他铭记顺我者生逆我者亡的道理。

我正想跟爹提议我的好办法时，却瞧见他老人家端起红木雕花茶几上的茶盏，慢条斯理地饮了口，道：“学习诗词歌赋固然是好，但唐家乃书香门第，礼数方面可不能给人落下话柄。”话说到这儿，他将目光转向了美女老妈，语声甚是温柔：“静儿大病初愈，不免对府上的人有些生疏，而她一直都在你的身边，性情、习惯你比任何人都要了解，这事就交由你来做吧。”

美女老妈缓缓抬头，笑嘻嘻地福身回应。

大娘见状，渐渐敛了脸上的笑容，眼角眉梢处浮起了一丝不屑和鄙夷的神色，但面上却有些讪讪。这顿时令我心中十分的不爽，也当下明了美女老妈在唐府的地位。别人都说什么寂寞深宫中的女人是最可怕，我倒想说，普通人家里女人多了一样的不太平。恐怕，今后我行事得悠着点了。

我无奈叹气，伸手扯了扯美女老妈的衣袖，刚想问她什么时候可以吃饭，眼角的余光就瞧见一个下人打扮的男人，从门外急急忙忙地跑了进来，跪在地上说道：“老爷，陈将军跟世子前来拜访，说是有要事商议。”

爹的脸色顿时一沉，将手一扬，说道：“有请。”随后，他起身对各位夫人说：“你们先各自回房吧。”

爹的一道命令下来，谁也不敢说不，大伙就各回各的住所，早膳由仆人送到房里。

这正合我的心意，见过爹跟大娘和四娘，混个脸熟就行了，真要跟她们一起吃饭，我会觉得很不自在有种被强奸的苦逼感，大娘的眼神和妆容一直让我很是不顺眼。还是我的美女老妈好啊，就跟朋友一样，完全没有压力。

我一边喝着粥，一边和美女老妈聊天，这才知道这个世界有四个国家，东面是东域国，西面是西域国，北面是北域国，南面是南域国。而我所处的地方是东域国最繁华的锦城，也就是现代人所说的首都。

美女老妈说，锦城可繁华了，遇上节庆会很热闹，不仅有烟花还有很多花灯跟耍杂技的，特别是过年那会儿，会看见宫里的礼炮大师做的飞龙在天，那是最美的。

呃……飞龙在天是什么，我还真没见过也很期待。不过东域是哪个朝代啊，我虽然历史不好，但还能略略记得唐宋元明清的历史背景，可东域就从来没有听说过，难不成这是一个异时空？

天啊，我需要消化一下，便放下手中的筷子托着腮，望着雕花棂子窗外飘落的粉色花瓣。

美女老妈在我耳边详细地介绍着丞相府里的重要人物。

我爹叫唐博清，不知是仇人太多，还是真的很倒霉，三个孩子中没有一个是正常的，而且还死了一个老婆，排行老二。

大娘叫殷缃兰，是东域齐帝刘咸姑爷家的外侄女，皇后的姨妹。本来大娘生了个女儿，可惜那孩子不足月就病死了，后来她由于想控制体重常年只吃含纤维的食物，导致不孕，所以爹娶了二娘李馨媛。

二娘为爹生了一个儿子叫唐子逾，只可惜二娘命薄头胎就难产，宫中御医保得住孩子却保不住二娘。爹当时很伤心，但没过多久心伤就好了，抱着子逾开心得合不拢嘴，摆了三天三夜的流水宴。子逾长到十一岁，跟着爹去郊外狩猎时遇上了山贼，被刺伤了双脚的筋络，从此便不能自由行走，宫中御医束手无策，被爹骂得狗血淋头。

四娘董琳彩生了个女儿叫唐婉，也就是我的深沉妹。平日里唐婉不怎么说话，也没见她怎么笑过，或许是我对她的不了解，总觉得她是个很阴沉的人。

接下来就是我的美女老妈——陈咏艺。

她生了我，但是这一世的我天生弱智不说，还又聋又哑。好在吃了大半辈子的药，病情有所好转，慕容先生就让我爹加重药量，结果搞得我上吐下泻在茅厕里拉稀，拉完之后一切疑难杂症都好了。

这丞相府里还有四个得宠的丫鬟，分别是春桃、夏荷、秋菊、冬梅，平日里很少见到她们,她们都呆在各位夫人的身边。

听到这里我忍不住嘻嘻一笑,丫鬟我是没什么兴趣,对那个叫唐子逾的人倒是起了一丝好奇心。刚才在大厅没有见着,现在倒想去看看子逾到底长什么样,便起身朝院子里走去,却突觉胸前空荡荡的像少了什么。

毕竟人家在二十一世纪穿惯了塑形内衣,突然间穿肚兜还真有点不习惯,况且我头上还戴着繁复的假髻跟发簪,压得我整颗脑袋都要低到埃及去了。不过呢,还好这个地方的人都不用裹脚,我感到很幸运,什么古人都喜欢三寸金莲,我总觉得那是古代人没事找虐受,让身体自然成长不好吗?

"静儿,"美女老妈来到我身边,目光中带着些许的疑惑,"你要去哪儿?"

我伸了个懒腰,嘴角微微上扬:"我想在院子里走走。娘你放心,我不会有事的,你忙你的去吧。"

美女老妈犹豫了一下,将目光转向天空,见今天天气不错,就叮嘱了我两句:"你大病初愈,不宜太过劳累,可别走远了。"

我轻描淡写地说:"娘,我知道了,你放心吧。"

美女老妈嫣然一笑,转身回房继续做她的女红去。

我站在门外回望西苑那幽静的花园,薄雾缭绕下假山和凉亭忽隐忽现,给人疑似登上仙境的错觉。墙角有几棵梅树,香气幽馥,使我忽然想起王安石的那首《咏梅》,墙角数枝梅,却怎么也想不起后面的便略过了,用手指拨弄着腰间的丝带朝院子外走去。

这唐府可真大,我跟美女老妈住在西边的西苑里,大娘住在东苑里,二娘死得早,所以住在南苑里的是子逾,而北苑是四娘的。

可是我出了西苑,就有点分不清东南西北了,到处都是暗香袭人的梅树,也不知道该往哪个方向走。顺着长长的走廊没走多久,前面出现一道圆形的拱门,上面刻着"春晖园"三个大字。

我赶紧往前踏了一步,站在石梯上将自己垫得高高的抬目向里望去,内面山石突起,流水从山间蜿蜒而下,四周点缀着花儿,简直美妙极了,我心里暗叹,这会不会就是陶渊明所说的世外桃源呢?

这么想着,我心中欣喜若狂,唇边挂着一抹灿烂的笑容疾步往里去。花海中竟然还有一座长亭,亭下是错落有致的拱桥,桥下还有一群群锦鲤在水里游来游去,激起一圈圈涟漪向四面八方徐徐地荡开。

恰巧这时,一阵暖风刮过,带来一段缥缈绵长的笛音,婉转悠扬……如午后的艳阳照在肌肤上,带着微甜的花香味,充盈了整个唐府。

这般优美不带任何浮躁的笛音，我还从来没有听过。循着笛音往前行去，瞥见一个衣着华丽，大概有十七、八岁的男子手中捏着一枝梅花，慵懒地斜倚着身后的枝干，目光望着湖水中游动的鱼儿，耳朵却似在静静地聆听着笛音，透出一种让人难以接近的气息。

我没听美女老妈介绍府上有这么一个人的存在，也懒得向对方打招呼，便直接将对方无视掉从他身侧走过，笛音却在这时骤然停止。

我微微一愣，扭过脑袋左右瞧了瞧，除了身侧的男子之外并无其他人存在，但是我能肯定刚才不是他在吟笛。

我静默了一瞬，将视线转移到对方身上，在唇边挂上很有礼貌的微笑，询问道："嗨……刚才你有看见是谁在吹笛吗？"

男子缓慢地转过头来，缄默不语地凝视着我，那目光在湿润的水雾中迷离而又荡漾。我的脸霎时抽住，心也变得不平静起来，暗暗惊叹：这个男人长得真是太太太太太帅了。

对方也直直地盯着我瞧，瞧得我脸颊一阵发烫，浑身很不自在，但是我的一双眼睛却无法从他身上移开，跟着了魔般，谁叫他长得实在是太帅了呢。

他有着古铜色的肤色和俊朗的外表，穿了一件用白色丝线绣着鳞身脊棘的蛟龙劲装，邪魅的性感非常抢眼。

他那如绸缎般在阳光下闪着光芒的发丝，束在头冠中，头冠的两侧垂下两根绣着团云图案的带子，随着四周刮过的风，缠绕着他的长发如柳絮般飞舞起来。

其实这些都是其次，要知道人都是靠衣装的，而这位帅哥最吸引人的地方，还是他那双乌黑深邃的眼眸。那眼眸，仿佛一个磁场，让人一不小心就会沦陷进他的世界里，变成一具无法思考的空壳。

看到这儿，我就有种快招架不住诱惑的感觉了，他实在是太高贵太冷艳太帅了，害我的心里都开出了一朵花儿来，也不知这帅哥整日在大街上抛头露面的，会不会引来一阵阵腥风血雨啊？

我心中阴暗地想，先把这只妖孽收了吧，然后再盖座行宫把他安顿在里面。等哪天我在这个世界玩腻了有想结婚的冲动，就在行宫里挑选对我最好、长相最帅、最有本事的男人跟对方云游四海去。

敢情我的大脑皮层竟然这么诡异？

我无奈地耸耸肩，犹豫着用何种方法上前与跟帅哥搭讪时，却赫然发现这么一件事来，就是帅哥看我的那个眼神，很不对劲，冷酷之中似乎还掺杂着厌恶与不屑……

我完全摸不着头脑，但是对方的跩样，硬生生地把我从花痴他，掰成想抽他了。

我瞪他："你是不是活得不耐烦了，竟然用那种眼神瞧着本姑奶奶？"

帅哥不语，嘴角扯出一抹若有若无的笑意，直起身子向我走来，带动一簇晶莹娇嫩的花瓣，随风盘旋飞舞。

他每走一步，脚下都发出一阵轻微的细响，好似在警告我死神正在逼近般，他的眼神也始终冷冰冰的。

"我问你话呢，你嘴不利索吗？"我撇嘴不悦道，心中涌起一种怪异的感觉，"你是从阴沟里跑出来的生物吗，不说话不怕会被憋死呀？"

帅哥依旧不语，可是快要接近我时，他却突然停下脚步，犹如鬼魅附身般抬起右手缓慢地向我伸了过来，修长的手指以一种戏谑的方式拂过我的下颌，令我想起毛茸茸的爪儿。我躲闪不及，只能任由他的手指一直往下游移，滑过我的颈项，停留在我的锁骨上摩挲着。

我顿时就呆了，他刚才还讨厌我来着，现在摸得还挺起劲儿的，这男人是中邪了还是精神失常？

"喂喂喂，施主，万恶意淫为首，你摸什么摸啊。你还是剁了吧，内心老是隐藏着这种邪恶的想法是不对的。"我说，用目光瞥着他的手，给他暗示。

这帅哥挺会装二的，始终不说话，嘴角反而扬起了一个魅惑的弧度，四周明媚的光影一下子变得朦朦胧胧起来，使人神智恍惚间生出了一丝旖旎的遐想。

我微微向后缩了缩脖子，心下暗自揣测：他到底想干吗？他究竟是什么人？他跟我很熟吗？难不成是我这一世的姘头，但是他为嘛又要厌恶我呢？很多很多的疑问宛如隐藏在土里的树根般，纠结缠绕在了一起乱成一团麻让人难以理清。

我眉头浅皱，暗忖古代人不是都挺保守的吗，这帅哥老是摸我，就不怕我露出悲催苦逼的表情赖上他吗？

正想到此，帅哥突然眨了眨眼睛，嘴角不知不觉间逸出一丝高深莫测的笑意，而那摩挲着我锁骨的手指，在我完全没有一点心理准备的情况下，很突然地开始往上游移，猛地一下卡在了我的脖子上。

"咳……"他什么人啊，当真打算掐死我？

第一次感受到人们口中所说的那种"逐渐降临到自己身上的恐怖"，小心肝也跟着猛烈地跳动了一下，脸上露出一副“惨了”的表情。

我越是呻吟，帅哥脸上的笑容就越是残酷，连同眼神也变得好冷，犹如一块寒冰。而且他的力气大得惊人，完全不像一个十七八岁少年该有的，简直大得快把我给掐闭气了。

我脑中顿时一片混乱，使出浑身的力气拼命挣扎着想要离开他的束缚，又希望自己能发出一丝声音来呼救，召集一群妇女用胸器来杀死他。只可惜，当我张大嘴巴想喊话时，喉咙犹如吞下了一团火一样，黏膜都粘在了一起发出火辣辣的刺痛，呛得我十分的难受，脑中顿时闪过曾经看过的一部电影中的某个情节，赶紧伸手扣住对方的大拇指，向前压去。

帅哥手指一吃痛，力道顿时减弱了不少，我便趁这个空当提起断子绝孙脚就向他胯下踢去，一脚踹在了他的命根子上，可是力度不够，比蜻蜓点水只重那么一点点而已。

但是人家帅哥脸上的表情，瞬息间变得无比愤怒起来，身形猛地一转，松开了掐住我脖子的那只手，用双手护住要害，脚尖轻点湖面，落在我左侧的一棵树下。

我呼哧呼哧地喘着粗气，想以百米赛跑的速度离开春晖园，找个地方藏一藏。

然而我全身像被抽走了力气般，一点劲儿都使不上来，只能有气无力地靠着身后的枝干，缓缓地把头抬起。待自己呼吸通畅了，才睁大眼睛瞪着对方，小心翼翼地观察着他的一举一动，随时提拳准备对他一顿猛揍。

帅哥此时眉梢一扬，半眯着眼眸，露出一副饶有兴趣的表情，漫不经心地勾了勾薄薄的唇，冷言道：“真是遗憾啊，你若真的就此死掉，小王或许会喜欢你一点点。”

这帅哥的话令我内心不断抓狂，目光不屑至极地道：“你丫个小畜生，到底是什么人，胆敢在丞相府里如此猖獗，仗着自己有几根手指头就欺负我这个小女子。你是缺心眼，还是舒坦的日子过腻了，想被姑奶奶蹂躏？”

帅哥唇角浮起讥诮，不屑地看着我，好像恨不得我立马从这个空间消失掉一样，也不回答我的问题，继续吐出他想说的话：“不过，现在也不迟，快去死吧！”

“死?你长这么大个脑袋，就成天只会想着死死死死吗?自己做错了事，还不给别人道歉，张嘴就死死死死死死的。你看你看，还跟我瞪眼，你了不起啊。”

“你——”帅哥涨红了一张脸。

我决定了，不给他说一句话的机会，因为我打不过他气也要气死他，于是我打断他的话道："你什么你，你头脑简单四肢发达，你除了会欺负女人你还能干什么？说你两句就不高兴，想跟我比谁的眼睛瞪得更大吗？"

话音一落，帅哥彻底怒了，身形突然一展，不疾不徐地向我走了过来，好像下了一个决心，一定要掐死我似的。我猛地一阵哆嗦，无比怨念于自己怎么会遇到如此彪悍的货色，身子不由自主地向后退去。

我挠着脑袋东张西望，希望能在短时间里找到有用的东西来作为武器跟帅哥对抗。陡然瞧见一棵梅花树的枝丫长得不高不低，正巧我伸手能触到，我便赶紧把枝干拉了下来，如弓般弯曲着。

帅哥脸色微微一变，斜睨了我一眼："想反击了？"

我撇了撇嘴，挺起胸膛连眼睛都不眨一下，但是我的心里真的非常非常非常的愤怒，誓死非把他掐我脖子险些让我闭气的这笔账记上不可，有朝一日一定要加倍奉还！

"你觉得呢？都说狗逼急了会跳墙，更何况是人被狗逼急了！如果你不想被我用树枝摧残的话，你就快给我滚出丞相府去。"

"噢！听说你终于不傻了，如今一看果然属实，倒是恭喜你了，"帅哥瞳孔一缩，脸上的神情阴晴不定，"但不知怎么却变得更讨人厌了，特别是你那副嘴脸。你还是快点从我眼前消失吧！"

我勒个去，这位哥们儿的话永远都是冷笑冷讽冷嘲，我也不知自己走了哪门子的狗屎运，一出西苑就遇上这厮。看他那目中无人的样子，没准这人的专长就是那种无事生事，小事变大事，大事变祸事。

不过话说回来，经过刚才那事之后我倒有点怕他，但是我绝不会束手就擒，即便是死，老娘也要啃他一口。

我手一松，那根被我弯曲成弓形的枝条，如同脱手的长鞭朝着帅哥斜斜地打了下去，带起一阵劲风，惊得枝上的叶片如展翅的蝶悠悠地在风中飘曳。

哪知这时，春晖园的门外传来了一声"放肆——"犹如滔滔江水，来势凶猛，震得我耳膜直发痛不说，整颗心都跟着猛地颤了一下。

作孽啊，这都是些什么人啊，金嗓子吃多了吗？我怒了，将一双足以召唤出地狱火焰的双眼转向身后，想看看究竟是谁，胆敢阻拦我修理人？结果一道剑光，很突兀地从我眼前闪过，在空中盘旋三匝威猛至极，朝着枝条直劈而去。只听"咔嚓"一声，枝条应声而断，断枝如陀螺般旋转划出几弯弧光向帅哥逼近。那千钧一发间，一个大约三十五岁穿着灰色长衫的大叔，如旋风般而来，一下子抓住了那根断枝。

我看得不禁呆住，那大叔脸上充满了“忧国忧民”的神态，要是塞把羽毛扇给他，他完全可以直接上《三国》剧组去演诸葛亮了。

大叔走到帅哥的身前，毕恭毕敬地询问他：“世子，未受惊吧？”

帅哥满面乌云，抿唇不语，目光紧紧锁在我的身上。

我顿时回神，心中忍不住把对方叽叽喳喳地骂个昏天黑地后，才一整面容将眼波一转望向身后，瞧见爹他老人家从一米远的长廊上走了过来。

但是他却不看我，一直注视着帅哥。

丞相老爹好样的，我俩一起用眼光射死他。

我赶紧跑到爹的身边，爹侧头瞥我一眼，神色显得很古怪，也不知他在想些什么。只见他目光中露出沉吟之色，半晌才对帅哥说：“小女年龄尚幼蠢钝，不知事，加之大病初愈未学礼数，方才若有得罪之处，还望世子见谅！静儿还不赶快给世子认错道歉？”

“要我向他道歉？”我的避雷针太弱，经受不住雷度太大的话，“爹，你是带了烤地雷来的吧？”

“静儿——”爹一阵怒吼。

我也跟着怒了，虎啸狼嚎道：“我又没错，我为什么要道歉，我只是对某些自作孽的人小惩大诫而已。”

“你……”爹眉头紧皱，脸色微变，四周的气氛陡然变得紧绷起来。

“不必了，方才之事小王根本就没有放在心上，”帅哥脸色突然一变，竟然严肃起来，“眼下时候也不早了……关于官粮被劫一事，就等明日上朝之后面见了圣上再作商议，小王先行一步，不再多做打扰，告辞！”帅哥哇啦哇啦把话一说完，转身就走了。

大叔望着他的背影，重重地叹了一口气，目光落在我的脖子上，心中似是觉得帅哥的所作所为太禽兽不如，摇头道：“世子平日里再怎么稳重，但到底也只是个十八岁的孩子。看来他一直对三年前的事，耿耿于怀啊！”

第二章

温润如玉子逾哥哥

“嗯?”我被他浑厚而又低沉的嗓音唤醒了神智,木讷地抬起头看着他的面孔,心中又是一震,真不敢相信眼前的男人竟然就是我的哥哥!我的意识都被震停顿了。

三年前？原来我跟帅哥在三年前就认识了。不过三年前究竟发生了什么呢，我很想询问大叔我跟帅哥之间到底有何渊源，但是，一旁的爹还在怒头上，一直没有表明态度，我怕会火上添油，不敢发话。

许久，爹一整面容，伸手捋了捋颌下的长须，轻叹了口气道："静儿，回西苑去。没有我的允许，今后不得踏出大门一步。"

听完这话我神色如常，反正能不能踏出西苑大门对我来说倒也无所谓，我察觉到，爹在外人面前有心想保护我，但不想做得太过明显。西苑是女儿家的闺房，即便那个被称为世子的贱人想再找我麻烦，也不能随便进入。

我便垂下头去低声嘟哝着："是，静儿先回西苑。"

"嗯。"爹沉沉地应了一声，不再言语。

我赶紧退下，一面往西苑的路走去，一面撕下一截裙摆，围在脖子上，想遮住被帅哥掐得青一块红一块的脖子，以免我的美女老妈看见，拉着我问长问短。突然听见一阵呵呵呵的笑声，紧接着就是大娘的声音：

"还是傻了好，不傻就闯祸！"

这不明摆着是在说我吗？

我眼里闪过一抹怒色，垂着脑袋回了西苑，遇见前来找寻我的美女老妈，她眼眸里充满了担忧的神色。

她拉住我的手，左瞧瞧右瞧瞧，见我毫发无损才松了口气，可是眼泪却比话语来得还要快，扑簌簌地直流。

我纳闷她怎么老是哭，要是去二十一世纪演苦情戏，绝对不用带眼药水了，说不准还能拿奥斯卡呢！我略略沉吟了一下，才开口问道："娘，你怎么又哭了？"

美女老妈摇了摇头，牵着我的手往暖阁走去，坐在罗汉床上，伸手摸着我的发髻说："刚才娘听人说，你跟世子起了冲突，娘很怕……现在看到你平安回来娘就放心了。"

说起这个人，我的厌恶之情就溢于言表，我问道："娘，那个世子是什么人啊？”

美女老妈眼神复杂地看着我，不慌不忙地说：“他是康亲王的儿子刘文轩，你将来的夫君。当年你爹在你刚出世时，给你定下这门婚事……”

“额滴个娘啊！”我瞳孔骤然一缩，从床上站了起来，只觉得自己的眼睛，睁得都快掉出来了。

我也瞬间醒悟，原来刘文轩……噢，我不能这么亲昵地称呼他，得给他起个绰号才行，但一时半会儿又想不出个新颖的，索性就叫他小刘子吧。

原来小刘子与我订了娃娃亲，虽然像他这么一个有权又有势的男人，应该不愿娶一个傻妞成为自己的原配，但是这也不能构成他想杀我的动机吧。

我的钢化玻璃心有点乱乱的，脸色也微微泛白。

美女老妈抿了抿唇，眼中闪过一丝失望，接着又闪过一丝期盼。她像在思考着什么，一会后，拉着我的手，让我坐下又继续道：“不过后来这门婚事，因为世子不喜欢，再加上你的病就给取消了……而且……”

“而且什么？”我催促道，觉得美女老妈应该知道大叔所说的三年前的事。美女老妈有些迟疑，沉默了很久才问我：“你还记得旭贤吗？”

旭贤又是谁？我摇了摇头，美女老妈就接着说：“旭贤和世子是从小一块长大的好兄弟，当年旭贤怜惜你的病情，似有爱慕之意所以常来唐府做客。有次他约了世子去郊外狩猎，那时你就中邪了似的非要跟去，谁知出了意外，旭贤为了救你断送了自己的性命。从那之后世子跟你之间的关系就变得十分的微妙。”

好囧，原来小刘子杀我，是想让我给他的兄弟陪葬！

“静儿，若你跟世子之间的误会能解除，续上这段姻缘，那真是件好事，只可惜……事隔了这么久，世子好像都难以释怀。”

听完这话，我扁了扁嘴说：“娘，你知道什么是家庭暴力吗？就刘文轩那种大脑进过水的人，以后嫁给他的女人，八成不出三天就会被他揍得生活不能自理。所以，我这么贤良淑德、温柔善良、人见人爱、花见花开、才貌双全、德才兼备又足智多谋出淤泥而不染的人，如果死在了刘文轩的手上，全世界的人都会哭的。”

美女老妈用略带迷惘的眼神望着我。

我努力无视，继续说着自己想说的话：“娘，我跟你说，我这种打着灯笼都找不着的好人，要是真想嫁人了，那么就让我自己去挑选，嫁给我喜欢的男人。像刘文轩这种人渣中的极品，还是留给其他女人好了。”

我估计美女老妈总共也就听懂了我一两句话，她说：“静儿，婚姻之事因遵守父母之命媒妁之言。这是老祖宗定下的规矩，可不能依着你的性子来。”

“规矩？娘你知道吗，规矩是死人定的，但我们是活的，所以我们不能按照死人的思想来做事。他们懂什么是自由恋爱吗，懂什么是离婚吗，懂什么是GAY吗？”我自问自答，“他们懂个毛！”

什么父母之命，媒妁之言啊，想这些古代女子，十五六岁连恋爱都还没谈就要被父母嫁掉，甚至还不知道自己未来老公的品性怎样爱好是什么。若遇上小刘子这种人渣，这一辈子就完了，还不可以离婚。每天窝在巴掌大的房间里，不是刺绣就是弹琴，不是吟诗就是画画，多么枯燥而乏味啊！我唐静要嫁就嫁给自己喜欢的人，而且，我还要开辟一片女人的天空，将她们从男尊女卑的封建思想里面解救出来。

这话我说得倒是雄赳赳气昂昂的，但是我要如何解救她们呢？我皱着眉头想了许久，不一会儿觉得用脑过度，躺在床上竟然睡着了。还做了一个噩梦，梦见小刘子那厮拿着剑来追杀我，场面十分的惊险残暴。

次日，灿烂的阳光洒满了丞相府，几只雀鸟像定了时的闹钟，立在枝头上叽叽喳喳地叫个不停。

我伸了个懒腰，走下床打开房门，一股梅花特有的香气顺着一缕暖风钻入，使我精神倍儿爽。门外，秋菊和崔妈妈不知在长廊上等了多久，只见她俩捧着衣衫跟铜盆，见我开了门便向我请安，然后为我梳洗打扮，引着我来到大厅。

远远地，我瞧见美女老妈坐在雕花红木桌前，等着我一起用早膳。

我赶紧加快脚步走了过去，坐在她的身边。我端起还冒着袅袅白雾的茶盏啜了一口清茶，突然想起一个事儿来，问道：“对了娘，我需要向大娘还有爹请安吗？”

“娘已经去过了。你现在病尚未痊愈，所以暂时不用去请安。”美女老妈一边为我盛着粥，一边说道。

我微微颔首：“那你们聊了些什么？”

“也没什么，就是跟大姐聊了聊这个月四房的开销。”

“这样啊……娘，我们叫爹来和我们一起用膳吧。你看看这一桌的菜，我们哪儿吃得完，再说一家人就应该坐在一起吃饭啊！”我冲美女老妈眨眨眼。

美女老妈稍稍迟疑了一下道：“这事儿以后再说吧，你爹今早到南州去了，估计后天才能回来。对了静儿，等会儿用过早膳，娘教你做女红，你看如何？”

“好。”我欣然答应。

等我用过早膳，拿着针线和丝绸，才发现自己根本不是这块料，没绣几下十根手指头就被针扎得鲜血淋淋的。我内心极度纠结，暗叹刺绣原来也是个技术活啊。

美女老妈见了心疼，眼眶竟不知不觉有些红了，安慰我道：“静儿不会女红就算了，没什么大不了的。等静儿以后出嫁时，娘让秋菊随你一同过去。秋菊手巧，在丞相府她的女工若称第二没人敢称第一。”

“是三夫人太抬举奴婢了，奴婢的女红也是跟三夫人学的，三夫人可是锦城第一巧手。”秋菊嘴角噙着笑，一边说，一边绣着花。

美女老妈不语，似乎突然想到了什么，转过目光望着我道：“静儿，不如娘教你学作诗吧？”

我更不是那块料，韵都押不来，还作诗。盗取唐宋元明清那时候的诗，装下诗人还差不多。

美女老妈见我不喜欢也没兴趣学，便含着一丝温柔的笑意安慰我道：“静儿，没关系，女子无才便是德，不用沮丧。”

我点了点头，觉得美女老妈真好，好得下一秒就开始要教我画画了。

我皱紧了眉头，实在是感到心有余而力不足啊，打小我美术六十分已是最高分数了。

但女子总得有一门特长吧？

“那学弹琴如何？”

美女老妈怎么那么喜欢让我做一些我不喜欢的事情呢，我想吐槽得很，但是她对我真的很好，而且眼下她又一副兴致高昂的样子，我也不好意思再说没兴趣了，只能点头。

美女老妈眼底光芒四射，很欢乐地转过目光望向一旁的秋菊：“秋菊去房内把琴和琴谱取来。”

“是。”秋菊放下手中的活计，向美女老妈福了福身就离开了，没过一会儿拿着一把古琴走了出来放在案桌上。

美女老妈走上前去，手指轻挑琴弦，给我讲述弹琴过程中应该注意的诸多问题，比如手型、如何识谱、手指功夫、节奏等等，举手投足间尽显她浓浓的母爱。

“学琴不仅仅是学会弹奏那么简单，它和人的心灵是相通的，静儿你懂吗？”

“懂。”我歪着脑袋，笑嘻嘻地说。

“那静儿先从这首曲子学起。”美女老妈指了指琴谱上一首名为《鞠奏》的曲子。

我点了点头，随便弹了一段，美女老妈脸上的表情顿时骤变，她惊异地感慨道：“静儿……你……我的静儿果然天资聪慧，初次学弹琴就能将琴声和心境掌握得如此之好。”

我讪讪地笑了笑，不好意思告诉美女老妈其实我作弊了。要知道，我小时候可是有上过少年宫学弹琴，我那二十一世纪的老妈还希望我将来能成为一名教师来着。

我心神不免黯然起来，好想念二十一世纪的老妈，还有我的爱车、我的床、我的宠物小黑，想着想着华丽丽的悲伤就逆袭了我的心坎。我一阵鼻酸，手指也不由自主地挑起琴弦，将和平之月的那首《望乡》弹奏了出来。

低沉的琴音，如同连绵细雨，把空气都侵湿了，透出无限的惆怅。

恰巧这时，我神思缥缈间，骤然听闻一阵笛声从远处传来，也不知是谁竟然用笛音来为我的琴音伴奏，将那种伤感发挥到了淋漓尽致。我怕自己会忍不住哭出来，赶紧停手转过目光，正想询问美女老妈这笛音是谁吹奏，愕然发现她已泪水盈眶，似是被方才的琴笛之音所感染。

我轻轻蹙眉，手指无意识地绞着垂落在肩上的一缕青丝，问道：“娘，你知道是谁在吹笛吗？”

“是二爷。”美女老妈伸手用衣袖擦拭着眼角的泪珠说道。

我微愣，待情绪平静了一些，才开口又问：“二爷是谁？”

美女老妈露出一个笑容，轻启嘴唇，轻柔地说：“是子逾。”

我挑了挑眉梢，想起上次本来说去拜访子逾，结果遇见了世子刘文轩这个瘟神，现在正好没事，不如去见见这个哥哥。这么敲定主意之后，我便对美女老妈说：“娘，自从静儿的病好了之后，也没有见过哥哥。静儿现在想去看看哥哥，可好？”

美女老妈摸了摸我的青丝，浅笑道：“去吧。静儿以前被病魔缠身时，就和子逾走得比较亲近，常得到他的照顾，如今病情好转，也是时候去看望下他。”

得到美女老妈的允许，我便让秋菊引路，可人还没有走出房门，东苑的两名丫鬟从外面盈盈走来，向美女老妈以及我福了福身道：“三夫人，静儿小姐。”

美女老妈点了点头，脸上的笑容未减，道：“春桃来西苑不知有何事？”

“下月就是赏花大会，大夫人想了解一下各房的才艺准备得如何了，特派奴婢过来邀静儿小姐前往东苑。”叫春桃的丫鬟说。

美女老妈下意识地瞥了我一眼，忧心忡忡地道：“静儿的病虽然如今已康复，但智力还达不到十四岁。”

话说到这儿，她顿了顿吁了一口气又接着说：“我看就不必去了。”

春桃颦眉道：“三夫人，可是大夫人说了静儿小姐必须去，明年此时静儿小姐要举行及笄之礼，若错过了今年这次机会，就得等后年了。”

我听得莫名其妙，也不知美女老妈在担心什么。只见她听完春桃的话后，眉头顿时皱了起来，一脸欲言又止的表情。

我不忍心见美女老妈如此焦虑，也听不惯春桃那丫鬟咄咄逼人的语气，一激动就想上前抽她几耳光，警告她好生说话，别没大没小的。

但顾忌到美女老妈在场，她心软不喜欢这种勾心斗角的事情发生，我唯有压下心头的怒火，说：“娘，赏花大会肯定有很多好吃的东西很多好看的杂耍吧，虽然静儿无才亦无德，不过也很想去看看。眼下大娘要了解大家的才艺准备得如何，我们也不能让大娘久等，我过去看看妹妹和哥哥的才艺也好啊。”

“静儿……”美女老妈抬眼看向我，眼神闪了闪，脸绷得紧紧的。

我扯了扯嘴角，走过去拉住她的手，告诉她不必为我担心，她眉目间的那一丝忧虑才渐渐消失。

“静儿，那你自己说话谨慎点！”

我没回话，只是点了点头，然后跟着春桃走了出去，绕过长廊来到东苑。刚入花园便瞧见一个穿着白衫的男子以背相对，坐在木头做的轮椅上，欣赏着满园的梅花。

此时，一阵暖风吹过，四周的梅花如雪般轻盈地纷飞着，宛如无数只蝶，伴随着他黑发上的绸带在风里轻舞着。四周的光影都变得朦胧起来，像罩上了一层薄雾，竟显得有些梦幻。

我望着男人的背影，暗自思量：他应该就是唐子逾吧。我身旁的春桃也看见了他，立马走过去福了福身道：“二爷。”

果然是唐子逾！

我轻启嘴唇，正犹豫着要不要喊他，他转动轮椅的轮子，以缓慢的速度转过身来。我还没有看清子逾的五官，心中就莫名其妙地被一种柔软的东西所触动，激起一波波暖流从心底淌过。

好奇怪的感觉，我从来都不曾有过。我有些惶恐，目光也不敢跟子逾接触，只得飞快地把头垂了下去。

“静儿。”

“嗯？”我被他浑厚而又低沉的嗓音唤醒了神智，木讷地抬起头看着他的面孔，心中又是一震，简直不敢相信他就是我的哥哥。

眼前的人，青丝三千束于白玉冠中，身穿锦绣对襟长袍，腰系丝绸宝带。

他皮肤白皙，五官清秀雅致，恍若未染风尘的君子。那一双像朝露在阳光下透着清澈迷人光芒的眼睛，让人只需瞧上一眼就觉得他很有亲和力。他一笑，腮上露出两个酒窝，着实迷人，整个人完美得像先生笔墨中毫无瑕疵的美少年。

如此俊美又不失温柔的男人，我想即使他双腿不能行走，还是会有官家闺秀喜欢的吧！

正想到此，我就瞧见子逾抿唇一笑，用一种饱含深邃意味的眼神看着我，随即伸手前来摸了摸我的发髻。

他定定地瞅着我，柔声道：“如今见你的病情好转，我就放心了。”

我垂下眼睑，忽然忆起爹那日在大厅所说的话，不禁浅笑道：“嗯，所以哥哥只要每天按时服下慕容先生开的药，很快就能行走了。”

子逾苦笑，语调有点伤感地道：“我此生能不能行走，倒也无所谓，这种清闲的生活是所有人都向往不来的。”

听完这话，我便沉默不语了。

子逾倒是并不在意，又开口说道：“方才听见西苑有琴声传来，不知是不是三娘又作了新曲？”

我愣了五六秒的样子，才用力地点点头，眼角的余光恰巧瞄见唐婉从门外走了进来。

她衣裙飘飘来到我跟子逾的身边，十分勉强地挤出一个笑容，喊了一声：“二哥，三姐。”那声调里夹杂着一种陌生，让人完全听不出一丝温度，就好像在背台词一样，囧死我了。

“二爷、三小姐、四小姐，大夫人已在里面等候多时了，请各位前往内厅。”一个穿着蓝色衣衫的丫鬟从屋里走了出来，说道。

我们不敢怠慢，直接往里面走去。

布置幽雅而又不失华丽的内厅里，大娘面无表情地端坐在太师椅上，气势十分的逼人，我们都不敢抬起头直视她的眼睛，她要的就是这种效果吧？

她闲闲地跷着兰花指端起茶盏轻吹了一口茶沫，说道：“都到齐了？那我就说说今年下个月的赏花大会。"语气里夹着一种不爽，好像是因为我们姗姗来迟的缘故。

厅下鸦雀无声。

子逾和我都是一副来打酱油的表情，但唐婉就不同了，显得十分的紧张，连垂在身侧的小手都紧握成了拳头。

我替她感到可怜，小小年纪就要面对这么强悍的女人。每天在她的眼皮底下生活，不得病也会时常抽风吧！

大娘轻挑媚眼，继续道："你们到时候绝对不能丢了我们唐家的脸面，让皇后失去面子。要知道这次的赏花大会，太子和各位殿下以及亲王世子们都会前去，若有个什么闪失，唐家的脸面今后往哪儿搁？"

厅下依旧鸦雀无声。

大娘双眉一扬，道："婉儿，锦城里能跟何小琴的琴艺一决高下的也只有你，你如今可有作新曲？"

"回大娘，有，曲名叫《追月》。"

"噢，弹来听听。"大娘话一出口，站在她身旁的春桃立马递了一个眼神给其余的几位丫鬟。那几名丫鬟点头转身，从帘子后面取来古琴，放在了琴桌上。

唐婉徐徐上前，从我身前走过时，我瞧见她眼神闪烁得厉害，虽然表面上强装淡定，但是却难以遮掩心底的慌乱和那不断膨胀的恐惧。

这就好像硬逼着一个小学生去参加高中考试似的，知识还没提升到那个程度，哪儿行啊！我暗暗地为唐婉捏了一把汗，神色平常地扯了扯嘴角发出低若蚊蚋的声音，道："加油！"

唐婉猛地转过头来，带着一脸的困惑瞥了我一眼，嘴角抽搐了几下却没有发出一点声音。然后她坐了下来，手指轻挑琴弦，悦耳的琴音从她的指间流出……

前半段还不错，让人感觉满园梅花随风飘动，一轮圆月高高地挂在空中。可是到了后面，就显得杂乱无章，宛如从万丈悬崖一直泻下，一直泻到了一个死潭里，无法翻身了。

大娘脸色也由晴转阴，柳眉紧皱，眼底露出恨铁不成钢的神色。她手掌重重地拍在案桌上，然后将上面的茶盏挥了出去，茶水全泼在了唐婉的脸上，吓得唐婉整个人哆嗦了一下。

"任何东西都学而不精，我养你来做什么？如今赏花大会迫在眉睫，你拿什么才艺去跟别人比？"大娘一脸不满地斥责，吓得唐婉赶忙离开琴椅跪在了地上，做声不得。

我微微蹙眉，望着唐婉那娇嫩的脸庞上，眼泪潸然而下，那梨花带雨的模样，令我起了一丝恻隐之心。我将垂在身侧的双手握了握，正想上前发话，却没料到子逾伸手前来一把抓住了我的胳膊，用眼神示意我不要惹祸上身。

“去年你在棋赛上一败涂地，让你爹颜面无存，今年你还想重蹈覆辙吗？你娘难道除了教你不三不四之外，就没有教过你才艺方面的东西？”

这话说得真是难听，虽然唐婉非她所生，但也该留点面子吧。用毒辣的语言把人攻击得体无完肤，有意思吗？真是缺心眼，欠抽！

而眼下，我也实在是看不下去了，扬声道：“大娘，我记得有句话是这么说的，胜败乃兵家常事，胜了不必张狂，败了也该拿得起放得下。”

“……”大娘僵住。

我抿了抿唇，淡淡地瞥了一眼子逾脸上略带吃惊的表情之后，才转回目光盯着大娘瞬息间变得十分难看的神色，微微蹙起了眉头。

我不怕她，继续说道：“琴棋书画这种东西，本来就只是用来休闲和娱乐的，何必拿来攀比呢？那些喜欢拿这种东西来打压别人的人，都是群品性低下的人。表面上才高八斗自以为自己有多了不起，实际满肚子的坏水，私底下也不知道有没有烧杀抢掠坑蒙拐骗呢。如果我们跟他们较劲儿，只会沾污我们的高贵和纯良。所以，还请大娘不要为了这种小事大动肝火。”

“这话是谁教你说的？”大娘眼波一转，眼神犹如脱弦之箭，气势逼人地向我射了过来。

我毫无惧色地与她对视。

“哦，我想起来了，你娘那张嘴最会说话了，当年若不是靠那张嘴，怎进得了唐府的门？”

大娘身份高贵是皇后的姨妹，只要比她矮一截的人，在她眼里都十分的卑微。这话我可不爱听，也不知道她老人家的脑袋瓜子里装的是什么，一家人还搞排斥，就不怕传出去丢人现眼的吗？我真想搓炉石回二十一世纪去，这个家太令我失望了。

我眨了眨眼，顾虑到她大娘的身份，就不拿她来当炮灰，只低低地道：“静儿在这说了什么话惹大娘不高兴，还请大娘饶恕，不要把怒火以及话题转移到别人的身上。”

大娘脸上霎时闪过一种受辱的表情，冷笑，起身来到我的身前扬手一巴掌就想打下来。

我怎么可能让她打，一个闪身躲开，冷冷地看了她一眼，道："大娘，你这一巴掌打下来，要是静儿的痴病复发，爹从南州回来问起，那可如何是好？"

"你？"大娘惊讶地睁大了眼睛，紧咬着嘴唇，眉宇间充满了急躁。

这时，一直在一旁沉默不语的子逾突然开了口："静儿一直被病魔缠身，如今好转却难免不明事理口无遮拦。大娘也别跟个小孩计较，罚她去静思斋面壁思过便是了。"

大娘缄默不语，眼瞳半眯着。

唐婉低眸，神色不明。

子逾将嘴唇抿成了一根沉默的线条，一脸的黯然。

我眉头微蹙。

我们四个人就这么立在各自的领域里，各自想着心事，气氛瞬间变得微妙起来。

许久，大娘很不耐烦地看了我一眼，脸色冷冷地道："就依子逾说的，静儿去静思斋面壁思过，没到用膳时间不得离开。都散去吧。"

"是。"

我不语，咽了咽积压在喉咙里的口水，一脸平静地离开了东苑的大门，正准备随春桃去静思斋，却听见子逾的声音从后面传来。

"静儿。"

我怔了一下，满脸疑惑地转过头去望着他。

他眉峰轻蹙，说了一句："那个……"之后又有所犹豫似的，慢悠悠地瞥了我一眼才继续道，"记住，以后千万不要再顶撞大娘，不然下次不见得就有这么好的运气了。"

我默然不语，暗暗叹了一口气。一路上想着子逾是太过软弱还是太有孝心，不知不觉就到了静思斋。

我打量着空荡荡的房间，除了有一尊刷了金漆的菩萨，以及几个蒲团，一张案桌和椅子之外，一点像样的东西都没有，难怪会叫静思斋了，要是有个尼姑或者和尚坐在蒲团上叨念着南无阿弥陀佛就更像斋院了。

我坐在一旁，趴在案桌上望着墙壁发呆，也不知过了多久，由于坐姿不对，导致脖子一阵酸痛，我直起身子正想伸个懒腰，只见窗外已残阳如血。我略微算了一下古代的时间表，差不多是时候回西苑吃饭了，就起身准备离开。

可是我一打开房门，瞧见春桃杵在外面，笑盈盈地对我说："静儿小姐，还未到用膳的时候。"气得我"砰"的一声甩上大门，震得整个静思斋的雕花窗棂一阵摇晃。

好在过了半盏茶的时间，春桃就在外面扯着嗓子说:“静儿小姐可以回西苑了。”

我心里这才暗暗地舒了一口气，一溜小跑回了西苑。

秋菊见了我，一边催促其他人去厨房把饭菜呈上来，一边拉着我问东问西。我觉得奇怪，在心中稍稍犹豫了一下，问道:“我娘呢？”

秋菊愣了一下，目露惊慌之色，闪烁其词地道:“夫人啊……夫人……说有点不舒服就先安寝了，让奴婢告诉静儿小姐，用完膳之后就回房休息，不宜操劳。”

听完这话，我心中涌起一股不祥的预感，脑海里蹦出来各种奇怪的想法。我在心里询问自己，是不是自己想得太复杂了？可是，不管美女老妈再累再忙每天都会跟和我一起吃饭的。

我记得她曾说过:“能跟静儿在一起的时间，越发觉得短暂了，明年静儿举行及笄之礼之后，就会离开娘的身边。”我心里感到很不安，立马放下手中的筷子，扔下一句:“我去看看我娘。”

正往里走，却被秋菊硬生生地用身子挡住了，可是她的目光不看我，活像我脸上长满了痤疮，惨不忍睹一样。她吞吞吐吐地说:“静儿小姐，夫人她现在已经休息了，你这一去不是打扰到了夫人的美梦吗？”

我扫了她一眼，心里越发不安起来，觉得今天西苑的人好奇怪。她们越是拦着我，不准我进去见我的美女老妈，我就越想进去，最后干脆伸手推开秋菊，推开挡在美女老妈房门口的崔妈妈，轻手轻脚地走了进去。红木雕花床外的纱幕都被放了下来，将床团团围住，使我看不清楚床上的人。

不过见美女老妈好像真的睡了，我才松了口气，用舌头舔了舔嘴唇，犹豫着要不要将她叫醒，让她用了晚膳再睡，不然会得胃病的。突然听见一种很奇怪的声响，像是美女老妈在床上剧烈扭动，震得木头发出吱嘎吱嘎的声音。

“娘？”我喊了一声，站在原地没有走上前去。

但是床上的人却一阵沉默不语，我心里充满疑惑，轻咬了一下唇，皱起眉头犹犹豫豫着走了过去。掀起纱幕看见美女老妈将整个身子都裹在被子里，似是很冷般，身子止不住地颤抖着。

我大惊，汗毛都竖了起来，立刻冲了过来坐在床边拉扯着美女老妈身上的被子，问道:“娘，你不舒服吗？不舒服我们去看大夫，你可不要为了省几两银子，把小病拖成大病啊！”

“没……”美女老妈说,声音很微弱,“娘就是觉得有点冷有点困而已,静儿你先回房去吧。”

我没有答话,心中感到诡异无比,手中的力道也加重了一些,猛地将美女老妈身上的被子拉开。一瞬间,我整个人犹如被雷劈了一样,冒出一身的冷汗,连同呼吸都快要停止了。

这真的是我的美女老妈吗?只见她那白得跟窗户纸一样的脸上,纵横交错着鲜红的手掌印,嘴角边还残留着血迹。她的目光有些涣散,表情极其痛苦,一头黑色的秀发凌乱地散落在肩上。我都快认不出这个人,就是我那美丽又温柔的娘亲。

她重重地叹了一口气,眼泪像断线的珠子,滚落了下来。

我吸气,感到自己的眼眶灼热得难受,不知不觉间眼泪就滚滚地流了出来。“谁干的?难道是大娘,她为什么要这样做?”我愤怒地问道。

美女老妈沉默不语着。

这时,崔妈妈和秋菊从门外走了进来跪在地上,眼眶一红,哽咽着说道:“静儿小姐,一个时辰之前大夫人将夫人叫去东苑,斥责夫人教女无方,说夫人身份卑微乃小小县令的女儿,若不是当年施展浑身妖术,靠着……”说到这儿,崔妈妈的情绪太过激动,像再也说不下去了,一个劲儿地抽搐起来。

我痛惜地看着美女老妈,猛地将手指抽紧,感到指甲陷入皮肉,手上传来了一种刺痛才松开,心中却无比愤怒地暗骂着:大娘,你打我美女老妈打得很嗨皮嘛,总有一天,你要让你知道,钢铁是怎样炼成的。

我压抑着激荡的情绪说:“娘,我这就去……”

我的话还未说完,美女老妈突然一把抓住了我的手,打断我的话语:“静儿,不要……不要去找大娘……”声音中透着一种慌张和害怕。

紧接着,一旁的秋菊也跪着走过来一把抱住我的腿,呜呜咽咽着:“静儿小姐不要,千万不要啊。静儿小姐你若是为夫人好,以后就不要去招惹大夫人了,东苑的人我们惹不起的。夫人从小身子骨弱,经受不住这般折腾……”

我感到疑惑和奇怪,她俩这是干吗啊,我可没有想过这么明目张胆地去找大娘算账,我只是想去拿药亲自为美女老妈敷脸罢了。要知道眼下的情形大娘她是奈何不了我,却能控制住我的美女老妈,不管我犯了什么错,对美女老妈的局势都会不利,所以我不会那么蠢,搬起石头来砸自家人的脚。

“静儿,”美女老妈望着我,像咽下了什么似的,但嘴角却隐隐带着一丝幽怨,“今日之事就忘了,我们都是一家人,不要有隔夜仇,知道吗?”

我蹙眉不语，美女老妈不禁心急，额上也沁出细细的一层薄汗："静儿你倒是说话啊，你性格就跟你爹一样，嫉恶如仇，是不是要娘跪下来求你，你才肯答应？"

美女老妈越是逼我，我就越是说不出话来，怔愣了许久才开口道："好好好。娘，你说什么就是什么。"然后，我转过身，吩咐秋菊去把药取来。给美女老妈敷了药，见她躺在床上睡着，我才悄悄地离开。

可是这一晚，我却怎么也睡不着，在床上翻来覆去……翻来覆去……

都说古代的女人，命运坎坷曲折常受人支配，今日一见果然如此。

经过这件事之后，我也终于发现自己不能老是对任何事都无所谓的样子，至少也该为我的美女老妈做点事！为避免自己那刚烈的性格，牵连到整个西苑里的人，我只能先耐住性子，扮演淑女，接受丞相千金接下去的命运。

我暗中观察过大娘，发现她这人不仅嚣张跋扈，还是一个腹黑高手。唐府上上下下的人，惟恐避之不及。最讨厌的是，她人前人后还是两张脸，唯独爹在家时，才能看见她母爱的那一面。并且，她这个人最善用的把戏不是将她皇后姨妹的身份摆弄出来吓唬别人，而是总防不胜防地搞突然袭击，譬如说动不动就抽查大家为今年的赏花大会所准备的才艺。

不过每次轮到我就直接跳了过去，连瞄都不瞄我一眼。

不瞄就不瞄呗，省得我转动脑袋瓜子去盘算怎么躲过。

而平日里，我无聊实在找不到事做可打发时间，就跟着美女老妈学刺绣、学画画，或者去南苑找子逾，让他教我吟笛、下棋。这苦闷的日子使我顿悟：人TM都是被逼出来的。

日子就这么晃悠悠地过着。

第三章

祁连山下祭祀遇匪

我摇了摇脑袋，浅浅一笑，表面上装作没什么一样，轻描淡写地说："世子跟旭贤真是兄弟情深啊。"心里却暗自思量：小刘子也会去祭奠旭贤？本姑奶奶正愁着上次那笔旧账不知该如何找他算，今日就算他倒霉了。

转眼到了三月，那日，阳光如水般清澈。

我老早就起了床，连早膳都没顾得上吃，便跑到院子里，蹲在花坛边看前段时日埋在土壤里的红豆。红豆经过昨夜一场春雨的浇润，今儿已冒出了嫩绿的新芽，使得我整个人都变得有活力了。

崔妈妈拿着小铲子从一旁走了过来，脸上表情淡淡的，跟我说道："到了明年四、五月份，这红豆差不多就能开花结果了。静儿小姐，你也别怪老奴多嘴，这种植物种植在院子里，总觉得不太好。"

"有什么不好的，不是都说此物最相思吗？"我还等着明年结豆子的时候，摘几颗送给看得上眼的帅哥。

后半句话我在心底嘟囔完之后，贼贼地笑着往屋内走去。

崔妈妈跟在身后，清了清嗓子说："据老奴家乡人说，豆子是情人泪水落在树下，难以化解，最终凝结而成的，暗喻爱情难以圆满，最终只能将相思寄托在红豆上。而明年此时就是静儿小姐举行及笄之礼，夫人和老奴都希望静儿小姐能找个好婆家，和姑爷一起白头到老。"

"白头到老？"我皱了皱眉头，"我也想啊，不过女人的容貌经受不了岁月的摧残的，何况我也不知道什么时候能碰上自己喜欢的人。"

我话音一落，崔妈妈脸上的表情像被冻住了一样，许久才缓和过来，摇了摇头道："静儿小姐要用膳吗，老奴现在去为你安排。"

我呵呵一笑，点头之际忽然发现桌上有个竹编的篮子，里面装满了上坟用的东西，不禁感到奇怪，连忙把崔妈妈叫住："崔妈妈等一下，这个……莫非今天要去给祖先祭祀？"

"不是给祖先，是给旭贤少爷，今天是他的忌日。"崔妈妈转过身来，微微颔首，轻声道，"静儿小姐跟旭贤少爷关系一直都很好，每年这个时候都会跟夫人一起去祁连山为旭贤少爷上三炷香。不过方才夫人跟大夫人还有四夫人去寺庙给老爷祈福去了，静儿小姐等会儿用过早膳，就由秋菊和周总管陪同前去。"

“……”囧里个囧。

虽然如今已进入春天，但是气温却依旧寒冷，更别提山上了，不被冻僵才怪。我心中虽有不愿，但想着能出去走走倒也不错。毕竟我来这里都有一个月之久，连外面是什么样的一个世界也不知道，整天窝在家里看满院的景色，日子久了不免感到乏味。今天能走出丞相府到外面瞧瞧也蛮好，就没有多说，坐在椅子上等崔妈妈安排一切。

大概过了一盏茶的时间，周总管已准备好马车停靠在大门外。

秋菊回房给我拿了件袄子，就随我上了马车。

一路上，我闲得无聊，忍不住问秋菊："旭贤少爷的家人今日也会去吗？"

秋菊摇了摇头："林家自从旭贤少爷走后，全都离开了锦城，没见他们有回来过。或许他们有回来，奴婢不知吧。不过，世子倒是每年这时都会去看旭贤少爷。"

"什么？"秋菊的话雷得我好销魂，霍地一下睁大了双眼，心也跟着一颤一颤的。

秋菊不明所以，纳闷地眨了眨眼，说："世子今日也会去祭奠旭贤少爷。静儿小姐，你怎么了，觉得有什么地方不妥吗？

我摇了摇脑袋，浅浅一笑，表面上装作没什么一样，轻描淡写地说："世子跟旭贤真是兄弟情深啊。"心里却暗自思量：小刘子也会去祭奠旭贤，正好，本姑奶奶正愁着上次那笔旧账不知该如何找他算，今日就算他倒霉了。

秋菊笑嘻嘻道："是啊，世子跟旭贤少爷一直情同手足。不过，今儿夫人特别叮嘱奴婢，一定要奴婢告诉小姐，若是小姐跟世子碰上，一定要谨言慎行，以免惹得世子不开心。"

"我勒个去，是他谨言还是我谨言啊？算了，跟你说了你也不懂，不过我知道就行了。"小刘子不开心，我说不准会有苦头吃。若我不开心，他也不见得就有好日子过！

想到此，我嘴角不禁逸出了一丝得意的笑容，正准备询问驾车的周总管什么时候能抵达祁连山，车子竟在一瞬间颠簸起来。

我心中一紧，脸上掠过一道阴霾，暗忖不会遇上山贼了吧？稍稍犹豫了一下，伸手掀开车帘，急急地询问周管家："外面发生了什么事？"

周总管不慌不忙地道："静儿小姐不必慌张，估计是昨夜下雨的关系，再加上祁连山道路崎岖，所以地面出现了大量的水洼将车轮陷到了泥土里。依老奴来看，恐怕得花半个时辰填土，马车才能动弹。"

"原来是这样。"

我抿唇,抬头看了看天色,此时一轮朝日已慢吞吞地从雾霭中探出了个脑袋,稀薄的阳光慵懒地洒在地面上。我有种想要沐浴阳光的冲动,便询问周总管:"那现在离祁连山还有多远?"

周总管答:"我们已经在山脚下了,静儿小姐要是觉得在车里难受,左侧一米远有个茶寮,不如去茶寮里歇息一下?"

"不必了,我看我跟秋菊步行上山吧。周总管你留在这儿,要是马车能动弹了,就到茶寮一边喝茶一边等我们。"

"这……"周总管有所犹豫,但见我心意已决,也没敢再多说。

我让秋菊将东西带齐,就朝着山上走去。不久,便来到一片林子里,这林子不大却分外寂静,偶尔几只雀鸟在枝杈间跃动,带动几缕曙光从我眼前晃过。

我突然想起要是等会儿跟小刘子那厮碰面了,估计不出三句话我跟他之间就会发生冲突。可糟糕的是他有武功,我光嘴巴厉害是没用的,在恶斗上他很明显地就占了很大的优势。

我就搞不懂了,这古代人怎么个个都像身怀绝技似的,我武功、轻功都没有,所以根本奈何不了那厮。

还有秋菊,她也不会,更何况她还是个丫鬟,整天一口一个世子叫得挺嗨皮的,一看就知道是个被教化得不想翻身自己当家做主人的奴隶。我也不指望她的小宇宙会突然爆发而出手帮我,所以我得赶紧想个好办法,不然等会儿会被小刘子蹂躏死的。

我咬了咬嘴唇,将脚步停顿了一下,神情异常专注地凝视着前面一棵冒出了新芽的树苗。一旁的秋菊见状,似是感到奇怪,不禁出声问我:"静儿小姐,你怎么了?"

我抬头看了她一眼,脸绷了起来,慢吞吞地说了一句:"走,咱们先下山去雇几个身强力壮的汉子来。"

秋菊微惊,一脸被雷到的表情,道:"为什么?"

"保护我啊,我堂堂丞相千金出门,怎么能少了气场呢?你想想人家皇帝老子出游,那个气场多么的壮观,虽然我不能像他那样,但是身边至少要有几个身强力壮的保镖才行啊。"我尽量用平常的语气说。

秋菊更不懂了:"静儿小姐,这祁连山一向很平静的,要是我们真遇上山贼,有世子在啊。他武功高强,不会将静儿小姐你置于危险之中的。"

这话我听得直犯囧，要是真遇上山贼，他不将我推给对方我已算是前前前生修来的福气了，还指望他能救我？

我索性问秋菊："你不懂没关系，我懂就行了。你到底跟不跟我一起去？"

秋菊缄默不语着，跟在我的身后往山下走去。没走多久，只见前面出现五个穿着麻布棉衣，挑着干柴，约莫三十来岁长相十分粗犷的汉子。他们好像是住在这一带的村民，一边走一边闲谈，话语声夹杂着地方口音，听得我感觉像撞见了火星人一样。

我抬头看了看天空，怕时间耽搁久了会跟小刘子错过而报不了仇，也不知这几个汉子会不会武功，稍稍犹豫了一下，才走上前去叫住了他们。

"嗨！"

为首的汉子转过头来瞟了我一眼，眼底闪过一种近似嗜血的味道，吓得秋菊急忙躲到我身后，紧紧抓住了我的衣袖。我心中也害怕起来，不由自主地向后退了两步，舔了舔发干的唇。

"你迷路了吗？"另一个汉子问我，脸上的神色看起来倒是挺客气的。

我缓了缓，道："我想问下几位大哥，你们之中有人会武功吗？我想雇佣你们帮我办件事。"

"噢，什么事儿？"

我眨了眨眼，在脑中组织了一下语言，露出一副悲痛欲绝的表情："一年前，我与夫君出外游玩，结果途中遇上登徒浪子想轻薄于我……"说到这儿，躲在我身后的秋菊突然伸手拉了拉我的衣袖，我赶紧甩开，继续说道，"后来我夫君为了救我，被那歹人杀害。正巧今日我前来祭奠夫君，又撞上了对方，苦于我不会武功，所以想请各位出手相助。"

我说得肝肠寸断，这五个汉子竟一点也没被感动的样子。我暗忖：这几个人的心是钢筋混泥土做的吗？

他们转过身去，操着那一口方言又说着我听不懂的话语。我不禁急了，走上前挡住他们的去路道："壮士留步，只要你们肯帮我，多少银子我都认了。"

为首的汉子闻言一笑，转身向另外几个汉子打了个手势，然后对我伸出了五个指头。

我略微愣了愣："这是多少，五十两？五百两？"

为首的汉子作势就要给我一巴掌，怒喝道："你当我们是要饭的，打发叫花子啊？滚，我们不接这种生意。"随即，将我推到一边，大摇大摆地离去。

我怒极，胸中奔腾的草泥马也跟着气绝了，嘴里嘟囔着："刘文轩啊刘文轩，你这个自以为是的龟孙子，这次又便宜你了……”

那几个汉子却突然调转脚步走了回来，只听为首的男人对我说：“反正闲着也是闲着，这事就当我们帮你一个忙，不知姑娘你贵姓？”

我觉得奇怪，这几个人刚才不是死也不愿帮我吗，现在怎么又愿意了？但也没去多问，怕人家嫌烦转身走了，赶紧回道：“小女姓唐。”

为首的汉子略微一愣，随即，深幽的双眸闪过一丝异色，道：“好，那唐姑娘带路，事成之后请如数付给我们五百两银子。”

我点了点头，十分欢畅地拉着秋菊，带着汉子们往山上走去。

大概一盏茶的时间，当我们来到了旭贤那由汉白玉修建而成的墓地。我感到十分的震惊，墓地虽没有皇陵力拔山兮气盖世的雄伟，但至少也如小家碧玉一般婉约。特别是白玉灵柩上的老虎浮雕，刀法精湛，栩栩如生，如同我穿越前豢养的那肥猫一样。

不过，我并未发现小刘子的身影，而四周也没有人前来祭奠烧过纸钱的痕迹，我便断定小刘子这厮肯定还没有来，索性吩咐大伙先找地方藏身。

直到过了半盏茶的时间，小刘子的身影才在半山腰下闪现。他顺着羊肠小径孤身而来，腰间配着长剑。剑柄上的银饰挂坠泛着刺眼的光芒，映得他整个人如孤魂野鬼一般飘忽。

眼看小刘子走进，秋菊拉了拉我的袖袍，紧张得不知所措，犹豫了好一会儿，才压低声音问我：“静儿小姐，我们真要袭击世子啊？”

我不语，沉着脸看向秋菊，耳边传来小刘子那低沉而又喑哑的悲鸣声：“旭贤，总有一天我会亲手将那女人送到你的身边……这样，你在黄泉路上就不会再寂寞了……”

这……这厮还念念不忘着想弄死我啊，真是丧心病狂！

我心中五味杂陈，将眉头紧紧地蹙起。看他那威风凛凛的得瑟劲儿就受不了，我立马掉转目光朝躲在暗处的大汉们点了点脑袋。

他们的反应极快，一下子从树林里蹿了出去，手中竟然还多了把兵器。这莫非就是古代魔术？恕我接受无能，被小小地雷到了一下，但也没有仔细去想，准备全神贯注地欣赏着小刘子接下来的惨状。

只见小刘子侧过身来，微蹙了下眉头，毫无畏惧之色地瞥了一眼大汉们，声音冷冷淡淡地道：“何许人？”

为首的大汉扬眉浅笑，也不跟小刘子啰嗦：“奉命前来取你首级之人。”气氛就徒然生变，凛冽的杀气顿时弥漫了全场。

小刘子唇角逸出一抹高深莫测的笑容,拂了拂衣袖将手中的竹篮放在一旁,慢吞吞地开口说道:“白玉灵柩之前,小王不想见血,放你们一条活路,赶——紧——滚——”

此言一出,为首的大汉顿觉自己受了侮辱,不禁怒了,大喝一声:“杀——无——赦——”他身后的几名汉子手中的长刀就在那一瞬间,直接向小刘子劈了过去,出手异常凶狠,刀刀逼向小刘子的要害,看得躲在暗处的我胆战心惊。

其中一名汉子很是强悍,手中的大刀一个斜劈就落在了一直防守迟迟不肯进攻的小刘子的肩上。猩红的血珠飞溅开来,在他白色的缎袍上绽开了一朵赤色的花朵,分外的妖娆。

这样的场面,看得我直犯嘀咕:小刘子穿得这么厚都被汉子劈得鲜血淋淋,那汉子该不会使用的是屠龙刀吧?

小刘子脸上的神情顿时变得阴鸷可怕起来,他立即调转剑头,毫不犹豫地一剑反刺。正要刺入其中一名大汉的胸膛,领头老大见情况不对,立马飞身而上,不假思索地将手中的刀柄往后一带,便砸中了小刘子的脑袋瓜子。小刘子的小宇宙还未完全爆发出,就随着他手中的长剑一同倒在了地上,被大汉们用绳子五花大绑起来。

我略一颔首,在暗处稳了几秒见小刘子真的晕厥过去,这才跳了出来,连声赞叹表扬大汉们:“各位壮士真是好身手,不错不错不错。”

为首的汉子不语,转过头来望着我,那目光之中透出一种古怪。

身后的秋菊被吓得不禁出声道:“奴婢害怕……”

我随口说她:“有什么好怕的,刘文轩倒下你又不会怀孕。”然后趾高气扬地向前走了两步,目光轻飘飘瞟了一眼躺在地上的小刘子,笑嘻嘻地道:“刘文轩你也有今朝啊,你不是很牛叉吗?当初掐我脖子掐得这么嗨皮,没想到会反被我蹂躏吧?壮士们,把他的衣服给我扒光,将他吊在树上,本姑奶奶要让他三天三夜不能下床。算了,这样不够刺激,不如你们挖个洞把刘文轩这畜生放进去,再把他埋上,但是别埋实了,留个吸管口在外面。我哪天心情好想起他来,再把他挖出来蹂躏下。”

为首的男子嘿嘿一笑,微眯双目,并未按照我的吩咐去做,而是握紧了手中的大刀一步一步地向我走了过来。

我看着略感心寒,脸上的笑容也瞬时收敛,叉腰道:“你们想搞毛啊,难道不想要银子了?还不赶快按照我的吩咐去做。”

"唐姑娘，世子在黄泉路上会很寂寞的，你是时候陪他一同上路了。"

世子？我被为首大汉的这个称呼惊得脚下一个踉跄几乎站立不稳，幸好身后的秋菊将我顶住。眼下究竟是怎么样的一个情况，我不解地问道："你们认识刘文轩？"

为首的大汉不想再废话似的，下了一道命令："将她跟世子的首级一同取下。"这命令声一落，离我跟小刘子较近的大汉，便抬手将手中的大刀劈下，惊得我心中一阵颤抖，反手拉着秋菊就想逃跑。

可是他们有轻功，我跟秋菊连一点挣扎的余地都没有。秋菊一个劲儿地哭，我的心也随着变得慌乱无比，眼泪潸然而下。举刀正要砍下我脑袋的那人浑身猛地一震，眼光如同痴了一般，弃刀将手扶上我的脸颊，以一种惋惜的语气说道："这娘们儿真是美啊，杀了怪可惜的。大哥，不如让小弟带回去做小妾吧？"

天呐，我顿时被各种雷给轰没了。我未来的夫君就这副德行，那还不如让我死掉算了。我望着对方满面猥琐的笑容，心里的一团怒火"噌"地一下直往上涌，将牙关咬得死紧，死命挣扎着不让对方碰我，却还是被对方扛在了肩上。

为首的男人哈哈一笑，道："随你，先把世子首级取下。剩下的那个女人你们谁喜欢，也扛走吧。"

"好。"话音一落，猥琐男再次举刀，往小刘子头颅劈去。就在那千钧一发之际，只见小刘子的双目猛地一睁，随即，嘴角缓慢地逸出了一抹冷酷的笑容。

我心神不由得一震，面色变得煞白，一时之间无数个念头涌上我的脑海，使得我神智竟然恍惚了起来。也不知究竟发生了什么事，只觉眼前的视线一歪，我整个身子就从汉子的肩上掉了下去，害我心、肝、脾、肺、肾都在疼。

紧接着，立在我身前的那名汉子突然"啊"了一声，嘴里喷出一口鲜血，全洒在了我的脸上，惊得我险些尖叫出声，一双眼睛直愣愣地望着汉子。只见汉子两眼立时一翻，像一截木桩一样一头栽倒在了地上，背上却多了一根竹条贯穿了他的心脏。

为首的汉子见状浑身一震，睁大了双眼愣了一下，似是觉得此事蹊跷，自家人竟被一根竹条刺死，连还手的余地都没有。再加上对方作案之前连一点预兆都没有，他就不禁心下暗自惊骇了，连忙收敛起脸上的悲恸之色，冷森森地大喊了一声："有埋伏。"

剩下的几个人一听，作势就要藏身。霎时，一阵诡异而又猖狂的笑声从前方传了过来，使人颇感意外。

"哈哈哈……"

我脸上的肌肉顿时僵住，暗忖这不是小刘子那厮的声音吗？将目光转了过去，看见他此时竟然挣脱开了身上的绳索，手中握着长剑，幽黑深邃的眼眸微微地眯了起来，脸上的神情极是得意。

看他神色，躺在地上的人定是他干掉的。为首的汉子神情一下子变得阴寒起来，将通红的双眼移往小刘子的身上，怒视着他，似是一头受了伤的野兽愤怒嗥叫着："你竟敢杀我三弟！"

小刘子的态度很是嚣张，冷冷地扯了扯嘴角，不疾不徐地说着："那又怎样？"语调里难以掩盖住他的不屑和张狂。

"我今日定会用你的鲜血来祭奠……"

为首汉子的话，把我吓得半死。我浑身颤抖着，突然有种在拍武侠片的感觉。

小刘子脸上的神情丝毫未变，但是，如果仔细看，会发现他的瞳孔正在慢慢地收紧，使得他整个人显得十分的阴狠。

许久，他将目光瞥向我，凝视了我好一会儿后，嘴角向两侧弯起一抹似笑非笑的弧度，伸手指着我的鼻子，极为不客气地道："等小王收拾了他们，再找你算账。"

天，这得有怎样的深仇大恨才会说出的话啊？我整个心都七上八下的，怯生生地向他说道："你找我算账干吗？想杀你的人又不是我。你今早出门时脑袋被门挤得只剩一条缝了吧？"

"你我心知肚明，少在小王面前叽叽歪歪。"小刘子扬起下颌将话说完，速度极快地拔剑出鞘和大汉们血拼起来。

汉子们对小刘子似乎起了强烈的憎恨，有种想把他斩为肉泥的冲动，每劈一刀，都极为致命。周遭的气氛瞬间变得紧绷，而空气中也弥漫起了一股浓烈的血腥味儿。

我感到十分的害怕和恐惧，思索了一下眼前的形势，觉得此地不宜久留，不然小命难保。我便赶紧站起身，支撑仿如灌了铅一般的双腿，拉着还未从方才惊恐一幕中回过神儿来的秋菊，躲避着飞舞的刀芒跟剑芒，横冲直闯着直往前跑去。

谁知就在这时，躺在地上浑身是血的一个汉子，猛然间从地面蹿了起来，好像是在搞埋伏，就等着小刘子露背给他一刀。

倒霉的是，我离小刘子的距离只有七八厘米的样子。那汉子见了我也不收刀，横里就砍了过来。吓得我身子晃了一下，条件反射地想抓住什么东西来抵挡，却扑了个空，结果我就这么硬生生地为小刘子挡了一刀。小刘子蓦然转过身来，用一种难以置信的眼神瞟了我一眼，随即长剑斜刺，捅入了那名汉子的腹腔里。

我顿觉左臂肩胛剧痛无比，几乎连气都喘不过来，脑袋也晕乎乎的，身子直往地上倒去。

小刘子顿时犹如脱兔般，蹿到我身侧将我整个人拉向了他的胸膛，深邃的眼眸里闪烁着一种异样的波澜。

他舔了舔嘴唇，拥着我肩膀的手顿时轻柔了几分。

我略感惊讶，挑了挑眉梢，以为他有话要对我说，可是他却连一个字都没有从嘴巴里蹦出来。

这时，呆愣在一旁的秋菊，似乎瞬间回魂，害怕地放声尖叫起来："静儿小姐……"我真的很怀疑她的反应能力，敢再慢点吗？

但是眼前的情形也容不得我们抱头挤眼泪珠子，小刘子也不敢有半点分神，将我交给秋菊，淡淡地叮嘱了一句："照顾好你家小姐。"语调之中顿失往日对我的讥讽。

随即，他将双眼危险地眯成一线，眉宇间闪过一丝浓浓的怒色，神情倨傲地直视着最后一个敌人——领头的大哥。几个回合下来，那汉子明显落了下风，见小刘子的剑芒势不可挡，自知躲闪不过，就暗中投出数枚暗器。又趁小刘子略略分神的那一刹那，他反手给了小刘子一刀，也不知伤到了小刘子哪儿。

那名大汉赶紧抽身向后退出数步，得意又阴狠地笑着："哈哈哈哈……世子，是否觉得伤口奇痛无比，犹如万蚁噬心般难受呢？哈哈哈……中此毒之人，两个时辰内若没有解药，必会毒发身亡……"还未等他这话说完，小刘子狂怒之下身影一展，像终结者一样一剑刺出。神色松懈下来正在哈哈哈大笑中的大汉万万没有料到他中了毒还这么厉害，不及防备，被贯穿了胸膛，连一声惨叫也来不及发出便倒在了地上。

我一时失神，忘了作何反应，直到耳边传来"哐当"一声，才慢悠悠地转过头去。只见小刘子的脸色，此时变得跟窗户纸一样苍白，向我走来的脚步也异常缓慢。接着，身子像再无一丝力气般向后仰去倒在了地上。

我一愣，心猛地跳动了一下，暗忖小刘子这么贱的一个人，应该不会早死吧，要知道越贱的人命可是越长呢。但我也不能搁下他在这儿不管，便对秋菊说："你过去看看刘文轩的情况如何了？"

"哦。"秋菊应了一声，慌慌张张地跑过去，将手指放在小刘子的鼻息间试探了一下，"静儿小姐，世子没有死，不过呼吸却若游丝，好像毒性发作了？"

他果然是小强中的无敌金刚啊，受那么严重的伤都还活着……突然，我意识到了一个十分严重的问题，猛地睁大了双眼，忍着肩胛上的疼痛，踉跄而去。

快到小刘子的身边时，许是我走得太急竟被脚下的尸体绊了一跤，摔倒在地触到了伤口，胸口顿时憋闷难受，一口鲜血直往喉上涌，"啊"的一声从嘴里吐了出来。

秋菊见状，泪水汹涌澎湃，道："静儿小姐……你可千万不能有事啊……万一你有个三长两短，奴婢回去肯定会被……"

这都什么时候了，她还有心情哭？我不耐烦地斩断了她的话，说："你不要管我，去看看刘文轩带毒的伤口在什么地方，尝试着将他体内的毒液吸出来。若他死了，我们的麻烦就大了，唐家上上下下几十口人的性命恐怕也会被牵连进去。"

秋菊身体剧烈一颤，立马反应了过来，压下心头的恐慌跑去查看着小刘子的身体。

我吃力地从地面爬起身，蹲在小刘子的身边，看着他苍白的面颊上呈现出一层淡淡乌青，不禁皱紧了眉头，用袖袍擦拭着额上密集的汗珠。秋菊说："静儿小姐，奴婢没有发现世子身上带毒的伤口。怎么办啊，世子的呼吸好像越来越微弱了，不如我们想办法把世子扛下山找大夫瞧瞧吧？"

"这样一去一来，刘文轩说不准在途中就见阎王老子去了。"我有些微喘地说，声音低如蚊蚋，"你将刘文轩的身子翻过来，我记得那个汉子当时是站在刘文轩的身侧，反手给了他一刀。那么……带毒的伤口应该在背上吧？"

秋菊听言立刻将小刘子的身子翻了过来，那淌着黑色血液的伤口在他雪白的长袍上显得格外醒目。看到那伤口，我立马被雷到了。

那汉子真是阴险啊，口味之重非同一般，把伤口割得太有艺术了，居然在小刘子的屁股上。我差点没笑喷出来，还好我极力控制住，稍稍思索了一下，偏过脑袋以一种颇有深意的眼神望着秋菊。

秋菊眨了眨泪眼，神色微微一变，跟我装起糊涂来："静儿小姐，伤口我们找到了，那谁去将世子体内的毒液吸出来呢？”

我柳眉一蹙，微一颔首道：“秋菊，现在该是表现你对唐家忠心的时候了。你一定要抓紧时间，用最快的速度、最好的方法将刘文轩从鬼门关里救回来。”

“为什么是奴婢啊……”秋菊瞟了我一眼，小声嘟囔着，“人家还是个没有出阁的黄花大闺女。”

救人跟出没出阁有关系吗，这小妮子难不成想我用嘴巴把小刘子体内的毒液给吸出来不成？做梦吧！

“秋菊，眼下不是计较这个的时候。”我见她不语，顿时露出一副你不下地狱谁下地狱的表情，继续说道，“如果本小姐不是负伤在身，我一定会救刘文轩的。所以你放心，我唐静绝对不会将今天的事说给任何人听的。”

“奴婢才不干！”秋菊一脸的倔强，死活不肯。

我挑眉道：“秋菊，你一定要勇敢坚强地去面对事实。刘文轩是我们的伙伴，伙伴之间就应该共患难共存亡，你怎么能狠得下心，见到自己的伙伴快要死了，而不出手相救呢？我告诉你，我现在生气了，后果会很严重的哦，你最好赶快以最佳的手段去做。等会儿要是刘文轩死了，我就把你送去世子府陪葬，然后我再自杀谢罪。你可要想清楚啊，陪葬可是一件很痛苦的事儿。”

秋菊沉着一张脸，眼眸低垂着，似是在思考着问题，犹犹豫豫了许久，以一种十分不爽的语气对我说了一句：“静儿小姐你快背过身去，不许看。”才低下脑袋去为小刘子吸体内的毒液。

我心知她不好意思，也没再多说，将身子转向一旁，以十分蛋疼的四十五度角仰望着略显沉郁的天空。不经意间想起先前小刘子见我负伤，而拥我入怀时的那深邃的眼神，一抹笑意就浮上了我的嘴角。

我想，或许这事能将他心中对我堆积的仇恨化解一部分吧，耳边却突然听见一缕轻如游丝般的呻吟声。

“好痛……”

咦，小刘同志醒了？

我心中微微一怔，急忙转身查看。未料到秋菊被小刘子的呻吟声，吓得猛地抬起头来，正撞在了我的下颌上。我一下子咬到了舌头，痛得眼泪珠子立时涌了出来，再无心思去看小刘子的情况，将嘴巴张得大大的，用手扇着风来缓解舌头上的痛楚。

哪知秋菊这小妮子吸毒液吸到心肺里去了似的，瞬间患了失心疯一样，莫名其妙地把手放在了我的肩上。我还来不及做出任何反应,就被她猛地向后一拉,整个人顺势扑在了小刘子的屁股上,蹭了一脸带毒的血液。

见鬼了!

我愠怒,扬起脸正准备骂秋菊,却瞥见小刘子的眼皮缓缓地睁开,眼眸里浮起了一丝雾气。

我霎时怔住,全身僵硬着一动也不敢动,连大气也不敢喘。

他眉头微蹙,翻过身从地面坐起,凝视着我的眼睛,扯了扯唇角,似是想说些什么,却又说不出来。

四周的气氛突然间变得沉闷起来,秋菊用背影对着我跟小刘子,一直不愿转过头来,哪怕是吱下声也好啊,但是她似是觉得不好意思,死活不肯跟大家面对面。

许久,小刘子抿了抿唇,用手撑着地面想站起身,指尖却忽然碰到了我的小拇指。他立刻像被螃蟹的钳子给蛰了一样,赶忙缩回了手去,将眼睛睁得大大的。

我被他这个突如其来的动作给囧飞了,心中忍不住暗骂了一句:有病啊!然后用胳膊碰了碰秋菊,嘀咕了一句:"秋菊,走,回家了。"就撑着摇摇欲坠的身子朝着山下的路走去。

这时,小刘子的声音从身后幽幽地传了过来:"此时未到黄昏,天色已全暗了下来,空气中也尽是潮湿而沉闷的气息,似是要下大雨的先兆。再加上这一路都是水洼,若要下山恐怕会很麻烦。"

我脚下略一迟疑,转过身去望着他,发现他眼中多了一丝复杂的光。

他说:"你眼下伤口还在淌血,如不包扎估计会失血过多而亡。我记得前面不远处有个山洞,大家不如过去避一避?"他见我不语,似是以为大汉刺杀他这事儿,我做贼心虚怕了他,嘴角上便逸出了一缕含意不明的笑意补充了一句:"你家丁见你迟迟未返,会来找寻你的。而小王是不会对你做出任何出格的事,你大可放心。"

我撇了撇嘴,喉头那句"去就去,谁怕谁啊,你来带路"还未从嘴巴里泄出,一阵震耳的春雷就从我头顶的上空滚过,吓得我一颗心像悬浮在半空无法着地。我哆嗦着蹲在地上紧紧地抱着身子,将眼睛闭上。

"原来你怕雷声?"小刘子问道,声音轻得宛如从天边飘来。

我睁开湿重的眼帘,抬头看着他俊秀却十分苍白的容颜,缄默不语着。

他眼中闪过一丝犹豫,半晌举步向我走来,伸出食中二指碰了一下我受伤的肩胛。我的伤口像被什么东西突然绞住了一样,额上疼得布上了一层虚汗。

我不爽他:“你刚才对我做了什么?”

“封住你的穴道,暂时为你止住血而已。走吧,这雨要是落下来,我们估计就得待在这儿了。”

“哦。”这话不是我回答的,是秋菊。只见她低着脑袋转过身来,搀扶着我,跟在小刘子的身后朝着他所说的山洞走去……

大概过了一刻钟,我们终于来到了一个幽暗的山洞前,洞口被爬山虎给遮得严严实实。

小刘子扔下一句“我去捡柴火”就离开了,我命秋菊到外面去把风,然后坐在一旁简单包扎了一下伤口。没过一会儿,秋菊屁颠屁颠地跑了过来说世子回来了,我赶紧拉上衣服,整理好衣冠。小刘子从外面走了进来,把拾来的枯枝堆积在一起,拿出火折子将枯枝点烧。然后,盘膝端坐,像在调息似的,瞥了我一眼就将双目闭上。

我抿了抿唇,一会儿看看这里一会儿又看看那里,无聊得浑身都快长毛了,正准备找坐在一旁打盹的秋菊说说话,也不知我们其中的谁,肚子突然发出咕噜咕噜的抗议声。

这咕噜声就像一种无形的病菌,速度不亚于光速地在空气里传播着,使得我的肚子在那阵还没有完全落冷的咕噜声中,也跟着响了起来。紧接着,就成了每十秒一间隔的咕噜大合唱了。

真够搞的!

我实在有点忍不住了,像发射机关枪似的,一连嘟囔了好几句:“我饿了我饿了……”

小刘子似乎被我的声音扰得心烦,突然睁开双眼,神色却有点清冷。也不知他在想些什么,突然握住脚下的长剑,意味深长地瞥了我一眼,起身朝着洞外走去。没隔多久,他剑上串着几条鲤鱼走了回来,凑到火堆里翻烤着。

那鱼肉的香味,馋得我口水直往外流,忍不住走过去蹲在他的对面,隔着朦胧的火光,若有若无地瞥了他一眼。搞不清自己是不是因为受了伤的关系,心神有些不宁,竟渐渐陷入一种莫名的沉思中,也没有特别去想什么,但是很多画面就是不受控制地涌上了大脑。

许久,我抿了抿嘴,噙着一丝浅笑问他:“什么时候能吃啊?”

他好像没有听到,心思有些恍忽,隔了好一会儿捡起一块小石头猛地弹向秋菊,击在了她的脖子上。我起初还以为小刘子是叫秋菊起来吃烤鱼啦,也就没在意,把目光收回等待着。可是我等了三、四秒、五秒……都没有听见秋菊走来的声响,反而听到她嘴里逸出了细微的呻吟声。

我微感诧异,带着疑惑不解的神色转过头去看着秋菊,只见她像失去了知觉般,整个人顺着墙壁倒了下去。

这场面惊得我整颗心倏地一跳,连叫了她好几声,她都不给反应。我心底大起波澜,朝小刘子破口大骂道:"你……这是一个脑筋正常没得精神病的人应该做的事吗,你是不是缺心眼了,居然杀了我的秋菊?你丫真是没有一点值得人信赖的地方,早知道我就该让你毒发身亡,死掉得了。"

我站起身,步履踉跄地冲过去作势就要跟小刘子拼了,却被他反手一把抓住双手,擒在了地上动弹不得。

我愤怒了,真想挖个坑把他埋在里面,让他喊破喉咙也没有人理睬。

小刘子见状怔了一下,随即勾了勾嘴角扯出一抹高深莫测的笑意,垂下头来对我说:"小王只是想要让她睡个好觉而已,顺便有些话想单独跟你聊聊。"他那呼出的湿热气息使得我全身像是被雷击一样,僵硬无比。隔了很久,我才张嘴问他:"你想跟我聊什么,莫非是想问我为什么会替你挨刀?"

他抬起头,深深地吸了一口气,似是想压下某种情绪般,而不语。

我继续道:"其实理由很简单,我不想当年的悲剧再次重演。你知道旭贤为救我而死,可不知我心里所承受的痛苦却不比你少。而你又是旭贤最好的朋友,所以我不想你死。"这个理由够充分了吧,虽然我并没有话语中说的那么伟大,但也算是充当了一次好人啊。

小刘子蹙起眉头,脸上的神色变幻莫测,道:"你是怎么遇上那帮刺客的?"

"刺客?"我先愣了一下,随即嗫嚅,"半山腰上啊,我见他们像这一带的村民,所以……"后面的话我给省略了,觉得此时说出来对我很不利,毕竟,小刘子抓住我的双手丝毫没有松懈过。

小刘子却忽地一笑,将我的话给接了过去:"所以你求他们来修理我,结果没料到反被对方利用了,还险些被扛去当了他们的小妾?"

我怒,他这人干吗哪壶不开提哪壶啊?

"是啊是啊,你还不是险些被人砍掉了脑袋。"

"呵,你以为就那几个刺客,真能将小王打晕?"

我撇了撇嘴,凝望着他深得看不见底的眼眸不语。

"对了,还有一个事儿,就是你……"他脸上突然闪过一丝犹豫,似是在思考着问题，许久才悠悠地说道，“为何后来明知自己负伤在身，性命就悬在鬼门关上，还要为我吸取体内的毒液来救我？”

我又不是刘三好，哪有这么伟大。再说，吸取毒液的人根本就不是我，是秋菊啊。我真想把实情告诉他，但是做人要有原则，我既然答应过秋菊不会告诉其他人，那么就不能说。我感到很困惑、很尴尬、很纠结，大脑一时之间也陷入一片混乱之中无法思考，更不知道如何回答，就一个劲儿地说：“呃……这个嘛……那个嘛……其实也就那么一回事儿……”

“算了，我看你还是不必说了，小王心中明白。”小刘子静静地凝视着我扑闪扑闪的眼睛，脸上没有任何表情地道，“既然你救了我一命，那么你有什么愿望，想让我为你实现的，你就直说。”

“愿望？”我疑惑，皱了皱鼻子，想着电视上报恩的人不是常说，我欠你一命，你今后遇上困难，可以到中国X来找我。怎么到了小刘子这儿就成愿望了，莫非他还成了阿拉丁神灯里的老怪？

“怎么，还没想好吗？”小刘子挑了挑眉，嘴角突然露出了一抹讥笑，复又一字一句地继续道，“或者是不敢说？不过你放心，只要你开了口，小王定会为你实现。”

我听了奇怪，总觉得他把后面的这句话，每个字都咬得重，似是隐藏了什么信息在其中，可惜我不懂。我心里微微一悸，道：“呃……没有……我没有任何愿望……”即使是有，跟你说了，你也实现不到，更何况我是真的没有。

“不许说没有！”他脸色骤变，寒冷如冰，令人不敢正视。

真是太霸道了，哪有这样的人，还硬逼着别人必须对他许愿啊！小刘童鞋，想雷人也不是这样雷的，我可是有带了避雷针哦。

但是，见他一副我不许愿，就不肯放开我的表情，我就皱眉沉思了一下：“呃……你非要我许愿，那我们就化干戈为玉帛吧，今夜过后就两不相欠。你走你的阳光道我过我的独木桥，纵使今后相见那也是陌路人。”

我话音一落，小刘子的眼眸里射出凛冽的光芒，带着一种警告，道：“不行。”

“不行？”我忽然呆住，猜不透这小刘子哪根筋搭错了，逼着我许愿，我许了却又说不行，真是奇怪，“那什么愿望才行？”

小刘子的声音蓦地变得严厉起来，但是却答所非问：“小王会给你一段时间作为保留，但是时间不会很长。若错过了，就不会再有这个机会，你一定要好好想想。”

想个屁啊，我不禁生气了，将涌上脑中的一股子疑问全抛向了一边，挣扎着想要离开小刘子的臂膀。突然听到一阵心急的叫喊声从外面隐隐约约地传了进来，好像是来找寻我跟小刘子的仆人们。

“世子……”

“静儿小姐……”

不知小刘子此时心中有何感想，但是我却从他注视着我的目光里，瞧见了一丝不爽的神色。我很怀疑那是跳动的火光映照在了他的眼眸里而使我产生出的错觉，因为当我想要捕捉他眼中的那抹神色时，他眼中竟冰冷一片。

我转了转眼珠，只是犹豫了一下就站起身跑到洞外，看见一串串泛着黄色光芒如零星闪烁的灯笼欣喜若狂地挥着双手，张嘴喊道：“我们在这儿……”

“是静儿小姐——是静儿小姐——”那乌压压的人群里，也不知是谁欢喜地叫喊道，大伙像松了一口气般，急急忙忙地跑了过来问长问短。

小刘子那边的情况也相差无几。

随后，唐家和刘家下了山，便分成两列朝着自家府上的路行进，各回各的住所……

当夜，整个唐府里的人都被惊动了，又是请大夫，又是炖燕窝人参的，忙得不可开交。由于爹外出还没有回来，就由大娘前来表示慰问了下，扔下一句“好生歇息”便离开了。而我的美女老妈则是待在我的房里哭了很久很久，直到哭得说不出话来，才在我的劝慰下姗姗回房。

没隔多久，正当我要睡下时，秋菊端着热腾腾的汤药从门外走了进来放在桌上，笑嘻嘻地说了一句：“静儿小姐，奴婢已经在药里面放了蜂蜜，不会太苦的。”然后退到一旁，踟蹰着不肯离开。

我略感奇怪，起身下床瞟了她一眼，见她心事重重的样子，还以为她是奉了美女老妈的命令没见我把药喝完，不肯离开。

我就捏着鼻子，想着这是可乐而仰头一口气饮尽，却难受得我险些将药汁从嘴里喷了出去，真怀疑秋菊到底有没有放蜂蜜，怎么还苦得跟苦胆水似的，太不像话了。

我皱了皱鼻，转身把药碗递给秋菊，十分不爽地嘟囔道：“看到了吧，喝光了，你可以去休息了。”

“呃……”秋菊垂眸，叹了叹。

“嗯？”我惊疑，“你有话想对我说？”

秋菊明显怔了一下，才将脑袋点得跟小鸡啄米似的道：“其实，也不是奴婢有话要对静儿小姐你说。”

我微微牵动了一下嘴角，问：“那是谁？”

“是世子。”秋菊抬起头来，眼睛一动不动地望着我。在烛光的映照下，她就像一抹游魂似的，吓了我一跳。

她继续道：“我们下山时，世子把奴婢叫了过去，说是要给静儿小姐你一个许愿的提示。”

“提示？”我微微蹙眉，想不明白小刘子葫芦里卖的是哪门子的狗皮膏药，又觉得有趣得很，便趴在身侧的罗汉床上，懒散地一笑，“他要你提示我什么？”

“三天后的赏花大会。”话说到这儿，秋菊歇一歇，也不知脑袋瓜子里面在想些什么，突然补充了一句，“奴婢觉得很奇怪，世子跟静儿小姐在奴婢睡着之后发生了什么事吗，要不小姐给奴婢说说。”

这话问得就好像我跟小刘子有什么奸情似的，而秋菊还真是有八卦精神。我不满地撇了撇嘴，阖上眼眸，看似闭目养神，心中却暗忖：这小刘子到底想干吗？是我许愿呢？还是他想许愿让我帮他实现啊？

思及此，我不免觉得有些累了，本想问问关于那个赏花大会的事儿，也就此搁下，对秋菊挥了挥手：“我想就寝了，你也回房去歇息吧。”

“哦，那奴婢先回房，静儿小姐好好休息。”

“嗯。”我懒声地回应着，听见房门“嘎”的一声轻响，这才起身来到床上躺下，迷迷糊糊中，却闻到空气里有一股若有若无的清香味儿。

这味道很陌生，不似我以往擦的胭脂味，却又透着一种熟悉，可是一时半会儿我又想不起在哪儿闻过，便在床上翻来覆去地想着，直到棂子雕花窗外面的天色逐渐变亮，我才想起这是小刘子身上的香味儿。

因为刀伤严重不能沾水，所以我从祁连山回府后一直没有沐浴洁身，这香味便一直保留着。随后的三天，这种味道就像病菌一样，扰得我心烦意乱，老是走神去想他让秋菊转达给我那话中所隐藏的意思，转眼就到了赏花大会的那一天。

第四章
赏花大会秒杀众人

看到这里我不禁乐焦了，双手叉着腰，在心中得意洋洋地道："虽然麻将勾起了我的伤心往事，但是这种搓麻比赛，在我唐静眼里简直就是小意思。你们这群傻叉还敢鄙视、歧视、蔑视、藐视、无视、轻视我？那就等着看姑奶奶是如何大开杀戒的吧。"

一大早，秋菊捧着礼服跟在美女老妈的身后，早早地来到我的暖阁里。

美女老妈坐在一旁，一边伸手揭开铜香炉的盖子，往里添上香料，一边询问着我的伤势。我有一句没一句地回答着。

而秋菊则忙碌着褪去我身上的衣服，为我穿上一袭逶迤拖地绣有梅花的袍袖上衣，令我淡雅之中多了一份出尘的气质，真是难得。

接着，秋菊让我坐在梳妆台前，拿起妆台上的白玉花木梳为我梳着发丝。美女老妈不知突然间想起了什么，将话题突然一转："静儿，你明年此时就十五岁，如今是时候该找个婆家了吧？"

我微微一怔，伸手拿了一块昨夜搁在梳妆台上的糕点放在嘴里，随口说了一句老掉牙的台词："娘，女儿的缘分还没到，女儿想在娘的身边多呆几年。"

"这可不行。静儿，你要知道女儿大了终究要嫁人的，而且你出嫁之后，又不是不能回娘家，所以你到时候可以常回来坐坐，不就见着娘了吗？"

我嘴角一抽，真想告诉她，美女老妈，你没发觉你的女儿对这个话题已经感到很无语了吗？便生硬地回答："是的。"

"静儿。"美女老妈的眼珠子一转，斜斜瞥了我一眼，两眼忽然放光，道，"我见你与世子在祁连山遇上刺客之后，紧张的关系好像缓和了不少。"

我心中一惊，险些被嘴巴里正往下咽的糕点给噎住，急忙端起茶盏饮一口，扬了扬嘴角："算是吧。不过，我也不确定，这几天也没见过他啊。"

"所以静儿，你得加把劲儿了。世子可是世间不可多得的人杰，也不知多少怀春少女梦寐以求着想要嫁给他。若你今后能成为世子妃，娘就心满意足，此生再无所求了。"

美女老妈将话说完，脸上竟然浮现出了一种奇异的色彩。

看得我直发怔，暗忖美女老妈这话是在暗示我，让我主动出击？我不禁感到奇怪，问她："娘，为什么你就这么希望我成为世子妃，而不是王妃，太子妃，甚至是后宫之首，母仪天下的皇后呢？"

美女老妈笑吟吟地说："静儿思想比较单纯，身子骨又弱，不适合久居深宫。

再说世子府离唐府比较近,你若以后跟世子发生了口角,回娘家也比较方便。要是真的嫁到皇宫里,受了委屈跑回来,说不准下一刻回去之后你就只能住进冷宫了。”

听完这话,我深深地感到美女老妈的强大,连小夫妻偶尔恶战之后的退路都给我铺好了。我感到十分的无奈,立马将她的话给打断,问起了那个什么赏花大会来。

美女老妈一通说道,我才知道这个赏花大会其实是皇太后举行的 Party。她老人家在死气沉沉的深宫中寂寞了,想沾点年轻人的活力,就在西城劳师动众地让人修建了一座名叫凤岭山的别苑。等到每年春暖花开时,派人将整个别苑布置成花的海洋,带着几位妃嫔出宫前去凤岭山赏花。

但日子一久,皇太后就觉得没有什么新鲜感,便邀请锦城里所有名门望族的才子才女们前来。大家如同八仙过海各显神通,极尽自己的才艺和能力博取皇太后的喜爱。

其实这些都是其次,最最最重要的是,赏花大会是踏入后宫的捷径。所以那些还没出嫁的官家闺秀去得特别的多,个个都精心装扮。平日里她们饱读诗词歌赋,恶补琴棋书画,就等着这一天的到来了。

不过,这和我好像没多大的关系吧?我淡淡地瞥了身旁的秋菊一眼,略略回忆了一下大娘这段时间在才艺上对我不闻也不问的态度。毕竟我这个人无才又无德,跑去凑什么热闹啊,没准等会出丑丢了爹的脸,那就完蛋了!

我跑到大厅,对昨夜匆匆回府的爹说:“爹,那个什么赏花大会我看我还是不去好了,一来我没什么特长,二来那种大会沉闷又无聊,我还是在家陪娘吧?”

坐在太师椅上闭目养神的爹一听,不禁双目一睁,将眉头皱了起来,直视着我的眼睛。

“必须去。”爹的话没有一点回旋的余地,彻底把我的希望给破灭了。

他从太师椅上站起身缓缓地就向门外走去。

我望着爹的背影,没吱一声,跟在他的身后来到门外,瞧见用彩绸裹得华丽丽的还挂了铜铃的两辆马车。

爹伸手指了指其中一辆,我立刻明了他的意思,伸手掀起布帘走了上去。看见子逾跟唐婉时,不禁呆了一下,觉得他俩今天的着装都比较隆重。

唐婉一身火红色的袍袖上衣,绣着凌云花纹,花纹之中又镶有金丝,仿佛要托出凌云的灵韵,下罩青绿色烟纱裙,腰系金丝蝴蝶,这种颜色上的搭配比较强烈,在视觉上就是一种冲击,无疑是在突出她修长的玉颈下那销魂的锁骨。

而她头上的发髻里斜斜地插着碧玉花珠钗，那细小的珠子随着马车一摇一晃着，和她眼眸中含着如春水清波流盼的涟漪一同撞入了我的眼中。我心中一惊，暗忖这个妹妹仿佛从骨子里就散发着一种妖媚，无时无刻都能引诱牵动着男人们的神经。

或者说，唐婉为了这次的赏花大会，可是下足了工夫。别忘了她身后还有一个比她更妖媚的娘，而且大娘的筹码也全压在了她的身上。

再看子逾，他一身雪白的袍服，四周用淡蓝色的丝线绣着水波花纹的团案滚了边，外面还罩了一件白色亮绸短袄，和他头上的羊脂玉发簪交相辉映。

我觉得子逾不仅仅只是帅，而且还是那种越看越有味道的男人。要是他不是我哥的话，跟这样的男人在一起，其实此生也无所求了。这么想着，我忍不住笑了起来，笑自己竟这么邪恶，居然YY起自己的哥哥来。

一旁的子逾也不知想到了什么，竟然跟着我傻笑着。他慵懒地靠在枕上，目光也不知是在看我，还是在看唐婉，那样的漫不经心，那样的暧昧不明。

我眉头不禁一蹙，正想发话，却瞄见身侧的唐婉眸光微动，将脑袋转向了棂子雕花窗那边，伸手掀起窗帘的一角望着外面的景色，没头没脑地朝我抛出一句："姐姐今日可要小心，我方才在大厅听爹跟大娘说，安小姐今年也会参加赏花大会。"

我淡淡一笑，略微沉吟了一下，唐婉口中的那个女人很厉害吗，提到她都能让唐婉的情绪转眼间跌到了谷底一样。

"安小姐是谁？"

唐婉有片刻的沉默，放下车帘转过头之时，脸上的表情不自觉地冷了下来。她幽幽地道："安丞相的女儿，长乐小姐。她天资聪慧、美艳动人，只要见过她的男人，无不如痴如醉地拜倒在她的石榴裙下，锦城许许多多的公子爷都为她得了相思病。"

听完这话，我嫣然转眸含着笑，慢悠悠地说："这么厉害……"

唐婉眨了眨媚眼，微微垂着头说："去年安小姐名义上邀我与她切磋棋艺，实际是想打压唐家。所以如今姐姐的病已康复，得提防此人。不过，姐姐听了这番话之后，何以能够如此沉稳？"

我略微一愣，真想告诉唐婉，我只不过是个打酱油的，你让我如何激动嘛，但她肯定听不懂。而我一时半会儿又找不出更好的理由来作答，便转过头，伸手玩弄着窗帘上的流苏，装作没听到一般，将话题转移："为什么安小姐想要打压唐家？"

这个话题好像特别的沉重，子逾脸上的笑意也瞬间隐去，眉头微皱像在沉思般，许久才开口说道："因为朝廷里面有左右两大丞相，左丞相就是安小姐的爹。我曾记得有人说过，二十年前她爹与我们的爹之间好像发生了一件十分不愉快的事儿，从此之后两人就一直形同水火，不相往来……"

就在这说话间，马车已不知不觉抵达了太后的别苑凤岭山，我们的话题也就此打住。

几个穿着蓝色宫装的太监立时迎了上来将子逾从车内接了出去放在轮椅上，低眉顺眼地请安："小安子、小泉子给唐丞相、丞相夫人、唐公子、静儿小姐、婉儿小姐请安。"

爹捋了捋颔下的长须，呵呵一笑，然后带着我们在太监的迎领下，来到一间屋子里搜身检查着。

这就是现代所谓的安检，因为进去的人一律不能带武器。男的由太监检查，女的由宫女检查，没有发现可疑物品，这才能进去。

检查完毕，我前脚刚往前一迈，一个宫女便端着一个裹了黄色丝锦的托盘走了上来，毕恭毕敬地跪在地上，将托盘高高地举过头顶凑到我眼前。

我微微一愣，心下感到十分奇怪，看着托盘里面一块块垂着长长流苏的红色木牌，想起清朝那会儿皇帝撂牌子留用秀女的事儿，暗忖莫非这赏花大会，还有男公关，我可以撂牌子选几个帅哥来陪我聊天？

这显然是在做梦，我赶紧向唐婉询问道："这是要做什么的？"

唐婉低眸，伸手拂过木牌，一面挑选，一面慢悠悠地说："这是来参加赏花大会，决定你在众人中跟谁会成为队友所选用的牌子，女的为红色，男的为黑色，以地支纪时法为顺序组合，然后和其他队的人进行对决。姐姐得好好挑选，若运气好说不准能和才艺出众的人组合在一起。"

我怎么感觉有点像进入了芒果台的感觉，比赛才艺还要分组举行。我吞了一口口水，随便拿了一块牌子就往外走。

唐婉跟了过来，在我身后呢喃细语："姐姐牌子上面刻的是什么字？"

我翻过牌子瞄了一眼："辰。你呢？"

"未。"

话说到此，我跟唐婉已来到了外面，见了大娘便不再言语，沉默地跟在她的身后往别苑走去。

她一面走一面谨慎地将我、子逾以及唐婉从头到脚仔仔细细检查了一遍，并再次叮嘱道："这次的赏花大会，可不能输了气势，你们都给我全力出击。倘若输了,回府之后就直接来东苑领赏吧。”

听完这话,我长长地叹了一口气,几度想开口告诉大娘,这可是团队 PK,又不是一对一,怕就怕会遇上像猪一样的队友,输了也只有干瞪眼的分。

“对了,”大娘脸上闪过一种复杂难明的情绪,把目光转向我,似是有心提醒,“你大病初愈,难保不会成为这次赏花大会各家闺秀谈论的话题。要是等会儿太后兴起要召见你,想与你闲聊,你可要小心回话。昔日就有一位闺秀在言语上开罪了太后,令太后大怒,最后落得终生残疾。”

我一听吓到了,嗫嚅着不知该说什么才好,这太后的胸怀狭窄不亚于吕后、武则天、慈禧的啊,倘若我这般不幸被她召见,也只能见机行事了。脚步不敢有丝毫的怠慢,一直紧跟着大娘。

踏进了凤岭山的那一瞬间,我简直被惊呆了。没想到凤岭山这般华丽,简直令人窒息。

里面的每一根柱子,每一扇门,每一面墙上全采用了凤凰的图案,用金漆描画得极其精美不说,气势亦是恢宏大方。就连周遭选用的花儿,都是开得最灿烂最娇艳的。

再看前面那座特别醒目的用白色轻纱装饰过的四角飞檐大屋,前后两侧的雕花大门都敞开着,让人一眼就能瞧见里面摆放着的食物。我不知道那是什么,但是我猜想御厨们肯定是用了心去雕刻,因为那些东西都被做成了一年四季常见的花,有红色的,蓝色的,白色的,黄色的……

并且屋子里面还有很多宫女和太监,他们正在忙忙碌碌着把食物一一放在红木托盘里,然后再送往各处,让大家坐在亭子里慢慢品尝。

大娘见爹要和故人叙旧,就领着我们来到一处用桃花和茶花精心点缀过的花亭里,和一些跑来抱大腿的官家太太们攀比着华丽的首饰和衣服的料子。

我们完全插不上嘴,也不敢和大娘并肩而坐,只能坐在她身后大概有三十厘米远的圆木凳子上。

我无聊地叹了口气,伸手取过子逾手中的黑色木牌瞄了一眼,见到上面刻的是“亥”字。这时,太监们和宫女们把糕点都送了过来,给我们品尝,他们临走时,我瞧见其中一名宫女瞥了一眼我们放在桌面上的木牌。

不久之后,耳边响起司礼太监那尖利的嗓音——

“昭武王、安小姐、世子刘文轩到——”

噢,小刘同志来了?

随着司礼太监那句话尾音的拉长,我发现左右两侧以及对面亭子里的官家闺秀、公子爷们都像吞了兴奋剂似的，眼中流波转盼望向山下，唇边逸出若有若无谄媚的笑意，饶有兴致地张望着。

原本细细碎碎的交谈声也随着太监的那一声高喊，全在一刹那停止了下来，凤岭山陷入死一般的寂静。

我略感诧异，带着一脸困惑的表情转过头去，循着大伙的目光凝视着山下。由于距离太远，再加上艳阳高照，站在山下的每一个人的面孔都有些模糊不清。

但是我却能看清门外那身着黑色铠甲被分为两列的黑甲铁骑，他们胯下的马匹匹剽悍矫若游龙，马上背着随风微微晃动着的旌旗，上面用银丝绣着一个"左"字。这气场，难道是开国皇帝？

我在心中嗷嗷直叫，暗暗感慨姓左的这个男人何等威风，不仅带了兵马前来，腰间还佩戴了长剑！那白晃晃的剑芒十分的深寒，于明亮中透出一种诡异的气息，撞入我的胸口使我呼吸一窒，还未跟他正式面对面，就打心底地升出一种仰慕之情。

因为我游戏玩多了，一见到这样的场面，很自然地想起《三国无双》中的赵云帅哥。虽然这个昭武王好像很年轻、很酷、穿着也很有品位的样子，但是他最吸引我的地方，并非是他那一身华丽的着装，而是赏花大会禁止佩戴兵器，他居然能带剑进来，可想而知这人嚣张到了何种程度。估计做他的女人，今后肯定也很牛叉的吧。

想到此，我不禁挑了挑眉梢，将双手抱在胸前，沉吟了一下向身旁的子逾问道："哥，那个昭武王是谁？他叫什么名字呢？"

子逾微微地蹙起眉头，表情显得有点淡漠，缄默不语着，他的眼神却流露出了一种复杂的神色。

一旁的唐婉此时突然一反常态，伸手绕着腰间的绸带，渐渐加深了嘴角的笑容，道："他叫左昭，是无数未出阁女子心中所想要嫁的男人。他不仅长得器宇轩昂，还文武兼备、智勇双全。十岁初入战场就显示出了不凡的军事眼光和英雄胆识，深受齐帝的器重。从小小的一名前锋副将一路打拼，后来被普封为了昭武王，成了东域朝廷的中流砥柱。只不过他生性凉薄，使人难以靠近，所以如今都尚未娶妻。"

没娶妻是好事啊，证明没有出嫁的女人都还有机会。至于难以靠近，那就强力插入求交往呗，久而久之就能靠得更近了啊。

我心中虽然这么想，但我嘴巴上却没这么说，只是无心地问了唐婉一句："那他跟世子刘文轩比起来，谁更帅更酷？"

“没法比较，因为他们都是东域叱咤风云的大人物。”

听唐婉这么一说，我对左昭的那份好奇心就更加强烈。我闪烁着一双大眼睛，小心翼翼而又满怀期待地看向逐渐走近的三人。

首先，落入我眼眸中的人，竟然是小刘子。

只见他眼波一转，眯起双眸瞥了我一眼，嘴边滑出一抹若有若无的诡异笑容。我心中略感诧异，突然想起他上次让秋菊转达我的话，而暗暗思忖：他是在提示我什么吗？然后脑中的灵光一闪，想到这小刘子莫非是想炫耀他身旁的安长乐？

此女比我漂亮端庄不说，还能眉目传情，就那如怨如诉的眼神，怎一个骚字了得！再看她的穿着，白色的长衫不仅用金丝线绣着雀鸟朝日的团图，还镶了细细小小的珍珠，在阳光的照射下闪烁出了七彩光芒，令安长乐整个人就犹如金莲在世。难怪小刘子注视着她的目光中都增添了几分柔情，说不准他就是一个西门庆。

我心中顿觉好笑，鄙夷地瞪了他一眼，将目光投向左昭，我只觉自己的心头猛地一震。

这男人也未免帅得太不像话了吧，这让其他男人怎么活？

只见他一头乌黑如缎的长发，束在一根白色的缎子里，缎子的四周镶嵌着黑色的玉石，在阳光的照射下闪烁出一种诡异而又诱人的光芒。

他棱角分明如雕刻般的脸上，一双深邃的眼睛犹如锐利的鹰眼般，充满了一种蛊惑人的邪气。挺直的鼻梁，不偏不倚顺势而下，到尽头处自然收拢聚焦成一只钩，像极了刘德华的“悬胆鼻”。

这么惹人注目的长相再配上他那一身白色飘逸，用金色丝线绣着栩栩如生的老虎图案的长衫，使得他全身都散发出了一种凛然高洁的气息，让人无法把他与卑劣联系起来。

突然，他像察觉到了什么，或是我跟唐婉那直愣愣盯着他瞧的灼热目光使他不爽了，他缓慢地转过头来冷冷淡淡地扫了唐婉一眼，又将目光定格在了我的身上，眼里闪着意味不明的光。

我心神顿时又是一震，脸上忽地一热，飞快地转移视线，内心却难以淡定下来，暗暗惊叹，这个男人真的太可怕了，或许他根本就不是人，而是宙斯，只需一眼就能唤醒人心底的情愫，让人对他念念不忘。

连我这个久经情场的人，也差点被迷得神魂颠倒，看来这个帅哥对女人的杀伤力真是极猛。

也不知过了多久，我耳边突然听闻一阵裙摆摩擦发出的轻微声响，回过神来只见身旁的唐婉从凳子上站起身，注视着左昭，盈盈向前走了两步，可能是想上前面对面地跟他说上一两句话。

但是不料大娘眉头轻蹙，瞳孔骤然紧缩了一下，狠狠地瞪了唐婉一眼。

唐婉脸上倏地掠过一丝惊慌，浑身抖了一下，无奈拧着双眉又坐回了原位，眉梢眼角处带着哀怨之色，用手揪着衣衫，弄得前襟出现了不少褶皱。

我带着怜悯的神色望着她深褐色的眼睛，正想说点什么来安慰下她那颗幼小的心灵，就听见司礼太监那尖细的嗓音再次响起："皇太后驾到——"

紧接着，凤岭山的所有人都齐齐下跪对太后叩首。

我不敢怠慢，也跟着大伙跪在地上，然后偷偷看了一眼，在宫女太监簇拥下朝着最前方放着的一张凤椅走去的皇太后。从面相来看她一点都不慈祥，眉宇间彰显着女王的风范，再加上那雍容华贵的礼服使她浑身上下都透出一股威严，四周的气氛像一下子都凝滞住了。

"今儿大家就不要拘那个礼了，在哀家这儿只讲快乐，都坐吧。"太后端坐，和颜悦色地说道。

大家齐呼："谢太后。"然后站起身，坐回原位。站在太后身旁的一名老太监，立时拿出一张类似演说稿的东西，缓缓地展开，清了清嗓子朗诵道——

"各位大臣、公子爷、小姐、裁判员们：烟花三月，是我国举办一年一度赏花盛会的时节。奴才在此，谨代表圣上向大会能顺利进行致以热烈的祝贺，向承办本届盛会的皇太后表示衷心的感谢……在此，皇太后希望全体参赛者发扬团结、友谊、进步的精神，以快乐为目标，赛出水平，赛出风格……"

听到这儿我顿时震惊了，这是赏花大会还是运动会啊?

"下面，我们有请各位裁判员。"老太监的话语一歇，场下就响起了一阵如雷贯耳的掌声，震得我耳膜里如有蝉在鸣叫般。那老太监似乎很有当领导的潜质，挥了挥手示意大家安静，然后接着说道："第一个裁判员，是在我国有着狮子吼咆哮声能震碎耳膜的恭亲王；第二位，是我国号称飞毛腿走街串巷的大将军；第三位，是有着一双火眼金睛的刑部大人。他们今日身着官服，显然很重视这次的赏花大会，所以各位参赛者可千万不要作弊哦。"

我不得不承认，当听完太监介绍完裁判员之后，我已经被雷焦了。丫的，直接说裁判员是人肉监视作弊器不就得了。

"接下来，各位参赛者拿好你们的木牌，请上前按照地支顺序站好。每队派个代表到奴才这儿来抽签，决定队与队之间的对决。"

老太监的话音一落，坐在亭子里年龄差不多在十二到二十之间的官家闺秀跟公子爷们各自拿着手中的木牌，颔首低微，徐步朝着亭外走去。但也有一部分人还在亭子里稳如泰山，似是都期盼着能跟左昭或者小刘子一组似的，正着急地观察着他俩会在哪块告示牌前止步。

我倒没像那群人一样把心思放在两个男人的身上，我更想知道的是如今十二个队伍，每个队都聚集了二三十个人，这么多人到底要 PK 什么，难不成集体做广播体操，看谁能超越“操帝”？

我幽幽地叹了一口气，拣了一块糕点放在口中，觉得自己吃饱喝足了，才慢吞吞地站起身，拿起桌上的木牌往外走。

就在这时，也不知人群中哪家闺秀突然一声惊叫：“啊，武昭王向午队走去了。”紧接着，又是一声：“啊，我跟世子一组……”之中还夹杂着某家闺秀对子逾透出爱慕之情的话语——“唐家公子抿嘴微笑的样子就像一朵裹了露水的雪莲，静谧而芳香……”所有女子一瞬间全变成了鸭子似的“嘎嘎”地叫个不停，烦死人了。

坐在凤椅上的太后也按捺不住了，只见她眉头紧皱，对身旁的老太监递去一道眼色，似是吩咐老太监快制止一下。

那老太监便赶紧挥动着双手，扯着尖细的嗓子，让大家列队保持肃静，可惜他的声音全淹没在了“嘎嘎”声中，大家你推我搡朝着左昭和小刘子一涌而去，场面瞬间陷入混乱之中。

也不知是谁从后面推了我一下，我整个身子顿时向前倾去，撞在了子逾轮椅的椅背上，触动了肩胛上的伤口。我痛得眉头紧皱，憋着一肚子的火伸手揉了揉伤口，却突然发现手里的牌子竟不翼而飞了。

我无奈地耸了耸肩，抿紧唇角蹲下身去四处找寻，却发现地上有好多牌子，地支里的十二个文字都聚齐了，在拥挤的人群里被人用脚踢得到处乱飞。我无语，暗忖这混乱的场面根本就是一场有预谋的橄榄球比赛啊，TNND 的每个人都冲着彼此手中的牌子抢去。

“别挤……叫你们别挤啊……”我气喘吁吁地大喊着，没喊几声就想着算了，不要再喊了，喊了她们也听不见，即便听见了也未必会甩我。我便随手捡起一块木牌站起身，正准备瞄瞄上面的字时，唐婉像幽灵一样从一旁飘了过来，一脸的郁闷。

我一愣，问她：“怎么了？”

“我的牌子被人掉包了，真是气死人了。”她伸手擦了擦额上的汗珠。

我不语，伸手拍了拍裙摆上的灰尘，她又继续道：“对了姐，我方才过来找你时，看见王爷站在你那一组，而我现在的这块牌子跟世子正好是一组。”

我微怔，觉得她这话透着有想要跟我换牌子的想法，就赶紧在眼中表露出不妥的意思，解释道：“其实，我的牌子……”

“姐，我知道，其实你是不好意思开口，要跟我互换牌子。毕竟，姐姐跟王爷一组也没多大意思。”

我正色道：“不是……其实我的牌子……”

“我们姐妹一场，妹妹怎会不明白姐姐的心思？”唐婉打断我的话，微微一笑，柔声说，“姐姐一直都很喜欢世子，不是吗？在祁连山时，世子中毒之后，姐姐不顾男女有别还为世子吸取体内的毒液，婉儿就知道姐姐这样做是想续上跟世子的那段姻缘。”

我被她的话，雷得有点分不清东南西北了，说得就好像我很爱很爱小刘子一样，真是有够无聊。

“我救他跟续上姻缘无……”

唐婉再次打断我的话：“我知道，姐姐向来脸薄是不会轻易承认的。不过眼下倒是一个很好的机会，所以姐姐你一定要加油。”说吧，唐婉就很利索地将我跟她手中的牌子互换了一下，然后就跑开了，留我一人呆愣在原地无奈地扁了扁嘴，真有种欲哭无泪的感觉。

我一直想告诉唐婉，我的牌子也被掉包了，可是她一而再再而三地将我的话给打断，我就无法了。垂下眼眸瞄了一眼牌子上的字，便朝着“巳”队走去，略略扫了一眼我那群傻里吧唧的队友们，和他们寒暄了几句，就将嘴巴给牢牢地闭上。

因为我发现他们注视着我的目光里都带着一种歧视，似有这傻子怎么跟我们一组之意，所以我脸皮再厚，也不能老拿自己的热脸去贴别人的冷屁股啊。

不过我有一事觉得奇怪，就是站在我旁边这位面目英俊的帅哥不是左昭吗？他不是应该在我最初所在的那个队伍里吗？怎么回事？我的小心肝顿时一颤一颤的，赶紧把目光转向其他队伍中，找寻着唐婉的踪影，却发现她跟小刘子正站在一个队里。

她望着我，一副眼珠子都快瞪出来了。

这能怪我吗？

我幽幽地叹了一口气，赶紧把目光收了回来，就听见那位老太监叫每组派个代表去抽签。我们这组当然不必多说了，肯定是左昭去，大伙都将他视为带头老大，还一口一个昭哥昭哥地叫着。不过人家昭哥是何等尊贵的人物，才不会把这些蹦跶在身边的小喽啰放在眼中。

左昭惜字如金,去抽完签回来的时候连句话也没说,只是把抽到的数字给小喽啰们看了一眼。害我白等了老半天,以为他会说一些大家加油的话。

不过我不明白,队伍分配好了,签也抽好了,我们这十二个队伍到底要比赛什么呢?只见几十个宫女和太监急急忙忙地搬来四方桌和圆凳椅,我就更感奇怪,莫非是比赛下棋或者是大胃王之类的?

但是又不像,那到底是什么呢?我微微蹙眉,压下心中的好奇。一直等到宫女太监们安置好桌椅后,每个人手中提来一个小匣子时,忘记带避雷针的我有种五雷轰顶的感觉,整个人被轰得魂不附体了。

这哪是什么赏花大会啊,分明就是居委会大妈大叔的麻将聚会。我起初还一直对美女老妈的话深信不疑,以为这个大会有多高尚来着,看来她也很不靠谱。

我无奈地摇了摇头,接过宫女发来的《天朝麻将手册》瞧了瞧,发现里面全是一大堆啰嗦的规则。基本玩法是能碰不能吃,只有万筒条,没有东南西北、发中白、梅兰菊竹。可杠,可和,可自摸。

并且,还是血战到底的轮回战术,而太后为了比赛的难度,规定参赛者三番才能叫和。再者,为防第一个叫和的人和同桌人作弊,还必须得离开那桌,去其他桌继续血战到底。

看到这里我不禁乐焦了,双手叉着腰,在心中得意洋洋地道:"虽然麻将勾起了我的伤心往事,但是这种搓麻比赛,在我唐静眼里简直就是小意思。你们这群傻叉还敢鄙视、歧视、蔑视、藐视、无视、轻视我,那就等着看姑奶奶是如何大开杀戒的吧。"

想到此,我嘿嘿直笑,为了保存自己的实力,就先坐到一旁磕着瓜子,看我队跟敌队第一轮的比赛。

一盏茶过后,我无意间瞄见几个重要人物比如那个什么安长乐的,都坐在一旁品着茶分析着整个局势。

我想了想,觉得这么静观其变也不是办法,还不如去探探敌人的虚实。在第三轮比赛结束,我方的一名帅哥垂头丧气走了回来之时,我终于忍不住直接往牌桌上一坐,结果和安长乐给撞上了。

她好死不死居然这个时候也跟着蹦跶了出来,并且还坐我上家,这可真是一件让人头痛的事。

我一边整理着牌,一边想着等会是做清一色好呢,还是对对和带杠。安长乐冷笑了一下,对我说:"久闻静儿小姐长得美丽动人,但因从小患上恶疾一直避见外人,难得遇上神医治好了痴病恢复了本色,就不知牌艺如何?不过,你得小心了,我们可是不会手下留情的哦。"

她说这话，是成心想让我举白旗吧。只见其余两个牌友都哈哈哈地笑了起来，露出一副鄙弃的样儿。

我清了清嗓子，尽量用平和的语气说："静儿略懂牌艺而已，不过牌场变化多端，虽然不是弥漫着硝烟的战场，但处处都充满着陷阱。安小姐有心提点，静儿很感激，会加倍小心的。"说到这儿，我将目光转向她那张带着傲慢神色的脸上，见她一副胸有成竹的样儿就有点不舒服了，"就不知道，有些人会不会淹死在自己哇啦哇啦目中无人的口沫中。对了，长乐小姐，你说我们这桌要不要结束比赛之后，一起找个岛屿聚个会烤烤牛排什么的？"

"呵呵呵，"安长乐一张脸顿时阴沉了下来，伸手甩出一张牌，道，"三万。这话倒是让我觉得，你的智力恢复到五六岁了嘛。什么烤牛排啊？"

本来按照我的性格，我是不会欺负女生的，但是我想起唐婉说安长乐想要打击唐家，就不爽了。如果唐家只是我借住的地方，我或许会放她一马。但是本姑奶奶可是穿到自己的前世，家族的名誉岂是拿给她打压的，所以就埋汰她道："你连烤牛排都不懂啊，看来长乐小姐的智商也高不到哪儿去。我倒是希望某些人通过这次比赛真的要提高提高点智商才好。"说完这话，我一整脸上的表情，伸手捡起她扔出来的三万，笑眯眯地补充了一句："不好意思，我和牌了。"

安长乐愣了一下，随即整张脸都绿了，双眼冒着熊熊的火焰。

我端起茶盏，饮了一口，想起了一句话能戳戳她的锐气，便叫她："安小姐。"

"有何贵干？"

"也没什么，我就是想告诉安小姐你，其实玩牌不仅要靠头脑，很多时候也得靠手气。手气好，想要什么牌就来什么牌，手气背的话……嘻嘻嘻……不好意思，我得换桌再继续比赛了。"

安长乐冷哼了一声，一副恨不得将我碎尸万段的表情。

我不以为然，乐滋滋地在人群里穿梭着。一阵犹如狂风暴雨般的叫喊声，突然砸进了我的耳中，好像是那位有着狮子吼绰号的恭亲王的咆哮声："三十九号桌的陈爽作弊，立刻将他给本王拖出赏花大会的大门。"震得大地都为之一颤，实在是太牛叉了。

我好奇地把目光往旁边一瞥，瞧见两个刑部的小人物跟开了外挂似的火速朝着三十九号桌跑了过去，一人一只手搭在陈爽的肩上。那陈爽一阵恐慌，撕心裂肺地哭喊着："我没有作弊，是有人陷害我……"可话还没说完，刑部的人就拿出两根木棒朝着他的嘴巴"啪啪啪"打了几下，然后拖着晕厥的他离开了。

我作默哀状，随便挑了一张桌子往椅子上一坐，瞄了瞄四周，发现其实也并非就那位陈爽作弊，被拖走的人不在少数。因为输掉的人必须离开比赛所圈起来的场地，一轮比赛下来，围在四周的三十多张桌子，一下子就少了十几张。

我很同情地望着他们，眼看桌子越来越少，正愁着要不要跟子逾一桌，小刘子很不识时务地忽然从我的身旁走过，低低地说了一句："没想到你还能撑到这个时候，真是难得。"

我板起脸来，朝他比了个"你真二"的手势，连话都懒得说一句，直接跑开了。然后在一场场激烈而又处处布满了陷阱的搓麻中，奋力一搏最后杀出了重围。我无比兴奋地一转眼波，瞧见比赛场地现在就只剩下一张麻将桌了。

就在这紧张的时刻，那老太监十分神经质地又开始发话了，我不得不承认他很会给剩下的选手施加压力，借此活跃气氛。

"各位，现在比赛进入了最后的高潮阶段，这速度也真是快得太惊人了。下面就让我们用热烈的掌声迎接我们进入总决赛的选手。他们分别是，王爷左昭，世子刘文轩，丞相千金安长乐……额……最后这位是？"

我不满地朝他撇了撇嘴，为了让他能记住我的名字，我使出吃奶的劲喊道："我叫唐静，唐老鸭的唐，安静的静。"

全场人顿时傻眼了，随即一阵交头接耳。

老太监嘴巴一张一合好像还没从我这个傻子居然能独当一面的惊讶里回过神儿来似的。直到过了一两分钟的样子，他才清了清嗓子，继续刚才没说完的话："最后这位是唐丞相千金，唐静。好了，奴才也不再废话……"

早该闭嘴了。

我嘟着嘴不满地眨了眨眼，望着向我走来的安长乐、小刘子以及左昭，微微侧了下身坐在身旁的椅子上，心中暗自嘀咕一会儿要不要露出我的杀手锏。

小刘子一脸自我陶醉地坐在了我左边的位置上，成了我的上家，这下我可有得受了！

我翻着白眼，万分不爽地摸着牌。哪知比赛才开始没多久，这小刘子就开始向我开炮了，一直把我要的牌扣得死死的不说，还时常对安长乐放水，联合起她来打击我这个下家的锐气。他怎么这么没心没肺，亏我还让秋菊救过他一命，怎么转眼就给忘记了？我没让他给我放水就算好了，他还一个劲儿地帮安长乐，莫非安长乐是他的小情人？

我冲冠一怒，不爽地撇了撇嘴，索性连清一色也不做了，以瞒天过海的作弊法，速度极快地在堂中换了几张对自己极有力的牌。小刘子像被谁的灵魂附体了似的"咦"了一声。我被吓了一跳，做贼心虚地先发制人："你咦什么，比赛现场怎能容忍你嬉皮笑脸，请你严肃点。"

但是我的心跳得很厉害,唯恐他从中看出了什么,毕竟他是习武之人,眼睛老尖了。接下来也没敢再作弊,而是选择将他的小情人安长乐堵在了死胡同里,让她摸牌不得,时常打牌给左昭让他碰。

我这种做法其实蛮愚蠢的。

小刘子嘴角浮上一丝冷笑,挖苦我道:"看来静儿小姐挺有团队意识嘛,但别忘了,最后这一场可是个人荣辱哦。"

"是啊是啊,世子你不也老是放水给敌人吗,说得就好像我很傻叉似的。"我不以为然地说道,反正牌已经被扣成这样了,难不成要我放水给安长乐?做梦吧,人生总有一次傻到火星的时候,如果再接着傻叉那就没得救了。

结果一场下来,我们谁也没有和牌,就只能按照规定查叫。安长乐这下可倒了大霉,我好在做成了两番,不算最差,最差的就是她只有一番。

安长乐顿时皱紧眉头,瞪了我好几眼。瞧她那副德性,哪有丞相千金的高贵,活像个怨妇。她冷冷地哼了几声,气呼呼地就走出了比赛场地,剩下我们三人还真不知是继续下去还是等着颁发奖状。

小刘子从椅子上站起了身,明明刚才还讪讪地笑着,却在转瞬间面容就冷了,那幽黑的眼眸也如一泓深潭,深不见底,让人摸不清更猜不透他到底在想些什么。半晌,他侧头瞥了一眼一副露齿半眯眼憨笑的我,朝着坐在凤椅上,神情倦怠的太后,微微垂首道:"太后,微臣有一事相求。"

"但说无妨。"太后淡淡地说道。

我微微挑眉,暗忖这小刘子又想搞什么飞机,就听见他说:"这种比赛,微臣一向毫无兴致,再者男子跟女儿家较量,赢了也毫无光彩。所以微臣想接下去的决战,能改为蹴鞠。"

"蹴鞠?呵呵,这倒是一个好想法,就不知王爷和那个……你叫什么来着?"太后作沉思状,将目光转向了我。

我感到尴尬,暗忖自己在比赛中好歹也是也动了脑子,将牌敌逼上梁山,才走到决战中的;好歹观众的目光都带着一种饶有兴致注视着我的一举一动,窃窃低语。可是你老人家却连我的名字都记不住,看来我果真是个小人物啊!

我垂首下跪,低低地道:"唐静。"

"唐静?噢,我想起来了,是博清的三女儿。前段时间听宫中的御医说起,你的病好了,恢复了神智,如今一看倒是蛮机灵的一个小丫头。"话说到这儿,太后像是想起了什么,又补充道,"能在如此激烈的比赛中脱颖而出,真是难得。哀家记得搓麻大会举行十年以来,从未有过女子能战到最后。不知道,最后的决战,你是否愿意和世子、王爷比赛蹴鞠?"

蹴毛啊,我足球连看都看不懂的,怎么踢?我还不如回家刷碗去,搓麻不好吗,为什么非要改成蹴鞠?

一旁的小刘子似乎看穿了我的心思,邪邪地一笑,正准备开口说话,一直沉默不语的左昭突然开口发话了:"蹴鞠是男人的事,女人待在一旁选个队伍,举旗助威就行了。"

我赶紧点头,死皮赖脸地蹦了过去,对他露出了赞许之色。

小刘子笑道:"噢,这么说来,王爷是答应了?"

左昭目光中闪烁出一种"我早就看不惯你"的神色,直视着小刘子,淡淡地应了一声:"是的。"

"那好,哀家就给你们选个日子。这凤岭山不适合蹴鞠,那么就改为三天后亥时,在皇家蹴鞠场,你们一决高下吧。至于蹴鞠名单中参选的人,就由你们自个儿去定。"

"是。不过,微臣倒是希望眼下就把举旗助威的人给定下来,以免到时候人多嘴杂,扰得人无法集中精神。"刘文轩看向太后,说。

太后笑道:"好,一切随你。"我顿觉这老太婆的心肠还是蛮好的嘛,看来,看人可不能只注重外貌啊。想到此,我正准备回到亭子里,刘文轩就扬起他那高贵的头颅,伸手指着我的鼻子说:"就你了。"

我一惊,缩了一下脖子,露出一副便秘的样子,咬得牙齿吱咯直响,这小刘子以为自己是贝克汉姆就算了,但我不是维多利亚啊,他干吗老是跟我过不去呢?

"既然你已定好举旗助威的人,"左昭面无表情地说,"那么我这边就选长乐。"

昭哥,其实你应该摆出你王爷的风范,指着小刘子的鼻子告诉他:"我要选这女人,你一边凉快去吧。"来打压下他,而不是选他的小情人啊,没准你比赛的时候他小情人会在背后甩暗枪呢。

我在心中无声地呐喊着,显然没人搭理我。

这么敲定主意过后,大家就各自回原先喝茶的亭子里。临走时太后叫住了我,说是因为我成为天朝搓麻大会中第一位进入总决赛的女人,要赏赐我衣衫一件。

我谢过太后,拿着红得就跟嫁衣似的衣衫回到了亭子里。坐了一会儿,太后她老人家就说想看舞蹈,让官家闺秀们出来蹦跶。我顿感无聊,起身来到大娘身边声称比赛中用脑过度,头痛想回家休息。子逾似是也不想继续待在这儿,也跟着起哄起来。大娘很不爽地说了我和子逾几句,才放我们离开。

第五章

一代搓神宫中授课

魏公公掩唇一笑，道："奴才也不是很清楚，昨夜倒是听太后说，静儿小姐在赏花大会上展露了你的聪明才智，成为了一代搓神。所以今儿召你入宫，好像是让你教小王爷跟小公主们搓麻。"

回府的路上，马车上的铃铛叮铃铃……叮铃铃……一直响个不停，扰得人着实心烦。

子逾好像真的很累，将整个身子都靠在引枕上打着盹，细碎的长发垂了下来覆盖住了他的额头。随后，他的脑袋不偏不倚地搁在我的肩上。我闻到一股他体内散发出的幽香。

我低眸，瞧着他如同婴儿般甜美的睡容，母性本能顿时大发，小心翼翼地伸手轻轻地拨开他额上的头发。正想入非非时，子逾突然将眼睛睁开，目光温柔地凝视着我，说："静儿的手好温暖，突然使我想起了娘亲。"

我一时没反应过来，呆住了。许久，开口对他说："哥哥，你是不是寂寞了，要不就娶个嫂子回家陪你？我刚才在赏花大会上，有瞧见几个长得不错的姑娘老是盯着哥哥瞧，她们好像很喜欢哥哥喔。"

子逾低眸道："感情这种东西，我不敢奢求。"

"为什么呢？就因为不能行走，所以自卑吗？其实静儿觉得两个人只要真心相爱，才不会去在乎这些呢。"

"是吗？那静儿若遇上了一个像我这样的男人，是否也不会介意？"

"呃……"子逾这话把我给噎住了，情绪被搅得乱乱的。我下意识地抿了抿唇，将目光移开。

恰巧这时，马车已回到了唐府，家丁前来请安的声音从帘子外传了进来。我赶紧抖了抖裙摆从车里走下去，对子逾扔下一句："哥，我先回西苑。"然后拿过太后赏赐的衣衫回了房。

我窝在暖阁里，想着子逾在马车里所说的那番话，觉得他的生活是不是过得太过压抑了，要不有机会带到他到外面走走，让他打起精神来？

这么想着，我就一不小心睡着了。等醒来的时候已是晚上，我从床上爬起身正准备出去吃饭，却撞见了唐婉。

她提着一个竹篮飘了过来，笑吟吟地道："姐姐……"

"……"我怎么觉得她像《白雪公主》里的老巫婆，有她要骗我吃苹果的不祥感觉呢？我也没多说话，只是将身子往一旁挪了挪，把她让进屋子里。

她把篮子放在桌上，回头望着我："姐姐今日能在搓麻比赛中得到太后的赏识，真是一件好事。本来想为姐姐庆祝，可惜姐姐老早就睡下了。幸好今儿祖父托人从云中带来了一些杏果子，所以婉儿特意给姐姐带来，姐姐快来尝尝。"

"哦，好啊。"我往前走了两步，坐在椅子上，一口一个杏果子直往肚子里吞。

唐婉见状，不禁笑了笑，稍稍犹豫了一下道："姐姐，其实……其实啦……婉儿有一事相求。"

我就知道，她无事不登三宝殿的，这次前来准没好事，不过吃人的嘴短，拿人的手短。我一连吃了她好几个杏果子，也不好意思装作没有听见："你说吧，什么事？"

"三天后，皇宫蹴鞠场的那场蹴鞠比赛，可否让我替姐姐去给世子摇旗助威？"

"你是想见王爷？"我懒声道。

唐婉不语，作害羞状。

我也不好再继续追问，嘟囔了一句："随你啦，反正我压根就没打算要去给刘文轩摇旗助威的。"

"真的吗？"

"嗯，你想去就去吧，反正我留在家里能乐得个清闲。对了，下次你祖父要是再托人给你送杏果子，记得跟我留一份哦。这东西真是好吃，酸酸甜甜的，很合我胃口。"

唐婉瞥了我一眼，笑道："那我就不打扰姐姐你休息了，先回房了。"说吧，她提着篮子就离开了。这人也真是太现实了，需要我的时候，就当我是个两三岁的黄毛丫头拿着"棒棒糖"蹦跶过来哄骗我，不需要我之后还不忘拿走"棒棒糖"。

我作默哀状，出去跟美女老妈吃了晚饭，闲聊了几句之后，又回来继续睡觉。

也不知过了多久，睡梦中的我被一阵叫喊声所惊醒，睁开眼就瞧见春桃那张脸的大特写，吓得我险些心脏病发作。

"静儿小姐，醒啦？"是秋菊的声音。那丫头站在角落里，正往铜香炉里添香料。

我抹了一把冷汗，转过目光瞟了一眼棂子雕花窗外的天空，此时已经大亮。秋菊来我房间叫我起床很正常，但是春梅跑来干吗？我犯愁道："春桃来我暖阁是奉大娘之命，想让我去东苑吗？"

春桃一笑："不是，奴婢是奉老爷之命，让静儿小姐去大厅。今儿宫里的魏公公前来府上，说是要召静儿小姐入宫。"

入宫干吗？难不成这东域跟清朝时期一样，有选秀女入宫去充当小三这个规定？我越想越感到恐惧，脑中浮起一个糟老头子拿着棒棒糖对我招着手，猥琐地笑着说“静儿乖，到怪蜀黍这儿来，怪蜀黍给你糖吃”的画面，不禁狠狠地打了个冷战。

“静儿小姐？”春桃好似觉察出我脸上闪过的异色，目光之中难掩心中的疑虑，道，“静儿小姐不舒服吗？可是魏公公在大厅等候着，不能开罪啊。”

我回神儿，恍恍惚惚地道：“你可知，魏公公这次来到底是干吗？”

“奴婢不知。”

看来她是真的不知，我便打消再继续问下去的念头，穿上衣衫梳洗一番之后，随着她朝大厅走去。

进了内堂，从敞开的两扇大门里，我一眼就瞧见坐在爹旁边的魏公公。他穿的宫装服是紫色的，好像是属于内务府的，鬓须斑白，面容和善，嘴角和眼角处都被岁月刻画上了皱纹，一笑就更为明显。

也不知他跟爹在说什么，爹伸手捋了捋长须也跟着笑了起来。随后，魏公公翘着兰花指，端起桌上的茶盏闲闲地饮了一口，似是听到我的脚步声，而侧目回望，眼睛一瞬不瞬地看着我。

我心头顿时一怔，向他福了福身，道：“静儿见过魏公公。”

魏公公“嗯”了一声，缓缓道：“我看时候也不早了，是时候该进宫去，要是太后生起气来，那可就不得了。静儿小姐，请。”

太后？原来是太后找我，害我担心了老半天。不过她老人家找我干吗？我下意识地瞥了一眼爹。爹微微一笑，递上一道“去吧”的眼神，只差没将我打包空投了。我也没敢多问，跟着魏公公走出了大门，坐上了轿子，窝在里面睡了个回笼觉。

待醒来的时，轿子已抵达了皇宫，魏公公在外面一个劲儿地呼喊着我：“静儿小姐——静儿小姐——”

“来了，来了。”我赶紧掀开帘子走了出来，映入眼眸的是三个斗大的毛笔字——“慈宁宫”。

“太后现在正在里面发脾气，说是等久了。你赶快进去吧。”魏公公翘着兰花指说。

我很受不了男人做这种动作了，赶紧别过目光，一边往里面走，一边跟魏公公套着近乎：“公公，你知道太后她召见我，是为何事吗？”

魏公公掩唇一笑：“奴才也不是很清楚，昨夜倒是听太后说，静儿小姐在赏花大会上展露了你的聪明才智，成为了一代搓神。所以今儿召你入宫，好像是有让你教小王爷跟小公主们搓麻。"

搓神？这个称呼可真二，我有点纳闷地道："为什么不让世子跟昭武王教小王爷跟小公主们呢？"

"王爷跟世子是上阵杀敌的英雄，怎么能让国之栋梁陪小王爷小公主胡闹，这不大材小用了吗？"

魏公公这话说得我心中直来气，好像我很废材似的？正想反驳他一下，就进了太后的暖阁。太后见了我，先是哀叹一声，然后喋喋不休向我发了一堆牢骚，具体说了些什么，反正我是一句话也没听进去。然后，她才言归正传，跟魏公公方才进来时所相告的话八九不离十，她是想让我教她的孙子孙女们打麻将。最后还特意补充了一句，若我教得好，定会重重有赏。

我正想问她到时候会赏赐我什么，她就在我完全没有答应的情况下，命令魏公公领我去搓宫。

好歹她也跟人说过我是一代搓神，在奴才的面前至少也该给我一点面子吧！我无奈地摇了摇头，跟着魏公公来到搓宫靠南的一间屋子里时，却连一个小兔崽子也没见着。

我歪着脑袋望向魏公公："公公，小王爷跟小公主们呢？"

"估计还在寝宫，静儿小姐先耐心等等，主子一般睡醒了就会来搓宫。要是静儿小姐觉得实在无聊，可以在搓宫四处走走，但是千万不要离开搓宫往左行，那边可是禁区。若没有什么事，那奴才先告退。"

"哦，好的。"我心不在焉地懒声答道，坐在一旁的椅子上。想着这个睡醒就不知道会是什么时候了，还不如到外面走动一下，等会儿那群小兔崽子没见着老师，自然会命人来找。我便直接出了搓宫，可又想不起刚才魏公公叮嘱的禁区是哪边，索性蒙着脑袋到处乱逛。

没过一会儿我就迷路了，来到一个像原始森林的地方。这儿的树是我从来没有见过的一种参天大树，枝干的大小已经不能用碗口来形容了，因为要好几个成年人手拉着手才能合抱。

而且这里除了树，还是树。抬头望望，可以瞧见有些大树的叶片上还挂着一层薄薄未融化成水的霜片，在几缕阳光的映照下，像水晶般闪烁着亮晶晶的光芒。

我感到奇怪，这么大个地方到底是做什么用的，莫非是蹴鞠场？但是不像啊，蹴鞠需要很宽敞的空间。这里到处都是树，那么到底是用来干吗的？我正疑惑不解，耳边就骤闻一种十分奇怪的声音——"沙！沙！沙！"好像有什么东西速度很快地向我跑了过来。

我挠了挠头，暗忖自己不会赶上什么很给力的现场直播的了吧。赶紧缩手缩脚地藏在一棵树后，小心翼翼地一点一点把脑袋探出去向外望。只见一个头发蓬乱，脸上很脏，像从深山老林走出来的男人，穿着破破烂烂带血的衣衫，一直不停地向我这边跑了过来。他那布满血丝的眼眸中，流露出一种说不尽的惧怕之色。

我感到十分的害怕，不知道前方究竟发生了什么事儿，把探出的脑袋又缩了回来，双手合十做祈祷。那个男人像体力已经到了极限，再也跑不动了般，“砰”的一声倒在了我的身侧，露出被箭射得就跟个马蜂窝一样的背脊。

我的心顿时漏跳了几拍，整个人都被吓傻了，久久无法回神，只能呆呆地望着他。他也望着我，干裂的嘴唇张了张，似是想向我求救，喉头却发不出一点声音，便将手伸了过来，可是就在快触摸到我的脚时，他的手却突然垂了下去。

“喂！”我发出含糊不清的声音叫了叫他。他没有回应，我立刻明白过来他或许，估计，可能已经死了。

但是……我却想要确认一下，因为我觉得这个男人好可怜，真的好可怜。若换成是那次在祁连山上遇见的刺客，我定不会那样去做。或许，在不清楚对方背景而对方又没有威胁到我的生命的情况下，我的同情心是极为强大的。

我战战兢兢地向他走了过去，弯下腰用手指在他鼻翼间试探了一下，没有一丝呼吸。我的手猛地一抖，赶紧收回紧紧地捂住自己的嘴，不让自己的声音从嘴巴里泄了出来，可是我眼中直打转的泪珠，却无法掩饰住我内心的感受。

我想要马上、立刻回到搓宫去，装作什么都没有看见一样，但是我的心中却极为好奇前面到底发生了什么。于是我晃晃悠悠地往前方走去，目光蓦然接触到十几名士兵和几位酷似大官的人物。

接下去，我又往前走了几步，瞧见前面出现十几个头发蓬乱，脸上很脏和死去那个男人属一类型的人，他们在林子里四处逃窜着。而那些士兵和酷似大官的人就像没看见一样，动也不动地立在原地。

我实在不明白这到底在干吗，心中充满了种种疑问，忍不住又向前走了几步。陡然瞟见一匹全身雪白的宝马从林中的另一头狂奔了出来，那马鞍上坐着的人正是左昭。只见他从马背上取出长弓和一支羽箭，跃到半空弯弓搭箭，“唰”的一声响，羽箭带着风声穿破树叶，射向了一个正在林中拼命逃跑的男人的腿上。

然后又是一箭，不，是两箭，不不不……我惊骇地睁大了眼睛，已经被这种惨不忍睹的虐人方式给吓蒙了。左昭不知到底射出了多少支箭，反正把对方射得像只刺猬一样，然后再抽出长剑，把对方至头顶劈成两半。

这种活活把人折磨死的做法实在是太残忍了，我的身体剧烈地颤抖了起来。把心底在赏花大会上对他所产生的那一抹好感一点一点地捏死之后，我用愤恨的目光望着他，怒嚎着："住手！"

顿时，离我最近的一个男子猛地转过头来望着我。由于他整张脸都裹在了头盔里，我看不清他的外貌，只觉得这人身材挺拔，估计有一米八的样子。

他开口问道："你是谁？此乃皇宫禁地，你是哪儿冒出来的女人？"

"你、给、我、闪、开。"我很生气，汪洋大海都无法熄灭我心中燃烧着的那把火。无视他的存在，我愤怒地往前迈了一步，一群士兵跟打了鸡血一样拔剑怒视着我。

我感到胆寒，清清楚楚地感觉到四周翻滚着的杀气，脊背上也立时生出了一股凉意来。

"我乃丞相千金，你们让开，我要见王爷。"

一阵鸦雀无声，大伙眼睛眨也不眨一下地盯着我，那眼神将我从上到下秒杀了个遍。

"让她过来。"突然，左昭冰冷的声音空降而来。

我感到奇怪，因为就在那短暂的几十秒钟里，我已经想好了十个促使左昭能见我的办法，却没想到我话还没说，他就让我过去，白白浪费了我的脑细胞。

我来到左昭的身旁，眯起眼睛望着他，见他没有话说的意思，我就先开了口，正儿八经地说道："本来这种事情我一个女子不应该多问多管，但是我只是很想知道，人的性命在你们这些当官的人眼中算什么？"

他凝视着我的眼睛，微微眯了一下，却不语。

我皱眉，嘴角勾起一抹清冷："你把他们当蝼蚁，还是草芥？"

"你来这儿的用意就是问本王这种无知的问题？"他嘴唇轻轻地启动，牵出一抹若有若无的笑意，"念在你是唐家三小姐，本王不追究你擅闯皇宫禁地之罪，你最好见好就收，从哪儿来就回哪儿去吧。"

很好，他还记得我是谁，看来赏花大会确实让我名声大噪，想必他也应该略有耳闻我来皇宫是干吗的，所以才不敢把我怎么样吧。

所以我不甘示弱地说道："古语云，善恶到头终有报。你这样大肆杀戮，如此草菅人命，真是令人心寒。"

他神色不改地道："是么，那又如何？这儿不是你应该来的地方。来人，带丞相千金回去。"话音一落，他的士兵还没走过来，他突然握紧了手中的长剑对准我左侧的一个男人猛地就是一劈，那男人"啊"的一声惨叫，飚出一丈高的血如雨般从头到脚全浇到了我的身上，给我洗了个免费澡。

真棒！我的脑袋一瞬间变得一片空白，喉咙也感到十分的干渴。

许久，我终于控制不住自己的情绪，唾沫飞溅，咆哮道："像你这种视生命为蝼蚁的男人，罪不容赦，终有一天会被天下人所唾弃。"真是喵了个咪的。

左昭眉尖一挑，掠下马来，直视我道："真是妇人之见。当你看到敌人奸杀我国妇孺时，就不会再这样想。"

什么意思?我下意识地抿紧了嘴唇，转过眸光瞧了瞧那群脏兮兮的男人。这才发现他们的五官轮廓跟东域人有很大的差别，其他都还好，最为突出的是他们的眉骨，反正看起来感觉有点像"突厥人"。那么按照左昭刚才那番话来说，他们是我国的敌人了？不过是敌人也好，不是也好，这种嗜杀我就是见不惯。

"敌人凶残那只能代表他们无人性，但是以其人之道还治其人之身，就只能说明我们更没人性。有时候报仇也应该有个标尺，痛痛快快一刀解决掉对方不是更好？"

"男人的事，岂能容忍你一个女人在此指手画脚？"

"我没有这个资格是吧，那圣上总该有吧？我定会把今天所看到的一切告诉我爹，让他启奏圣上。"我怒气冲冲地把话一吼完，就火速离开。

也不知道是自己耳朵太灵敏，还是那几名在一旁谈论我的大官的话语声太大，只听他们说——

"看来王爷今天的心情很好。"

"应该是吧，居然能容忍一个黄毛丫头在自己面前大放厥词，还真是百年难得一见。"

"就是就是，这黄毛丫头真是不知死活，还敢启奏圣上？"

"我记得她好像是那位……被太后召入宫前来教小王爷小公主搓麻的搓神……"

我本来就很生气，他们犯得着"添油加醋，煽风点火"，最后还来句搓神吗？我最讨厌这种二不拉叽的绰号了，真想搓他们的头颅！

回到搓宫之前，领我回去的士兵建议我换换衣服，一身鲜血淋淋的太像女鬼，怕会吓坏了那群小兔崽子。

这个提议倒是不错，我欣然接受，就在宫女的安排下换了一件并不合身的宫装。

到了搓宫，却万万没料到，这群小兔崽子居然跟左昭一副德行，完全不把我放在眼里，一进门就给了我一脚凌空抽射，狂汗。

还好我星爷的电影看得比较多，诸多类似的情节早就事先恶补了一下，所以才能躲闪得如此轻轻松松。不过这帮小兔崽子张口闭口地叫我嬷嬷，我就真的很不爽了，好歹我才十四岁，也就大他们个八九岁而已，他们用得着把我叫得这么老吗？

我索性直接让这帮小兔崽子把一百四十四张牌全给我背熟了，明日前来抽查就匆匆离开。不料在门外碰上了魏公公，闲聊之隙魏公公叮嘱我，小王爷小公主们天真可爱，虽顽皮了点，但对待他们一定要轻拿轻放，不能动怒。

我赶紧敷衍了几句明白明白，然后离开了皇宫。

回到家时，天色已暗淡了下来。

爹今日不知怎么了，好像中邪了一样，又不是初一十五，更不是府上谁过生日，非得让下人去醉仙楼把厨师叫到家里，做了一桌平时我们很少吃到的菜不说，还让全家人一起去大厅聚餐。

我换了一身衣衫，屁颠屁颠跟在美女老妈的身后问道："娘，今天爹乐呵个什么劲儿啊？这么大费周章，平日也没见爹这么阔绰啊。"

"静儿，你可不能没大没小，这么说你爹。你爹可是为了祝贺你能得到皇太后的赏识，才在家里设这个席宴的。"

"哦，原来是这样啊。"难怪我一回家，整个府上的人见了我就嘿嘿直笑。害我担心了老半天，以为在宫里得罪了谁，对方跑到家里来告状惊动了爹，爹为了给对方赔罪就搞个鸿门宴出来，看来是我想得太复杂了。

我一脸媚笑，扬起头颅，挽着美女老妈的胳膊往大厅冲去。诡异的是，我居然看见了小刘子站在我家大厅的门外，靠着红木柱子望着庭院里的景色。

我没眼花吧？

"娘，娘，那个人是谁啊？"

"世子啊，看把你激动得，都快不认得人了。"美女老妈笑着说，"忘了跟你说，今儿陈将军和世子前来府上跟你爹在书房聊了一下午国事，眼见太阳西下他俩要走，你爹就留两人在家用膳。静儿，等会儿说话的时候得注意点，可别激怒了世子。"

我倒，我哪一点表现出见到他很鸡冻了？再说，他说话才该注意点，可别把我给激怒了。不过小刘子这厮不再时不时诅咒我去死之后，就改为来我家蹭饭了啊?

我作默哀状,紧紧跟在娘的身后进了大厅,瞧见大娘、四娘还有唐婉都坐在一旁陪着笑脸,却没有见到子逾,正感纳闷。

“子逾不跟我们一起吃饭吗?”小刘子的侍卫陈将军问出了我所想问的话。

爹呵呵一笑道:“子逾刚服下慕容先生的药,觉得身体不适先休息了。大家请坐吧。”

当家的喊坐,大家也将这个话题打住,一齐朝着红木花雕桌前走去。我连想也没想,挽着美女老妈的手,坐在了一个不起眼的角落里。

“静儿,”爹突然叫我,“坐到爹的身边来。”

呃……我把眼睛眯成了一条线,更确切地说,是我装作没看见爹旁边的旁边坐着的人是小刘子,然后慢条斯理地走了过去,一屁股就坐在爹跟小刘子的中间。

好在爹几杯酒下肚之后,话就变得多了起来,说起了小刘子的父亲康亲王当年和他以及陈将军之间的成年往事,说到他们三个是多么多么的牛叉但是现在却又不得不认老这样的话。我的注意力被分散了,突然想起今日在皇宫里看见左昭的事。

“爹啊。”

“嗯?”爹转过目光来望着我,端着酒杯的手有些不听使唤地轻轻抖动了起来。

他好像有点醉了吧?我记得《十宗醉》里面所描述的,爹现在这个样子,已经有二分醉意了,也不知他脑袋瓜子清不清醒。

我在心里稍稍犹豫了一下,觉得此时不说更待何时,就直接把今日左昭的残暴行为哇啦哇啦全说了出来,最后还奉上了自己的想法:“爹,虽然王爷是在斩杀敌人,但是这种做法实在太残忍了。再加上他这个人是武官出身,又自视清高恃才傲物得很,只怕野心比谁都要大。要是不让他受点挫折,恐怕是不会懂得如何收敛自己的暴戾。爹,明儿你上早朝,就参他一本。”

我话音一落,大厅的气氛突然变得紧绷沉闷起来,要是此时有只苍蝇飞过,估计也能被闷死在这间屋子里。

“禁地戒备森严,你是怎么进去的?朝廷之事,岂能容你一个女子……”爹那带着醉意的声音蓦地高了好几度,可是话还没说完,他整个脑袋忽然搁在了桌上。

我可以想象,他后面未说完的话,八九不离十是“岂容你一个女子跑来搅和,要记得女人不要参政。”仿佛注定了我这一辈子就是相夫教子的命。

我不甘心。

“真是不好意思，”这时山中醉老虎猴子称大王的大娘开了口，将气氛给缓和了过来，“静儿年幼无知，无意间说了些混话。还请将军跟世子多多包涵，别记在心上。老爷也真是，酒量一向很浅还一个劲儿地喝。春桃，扶老爷回房。两位请慢用。”

小刘子英俊的面庞上挂着微笑道：“茶余饭后的闲话，又怎能当真呢？我看时候也不早了，小王也是时候回府。今日多谢款待，告辞。”

陈将军见小刘子要走，脸上露出一副这顿饭局我还没有喝尽兴的表情，却只能立马站起身和大娘寒暄了几句就走了出去。他与小刘子并肩而行说着悄悄话，好似在约小刘子到外面去继续喝酒畅聊似的。

我的心听得直痒痒，很想跟着他们一起出去。因为我两次离开丞相府都没有好好地玩过。眼下这正好是一个很好的机会，大娘、四娘还有我的美女老妈都把注意力全集中在了爹的身上，没空理睬我。

角落的一双眼睛除外。

不用想，我就知道是唐婉，在方才我说起左昭的时，她整个人跟打了鸡血一样，两眼冒着心泡。而现在她屁股一撅，走上前来拉着我的手。我知道她想干什么，索性露出一副肚子痛的表情，说：“人有三急，快让让，我上完茅厕回头再来找你。”

“不行……”

“不行也得行啊，你总不能让我拉在裤子里吧？乖，快回北苑去，我知道你想问我什么，等我上完茅厕之后就去找你。”说完这话，我也懒得听她的回话，赶紧甩开她的手，溜出了大厅，蹑手蹑脚地跟在小刘子跟陈将军的身后。

可是，当小刘子跟陈将军进入一片立有一块“玉溪林”石碑的林子之后，他俩不知道是发现了我，还是觉察出了比较诡异的情况，脚步略停顿了一下。

我心中骤然一紧，趁他们还没有转过身来之前，缩手缩脚地跑到一棵树后把身子藏了起来，暗忖：他们不会是发现我了吧？应该不会的，他们都喝了酒，反应应该比平时要迟钝。我就大着胆子将脑袋伸出去观望，那一瞬，小刘子这个像“疯”一般的冤家，很诡异地突然出现在了我的面前。我一时间没反应过来，呆住了。

小刘子的目光突然变得极冷，牢牢锁定在了我的身上，道：“你鬼鬼祟祟地一直跟踪我们干什么？”

“我……”我一阵犹豫，想说这条路又不是你的你怎么知道我在跟踪，但感觉太弱智成渣了，索性直接点，“我找不到去市集的路，所以一直跟着你们了。”

"噢，原来静儿要去市集。"向我走来的陈将军笑容满面地说道。

我点了点头。

"你去市集做什么？"这话小刘子问得就有点三八了，我真想怒指他的鼻子告诉他，这是我的私事，你没事儿八卦挖掘个什么劲儿，我又不是你老婆。

陈将军爽朗一笑，很有将军气魄地道："既然是这样，那么静儿就随我们一道吧。请。"

"请。"

大概十分钟后，我随小刘子、陈将军来到了一家在锦城算得上是数一数二的贵族大酒楼里，由于上房都客满了，便在二楼的大厅随便挑了一个靠窗的位置。我们还没坐下，一个掌柜打扮的男人就蹭蹭蹭地跑来抱大腿并递上了菜谱。

小刘子好像是属素食动物的，一张口直接点了十道素菜，最后还让小二送来一盘鸡蛋。

我勒个去，他没事跑酒楼不吃山珍海味就算了，也用不着点鸡蛋啊。

我赶紧坐在他左边的凳子上，问他："你平时不吃肉的吗，你是不是带发修行的和尚？"

小刘子所答非问："你此时才注意到？"

我觉得很奇怪，便道："意思就是说你不可以娶老婆喽，那你还养小情人——"

"静儿——"这陈将军干吗突然出声鬼叫啊，而且嗓门还提高了好几分贝，硬生生地将我的话给打断。我正纳闷他想干吗，就听见他问我："你是怎么到禁地去的？"让我总觉得他好像是不喜欢我鸡婆，所以随便找了个话题来打岔。

我拿起筷子，夹了一块鸡肉放在嘴里咀嚼着说："走进去的啊，这是我出生以来见过的守备最松懈的地方了。"

我的话音一落，刘小子把话茬接了过去，懒声说道："八成是他觉得侍卫碍眼全调走了吧，以他的个性这样做，根本就不足为奇。不过倒是你，"话说到这儿，小刘子顿了顿，嘴角扯出一抹冷淡的笑容望着我，"无知妇孺一个，妄想借你爹的势力参政，真是自不量力。"

这话说得要多难听就有多难听。"什么叫我妄想参政？"我可没立志要当什么女皇，豢养一堆男宠来着。我只是穿越到了这里不想认命罢了，希望能开辟一片女人的天堂，然后找个爱我的男人嫁给对方。

"是吗？"小刘子狐疑，"不然方才在府上，你气焰嚣张地让你爹参他一本干吗？

难道你不知道,皇宫里面所谓的那个禁区,本来就是处决一些重要敌人的地方?”

“什么是重要敌人?”我听得直犯嘀咕,“处决敌人不是应该在刑场吗?”

“你问那么多来干吗?无知妇孺。”

我暴跳如雷,对小刘子的讥讽终于忍不住有种想掀桌的冲动了。还好陈将军喝了几大碗酒后,变得跟爹一样话多了起来,很乐意向我吐出实情,道:“所谓的重要敌人,就是敌国混进我国的探子。”

“哦。”原来是受过特殊训练的间谍啊。这下我懂了,不过我忙着吃菜,嘴巴自然也没空多说话。

“本来这些探子一直关押在刑部,但后来太子要求,押送了一部分探子到皇宫里给他试刀。久而久之,宫里的那片林子就成了禁区,成了太子跟王爷们无聊时‘狩猎’的场所。”

“没人反对吗?”这可是赤裸裸的犯罪行为啊。

“有啊。这样的做法起初很多大臣都极力反对,但都被太子镇压了下来,所以到后来大家就习以为常。倒是静儿,以后这事儿你可别在你爹的面前提起,当年你爹差点为这事开罪了太子。”

“哦。看来皇宫不仅仅只是后宫才复杂啊。”我心不在焉地说,无意之间瞄见小刘子看着我的那副表情,吓得我心脏一颤一颤的,“你干吗用这种古怪的眼神望着我?”

“我是奇怪你怎么这么能吃。我见你在家里吃得老多,怎么没隔多久就饿成这样,你属猪的?”

我无语凝噎,心中愤愤不平地吼道:“我就是爱吃怎么了!老娘花了几千万年爬上食物链顶端不是为了吃蔬菜扮淑女让肚子挨饿的!”然后仰头四十五度角蛋疼忧伤地仰望着天空,忽然想起了一件事儿,“对了,那次刺杀你的那些汉子,是不是也是探子呢?”

“谁知道?”小刘子说,随即又开始剥鸡蛋了。

我感到无语,更无语的是,一阵嘈杂声没有来由地从楼下卷席而来,就像哪位明星突然来访似的,唯一让我听清楚的是这么一句话:“凡是仙女下凡到人间来的,回眸一笑必胜星华。”

囧里个囧,说这话的那货绝对不是人类,因为对方是在夸安长乐。

她哪一点漂亮了,我还真没看不出来,估计审美观不同吧!而且在赏花大会上我就老觉得她脸盘子偏大,像一张甩饼似的。本来不想黑她,但是眼下见她一副沉浸在意淫的世界里不可自拔,觉得自己是世界上独一无二最漂亮的甩饼教主时，我就忍不住恶意地意淫：就她那憨厚扎实的身材，小刘子这小受身板今后娶了她，能攻下她吗？

我低低地对小刘子说了一句："你的甩饼教主来了。"

"什么？"小刘子一副惊异的表情。

"呃……"我来不及讲下文，耳边就传来安长乐那能让人酥骨的声音："真是巧啊，没想到世子也来这儿，还有静儿小姐。陈将军也在啊？"

我离座起身转了过去，向她微微施礼，瞧见这只乌鸦的身后还跟着无数的粉丝，真不知道这些人是不是被洗脑过度。我不想再继续待在这里，便委婉地说道："长乐小姐，赏花大会之后难得再次相见，本想与你畅聊一番，可是静儿却感到身体不适。真是不好意思，静儿得先行一步。世子，我走了。"

小刘子没搭理我，但他脸上的表情陡然就冷了好几度。还好甩饼教主人比较厚道，不想把我晾在一旁似的，淡淡地说了一句"随意"。之后，就扬起她那高贵的头颅，在我面前风情万种地伸手撩了一下秀发，将她那风格诡异的妆容展露在了我的眼前。

囧死我了，我该说点啥才好呢？是鄙视一下她让人叹为观止的自恋，还是感慨一下怎么妆容也挡不住甩饼教主那浑身上下都洋溢着的风骚？

我在心中无奈地摊手，忽然想起一个严重的问题，将目光转向陈将军，道："将军，可否送我一程，我找不到回去的路。"

"行，老夫也略感醉意，正想回府。"陈将军真是个爽快的人，话音还未落冷就站起了身。

我跟在他的身后下楼时，瞥了一眼小刘子，只见他愣愣地望着窗外没有跟甩饼教主眉目传情，也不知道他是害羞还是没有狼变。因为俺记得俺娘说过，晚上是男人们狼变的最好时刻，俺一直深深地铭记于心……

回到府上，我发现谁都没有察觉我出去过，真是神奇。我让崔妈妈给我热了一锅水，擦了擦身子之后回暖阁蒙头大睡。

第二天秋菊跑到房里来叫我，说是魏公公来了，我才睡眼蒙胧地起床梳洗装扮，然后随魏公公来到了搓宫。可是，今儿这群小兔崽子都去看蹴鞠了，魏公公出门前也不知道，宫女这时跑来禀报好像太晚了，我又得在搓宫里面等他们。

要老师等学生，这像什么话？我无比的怨念。

"静儿小姐。"魏公公谄媚地笑道。

“嗯？”

“你要是觉得无聊，不如去藏金宫找几本书来看看吧，那里面放了许多珍藏已久的《搓麻心得》。”

《搓麻心得》？这四个字真是让我唏嘘感叹。不过眼下闲着也是闲着，不如去藏金宫逛逛也好。我就在魏公公的带领下一路左拐右拐右拐左拐地来到了藏金宫，我一度怀疑自己是不是来到了某个城市的图书馆。

魏公公命人搬来楼梯，亲自爬上去给我找了十多本不同的《搓麻心得》之后，太后那边要他过去汇报我这边的情况，他便离开了。

我坐在一旁，心不在焉地翻看着手中的书，身后突然响起了一阵脚步声，紧接着就是人的话语声。

“啧啧啧……这个是谁啊，是哪个宫的？”

“……”我挑了挑眉，转过头去，看见七八个年龄跟我相差无几的男人站在门外。其中可以称得上是帅哥的就四个，长得有点像四大天王。而剩下的不是斗鸡眼，就是龅牙，有一个还是侏儒。这组合太彪悍，太有喜剧效果了，让我笑到差点抽筋形成内伤。不过，这群人到底是谁啊？

我敛了脸上的笑容，纳闷地眨了眨眼。四大天王中的“黎明”觑着眼儿，斜斜地看着我，似乎想起了什么，说道：“咦，她不是唐家三小姐吗？”

“张学友”把话接了过去：“她眼下不是应该在蹴鞠场？”

我缄默不语，觉得这几个人脸上的表情，真是越看越觉得接近中风了。“刘德华”从一旁走了过来，一屁股坐在我身前的案桌上，震得桌子一阵摇晃。他道：“那边的比赛早就结束了。”

“噢，这么快啊，那谁赢了？”我淡淡地问对方。

“还用说，肯定是昭武王。世子一上场就魂不守舍，本来本王还劝九哥不要下注在世子身子。九哥偏不听，结果输了一箱黄金给我们。看来今晚的花酒，九哥非请不可了。”“刘德华”风情万种地笑着说，随后像是想起了什么，问了我一句，“你怎么会到藏金宫来，平时这宫里难见外人进来。”

“是魏公公带来我的。”我说。

“郭富城”向我靠了过来，用手指勾起我散落在肩上的一缕发丝放在鼻尖嗅了嗅，开口道：“你的头发好香啊。”

“呃……”

“你多大了，可有许配给别人？要不今晚跟本殿下一起去喝酒？”

“……”我突然感到跟他们交流有点困难，而且他们注视着我的目光就像发现了新大陆似的，带着浓厚的兴趣。

“你在这儿看这些无用的书也挺无趣的，不如眼下就让本殿下带你在宫里逛逛？”

他是想泡我吧？这小子真是太有爱了，一脸的腼腆了，我一个有着正常心理的女人又怎好拒绝呢？正待说话，身侧就响起“咻”的一声。

“咻？”好奇怪的声音，我在心中暗暗思量莫非又是哪个二货飘来之时，一支冰冷而又尖锐的东西，很突兀地，在我完全没有一点心理准备的情况下，从我眼前如光速般直接下落，惊心动魄地插在我交握的两手之间所留出的空隙中。

是羽箭！

我的心脏一阵鼓动，射箭之人不是别人正是小刘子。他带着一股诡异的气息飞身来到我的身前，手中提着一把金弓，气息冰冷，目光阴郁地站在那里。许久，他像完全没有把刚才的事当回事一样，直视着我的眼睛，低低地说了一句：“抱歉，小王本想射一只窜进宫里的猎物。哪知一时手误，把箭给射偏了。”

无人回应，藏金宫刹那间陷入了一片死一般的沉默中。

围绕在我身边的这几个男人眉头微微一皱，将目光转了过去。和小刘子的眼神一接触，脸立刻就变成了土灰色，像是被小刘子眼眸里暗藏着的某种力量给吓傻了一样。也不等收拾起脸上的那副表情，连句话也没留下，他们就战战兢兢地逃走了。

他们用得着这么害怕小刘子吗？我心中无比的怨念。当初怎么就救了这厮，而且昨晚他还好好的，今儿翻脸却比翻书还快？现在想起来，我肠子都悔青了，应该让他毒发身亡的，不然也不会发生这样的事。

再说，什么叫把箭给射偏了啊，这群胆小鬼也真是，几个人还怕了一个小刘子不成？我气得浑身直哆嗦，怒火冲天“嗖”的一声从椅子上蹿了起来，骂道：“你以为我不知道，你是想一箭射死我。现在这里也没人了，你少跟我装蒜。”随即，我伸手想掀桌给小刘子一个下马威时，小刘子眼疾手快地一脚就踹在了桌上。

我躲闪不开，桌子宛如千斤巨石般朝我压了过来。我整个人被迫往后一仰，顺势就倒了下去，接着又撞倒了身后摆放得整整齐齐的桌子，发出一连串很有规则的“砰砰砰”声，惊动了门外的侍卫。

“发生什么事了？”

“啊，是世子——”侍卫见此情况，一脸的为难。

小刘子不耐烦地道：“滚出去。”

"少他妈废话，你才该给我滚开。"姐怒了，作势就要掀桌起身。小刘子却加重了脚力，踩在压在我身上的案桌上。我感到十分的蛋痛，除了能四十五度角仰望他那张犹如恶魔的脸孔之外，什么都不能做。我真希望手中能变把刀出来，亲手白刀子进红刀子出地弄死他。

就在这时，魏公公很是时候地出现在了门外。他一脸的惊讶，走了进来，低眉顺眼地问道："世子，这是、这是怎么一回事儿啊？"

小刘子脸上的神色稍有缓和，淡漠地扯了扯唇角，露出一抹若有若无的笑容，道："小王一时兴起，想跟这黄毛丫头探讨一下麻艺，怎料一不小心脚误了而已。"

我靠，他手误脚误的几率可不是一般的高！这种低智商的谎言也说得出来，真是无耻至极。我勃然大怒道："放屁。你这小畜生，分明就是故意的。"

小刘子不语，眉头倒是紧蹙了起来。一想到他占据了优势，我就后悔刚才自己为什么没能沉住气，还要骂他畜生呢。这下好了，他又往踩在案桌上的那只脚上灌注了一点力气，压得我胸口都快碎了，我很怀疑自己是不是在表演胸口碎桌子。

我的胸口好闷，好难受，喉头也干得发痒而一个劲地咳嗽起来。魏公公急得额上飙出了一排冷汗，战战兢兢地道："世子啊，这静儿小姐可是太后的客人……你这么做，万一静儿小姐伤着了，太后怪罪下来，奴才怎么跟太后解释好呢？"

此话一出，小刘子脚上的力度减轻了一点。他淡淡地瞥了魏公公一眼，道："公公你也看到了，她皮厚，小王是伤不了她的。"

皮厚？用不着这么刻薄吧！

"另外，藏金宫可是给太子、王爷们学习休息的地方，岂能让一个外人随随便便进入扰了他们！"

"这个……"

"以后可不要随便让人进来，你们得加强防守。"小刘子扔下这句话，转身火速离开。

魏公公慌慌张张地走了过来，叫了我一声"静儿小姐——"作势就要来扶我。我一脚踹开案桌，对他竖起了一根手指，示意他不用扶我，然后自顾自地从地面爬起身，也不跟魏公公说话，随着小刘子离开的方向追了出去。

"刘文轩，你这个小畜生给我站住。"

小刘子甩都不甩我一眼，转过走廊就下了阶梯。我一肚子的怨气没处发，也不禁急了,两步并作一步朝着他追了过去。一时没留神儿被挽在手上的那长长的软纱给绊了一下……接下去就出现了“飞蛾扑火”的动作。

我那孤傲的不食人间烟火的形象,就这么华丽丽地被颠覆,整个人跟个风火轮似的向小刘子扑了过去,撞在他的背脊上。

这股冲撞,吓得我一肚子的话都烟消云散,连骂人的力气也没有,小心肝更是一颤一颤的,双手条件反射地抱住了小刘子的腰。

小刘子的身子像被电击了一样,猛地一震,接着一寸一寸地变得僵硬起来。他语调冷冷地向我命令道:“放手!”

我惊魂未定哪敢放手,而且眼下重心不稳,小腰佝偻得也很有艺术“美”,要是真放了手,准会跌下去摔成一张甩饼脸的。我连想也没想脱口道:“不放。”

“我叫你放手。”我虽然看不到小刘子脸上的表情,但是从他的语气里,我能感受到他现在很不爽我,厌恶得连脖子上的寒毛都竖了起来,变成了一把把尖刀,冷冷地刺入我骨子里。

我感到恍恍惚惚,心情一下子变得烦乱起来,竟鬼使神差地问了他一句:“我就这么令你感到讨厌了?”

此话一出,我俩瞬息间陷入了难堪的沉默中,气氛也变得紧张起来。

许久,他冷冷地开了口:“你知不知羞耻?”

我被他这话气得默默地吐血,就好像我要死皮赖脸地纠缠着他似的。我嘴角抽搐了老半天,道:“你不要动不动就讥讽我,你以为我很想抱住你吗,也不知道你身上有没有长臭虫跳蚤之类的东西。”

“你的话说完了没有?”小刘子不知哪股神经又不对了,突然将嗓门提高了八分贝,用一种气急败坏的语气将我的话给截断,道:“你的双手不打算放开了是吗?”

然后,他伸手掰开我的手指,猛地转过身来毫不怜香惜玉地将我推到左侧的石栏上,用他那深邃、倨傲、黑不见底的眼睛凝视着我,目光中透出一种陌生,或许是我从来就没有跟他熟悉过,所以我顿时就感到了一种空前绝后的压力。

“你想干吗?”我惊惶失措地连声问道,无比怨念自己这把贱骨头,不被虐一下还真是站不稳身子了。

小刘子一声不吭,低下脑袋似是在思考般。我犹豫着要不要先闪人,他忽然将头抬起,一丝复杂的神情毫无预警地落入了我的眼眸里。

我心中一怔,不禁再次询问他:“你想干吗?别露出那副神情,我看了很不舒服。”

他却突然抓住我的胳膊，把我搂到他的怀中，居高临下地用一种饱含深邃意味的眼神望着我，声音喑哑地说:“原来你还是这样的一个女人？”

而他呼出的气息，全喷洒在了我的脸上，仿佛一根又轻又软的羽毛般，扰得我脸皮直痒痒。他体内散发出的男性荷尔蒙气味，就像一张无形的大网从我头顶盖了下来，使我全身的细胞像遇水的橡胶，一瞬间全膨胀了起来。我下意识地伸手想把他给推开，可是力气太小，根本推不动。

我又气又恼，对他没头没脑抛来的那句话，感到莫名其妙。“你想说什么，最好直截了当，别跟我拐弯抹角。”

小刘子神色黯淡了下来，嘴角勾起一抹若有若无的笑容，用冷酷又生硬的口吻说道:“小王只是没想到，你还是一个借凭着与人床笫之欢，想飞上枝头的低贱女人。”

“什么？”我一度怀疑自己的耳朵出了毛病，听错了。

“若你是这样的女人，小王成全你。”

这回我总算是听清楚了，浑身的血液也“轰”的一声冲上了头顶。

他怎么可以把我说得毫无羞耻之心呢，我将眼睛睁得犹如铜铃般望着他，拼命挣扎着想要甩他一耳光。但是小刘子的手臂却那么的有力，就如冰冷的铁箍一般，我根本无法挣脱。

“你放开我。刘文轩，我的忍让是有限度的，你别仗着你世子的身份，就可以满嘴胡言乱语。再说，我爹讳忌你三分，但是我可不怕你。”

小刘子不语，幽深如寒谭的眼眸中突然闪过一丝阴狠之色，仿佛一只没有绳索牢套的野兽般。他突然低下头来，将他薄薄的两瓣唇覆盖在我的唇上。我身子不由得哆嗦了一下，将脖子往后一缩，本来就睁得很大的眼睛，此时瞪得差点就要从眼眶里鼓了出来。

我有些窘迫，想寒声质问，可是嗓音却因为心底涌起的害怕而变了调:“男人都是狼变的……你……想咬我啊……”

小刘子微微一愣，随即将眉头皱起，沉声对我说:“感到害怕了？”可是，他略带凉色的眼眸里却在不经意间闪过一丝慌乱，而他那薄薄的嘴唇在说完那句话之后，像变得十分的敏感起来，竟不受控制地抖动了几下。他像躲避瘟疫一样赶紧放开了我。

我见他眼中反射出比我还要纠结的情绪，不禁不屑地笑了起来:“这种捉弄人的手段，也太小儿科了吧？我告诉你，更厉害的我都见过，就不知是你害怕还是我害怕了？”然后，我趁他分神思考我这句话之时，用自己的脑袋狠狠地撞在了他的额头上。

小刘子未料到我居然会这么野蛮,被撞得一时重心不稳,一连向下退了好几步,条件反射地伸手抓住石栏才稳住身形。他顿时涨红了脸,不满地抬起头瞪了我好几眼,才说道:“你简直粗鲁低俗得不像个女人。”

我故作悠然安适的神态,伸了个懒腰,对他做了一个“你真二”的手势,说:“大家彼此彼此啰,你也好不到哪儿去。不过我得事先警告你,如果你今后再侮辱我、轻蔑我、挑衅我,我是绝对不会对再你手下留情的。”

“哼,小王倒要看看你今后会对我如何不手下留情。”小刘子将话说完,转身拂袖离去。

我不屑地瞪了一眼他逐渐远去的背影,这才伸手揉了揉自己隐隐发痛的脑袋,准备回搓宫教那群小兔崽子。那帮小兔崽子不知从哪儿蹦蹦跳跳地冒了出来,一双双乌溜溜澄净清澈的大眼睛闪啊闪地瞅着我。

刘翼小王爷说:“你们刚才看见了吧,我可没骗你们,嬷嬷跟世子在这儿亲嘴嘴。”

“好讨厌哦,嬷嬷抢了世子,世子是本公主的,任何人都不许私自占有他。”盈盈小公主皱着鼻子,用一种你是坏蛋的眼神瞪着我,就好像在警告我,完美的王子是不会爱上又老又丑的灰姑娘的。

“盈盈不要哭,哥哥把她赶出宫去,世子哥哥就是你的了。”

“但是我母后说,男人不能随便乱碰女孩子,不然就要把对方娶回家当老婆。嬷嬷跟世子亲亲,那世子哥哥今后就要把嬷嬷娶回家了?”

听到这儿,我一脸的黑线,真想冲过去抓住他们一阵穷摇,然后大声质问:你们被炮打瞎了吗,我什么时候跟那畜生接吻了?但身份悬殊,年龄悬殊,我要是真的这么做,就显得我太小家子气了,所以只得用白眼飞他们道:“你们别这么无聊好不好,快跟我回搓宫去!”

“不回去,嬷嬷你讨厌死了,你讨厌死了……”这帮小兔崽子咒咒骂骂着推开我,就跑掉了。我赶紧去追,却在无意间看见前方不远处的长廊上,左昭的身影正站在那儿。我俩的目光在半空一接触,他就转过身走开了。

我略微一怔,心中暗暗揣摩他是什么时候站在那儿。一时分神,那帮小兔崽子就跟抹了印度神油似的,跑得无影无踪了,真是气死我了。

不过,我后来转念一想,自己倒能乐得个清闲,便一个人先回了搓宫。不料一只毛绒绒的黄白色小东西撞入我的眼眸里。

第六章
左昭王爷赠送雪狐

女儿家名节最为重要，受到如此轻薄之事，要是普通女孩只怕早就自寻短见去了。但是姐姐就不同了，姐姐对世子念念不忘，出了这个事，倒是让姐姐可以如愿以偿地嫁入世子府，成为世子妃。

"哇,好可爱哦。"

我赶紧跑了过去,蹲下身,用手小心翼翼地抚摸着它身上的皮毛,自言自语道:"没想到这古代还有狐狸犬这种品种……好像不是狗吧,应该是耳廓狐幼崽。咦,难道刘文轩那畜生方才在藏金宫所想射杀的猎物就是这小东西?真是太可怜了,万一等会又被那畜生撞上,岂不是会被一箭射死?"

"一箭射死雪狐,确实很可惜。"一道富有磁性,让人听了觉得很有安全感的声音从身后传了过来。

"谁?"我眉头微微一蹙,把狐狸抱在怀里转过身去,露出一脸的惊讶之色。左昭,刚刚才跟他见过一面,现在又见上了,这频率还真是高啊。

但可惜我一看见他那张脸,就想起他在禁区里所犯下的罪,索性抱着狐狸转身便走。

他说:"丞相千金要走,那么是否可将雪狐归还给本王?"声音淡淡的,一点都听不出他的喜怒。

我略感诧异,他这么冷酷无情的人居然会豢养这么可爱的小动物,真是让人匪夷所思,不禁嘀咕:"狐狸是王爷你的?"

左昭脸上没有任何表情,但唇角却掠上了一丝若有若无的笑意,伸手前来摸了摸狐狸身上的皮毛。就这么一个简单动作,却不禁令我展露笑脸道:"啊,真是看不出来,你不拿刀举剑抚摸狐狸的样子,其实还蛮温柔的。"

左昭挑了挑眉梢,道:"丞相千金又何尝不是。那日在皇宫后山听丞相千金说那番话,想必丞相千金也是个学富五车之人。"语调冷冷淡淡的,叫人听不出其中的情绪。

我冲他华丽丽地笑道:"是王爷太抬举我了。不过王爷也别丞相千金前丞相千金后地叫我,我还真有点不习惯。不如王爷以后就叫我静儿吧,反正我爹娘他们都喜欢这么叫我。"

"静儿?"左昭絮叨着那两个字,脸上闪过一丝复杂难明的情绪看着我,心思有些恍惚。过了片刻,觉得这么称呼我似是有点不妥,又道:"静儿应该是你的乳名吧，哪有姑娘家让人随便叫自己乳名的。不如我以后就叫你阿静，你可以叫我左昭。”

“左昭？多生疏的称呼。我看我还是叫你昭哥吧，反正你比我大，这样叫你也不会有失你的身份。”我将话说完，见他也没有反对的意思，一时脑热忍不住伸手去拍了拍他的肩膀，想跟他套套近乎把雪狐抱回家豢养。谁知他的眼神倏忽一变，寒意顿生，吓得我背脊一凉赶紧把手收了回去，陷入面瘫的状态中。

左昭见状，立时敛了眼中的冷意，淡淡地笑了起来，可是他却还是不说话。好似他这个人，天生就是一个不会用言语来活跃气氛的人。不过我好喜欢怀中的雪狐，归还给他有点不舍，只好，傻乎乎地笑着对他挥了挥手，邀他前往一旁的亭子里坐下闲聊。

走入亭子里，一见他坐下我就开始嘟囔起来：“你刚才真的把我吓了一跳，伸手拍拍你的肩膀，眼神就冷了好几度，如若不是你后来笑了，我还以为你要杀我呢……”

他流转的眸光中闪过一丝复杂，道：“是你多心了，只是我不习惯不熟悉的人向我靠近。”

“是吗？”我不以为然，嘻嘻一笑，“对了昭哥，你为什么会将雪狐带进宫里来呢？”

“因为雪狐不适合待在我的身边，所以本王准备将它送人。”

“送人？送给谁啊？”一听他说要将雪狐送人，就把我激动得不给他一点回话的余地，接着道，“这么可爱的狐狸送给懂得照顾它的人还好，若是送给连自己也照顾不了的人那就糟糕了。不过啦，我以前养过狗、养过鱼、养过猫，可是从来就没养过狐狸。昭哥若不嫌弃，可否将雪狐给我，让我来帮你饲养？”

左昭微微一愣，神色好像有些恍恍惚惚，也不知他在想什么。我等了老半天也不见他说话，不禁感到十分的失望，正想找个台阶下，忽听他说道：“既然阿静喜欢，雪狐又与你一见如故，若我将你俩分开，不是显得本王太过残忍？”

听他这么一说，我反而有种他转弯抹角想送我雪狐的感觉。这人的桃花运啊，跟生理周期一样，都是一阵一阵的，难道左昭喜欢上我了？不过虽然他答应送我了，我也不好意思这么白拿，便从发髻间取下一支簪子递给他，道：“那多谢了，这个就先作为你将雪狐给我饲养的回礼，等改日有空我再请你吃饭。”

“回礼？”左昭低眸望着手中的玉簪，轻轻地触摸，道，“我是一个男人，拿这簪子有何用？并且此簪玉色温和质地细腻，乃玉石中的上等品，也只有像阿静这样的美人才适合佩戴。”

“啊？”我微微一怔，有片刻的失神，因为从来就没有一个男人说过我是美人，今儿破天荒地听人这么一说，我倒觉得不好意思起来。我干笑了两声，心中却美得好像在吃麻辣香锅一样，很爽。

“别动。”左昭一双深眸转动，起身朝我走了过来，亲自将手中的玉簪轻轻地插回到了我的发髻里，又似是无心地随口问了一句，“对了，方才在玉石台阶那边看见你跟世子在一起，你们的关系很好吗？”

我耸了耸肩，露出一副很扫兴的表情，说：“才不是啦。他那种人……唉，还是不说他得好，免得我一肚子的气没地方出。”并且，我想起昨晚我还在很多人面前，说了左昭的坏话，现在又说小刘子的坏话的话，就显得我很八婆了。“还是说说你吧，你是不是那种特别喜欢打打杀杀，天性就是那种冷酷无情的人呢？”

“阿静，你要相信没有一个人的天性如此，都是在残酷的政治与军事的斗争中被逼出来的，你如今还小不会明白这些。而且天下，也没有一个人喜欢过打打杀杀的生活，但是身为男人就没得选——”

“昭哥，这一切我懂，我懂。只不过保家卫国，其实人人都有责的。”我赶紧打断他的话，因为这种严肃又牵涉到国与国之间的政治话题，我实在不想多聊。“啊，眼下天色也不早了，我看我是时候回府，不然娘会担心我的。昭哥，那我先行一步，告辞。”

话音一落，我便赶紧退后，乐滋滋地飘出皇宫坐上了回府的马车。

马车行至唐府，我前脚刚一踏进大门，几个眼尖的丫鬟就冲着我怀里的雪狐跑了过来，目光中似有想借走拿去玩玩之意。还好我反应够快，在她们要表达其意之前，一溜小跑回了房把雪狐放在床上，这才去叫厨房烧锅热水准备给它洗澡。

经过春晖园时，我瞄见秋菊坐在假山下，神情异常专注地绣着一块绢帕。我不禁感到好奇，这丫头平日里做事儿，从来就没有这么认真过，难不成是绣给自己的爱人？想到此，我不禁有了一种想捉弄下她的冲动，便悄悄地绕到假山的后面，瞧了瞧她手中的绢帕，吓唬她道：“你个小丫头居然敢躲在这儿干私活，羞不羞啊。快说，这张绢帕是绣来送给哪家公子的？”

秋菊双颊绯红，转过头来瞪了我一眼，扔下一句：“静儿小姐你真坏，老是捉弄奴婢。”然后拿着绢帕和针线走开了，好像真的生气了。

我赶紧跟了过去："好啦好啦，以后不捉弄你了。不过你绣这东西到底是送给谁的啊？"

"奴婢是送给三夫人的，下个月初五就是夫人的寿辰。奴婢从小无父无母，当年北村闹瘟疫，死了许多人。若不是夫人收留了奴婢，奴婢恐怕早就死了。"

美女老妈的寿辰？我微怔，挑了挑眉道："秋菊，我娘喜欢什么东西？"

"夫人喜欢琴棋书画，还有平日没事儿的时候，就抬条凳子坐在院子里看满园的景色。"

看景色？多么枯燥乏味啊。要是这古代有旅行社该多好，给他们一笔钱，让他们带着我的美女老妈周游世界去。不过，这只是我单方面的幻想罢了，这古代还没开放到这种地步。而且，就算我要美女老妈离开唐府到外面的世界去看看，美女老妈未必会愿意，因为她舍不得我爹。

"静儿小姐，你在想什么？"秋菊的声音将我的思绪给唤了回来。

"没什么，你去厨房帮我烧锅热水吧，然后送到我的房里来。"我把话一说完，也不等秋菊回应就回了房，坐在罗汉床上寻思着美女老妈生日那天到底送什么东西给她才好，突然想起了现代的一种你想怎么舒服就可以怎么坐的逍遥椅来。

她不是喜欢看景色吗，这样就可以一边看一边摇，多么的惬意啊。到时候我再把子逾叫过来，让大伙尝尝聚在一起吃涮锅的滋味。

这么想着，我立刻从书架下的抽屉里拿出文房四宝，凭着记忆画了一张逍遥椅的草图。打算趁美女老妈生日之前，找锦城的木工用上等的紫檀木做出来送给她。

这时，秋菊端着一盆热腾腾的水从门外走了进来，说："静儿小姐，水我给你……啊，这只狐狸哪儿来的？"

"别人送的，可爱吧。"我说，然后转过头去瞥了她一眼。见她把水搁在一旁，两眼闪啊闪地跑过去把雪狐抱在怀里笑嘻嘻的样子，我就起身走了过去。

"谁送的，难不成是世子？"秋菊的八卦精神又再次充分发挥了。

"不是。是左昭送的，而且我发现他这个人没有我想象中那么冷酷。"

秋菊默默地沉思了一下，随即亮晶晶的眼睛里闪着两簇小火苗，她激动地道："静儿小姐口中的左昭，莫非是昭武王？"

"嗯。对了，秋菊，今日我为了答谢左昭送我雪狐，就把头上的玉簪送给他作为回礼。他居然夸我是个美人，说什么此簪只有我才能佩戴，还亲手把簪子给我戴上了。"我一边自我陶醉地说，一边吩咐秋菊帮忙给雪狐洗澡。

"左昭？你说这只狐狸是王爷送给姐姐的？看来姐姐跟王爷的关系真是匪浅啊，他不仅送狐狸给姐姐，还是亲自为姐姐戴上发簪！"当我听到这阵熟悉的嗓音里夹杂着惊讶、妒忌以及羡慕的情绪时，我眉头不由自主地皱了起来，垂下眼睑稍稍犹豫了一下，才缓慢地转过头去，看着立在门外望着雪狐的唐婉，不知该说什么才好。

女人妒忌起来，往往是一件很可怕的事儿，况且方才那话我也说得太过暧昧，令任何一个对左昭有爱意之情的女人听见，都会不爽的。所以我赶紧解释道："婉儿，其实你别误会。我跟王爷只不过也才认识而已，他估计是把我当成妹妹看待，所以——"

"姐姐神色何以如此紧张？"

我未料到唐婉会突然打断我，问出这么一句夹杂了太多含意的话，一时之间不知该如何作答，便愣住了。

屋里的气氛也陡然间变得紧绷起来。

许久，唐婉面容一整，妩媚一笑，道："姐姐怎么突然不说话了，婉儿只不过开个玩笑罢了，干吗变得这么严肃啊！"话说到这儿，她顿了顿，来到雪狐身边伸手摸了摸它身上的皮毛，微眯双眸继续道，"再说姐姐方才不是也说了，王爷把姐姐当成妹妹看待，所以才会对姐姐另眼相看。更何况姐姐多年来一直被病魔缠身，只要是知情人都会对姐姐产生怜悯之情的。"

"呃？"唐婉噼里啪啦地说了这么一大堆话出来，害我都有点糊涂了，不知她这话是发自内心，还是在讽刺我。

"其实婉儿也为姐姐感到高兴，毕竟姐姐跟王爷熟络起来之后，那么婉儿今后就有很多机会与王爷相见了。"唐婉脸上的表情没有丝毫变化，让我觉得她这个人并非我想象中那么简单。

她见我缄默不语，立刻敛了笑容，露出沮丧之色对我说："难道姐姐不想帮助婉儿与自己喜欢的人长相厮守吗？"

我嘴角勾出一抹笑意，但实际情况是我根本就没有在笑。我回道："话也不能这么说，我只是觉得感情这种东西，是不能强求的，得讲缘分。"

唐婉浅笑，将话题转移："这只幼狐还真是可爱得招人怜惜，难怪王爷会相赠给姐姐。"

我无奈一笑："若婉儿喜欢，不如我就转赠于你？"

"婉儿不夺人所好。"话说到这儿，唐婉似是想起了什么，眼睛看向我，"差点忘了，婉儿应该恭喜姐姐如愿以偿了。”

唐婉的思维空间跳跃太大，我一时反应不过来她这话想表达的意思，愣了一下道：“你恭喜我什么，什么如愿以偿？”心底突然生出一种不祥的感觉来。

唐婉坐在一旁的凳子上道：“爹今日在回府之前去了一趟搓宫，本想跟姐姐一同回来，正好从几名侍卫那儿听说了姐姐跟世子之间的事。爹说姐姐受了委屈，难以齿口将这种事说出，特让婉儿前来跟姐姐交心，怕姐姐会一时想不开会自寻短见。婉儿倒不觉得姐姐会寻短见，心里肯定会很开心吧。”

“我心里很开心？”我倒是心中一紧啊，听唐婉刚才那话中的意思，好像是那帮兔崽子到处乱说我跟小刘子接吻来着，搞得整个搓宫的人，人人皆知。而爹心血来潮去搓宫找我，结果就听信了这种无聊的八卦。

果然不假，唐婉接下去的话，就开始暗指那方面的事了：“女儿家名节最为重要，受到如此轻薄之事，要是普通人家的女儿只怕早就自寻短见去了。但是姐姐就不同了，姐姐对世子念念不忘，出了这个事，倒是令姐姐可以如愿以偿嫁入世子府，成为世子妃。即使世子百般不愿意，只要当今圣上做主，哼，岂容他说半个‘不’字？”

我觉得有必要解释一下，这古代人的思想实在是太保守了。摸一下脸、牵一下手就要负责，如今谣言我跟小刘子那厮嘴对嘴了，我岂不是真要嫁给他？

我得想办法跟爹解释一下，不然我完蛋了。我打断道：“婉儿，爹在什么地方？”

“姐姐不用这么心急，即使你想嫁进世子府，也得明年过了及笄礼才能出嫁。”

唐婉的话，听得我十分不耐烦，我便懒得理她疾步走了出去去找爹，结果爹没找着，在爹书房的门外撞见了周总管，从他那儿得知爹现在去了世子府。

我便赶紧吩咐周总管替我去准备一辆马车，在爹没有赶到世子府之前，希望能拦住他。可是周总管却犹犹豫豫磨磨蹭蹭了老半天，告诉我没有老爷的吩咐，他是不能擅自让我出去的。

我不禁感到头大，怕时间耽搁久了，爹跟小刘子见上面，两人言不达意之下，爹气得拍案而起，最后跑去禀明圣上，我便只能放弃如今这种安逸的生活，跑路了。

想着想着，我感到十分的沮丧，索性趁大家没注意我时，偷偷地从后门溜了出去，凭着记忆朝着市集的方向行去，然后再一路寻到了世子府。

我赶紧跑上前去，哪知两个竖立在门外，提着泛着刺眼银光的长槊的侍卫立刻将手中的长槊交错着挡住了我，喝道："何许人也，胆敢擅闯世子府！"

我面容一整，扬起笑容道："我乃丞相千金，唐静。我要见世子，劳驾两位通传一声。"

我说得这么彬彬有礼，还赔着笑脸，可是这两名侍卫却视而不见听而不闻，一张脸冷得如同冰橇，我真怀疑他们装得这么酷到底累不累啊？我急了，挺身想要硬闯进去，但是这两名侍卫也不是当摆设用的，直接用长槊强行逼得我往后退了好几步。眼见此招没戏，我打算离开从后面翻墙进去，这时，一个身穿白衣，面容俊秀，身材高大的男人从我眼前闪过。

接下来，那个男人突然"咦"了一声，道："这不是唐家三小姐吗？你们不得无礼，还不快快将兵器收起。"

"是。"两名侍卫毕恭毕敬地答道。

我心中略微一怔，望着向我走来的男人，皱了皱眉头。

男人露出一抹憨厚的笑容，眼中闪过某种期待，对我说："听说静儿小姐的病好了，看来果然是真的，不知静儿小姐是否还记得在下？"

鬼才记得，不过他好像跟我很熟，管他的，先套套近乎进去再说。"不记得了，不过你可以跟我说说以前的事，说不定我会想起来。另外你能不能让我先进去？"

那男人嘿嘿一笑，伸手对我做了一个"里边请"的手势，道："我是世子身边的左使林枫，以前经常跟随世子前往唐府，或许静儿小姐真的忘记了吧？"他脸上闪过一丝失望，"对了，静儿小姐今日来访不知是不是为了你跟世子之间的婚事？方才，我经过书房时，稍稍听了下丞相跟世子之间的谈话。"

林枫这人真聪明，说话也够爽快，我都不知该怎么回答他了，稍稍犹豫了一下，道："算是，也不算是，总之我来是找你家主子的。对了，我爹来了有多久？"

"差不多有半盏茶的时间了，静儿小姐不如到内厅先等一下，容我进去向世子通报一声。"

我说："好，你快去快回啊。"

林枫就把我带到大厅，然后吩咐竖立在一旁的丫鬟给我送茶水跟糕点后，这才向书房走去。

我撇了撇嘴，看着丫鬟们送来的点心，伸手拣了一块蜜饯青梅糕放在口中，眨巴着眼睛瞄了一眼四周。这世子府的装修格调跟丞相府如出一辙，或许是古代人都喜欢这种调调吧，怪沉闷的。

正暗暗思量以后嫁了人要不要按照自己的喜好来布置新房,小刘子的身影就从内堂走了出来。他看我的第一眼是这样的:眉毛先立了起来,那个眼神就犹如奥特曼看到了怪物,带着非消灭了不可的坚定,最好连同我坐过的板凳也一并灭了。和尾随他走来的林枫形成了鲜明的对比。

我勒个去,好在老娘也不是第一次见他鄙视、蔑视、轻视……怒目而视,视如粪土的表情了,早以习以为常有了免疫能力,开口问他:“我爹呢?”

他狠狠地说:“走了。”似是又想起什么,走到我身前,眼睛一瞬也不瞬地望着我道:“你来做什么?”

爹走了也好,就小刘子现在这副德行,免得一会儿我跟他发生争执,难以压住怒气,大吼起来让爹听见,会破坏了我的形象。

我端起茶盏,抿了一口茶,清了清嗓子道:“我来当然是找你说话了,不然你以为我跑来赏花不成?再说,你也应该知道我前来的目的才对啊。”

小刘子神色蓦然一冷,倨傲地看着我,对我说了这么一句话:“我现在很生气,生平最痛恨别人威胁我,你最好有什么话就一次性说完,然后赶紧滚。”声音也犹如残冰寒霜。

这话音一落,站在远处的林枫像被小刘子的怒气给烤焦了,整张脸皱在一起,露出担忧的神色,却不敢贸然插口。

而我,被他的话激得有些难堪,心头升起一股火来,身体前倾“腾”的一声从椅子上站了起来,本来设想跟他在吵吵闹闹中将事情解释清楚的话都不想再说,只简短吐出心中的愤怒:“你有毛病。”然后十分野蛮地将他撞开往外走,眼角的余光却瞄见小刘子面颊上蒙上了一层寒冰。

紧接着,他冷冷的声音就射入我的耳中:“小王真是太低估了你。”

我身子倏然僵住。

我停下脚步,挑了挑眉毛道:“你说什么?”

“小王真是太低估你了,竟然会卑鄙到利用一群孩子的嘴来散播我俩之间并没有发生的事,达到你自己的目的。”话说到这儿,小刘子顿了顿。

我心中顿生警惕,赶紧把身子转了过去,怕对敌人露背的下场是会被消灭掉。

他继续道:“而你如今如愿以偿,明年举行及笄礼之后就能名正言顺地进入我世子府。眼下前来的目的又是什么,小王还真是猜不透了。”

我冷冷一笑,从他的话语中已知晓,爹跟他将绯闻的事谈妥了,而他也妥协打算娶我进门!

还好我不像小刘子那样被愤怒冲昏了头脑，不然真没法交谈下去了。我经过一番思索压下心中的火气，抿了抿唇，有史以来第一次这么认真地告诉他："我想，你对我的误会已经挺深了，我再怎么解释你也未必能听进去，但我只说一次，信不信由你。我从来就没有喜欢过你，或许世子妃这个名号，许多女人都梦寐以求，但对我而言却是一把枷锁。那些流言蜚语与我无关，所以今日我踏进你世子府的目的……"我顿了一下，看向小刘子的眼睛，"本是想在途中拦住我爹，没想到他已经到了你府上。所以我就跟了过来，想告诉你，无论我爹跟你说什么，你都别放在心上，就这么简单。"

小刘子的关节咯咯作响，预示着他的怒气已经到了某个限度了，他指着我的鼻子从牙缝里挤出我的名字："唐静。"

"嗯……"我无意识地回应了他一声。

小刘子厉声道："你当小王是三两岁的小孩儿？"

他这人似乎不跟我吵架斗嘴，心里就不舒服，没说两句又开始用他那惯有的挑衅语调来中伤我了："如今宫里我俩的事传得沸沸扬扬，加上你我的父亲都是朝廷里的重臣，你以为圣上会坐视不理？你方才说那番话，是想打消小王心头对你产生的厌恶，好让小王日后好好待你，这才是你真正的目的吧？"

"我俩之间肯定有代沟，不然我表达得这么清楚，你怎么就听不明白呢？"我突然有种恨铁不成钢的感觉，"你那脑袋瓜子里，装的全是豆腐渣吗？"

小刘子那深沉的厉眸扫了过来，里面正燃烧着熊熊的火焰。

仿如雨夜的空中响起一声惊雷，他提高声音对我吼道："唐静，你要搞清楚你是在跟谁说话。你三番四次地不把小王放在眼里，你当真以为小王不敢动你分毫？"

听完这话，我突然憋不住一下子捧腹大笑起来。

老实说，我还真没把他放在眼里过，至于他敢不敢动我分毫，那就另当别论了，反正我全身都长满了反骨，可不像外表那么柔弱。

小刘子见我笑得如此猖狂，脸上顿时没了血色，像被乌云笼罩了般，牙关也紧紧地咬在了一起，从喉咙深处发出鄙夷的冷哼声。

我也不好做得太过分，赶紧敛了脸上的笑容，留点面子给他，便道："就你那脾气，谁能不心怀惧意啊？不过看你的样子，我们之间的谈话也差不多了。反正信不信由你，脑袋是长在你的头上，你爱怎么想就怎么想去吧。另外，如果这事真的惊动了圣上，那么你我成亲那天，你提前到我府上来拿你的休书吧。你不用担心唐家会给你施加压力，我会搞定的。"

“我的休书？”小刘子露出一副丈二和尚摸不着头脑的表情。

“啊，”我将双眼微眯了一下，不紧不慢地道，“就像你们男人写上一封休书休掉女人一样，我要把你给休了。”

小刘子听完这话气极，像被我的话给戳到了某个痛处般，一种冰凉的气息从他的身体里渗透了出来，土灰色的脸竟一下子黑得跟个包公似的，半天都吐不出一个字来，我看了就觉得好笑。

不过眼下我得快速赶回去给爹洗脑，不然这事真的没有回旋的余地了。这么想着，我便收回目光扔下一句：“该说的我都说完了，我不指望你留我吃饭，再见。”

正往外走去，可是林枫却叫住了我：“静儿小姐，请稍等一下。”

我感到莫名其妙，回头一看。只见他举步走到小刘子身前，单膝跪地，毕恭毕敬地道：“世子，请容属下送静儿小姐一程。方才属下领静儿小姐进来之前，未瞧见静儿小姐备有马车。”

我略微一愣，觉得林枫的这个提议很不错，省得我徒步回去，走得脚发酸。而小刘子却不说话，不说话就是默认了，反正我是这么理解的，也不清楚林枫是怎么想的，跪在地上迟迟没有行动。直到小刘子冷哼一声，拂袖离开，他才站起身朝我走了过来。

我问他：“你没得到你家主子的允许，就送我回去，你不怕你家主子到时候鞭打你吗？”

林枫笑道：“其实我家主子是刀子嘴豆腐心，你别见他整天绷着一张脸，其实心很脆弱的。”

脆弱？我不觉得他的心很脆弱，反而觉得小刘子的心是钢化玻璃做的，一旦碎掉四周的人都会遭殃。但也不好意思说出，唯有淡淡地笑了笑。随他来到门外等了片刻，一辆马车就在下人的驾驶下从后门绕了过来。

“静儿小姐，请。”

我点了点头，走进马车正准备端坐，林枫便放下了车帘，将光线全阻挡在了外面。

“静儿小姐，在下有句话不知当讲不当讲？”林枫驾着马车，向我问道。

“你说呗。”

“其实方才那番话，世子确实说得过重了，静儿小姐你千万别往心里去。”林枫爽朗一笑，笑声充斥着我的耳膜，“但是林枫看得出来世子对静儿小姐是有情的。丞相前来世子府跟世子说起宫里的那些流言蜚语时，实际上是世子说他要娶静儿小姐你，而并非丞相开的口。”

我微微蹙眉：“他身为一个男人，当然应该负起责任。即便不愿，长辈都登门拜访了，他还能拒绝？再说，刘家跟唐家一直都是世交，在这种事上若翻了脸，对谁都没有好处。你家主子是聪明人，怎会看不明白这一点呢？”要怪就怪这个社会太保守，亲一下就得结婚，这古代的世俗比二十一世纪的还要厉害，一刀就能见血。

“静儿小姐，是你不太理解世子，我从小跟随着世子，对他的性情最了解——”

“林枫，我们说点别的吧。”我不想再说有关小刘子的事，便打断他的话，“不如说说你吧，说说小时候的事儿也行。”

“好的。”林枫应了我一声，哇啦哇啦地说起小时候的事情，我一句也没有听进去，只是时不时地从嘴巴里冒出“嗯、啊、哦”就没了。直到马车行至唐府的门外，我才说出一句像样的话，向他道谢道：“谢谢你，特意送我回来，不如你就留在府上用了晚膳再回去吧？”

“静儿小姐的美意林枫心领了，只是林枫还有一点事要急着回府处理。所以下次吧，我先告辞了。”

“那好，慢走啊。”

回到家，我还来不及喝上一口热茶，就被爹叫到书房。他坐在太师椅上，用手捋着颔下的长须，训斥我私自外出这事之后，才将话题转如正轨，无非就是女子的贞洁和唐家的脸面是如何如何的重要，他已经为我讨回了一个公道，至于婚期就等小刘子的爹从边关回府之后再商议之类的话。

我听得脑袋发晕，倒吸一口凉气，苦着脸喝了一口茶润了润嗓子，运用自己的智慧彻底对爹洗脑。但是，与其说爹的免疫能力太强，还不如说是我的功底没练到火候，只令爹脸上露出思索和疑虑的表情，但是这也使我心里踏实了一大半，想着只要假以时日，爹必定会被我彻底洗脑。爹让我先退下。我不敢多作停留和他再进一步交谈，怕物极必反，只能先回了闺房。

第二天，大娘的父亲过六十大寿，爹要陪大娘回娘家一趟，我的洗脑计划只得先搁下。爹临走时还不忘特别叮嘱我暂避风头，这几天不用去宫里了，已为我请了假。

我连连点头，送走了爹跟大娘，转身回西苑。经过西苑大厅时看见美女老妈跟秋菊有说有笑，乐滋滋地挑选着今儿派人去绸缎庄定的丝绸样品，好像要准备给我做嫁衣了。

我不禁哀叹一声，索性转身走出了西苑，打算去子逾的南苑避一避，因为子逾那儿是唐府最安静的一个地方。却没料到在靠南面的夏霖园遇见了子逾。

我走到他身侧，他都没有反应过来。我正纳闷他在干什么，一眼便瞄到了他脚下不知什么时候溜跑出来的雪狐。

“咦，哥也喜欢这个小东西？”

子逾浑身一震，眼波一转望着我浅笑道：“喜欢说不上，只是我好奇，这是狐狸是从哪儿跑来的，一直赖在这儿就不肯走了。”

“是从西苑跑来的。它是我的儿子，名字叫雪狐哦。昨日我听左昭要将它送人，所以就厚着脸皮让他给了我。”我弯下腰，把雪狐抱在怀里笑嘻嘻地说，“本来我想给它取个响亮点的名字，可是后来想了想，尊重它的前任主人就没有跟它改名。”

子逾脸色微变，垂下眼眸遮住了他眼底闪过的失落神色，道：“没想到赏花大会让你跟王爷之间变得如此亲近起来。”

我眨了眨眼睛说：“哥，你是不是不喜欢左昭啊？”

子逾拧眉，掩去眼中我看不懂的内容，道：“你为什么会这么问？”

“我是凭感觉说的，因为上次在赏花大会上我一说左昭，你就变得十分冷淡。刚才也是，总觉得怪怪的。”

“你多心了。我只是听人说左昭冷酷无情，所以觉得与这种人走得太近，会招来麻烦。对了，倒是要恭喜你，明年举行及笄礼之后就会成为世子妃。”他前半句话说得还算正常，后半句话却说得有些沉重。

我无奈地耸了耸肩，对这事不想再多作解释。抬头望着蔚蓝色的天空，突然想起给美女老妈做逍遥椅的事，我垂眸问子逾：“哥，你整日待在府上就不觉得苦闷无聊吗，不如静儿带你出去走走？顺便，我也好买木头。”

子逾诧异：“你买木头做什么？”

“买木头做一件礼物送给娘。昨日我听秋菊说下个月就是娘的寿辰，所以我想给娘一个惊喜。你到底愿不愿意出去啊？”

子逾脸上闪过一丝犹豫，缄默不语着。

我郁闷，难得邀请他外出散散心，他还犹豫个屁啊？

“这样好了，我先回房去打点一下。一个时辰之后，我若在后门没有见到你，就表示你不愿意跟我一起出去。”

“呃？”子逾蹙眉。

我权当没看见，扔下一句“就这么说定了”就一溜小跑回了西苑。我用绸缎简单地缝了一个装雪狐的挎包，把它装在里面挎在肩上。然后，我将赏花大会上太后赏赐的那件宝衣也一并带着，往唐府的后门走去。

远远地，我就瞧见了子逾，他还是来了嘛。

一路上，他静静地笑着和我谈天说地，跟我讲起东域的风俗民情与爱情故事。我在他身后笑得摇头晃脑，发现他整个人就如阳光般柔和而安静，不禁将左手从轮椅的扶手上松开，握了握他的肩膀，道：“哥，原来你的世界纯得就如一朵莲花，即便是生在淤泥里，也不会染上世间的恶俗。老实说，我真的挺羡慕你。”

“你羡慕我什么？难道你是因为爹对我的溺爱，所以吃起我的醋来？”

“才不是因为爹对你的溺爱，所以我才羡慕。我羡慕的是，你这种平静的心态，以及你的自由。”

子逾吐气如兰道：“那是因为那个人还在我的视野里，没有走远。要是她离我远了，或许我就不会再如此的淡然。”

“她？”我呆了一下，随即反应过来，“哥哥莫非有心上人了，是哪家千金，能告诉静儿吗？”

子逾摇了摇头，似是不愿将心中那位姑娘的名字告诉我。

我不免感到失望，撇了撇嘴：“算了，我不问了，你想说的时候自然会说。不过，到时候哥哥一定要事先第一个告诉静儿，让静儿帮你瞧瞧，以免今后那姑娘爬到哥哥的头上，欺负你。因为哥哥你太善良了。”

子逾点了点，将话题岔开说起了我跟他小时候的事儿。我觉得跟子逾在一起的时间过得极快，一眨眼就来到了市集。

我举目望了一眼四周，有铁铺、有当铺、有绸缎庄、有酒店茶舍……但唯独就是没有瞧见木匠铺在哪儿，不禁问子逾：“哥，你知道木匠铺在什么地方吗。或者，哪儿有卖紫檀木的？”

子逾摇了摇头道：“我十一岁之后就很少出门，很多地方都记不清楚了，不如问问路人吧。”

我点点头，找了一位卖烧饼的老大娘询问。老大娘很热情地告诉我，城西十里外有一位叫陈木匠的家里，好像有紫檀木这种上等的木头，让我去那儿看看。

我点了点头，然后假装肚子痛，将子逾留在一间茶寮里。跑到当铺把皇太后赏赐的宝衣，和老板一阵讨价还价最后以一千两的价格当给了对方。

虽然我自知自己亏大了,但是急需用钱不好意思向美女老妈或者子逾开这个口,所以没办法。再加上这老板精得很,不好忽悠,我只能在心中咒骂了他几句就把银票收了起来,去找子逾。

差不多用了半个时辰，我推着子逾来到一片难见一丝人烟的荒山野林，才在那儿找到陈木匠的家。

“请问,陈师傅在吗?”我很有礼貌地敲了敲门。

门“吱嘎”一声开了,从里面探出一个脑袋来:“你们是谁?”

“我们是来买紫檀木的。”我说。

对方这才将房门打开,把我跟子逾往屋里请。

开门的是个孩子,差不十一二岁的样子,长得眉清目秀稚嫩得很。我从怀兜里取出逍遥椅的画稿递给他,说道:“小兄弟,你看看你能做出这样的椅子吗?如果用紫檀木做,大概需要多少银两?”

小孩儿接过画稿,仔仔细细地看了好几眼道:“你这种椅子,我做不了。”

我诧异:“为什么?”

“陈师傅三日前就外出了,我只是他的徒弟,而且我们这儿的紫檀木早就卖空了。姑娘若真想用紫檀木做这种椅子,不如两个月后再来吧,那个时候师傅差不多也该回来了。”

“啊?”我郁闷,“小兄弟,那你知道还有什么地方卖这种木头的吗?还有,锦城哪位木匠师傅能把这种椅子做出来?”

“这种椅子,估计木匠铺的老板都能做吧。但是紫檀木现在不好买,应该早就断货了。最近通往南阳的桥断了,许多商队都被堵在了那儿,没有两三个月,恐怕那桥是修不好的。要是姑娘急着想买,我倒是想起陈师傅以前说起,边境有个叫鲁鲁班的木匠,他平日最喜欢收集木材做东西,你不如到东域跟北域的交界地回疆找找看?”

“啊?”我眨巴着眼睛,掩不住心里的焦急,“难道就没有别的办法?”

小孩儿摇了摇头,把画稿叠得整整齐齐交还给了我。

我一阵垂头丧气,向小孩儿道了谢,就推着子逾往外走。

路上我问子逾:“哥,去回疆大概需要几天啊?”

“快则十来天之久,慢则一个多月吧。如果你要去回疆的话,我是不赞成你去的。”

“为什么?”

“回疆乃龙蛇混杂不讲人情之地,又属于东域与北域的交界处,不在两国管辖的范围之内。倘若你冒然去回疆,出了什么事儿……"

"应该不会的。"我将子逾的话打断,想着我用何借口才能在唐府消失半把个月而不引人怀疑。不知不觉间就回到了唐府。

我把子逾送回南苑,正准备离开,子逾一把拉住了我的手腕,一副忧心忡忡地道:"静儿,你年龄尚幼不明白这个世界的险恶。回疆那个地方,遍地都是尸体,活着的人尔虞我诈。无论如何,你一个女儿家绝对不能去。"

我微微蹙眉,凝视着子逾那双清澈的眼睛,道:"哥,我已经不小了,别把我当成一个孩子一样看待好吗,我会加倍小心的。"

"你一个手无缚鸡之力的女子如何加倍小心?"话说到这儿,血色从子逾的脸上渐渐褪去,"你还记得祁连山你跟世子遭遇刺客袭击这事儿吗?很多危险都是难以预料的,若不是世子,我想你当时肯定会命送黄泉。静儿,真的不要去。"

"那个……"我真想告诉子逾,祁连山之事其实是我搬起石头砸了自己的脚,但想想还是算了,不告诉他。他现在已经是一副不准我去回疆的样子,如果再听到祁连山我所做的蠢事,肯定要坚决阻止我了。说不准等会儿就会把我要去回疆的事,告诉我的美女老妈。按照美女老妈的性格,她不得整天像个影子一样跟着我。

我索性顺了子逾的意,讪讪地笑道:"好啦,好啦,我只不过是想捉弄一下哥哥而已,你还真以为我要去回疆不成。我只是想看看哥哥到底有多关心静儿,却没料到哥哥严肃起来的样子好丑。"

子逾听完这话,脸色倒是缓和了下来,但嘴唇却抿得紧紧的,歪着脑袋,用一种狐疑的眼神望着我。

我知道他心中或多或少还是不太相信我的话,怕继续待在这儿迟早会被他看穿心思,便低低地跟他说了一句:"哥,我有点困了,先回西苑去了哦。"话音一落,我也不等子逾回答,用上了逃命的速度赶紧离开了南苑。

回到闺房,我把雪狐从布袋里放了出来。躺在床上翻来覆去左思右想着,却怎么也谋划不出一个能离家一两个月的好办法。

你说跟大伙直接说,去回疆买紫檀木做逍遥椅又不太现实,毕竟这是古代。而且,到了美女老妈生日那天又没了惊喜。如果连声招呼也不打,就这么突然消失吧,被抓回来,少不了挨揍跪祖宗的分。

那么……

第七章
神秘莫测的夜先生

我眨了眨眼，努力想看清楚对方的长相。由于距离太远瞧不清，但隐隐察觉那个男人脸上好像戴了一张蝴蝶形的面具，露出像花瓣一样粉嫩的两瓣唇，在冷月的映照下，甚是好看。

我脑中灵光顿时一闪，冒出绑票二字，把我激动得像弹簧一样从床上蹦了起来。赶紧把房内值钱的东西全打包准备今晚开溜，突然想起子逾知道我想要去回疆的事。如果今晚我在闺房里制造了案发地点，明儿说不定我没走多远，他就会猜出是我搞的鬼，然后揭发我的罪状，派家丁将我捉回来。

所以眼下，我得耐住性子，先观察子逾一两天，顺便打点下自己需要的东西。

这么敲定主意之后，我就安安分分地在家待了三天。直到接到爹跟大娘快要回府的消息那晚，我抱着雪狐窝在床上挨到半夜。见外面没有人，才下床从柜子里面翻出两天前从秋菊那儿偷来的衣服，随便往身上一罩。头发也懒得打理，直接束成一个马尾，就开始制造犯罪现场，留下一封写满了狗爬字的绑架勒索信函。

随即，我瞄了一眼跟在我屁股后面直打转的雪狐，觉得如果带上它肯定会不方便，而且也很容易引人怀疑，怎么绑架的人还将雪狐带走？所以，我只好把雪狐赶到美女老妈房间的方向去。一切准备妥当之后，这才带上值钱的东西和一把匕首，蹑手蹑脚地从后门溜了出来。一切顺利得超出了我的想象。

"欧耶，没想到连老天爷都在帮我！"我从布包里翻出地图看了一眼，以上北下南左西右东的常识，辨认清楚了路线，朝着渡头的方向走去。

穿过前面的一片林子向左拐，却发现不对，又沿路走了回来往右拐。拐完了之后又左拐右拐，右拐左拐，拐得我七荤八素。也不知自己是不是看错了路线，走了足足三个多钟头，却连艘船都没见着，更别提渡头了。最糟糕的是，我最后来到了一片绿荫蔽月、阴寒凛人的森林里。

这森林很大，左侧山谷中有条江，江潮至西向北翻卷而去。江畔上，并排着一株株杨柳，映照在江水中。而右侧是盘旋起伏的山峦，在袅袅薄雾中忽隐忽现。脚下是一片丈把高的野草，脚踩在野草上所发出细细碎碎的声响，吓得躲在里面的狐兔到处乱蹦。

此时，四周没有来由地刮过一阵冷风，吹得这整个森林里的树枝吱吱嘎嘎地怪啸,犹如万鬼啼哭般诡异至极。我浑身忍不住哆嗦了一下,借着几缕朦胧的月光瞟了一眼身侧的石碑,上面写着“鬼哭山”三个大字,我就更感到毛骨悚然起来。

这到底是什么鬼地方啊,还取了个这么恐怖的名字?

我战战兢兢地收回视线,觉得此地不宜久留,得快快下山找渡头去,便赶紧加快了脚步。一时没注意,肩上的布袋被一根纵横交错的枝丫给勾住了,四周没来由地突然响起一阵若有若无的铜铃声。

“是我太神经质了吗?这荒山野林的,怎么会出现那种声音呢?嘿嘿嘿……唐静你肯定……”我自我安慰的话还未说完,那铜铃声却变得逐渐清晰起来。我的额上瞬间冒出了一排汗水,顺着脸颊滚落到了颌下,手心也变得湿漉漉的。

铃……铃……铃……

任凭谁半夜三更听到这种令人惊颤的声音,总会不受控制地想到“有鬼”。一股恐惧感紧紧压迫着我的胸口,我感到很不舒服,心脏也蓦然“怦怦怦”地狂跳起来。

铃……铃……铃……

声音逐渐由远拉近,犹似死神在呼唤,死亡的气息从后面直接罩了过来。我在心中本能地喊叫了起来:快逃!快逃!快逃!唐静快逃啊,别杵在那儿,快逃啊!

可是我的身体就像脱离了大脑的控制,如石头般僵硬,根本动弹不得。不祥的预感也越来越强烈,总觉得身后有什么东西,而自己只要一转头,就会看见。

我深知自己绝对不能回头,但是心中住着的小人却总是和我唱反调,让我回头探看,我难以控制,便以一种十分缓慢的速度,将脑袋转向了身后。

只见一位身形修长,个子少说也有一米八,穿了一袭将他完美的身材展露无遗的白衫的男子,迎风伫立于一片草坡上。他长长的黑发不扎也不束,随意地披散着在半空微微飘拂,犹如圣子降世。

他一动也不动地仰头静静地凝视着冷月,周身透出一股清冷的气息。

我眨了眨眼,努力想看清楚对方的长相,由于距离太远瞧不清,但隐隐察觉那个男人脸上好像戴了一张蝴蝶形的面具,露出像花瓣一样粉嫩的两瓣唇,在冷月的映照下,甚是好看。

他到底是谁,兰陵王?刺客?丑男?还是……想不出来了,可能是我的想象力不够吧，只能想到这三种会戴面具的男人。

这个白衣男人三更半夜地在这儿干吗？我感到奇怪，正皱眉沉思，就瞧见对方嘴唇动了动，发出邪魅蛊惑的声音，随风飘了过来："阁下既然来了，又何必要躲躲藏藏？"

虾米？我心中一凛，有些不敢相信自己的耳朵，暗忖，这男人的听觉未免好得太离谱了吧？正当我犹豫着到底是出去还是不出去之时，一条黑影蓦地飞身而来，脚不沾地地掠过丈许距离。眨眼工夫就稳稳当当地立足在白衣人的身前，并嘀咕了一句："相传夜先生武功盖世，方圆十丈外就能洞察秋毫，看来所言并非虚假。今日在下想取阁下首级，可得费点工夫才行。"

听完这话，夜先生优雅地转过身想要离开。

"没想到夜先生还是如此傲慢的一个人，是怕了在下，还是准备去劫粮呢？"

夜先生顿住脚步转过身来，微微一笑，道："噢，你想取我首级？"

"你的首级值十万两黄金，凡武林中人，有谁不想？不过在下更想知道被你劫走的官粮，到底去了哪儿？"话音一落，黑衣人眼光利如鹰隼般迅快掠过夜先生。凛冽的杀气，立时弥漫全场。

还没等我弄明白到底是怎么一回事，那黑衣人就拔剑出鞘，速度快得让人根本看不清。他凌空一翻，人旋剑飞朝着夜先生劈了下去，激起万道光芒。

夜先生好似根本就没有跟他打架的心情，剑也不拔，只是一味的防守躲闪，像压根没把对方瞧上眼似的。黑衣人怒从心起，停下手中的攻击，吼道："你为何不拔剑，莫非想束手就擒？"

夜先生不带任何感情色彩地说："对付你，何须拔剑？"那声调冷得令周遭的空气快凝结成冰，寒气无孔不入地传了过来，渗透进我的全身。

"你别瞧不起人。"黑衣人气急攻心，咬牙切齿地道。随即握紧手中的长剑朝着夜先生刺了过去，剑芒如水银般朝着四面八方飞射开来。我还来不及做出任何反应，身子就被那股冲劲震飞了出去，撞在一株粗大的树干上，震得满天树叶洒了下来。

他爷爷的，这算什么？全力一击，想一石两鸟？还是神仙打架，凡人遭殃？我心中十分的火大却不敢言，全身酸痛无比，连爬起来的力气都没有，只能趴着身子悄悄往一旁爬去，借着倒在地上的粗枝挡住身子。然后我惊恐而又紧张地抬起头盯着夜先生跟黑衣人，却发现自己已经错过了最精彩的场面。

他俩都从方才的火拼中停了下来。然后，夜先生的身影微微侧了一下。那黑衣人顿时就没了动静，像尊塑雕般立在夜先生的身后，好一会儿才伸手拉了拉他的衣衫，双目怒睁着，似是想说一两句台词，可是时间不够，最后连哼也没哼一声，缓缓地往地面倒去。

可是夜先生却连看都不看他一眼，冷酷得仿佛《死神》里的乌尔奇奥拉一样，身影一展便消失在了黑色的夜幕中。铃声却依旧铃铃铃地响着，令人心惊胆战。

我的天啊，这个世界太恐怖了，为什么我每次都会撞见这种事情？我爬起身打算火速离开案发现场，免得给自己带来不必要的灾难。就在那一刻，夜先生竟然站在了我的身后，带着明显杀意的眼神从面具上的两个小洞里投射了出来，和我的目光撞在了一起。

我心中蓦地一惊，整个人进入不能顺畅呼吸的状态里，嘴巴张得大大的，手脚也抖作一团。我有些难以置信地凝视着对方，觉得这一切就好像在做梦一样，虚幻得不真实了。

他竟能像一团空气般这么悄无声息地出现在我身后，倘若不是我突然起身想离开，恐怕凭他这一身惊世骇俗的武功，随时一剑刺来要了结我的性命让我暴尸山野大有可能。

他不会真的想杀人灭口吧？

我从他脸上那狰狞的面具上的两个小洞里，瞧见他注视着我的眼神中，有一种怒气。

我浑身颤抖起来，脑中灵光一闪，稍稍犹豫了一下，抱着死马当活马医的心态，一整脸上的表情，装成患有梦游症的人，眼睛眨都不敢眨一下，支撑着直发颤的双腿，和他擦肩而过，呆呆地朝着前面走去。

“你打算去哪儿？”夜先生生怕我听不懂似的，一个字一个字慢慢地说道，来到我的身前挡住我的去路……

我浑身猛然一震，被他逼得一步一步地退回了原位，暗忖这男人该不会想劫色吧。

我真的很倒霉，从来到这个世界就没有过上一天的舒坦日子。若这次我能侥幸活下来，回去之后定要好好拜拜祖先。

“我什么都没有看见——”我几乎带着哭腔说，脸上的表情也充满了惊惶和畏惧，机械地滑下肩上的布包便朝他砸了过去，趁他伸手挥开时，拔腿开溜。

我一边跑一边回头观望，以为他就在身后，却瞧见他勾了勾唇角，扯出一抹淡漠的笑容，并没有追来。我心中无比惊疑，想不明白他这人在想些什么。结果只顾着看他去了，没注意到前面的路，脚下突然被杂草一绊，整个人滑了一下，身子立马失去平衡向左侧倒去。

慌乱之中，神经处于极度恐慌中的我，几乎出于本能地伸手想抓住某种东西来稳住平衡，未料前方空无一物，我一下子就倒在了地上，顺着身侧的斜坡一直不断向下滚去。

只觉一阵头晕眼花，紧接着“砰”的一声，我着地了，心想着莫非自己又要穿越了，就没了知觉。

不知过了多久，模糊中突觉有人用绢帕为我擦拭着额上的虚汗。我倏然一惊从昏迷中清醒了过来，睁开蒙眬的双眼从床上坐起身。面前站着一位穿着铠甲和一位穿着长衫的男人，我打量了一下四周，发现自己正处在一个帐篷里，不禁感到十分的迷茫。正欲开口询问身旁的男人这里是什么地方，一阵轻微的脚步声在帐篷外响起。

不久，一只骨节分明的手将帐帘掀起，然后左昭的身影直直地撞入了我的眼眸中。

他眉头微蹙地走了进来，目光中带着一抹寒意。他凝视着我的眼睛，道：“你醒了？”声音还是一贯的没有任何感情色彩。

我见到他，虽然心中难免不感到惊喜，但或多或少还是有点诧异，便问：“这里是哪儿？”

“军营。”左昭说，随即把目光转向旁边的两个男人，“文仲、古喜，你们先出去。”

“是。”两个男人毕恭毕敬地答道。向外面走出去的那一瞬间，那个穿着铠甲叫古喜的男人，转过头来瞥了我一眼，脸色骤变露出一副很不爽我夺了他心中所爱的表情。

我心中一凛，长长地吸了一口气呼出，道：“我怎么会在这里，我不是应该在鬼哭山吗？”

“鬼哭山？”左昭身子倏然一僵，似是不敢相信我居然能到那种地方去一般。

“是啊，我记得自己还见到了一个戴面具的男人，叫什么来着？”一时间我忽然想不起对方的名字，皱眉沉思，就听见左昭说：“戴面具的男人，莫非是夜先生？”

“对对对,我听别人就是这么叫他的。他当时想杀我,我就一个劲儿地跑,结果没看清前面的路从山下滚了下来。但是我怎么就来到了这儿呢,难道我还在锦城?”

“不,这里已是西宁,离锦城有两天的路程。我三天前带兵行往西宁城外扎营,跟古喜观察地形时发现你躺在岸边。”左昭眉梢一挑,脸色一沉,“你怎么会来到这儿?这真是一件怪事儿。不过按照你刚才的话来推测,应该是夜先生绑架了你吧?”

“啊?”什么跟什么嘛,我彻底地被搞蒙了,而且我居然还晕了这么久?

左昭向我解释:“昨日锦城传来消息,说你被人绑架了。对方要丞相给出三箱黄金,不然就让丞相给你收尸。经你方才一说,绑架你的人莫非就是夜先生?但他的用意是什么呢,还将你带到西宁来?”

我眼皮一跳,夜先生?呃……看来我那封勒索信果然起了作用,如今就让夜先生当下替死鬼吧,省得解释,反正他那人也见不得有多好。

“我也不知道。”我稍稍迟疑了一下,从床上走了下来,自顾自地拿起案桌上的茶壶倒了一盏茶,在脑中组织了一下语言,编起故事来,“只记得那晚我上完茅厕回暖阁之后,后脑勺就被人重重一击,然后我就什么都不记得了……醒来的时候发现自己正躺在一片荒山野岭里。对了昭哥,夜先生到底是谁啊?”

“朝廷重犯。”左昭的脸瞬时冷了几分,仿如凝结了一层冰霜般。

我不由得深吸了一口气:“他犯了什么罪?”

“劫取官粮。如今东域天灾不断,朝廷发放到各县救济灾民的官粮屡次被劫,就是夜先生所为。”

劫取官粮?对了,我想起在鬼谷山,那个黑衣人有问,夜先生劫走的官粮到底去了哪儿。当时我还听得一头雾水,现在经左昭这么一说,整件事情我差不多能明白一点了。夜先生是朝廷重犯,被朝廷列入了黑名单中,为了捉住这个可恨的男人,所以朝廷用钱来悬赏各路英雄豪杰去刺杀他。

只不过,夜先生到底是怎么样的一个男人呢,而且是他将我送到西宁来的吗?锦城离这边有两天的路程,我不可能从山上一直滚过来的吧,要是那样就太狗血了。

我端着茶盏,若有所思地看着里面飘出的缕缕雾气,许久才向左昭问道:“昭哥,你为什么会突然带兵前来西宁呢?”

左昭说:“四天前的子夜,西域突然派兵前来偷袭西宁,所以圣上让我领旨，带兵出征。”

“那眼下的情况如何？”我得好好分析一下，我记得地图上，要去回疆，西宁是必经之路。如果这边的战事太过恶劣到要踩着别人的尸体才能离开，我恐怕只能暂时留在左昭的身边了。

“刚破了外城。如今西域不断派兵增援，将西宁围得跟个铁桶似的，难以攻入。”左昭说这话时，眼光狠戾，一股寒意从他身体里透了出来。不知他想到了什么，手指竟不由自主地握紧成拳，袭在案桌上发出沉闷的一声巨响。我被吓得手一抖，茶盏从手里掉在了地上。

左昭见状，立刻将脸色缓了缓，道“所以阿静急着回府，我看也得等战事稍缓之后才能送你回去。不过，我今日已传书回锦城，如果不出意外，丞相两天之后就会接到信函。”

“啊，你居然传书给我爹，说找到了我！”我感到十分的无语。这人怎么能自作主张呢，我好不容易从家里偷跑出来，他一封信就把我的路给断送了，这算什么。我心里真的好生气，费尽心思跑出来，差点还丢了性命，眼见回疆的人民正对我挥着手，我却什么都不能做就要回去，我死也不干。

“另外……”

“另外什么，你有什么废话就一次性说完，”我一时没控制住自己的情绪，火冒三丈地就对他大吼道，“少在我面前啰嗦。”

左昭眼中霎时闪过一丝残酷的冷芒，显然被我大吼大叫的声音给刺激到了，冰冷阴寒地道：“这段时间，你就留在这个军帐里，最好别出去。若被人发现我军营里有女人，到时恐怕会给你带来杀身之祸。”

我撇了撇嘴，暗忖反正现在敌军只是把西宁城围得个水泄不通，我又不进城去，怕个毛啊，便对左昭说：“你看这样如何，你留我在军营里面始终是个祸害，不如就让我先行回府，然后你就可以没有任何顾虑地去打仗了。”

左昭一听，脸上竟然露出了一副奇怪的表情，像驯兽师拼命想驯服一只发飙的野猫一样，眼瞳凉得让人觉得恐惧。

“你难道听不懂我所说的话？”

“什……么……”我被他吓得浑身寒毛一阵紧缩。怎么忘记了，这个男人虽然送过我一只雪狐，但是他始终是一个极其危险的人物，毕竟在皇宫的禁区里，我有亲眼目睹过他的残忍。我果然喜欢自虐啊，没事儿跟他顶什么嘴？我很鄙视自己，居然在这个时候想起了小刘子，虽然他的脾气也很臭，但是还没让我害怕到小心肝差点停止跳动的地步。

“我只重复一次，你最好记住了，行军打仗时女人出现在军营已经是死罪。若我现在让你离开，你会死得更惨。所以，你不想死就安安分分地待在这里。我不杀你，但不代表其他人不会。”左昭转过身去，从一旁的矮凳上拿起一件步兵的甲衣扔给我，“换上。”转身就走了。

我心中默默流泪，他怎么对我这么凶？喵的，真想抽他。算了，原谅他一次，反正我也决定了今晚溜走，才懒得管他。

我乖乖地换上甲衣，无所事事地坐在案桌前翻阅堆放在上面的战书和羊皮图子打发时间。不久，隐隐约约听到军帐外传来古喜的声音。紧接着，便见他从外面走了进来，手中端着一个托盘，上面放着两菜一汤和一碗白米饭。

“你在干什么？”古喜大步走上前来，把托盘放在案桌上，伸手一把夺过我手中的战书，恶狠狠地望着我。

我一阵无语，皱了皱眉毫不示弱地瞪着他。

他阴沉着脸，露出一副完全不把我放在眼里的态度，道：“别以为王爷把你留在军帐里，你就可以不顾军纪，毫无顾忌地做坏事。”

我感到莫名其妙，道：“什么叫做坏事？麻烦你把话说清楚！”

“行军打仗，军帐里出现女人本来就已经很晦气了，你竟然还敢偷看军事情报！”

这人说话真不中听，我心中不禁有些恼火，说：“那上面又没注明‘军事情报’这四个字，我怎么知道？”

古喜冷哼了一声，像发射机关枪般，“突突突”地直说：“当初发现你昏迷在江边时，我就感到奇怪。后来锦城传来消息说你被人绑架，就更感事有蹊跷。偌大个东域，绑架丞相千金的人什么地方不选，却偏偏要将你带到两国交战的西宁来。”

我懒得跟他一般见识，伸伸胳膊踢踢腿，指了指案桌上的饭菜，漫不经心地问他：“这是给我的？”

见他不语，我又道：“如果你没什么事，就去忙你的吧。我用膳时不喜欢有人站在我的身旁，会影响到我的食欲。”

“你——”古喜瞪了我一眼，转身走了。

我不以为然，拿起筷子端着饭碗，犹豫着是先吃饭好，还是吃菜好呢，布帐外却响起一阵小小的骚动声。

我略感诧异，放下碗筷起身向前走了几步，掀起布帐。只见乌压压的士兵们兵分两路，朝着以我为中心的左右两个方向跑去。

奇怪了，难道是敌军向左昭发起了攻击？想到此，我心中顿时一阵惊慌，便拉住从我眼前跑过的一个士兵。

询问了一番，才知道左昭下了令，让士兵兵分两路从西、北两面分别对敌军展开夹攻。一是西宁太守死守不开城门，也不肯出兵连手攻击敌军，若时间拖久了，恐怕西宁内城要破。二是如今敌军按兵不动，所以趁周遭浓雾四起时，杀对方个措手不及。

另外最最最主要的还是，左昭这次不仅仅只是为了打仗，他还运了几百辆粮车前来救济西宁的百姓。这是圣上的意思，他老人家的粮草被人劫怕了，很相信左昭这个小王一定能守住粮草，将西宁夺回，却不知粮草成了左昭的负担。

西宁这一带全是平原，根本没有险要的地势可供利用，所以倘若在运粮时被敌军发现，除非左昭命人放弃军粮，不然就只有死路一条。想想，七、八百辆粮车啊，没有五六个时辰休想全部过河的。再说，昨日还下了一场暴雨，现在水位暴涨，桥都跑到水的下面去了，要想安全把粮车送往对岸，也不知要牺牲掉多少士兵了。

我蛮歹毒地暗喜了一把，觉得眼下这仗打得好，真是老天爷都在助我一臂之力，让我早些离开左昭的军营，免得呆久了古喜那小子又跑来在我耳边说女人在军帐会带来晦气之类的话语。

我索性就跟着大部队一直向北走去。

途中特意放慢脚步，趁人不注意时钻进一旁的树林里。避开北面朝东南的方向前行，却突然瞧见正西面突然冒起数十股浓烟。紧接着，就是一阵惊天彻地的号角声，中间掺杂着人声和如雷的踢踏声。

我被吓得咽了口唾沫，心中隐隐不安起来，很是担心左昭的安危。在原地徘徊了许久，也不知他到底是在西面还是北面，只能飞快地分析了一下目前的形势，茫然地朝着北面跑去……

到处都是飞来飞去的羽箭、鲜血和人的肢体。

那些失去主人的战马像发了疯似的到处乱奔，相撞倒地，情况混乱到了极点。敌军跟左昭的黑甲骑兵们眼下全杀红了眼，如野兽般发出怒吼声，举着泛着银光的大刀，连眼睛都不眨一下就朝着对方砍去，滚烫的血立即喷洒了出来，像极了人间地狱。

我内心恐惧到了极点，停下脚步站在战场的外围不敢再向里走，只能在人群里搜索着左昭的身影。只见一个满脸都是鲜血的男人被敌军团团围住，他手中的剑如旋风般挥动着，像极了一匹白绫，剑芒每到一处均有数名敌人被当场劈死，而那个握剑之人便是左昭。

他要将涌向他的敌兵杀得片甲不留不说，还要给自己留了一个小小的空间，怕空间一旦缩小，就再也展不开手脚，这样的战斗杀的人不少，只是时间一久，他难免会感到疲惫。我不敢出声喊他，怕他一分神随时都会在敌人凌厉的反击下落败身亡。

在皇宫禁区里所看见的那一幕跟这一比，简直就是小巫见大巫。我整个脑海都陷入了一片空白中，直至一声凄惨的叫声过后，一道鲜血喷洒到了我的脸上，我才回过神来，本能地侧过头去，赫然瞧见一个西域男人竟近在咫尺，抬手就要将手中的大刀劈下。

我心中一阵惊颤，脑袋“嗡嗡嗡”地直响，忍不住使出吃奶的劲儿，大喊一声：“昭哥，救我。”

左昭猛地转过头来，就在那一刹那，一支羽箭“呼”地飞掠过去射在了他的背脊上。

他眉头顿时皱了一下，抬起目光接触我的双眼时，他那深邃的眼眸里像要喷出火来一般，声音里也夹杂了一丝杀意，大吼一声：“该死。”随即反手一剑甩出，直接刺中想杀我的那名敌人。

我心中着实松了一口气，以为自己安全了，却没料到他的这个举动，使得一个大胡子男人的注意力全集中到了我的身上。

我当时也没放在心里，只觉得那个大胡子男人的眼神够犀利的，隔得这么远都能瞧见我。我不知所措地在原地犹豫了一下，才向左昭跑去。可是，就在快接近他的刹那间，那个大胡子男人像只大雕般闪了过来，挡在了我的身前。

我心中一阵惊慌，神色微微恍惚了下，暗忖自己不会扯了左昭的后腿吧，眼下局势已定，大胡子输定了。

只见左昭眼急手快，挥出一剑想劈死大胡子，可恶的大胡子实在是太歹毒了，居然反手拉住我的胳膊将我往前一带挡在身前，然后用长剑抵在了我的脖子上。

我浑身顿时一阵颤抖，连动也不敢动，一脸可怜巴巴欲哭无泪的表情望着左昭。

左昭见状，急忙将剑收回，眼中嗜血的狂意却增了几分。

大胡子带着试探之意地笑道：“五日前据探子回报，东域太子此次随左军冲往前线想与老夫一决高下，老夫正愁着东域太子会是谁。方才你如此担忧这个小子，莫非这小子乃东域太子？”

“……”我勒个去，大胡子这话严重侮辱了我的女性美，虽然我穿着铠甲，戴着头盔，看起来像个爷们，但是试问哪家的爷们胸肌会有这么发达？不过话又说回来，我国太子居然跟左昭来打仗，我怎么没听人说起过这事儿。我感到有点惊讶，就把目光转向了左昭，只见他缄默不语，脸色显得很阴沉。

大胡子继续道：“将西宁夺回，或许你能立下头等功，但是太子在此葬送了性命，你回去恐怕也只有死路一条吧。如果不想太子死，就放下你手中的剑，命令你的黑甲铁骑退出西宁十里外。”

左昭眉头紧蹙，从他脸上所流露出的表情分析，我认为他很难会遵从对方的意思，毕竟我不是太子。左昭注视着我的眼睛往左边瞥了一下，带着一种说不清道不明的暗示在其中。

我有点迷糊，不太清楚他那一瞥到底是想干吗？

“恕难从命对吧，那……”大胡子似是想给左昭施加点心理压力，将手中的剑往下压了压。奇怪的是我竟然感觉不到丝毫的疼痛，或许是因为全身的神经都处于紧绷的状态里，所以感官暂时失灵了。但我却能嗅到一股浓烈的腥味，从脖子上飘了过来。

“慢着！”左昭大喊一声，眼底的寒气正在逐渐扩散，变成了让人不寒而栗的残忍。

我感到恐怖极了，紧咬着下唇，眼角垂着因害怕而涌起的泪珠看着左昭。

左昭握了握手中的长剑，冷冷地扯了扯唇，道：“全军听令，退出西宁十里外，没有我的命令不得擅自行动，违令者斩。”

“将军——”士兵们的喊声里，爆发出了他们内心的想法——不甘心。

“立刻。”左昭冷了脸，对他们还杵在那儿感到不耐烦了一样。我没想到他竟然真的按照大胡子的话去做了，不禁热泪滚滚道：“昭哥，对不起……”

左昭瞥了我一眼，扯了扯嘴唇，似是想说什么，却最终没有发出一点声音。但是我从他的嘴型上看出他刚才是在骂我：“蠢女人。”

好吧，我承认我确实够蠢的，蠢得好多事情赶上了直播现场都不知道逃跑，把自己震得内伤不止不说，还险些送了小命。

大胡子一声令下：“带他们回军营——”

我连一丝挣扎的机会都没有，左昭也没有做出任何反抗的举动。

而敌人所谓的军营，实际是西宁城外靠西边，约莫两里许远的一处竹林里，筑起来的小军营和木塞。由于才建成不久，规模也自然不大。我略略算了下，估计也就能容纳几千人而已，看样子对左昭的黑甲铁骑难以构成威胁。不过若要强攻这防守力还算蛮强的木寨估计也不是一件容易的事儿吧。

那么换句话来说，如果我没有猜错，敌军起初是想跟左昭打持久战。但是考虑到他以往的战绩，所以想先断了他的前路，才将西宁围住促使西宁太守不敢开城门与左昭联手。又请求援军前来增援，以至左昭的后路也被断去，只有选择正面强行攻击。

如果我没有被大胡子抓住，就当时那个形势而言，左昭会顺利收复西宁，到那时就是谁都奈何不了谁，两边打防卫战了。

但这也只是我的假设，毕竟我跟左昭现在都被活捉了，或许我命中注定就是他的克星吧，不对……

我突然意识到一个十分严重的问题，就是我为什么会出现在西宁。如果真的是夜先生带我来的，那么他的目的是什么？难道他是冲着左昭运送的官粮？

想到此，我感到一阵骇然，转过头瞄了一眼左昭。左昭不知在想些什么，脸上没有任何表情，但是那眼神却变得更深邃更锐利了。

我跟他被敌军带到军营之后，就被关在一间钢条做成的牢笼里，门外则有六个士兵每两个时辰轮流交换看守着。左昭此时失血过多，面色已苍白如纸，身体仿佛像灌了铅般沉重，倒在地上动也不动，背上还中了羽箭，真不知他能不能挺过来。

“昭哥……昭哥……”我来到他身边，摇了摇他的胳膊，试图查看下他的伤口。他眉头微微皱了一下，眼底迸出寒光，冷冷地对我抛来一句：“你太碍事了。”

“……”他这话说到我心坎上了，我感到一阵内疚，很难过地抽回手，喉头被罪恶感堵得满满的，一句话也说不出来。

左昭缓缓地抬起手，作势想要给我一记大爆栗似的，吓得我缩了缩脖子。却没料到他的手轻轻地放在我的额头上，摸了摸我的脑袋，放柔语调对我说：“或许我刚才的话，说得太重了，但是我真的不知道该对你说什么才好。若你要我道歉而‘对不起’这三个字又真的管用，那么……对不起。”

左昭真的是个很不会说话哄女人开心的男人。刚才那番话，从他嘴里说出来，不仅极为生硬，还十分的别扭。或许，在他心中权力才是最重要的，女人对他来说，就是到了结婚的年纪按照父母的意思随便娶个合适的就行的吧。所以，他是一个不会放心思在女人身上的男人。

我勉强笑了笑，道："没事没事，我小肚子里能撑船，不会介意的。"

左昭听完我的话，沉默了一瞬，然后从军甲里取出一瓶药放在我的脚下，对我说道："你能帮我把背上的箭拔出来吗？"

"啊？"我一时没反应过来愣住了。

他加重了语气，催促道："赶快，不然没时间了。"

"呃……"我很困惑地垂下脑袋，用微微有点湿润的舌头舔了舔自己干裂的嘴唇，小心翼翼地告诉他，"我害怕，不敢拔，我害怕箭一拔掉你会流血过多死掉的。羽箭射得太深，估计在肌肉里，这么强行拔出后果不堪设想啊。昭哥，你有没有想过？"

"阿静，现在不是害怕的时候，你要么看着我死，要么就把羽箭拔出来。而我，也不允许你害怕。"左昭说这话时，用手把我的脑袋扳了起来，让我直视着他的双眼，我从他的眼中看见一丝复杂的暗芒。

我皱了皱鼻子，暗暗咬牙，见他这么坚决，就极力控制住心中所涌起的胆怯，将颤抖的双手握在羽箭上，心一横，猛力一拔。只听左昭闷哼了一声，那原本早已凝固成血痂的伤口，随着羽箭的拔出，鲜血喷涌了出来，溅在了我的脸上。

我把羽箭扔在一旁，拿起脚下的药瓶，打开药塞子将药末洒在他的伤口上，然后从身上扯下一块布料为他包扎。一切完毕之后，才伸手擦干脸上的血渍。然后推了推他，却见他没有任何反应，手指也渐渐变得冰凉……该不会……

我惊恐地睁大了双眼，脑部仿佛被重锤狠狠地敲击了一下，他不会死了吧？那我怎么办啊，怎么办啊？我心中一阵酸涩，害怕得要命，眼泪悄无声息地顺着两颊直往下流，落在了左昭的唇上。

"昭哥……你醒醒……你千万不能死啊！昭哥，昭哥……"我失声低喊，"昭哥……你不能死啊！要是你死了，我该怎么办呢？你千万不能死掉啊……"

就在我以为左昭嗝屁时，他的眼珠在眼皮下突然动了动，我还以为自己产生了错觉。下一刻，他的眉头微微蹙起，随即睁开双眼望着我，把手伸了过来放在我肩上，支撑着摇摇欲坠的身子从地面站了起来。却因体力不支，再加上失血过多，呼吸变得急促起来，顺势就要倒下。

见他这样，我胸口如火烧般透不过气，一把接住了他，扶着他坐在地上，焦急地喊着他："昭哥，昭哥，你千万不要乱动，那样只会令你身体里的血流得更快的……"

左昭的双眼有些涣散，密集在额上的汗水一颗颗滑下他的脸庞。他望着我，薄薄的唇角露出了一抹虚脱般的笑容。我不得不承认他眼下一副病秧秧的模样，真的能把人秒杀到连渣都不剩，难怪唐婉会对他念念不忘。

他伸过手来拂上我的脸颊，为我擦拭着眼泪，道："你放心，我没事的，这点小伤还不至于让我断送掉性命。"那声音低沉嘶哑，极其温柔。

我知道他是在安慰我，流了那么多血怎么会没事，真当我不是人，乃一桶浆糊不成？

"昭哥，你不要勉强，我知道你伤口很痛。"我声音有些哽咽，看向他的眼睛，"真的很对不起啊，若不是我，你也不会中箭被擒的。真的，很对不起你……我知道即便我说一百次，一千次，一万次对不起，也无法挽回局势……因为战役已经结束了。"

听完这话，左昭的眼瞳一阵抽紧，眼底变得深沉使人捉摸不定起来。他说："你用不着自责，很多事情是无法预料的。而且，只要我还活着，这场战役就没有结束。我，一定会救你出去。"

我心中一震，暗忖这男人太顽强了，垂在身侧的手，也悄悄地握紧成了拳头。左昭突然握住了我的手，把我拥向他怀里，将下颌搁在我的头上，似乎是想让我完全相信他，他会把我从敌人的军营里救出去一样。

我心中立时涌起一种暖流，羞羞答答地笑了笑，却不料目光触及到了守在铁牢外的西域士兵，发现他们看向我跟左昭的那个眼神才叫一个天雷滚滚啊。我赶紧离开左昭的胸膛，忽然想起了一个事儿来，便问道："对了昭哥，你说他们捉住我们之后，会怎么对付我们呢？"

"严刑拷问！"左昭轻描淡写地说，"不过吕胜男目前以为你是我国太子，暂时不会对你用刑吧。"

我抿唇道："吕胜男？你是说捉住我们的那个大胡子吧，他没见过我国太子？那么按照当时的形势，你在北面攻打敌军，那么在西面率兵的就是太子了？"

"太子这次并没有随我前来西宁。虽然他一向熟读兵法，但是实战尚浅，所以遭到各位大臣的阻拦。"左昭将目光转向了远处，压低声音，"率兵前往西面的是古喜。"

"我勒个去，原来是他啊，还好我没朝那边奔去！"我话刚说完，铁牢的大门忽然被人打开，走进来七八个前来捣乱的士兵。他们目不斜视地看着我，目光中带着一股杀意。我感到毛骨悚然，心中警钟巨响，正想躲闪，其中两名士兵就将我抓住往外拖。

“你们这群混蛋要干吗？放开我，快放开我！”真是一群野蛮的家伙，捏得我肩膀都快要断了。

其中一名带头的士兵说道：“带他出去。”

我脸色一变，大声喊道：“你丫带我去哪儿？放开我，我什么地方都不去！快放开我啊！”

“你们没听懂她说的话吗，放开她……”左昭从地面站了起来，摇摇晃晃地出手想要攻击对方，却反被几名士兵擒在了地上，动弹不得。一个穿着将军铠甲的鼻孔哥从门外走了进去，一脚踩在左昭的伤口上，眼神狠冷，道：“哟，这就是东域的王八昭？”

我被鼻孔哥那不逊至极的嘲笑声雷得炸毛，险些脱口而出：鼻孔哥，我们都怕您了，您就高抬贵蹄闭上贵嘴，不要再摧残昭哥了，他会受不了的。

左昭面色铁青，握紧了拳头。

鼻孔哥闷笑，抬起头瞥了我一眼，歪着脑袋发出阴恻恻的声音，道：“你们这群混蛋，忘记大将军的话了吗？大将军让你们好好对待太子跟王八昭，难道你们听不懂？”

蹦跶的小喽啰们闻言一愣，全都停止不动，不知作何反应了一样。鼻孔哥的眼珠子瞬间闪了闪，露出让人难以理解的表情，道：“你们没听到王八昭的话吗，放开他。”

我静默，毫无表情地盯着鼻孔哥，觉得他这个人这么猖狂嚣张，又长了一副坏心眼的样儿，会有这么好的心让蹦跶的小喽啰们放开我？

突然他一掌向我袭来，落向我胸口那一瞬间，左昭面色倏变，身子猛地一震，像一头蛰伏的野兽兽性一下子被唤醒了似的，向我奔了过来，挡在了我的前面，用身体硬生生接住了鼻孔哥的那一掌。

但是，人家鼻孔哥的掌劲儿可不是盖的，隔着左昭的五脏六腑还是将我整个人弹飞了出去。我摔在地上再也动弹不得，心里一阵酸楚，抬眼望向前方。只见还在铁牢里的左昭，身影突然踉跄了一下，双膝一软跪在了地上。

“昭哥？”我惊恐地睁大双眼，心脏仿若被锋利的刀刃狠狠划开，太过难受而发出如雾般一吹就散的声音。左昭根本听不清，伸手捂住嘴巴就是一阵咳嗽，像有什么东西卡在了他的喉头。直到源源不断的鲜血从他口中流了出来，他的咳嗽声才停止，但整个人却虚脱地倒了下去。

昭哥……

鼻孔哥见状邪邪一笑，弯下腰伸手拍打着左昭的脸颊，力度并不重，似有轻侮嘲弄之意。他说："都说东域的王八昭武功高强，又多谋善断，如今一看真是令人失望，想不到你竟是这么一个草包！为了邀功，连自己的性命也不顾了。别忘了这儿可是西域的军营，你们迟早都得死，何必费工夫，救这个软弱无能的太子呢？"

我心中一阵难受，哆哆嗦嗦地伸手擦了擦满面的眼泪，怨自己来到西宁之后却什么都做不了不说，还这么碍事，竟在一天之内拖了左昭两次后腿，把他逼入绝境中。

鼻孔哥支起了身子，又开始了他一贯的毒舌："说句实话，我从没想到你会这样轻易地就被擒住。你知道吗，我随征东大将军前来西宁之前，至少准备了二十多种方法来对付你，可是一种都没有用上。看来，是我太高估了你。"

我听得一阵火冒三丈。左昭却没有丝毫的反应，趴在地上一动也不动，好像体力已经用到极限了，或许是受到鼻孔哥那一击之后……

我不敢再想象下去，真恨不得自己能像左昭刚才那样爆发一下，冲上去抽鼻孔哥几个耳光，把他踩在脚下侮辱一番，然后再白刀子进去红刀子出来弄死他，让他赶紧投胎去重新再来过。

喵个咪的，我怨自己除了浮想联翩外，真的什么都做不了。

我强忍着全身肌肉传来的阵阵痛楚，用胳膊支撑着身子缓慢地爬到铁牢里，来到左昭的身边。触碰了一下他的手指，一股刺骨的寒意传来，我惶恐不安的心被震得猛颤了一下。

我顿时就蒙了。

鼻孔哥似是看穿了我的心思，眯眼道："你放心，他还没有死，我也不会让他死得这么舒……"

可恶！

我浑身的血液"轰"的一声就冲上了头顶，扶着身后的铁条站起身，一巴掌甩在了鼻孔哥的脸颊上，把他的脸打得重重地侧向了一边。

蹦跶的小喽啰们顿时露出了一脸的愕然之色，周遭空气也跟着瞬间凝结成冰。

许久，我收回手垂在身侧，渐渐地收紧，道："你这个心胸狭窄厚颜无耻的可怜虫，你犯得着对身受重伤的昭哥张牙舞爪口沫横飞地谩骂吗？你身为一个男人，居然能说出那么不要脸的话。你卑鄙得就像个小人一样，只会在别人的背后甩暗枪。"

鼻孔哥缓慢地转过头来，露出一副坏心肠的笑容，劈手扯住我的领口将我从地面提了起来。他说："东域太子这么担心自己属下的安危，那就让你来代替他如何？"

什么？我眉毛微微地蹙起。随即一整面容，瞪大眼睛，露出一副不怕死的表情，简短地吐出自己心中的愤怒："悉随尊便。"然后，朝着鼻孔哥的脸吐出一口唾沫，换来的代价则是一声响亮的巴掌声。

我被鼻孔哥扇得呼吸困难，嘴角也渗出了血丝。他把我扔在地上，提脚想把我踹出铁牢。左昭像只打不死的小强，又蹿了起来，手中还多了一把匕首。他将匕首抵在了鼻孔哥的脖子上，艰难地喘息着，道："我有允许你动她了吗？"

鼻孔哥愣住了，似是对左昭身受如此严重的伤，还能站起来跟自己对抗而感到吃惊。

左昭道："让他们退下。"

鼻孔哥顿时回神，勾了勾嘴唇道："你以为，你能威胁到我？"之后，反手握住匕首的刀刃，转过身去扣住左昭的脖子，对呆住了的小喽啰们扔下一句："带东域太子去见将军，王八昭就让我来严刑拷问。"

听到鼻孔哥下达的这个命令，我整个人都处在了崩溃的边缘，战战兢兢地伸手想要抓住左昭的手，反却被蹦跶的小喽啰们一把拽住，强行带了出去。他们还变态地将一个黑色的布袋罩在了我的脑袋上，像是不想让我看见什么一样，推推嚷嚷着叫我一直往前走。

第八章

人间地狱死里逃生

他抿唇，用手掌突然盖住我的眼睛问我:“阿静,如若我……我要将你留在身边,你愿意吗？”

我吞了吞口水,觉得他这个问题带着一种试探之意。但是我不敢胡乱猜测怕会错了意,搞得自己很自恋一样。

不久，罩子突然被揭了开来。满室的烛光刺得我睁不开眼来，过了一会才适应室内的光线，隐隐瞧见正前方坐着一个人，是大胡子！

我心中牵挂着在铁牢中的左昭，不爽道："你让人把我带到这儿来想干什么？"

"只是想确认你的身份。"大胡子伸手把案桌上的一张人物肖像画挥了下来。

他直视着我双眼，向我一步步逼近。

我低眸瞄了一眼地上的画，只瞧见上面画有一座亭子，里面正坐着一个贼眉鼠眼猥琐下流的猴腮男在偷窥着远处桥上的一位姑娘，旁边还写了一首诗，字迹潦草看不懂。我的直觉告诉我，这或许就是东域太子。

我的肩轻轻地抖动了两下，脸由白转青，由青再转白，道："你别过来。"

"老夫没有见过东域太子，差点就被你跟昭武王谋混过去。幸好军师当年潜入东域曾在赏花大会上见过太子一面。"大胡子脸色一变，用低沉的语气说，"你到底是谁？"

画上那猥琐的男人真的就是太子，糟了，大胡子这么紧紧相逼，迟早会知道我的真实身份的。

我心中一阵恐慌，每根神经都处在了紧绷的状态里。我抬头望着大胡子，咽了口唾沫，被逼得一步一步向后退去，可身后却已没有多少任我挪动的地方了。他来到我的身前，从腰间取出长剑对准了我，我脊背顿时生出了一股凉意来。

"那个……"我舌头打卷，被对方浑身散发的王八之气，压迫得吐字不清，猛地伸手想要一把推开他逃走。他手中的长剑却抓准了这个空当，将我头上的头盔挑飞了出去，我一头漆黑如墨的长发散落了下来。

"女人？"大胡子先是露出一脸惊讶的样子，随即狂妄地哈哈大笑着，劈手握住我的手腕，用一种很奇怪的眼神瞧着我，目光中透出猥亵之色。

我忍不住打了个冷战，整颗心咯噔一跳。

“昭武王还真是个血气方刚的男人，行军打仗也不忘带上女人在军营里消遣作乐。看来你对他极为重要嘛，在战场上都能使他分心前去救你。”

这大胡子还挺会自我YY的，讨厌死了。一看就是个没见过世面和木有智慧的白痴二百五，女人就不能很正儿八经地在战场上了吗？想当初霸王还带着虞姬上战场呢。

我冷哼一声：“我警告你，你别想打我的歪主意，你赶快放了我，不然昭哥是不会放过你的！”

“昭武王？哈哈哈……”大胡子放声大笑起来，笑声中满是不屑和嘲讽，“他现在自身都难保，还能有暇顾及你？不过你大可放心，老夫保证在昭武王归天之后，令你活得更加舒服。今夜老夫就代昭武王好好地宠幸你一番。”

“what?”我恼羞成怒。一动不动地看着眼前差不多接近四十岁的怪蜀黍，他这个年龄都可以做我爹了。我真恨不得冲过去扇他几个耳光把他打醒，让他看清楚瞧仔细了，我还是个没有成年的幼女，他怎么下得了手？

想及此，我真的怒了，将身后案桌上的茶壶和一些杂七杂八的东西全砸了过去。却一不小心被桌子绊了一下，身子一阵踉跄顺势倒在了罗汉床上。

大胡子走上前来，捏住我的下颌，露出淫亵的笑容，道：“凭你这点力量还想从我手中逃走，真是异想天开！”

我惊出了一身冷汗，不可否认他说得没错，我想从他手中逃走的概率几乎是零。但老娘是绝对不会让他YY成功的，我挣扎道：“你这个又老又色又丑的怪蜀黍，闪开啊，快给我闪开……子啊，快把他带走吧……”

我用尽吃奶的劲儿死命挣扎着，踢打着大胡子。可是根本无济无事，他不仅无视我的话，还拼命挪动身子向我压来，一把将我的袖子给扯碎，露出我白皙水嫩的香肩。

“原来昭武王的女人喜欢玩刺激点的游戏，喜欢被人施虐，看来你果然合老夫的胃口！”

“什么——”大胡子那话雷得我灰飞烟灭的心都有了，各种无奈积聚心头。

他用长满胡子的大嘴直蛰我的脸，把手往下游移想袭胸。就在这紧要关头，我不知道大胡子是不是羊癫疯发作了，嘴巴一张，“哇”的一声，鲜血如一道血箭射了出来。

我心里一阵颤栗，完全搞不懂眼下的情况。大胡子从罗汉床上倒了下去，左昭的身影映入我的眼眸里。他衣衫凌乱，微拧的眉心里难以掩盖住他深深的疲惫，手中的一柄青铜长剑上正不断地滴着温热的鲜血。

我嘴唇微微颤抖着，心中一阵激动。左昭的及时出现，让我犹如看见了此生中最亲的人一般。我连滚带爬地从床上跳了下去，扑在他的怀中紧紧地抱住他的腰，一边波涛汹涌地流着眼泪，一边愤愤不平地吐着槽。

左昭把手放在我的脑袋上，不断喘息着，道："还好赶上了，快跟我走。"

"哦。"我任由他拉着我向外面冲去，与追来的敌人展开恶斗。

眼下情况十分混乱，我又帮不上左昭的忙，只能紧紧跟随着他的脚步快速地朝着木塞外跑去。但外面的情况更糟，驻守的士兵一看到我们，立马就迎了上来。刀剑与甲衣相撞发生铿锵的声音，将四周的喊杀声都给淹没在了其中，场面混乱到了极点。

"昭哥？"我伸手擦了擦脸上的泪痕以及额上冒起的冷汗，望着他高挺的鼻梁和抿成一条直线的唇瓣，露出了担忧的表情。

左昭转过目光来，凝视着我的双眼中闪过一种令人耐以寻味的神色。他问："阿静，你害怕吗？"

"我？"害怕肯定是有的，但是他脸上所露出的那种表情告诉我，在这种时候他不允许我有丝毫的害怕。

"我不害怕。"我握紧了他的手，很坚定地哭着告诉他，"只要有昭哥在身边，不管再多的凶险静儿都不会感到害怕，我知道昭哥一定会来救我的。"

左昭听完这话，出奇地将我拉得更近，几乎要贴着他的胸膛了，他的唇落在了我的发丝上。他诉语："阿静，握紧我的手，千万不要松开了。"

我没有发表任何意见，只是点了点头，要知道现在这种情况，我哪敢松开他的手去送死。

他拉着我，左闪右闪提剑阻挡着敌人的攻击，可是敌人太多，他以一抵千不死已经是万幸，但不受伤是显然不可能的，好在那些伤口都不致命。

他越战越猛，带着我顺利逃出木塞。进入一片密林时，左昭将手放在唇边吹了一声口哨。

古喜跟乌压压的黑甲铁骑突然出现在了我的眼前。

我心中略微一惊，大气也不敢喘一下，完全没料到古喜跟黑甲铁骑居然会在这里埋伏。左昭当时不是已下令，让他们退出西宁十里外了吗？但我转念一想，这一路走来我略略注意到不少树桩上都刻了一种简单但是却很奇怪的图形，当时我跟左昭一直都在逃命，也来不及询问。现在看来，应该是古喜他们留下的暗号，不然怎么会这么巧呢？

“古喜。”左昭突然开口发话，“你带阿静先回军营，其他士兵立刻随我冲往木塞。”

“将军？”古喜脸上乌云密布，一脸的心不甘情不愿。他似是觉得自己乃一名副将，是杀敌的将士而不是保护一个女人的随从。再加上左昭有伤，并不适合再战斗。

“昭哥，”我的声音喑哑，眼睛里又开始泛起了泪水，“可是你身上的伤……”

左昭神色瞬间冷了下来，一脸不以为然地道：“我的伤不要紧，倒是现在正是攻下敌军的大好时机。要知道军中若无率领之人，士兵受到攻击，必定会成为一盘散沙。”

左昭说的这个，我不懂，不过我的印象里好像是有这个说法。

但是，他身上的伤却不允许他率兵冲往木塞，要知道在铁牢时他就失血过多险些昏迷。事后又受到鼻孔哥那一掌，虽然他十分顽强地挺了过来，可是刚才跟几千人的肉搏中，那仅存的体内早已达到极限了。果然他前脚刚往前一迈，整个人就栽倒了下去。

“将军——”古喜大惊，疾步奔了过来。

还好我离左昭最近，很淡定地伸手一把扶住了他，但我的心却狠狠地抽痛了一下。

“静儿小姐！”古喜的声音在我耳边响起。

“啊？”我茫然地抬头望向他。他深深地吸了口气，道：“古某虽然不放心将王爷托付给你，但是眼下确实是攻下木塞的大好时机。所以，劳烦静儿小姐将将军送回军帐，细心照料。”

他这人，有事相托就叫我静儿小姐，没事的时候就你、你、你个没完，这男人也太现实了。不过，他将左昭托付给我，倒是出乎我的意料之外。我还以为他信不过我，会亲自送左昭回去呢。

我微微一笑，拍着胸膛道：“你放心，这事就包在我的身上。”

古喜勾唇，露出一副似笑非笑的表情，将目光转向一旁的士兵，道：“你们，护送王爷回去。

我无语，他果然还是信不过我。不过，真要我一个人带左昭回军营，恐怕会是一件十分困难的事，毕竟左昭重得要死。

三个士兵费了九牛二虎之力才将他扛回西宁十里外的军营里。

我坐在椅子上，接过士兵送来的热茶啜了一口，取过案桌上的绢帕擦了擦脸。军医文仲从军帐外走了进来，和我打了一个招呼之后，便命士兵褪去左昭身上的铠甲。拿起剪刀剪开左昭的汗衫，露出他背上那道深得隐隐能瞧见骨头的伤口。一种罪恶感顿时又袭上了我的心头。

“看来王爷这次伤得不轻啊。”军医文仲沉重地叹了一口气，用针跟线小心翼翼地缝合左昭的伤口。左昭时不时发出痛苦的呻吟声，我的心没来由地一沉，觉得自己应该为左昭做点什么才好，赶紧拿着绢帕放在盆中洗了洗，来到他身旁为他擦拭着额上的汗珠。

“军医，昭哥会不会有生命危险？在敌军铁牢时，昭哥就失血过多曾昏迷过一次，不过他没过多久就醒了过来。但是现在，他好像陷入了很深很深的昏迷中。”我微微蹙眉，抽了抽鼻子，绞尽脑汁想到了几种能补血的食物，又继续道，“我以前也有过失血过多脑袋发晕的现象，会吃一些像什么花生红枣粥、当归炖鸡、黑芝麻、红枣这样可以补血的食物。现在要炖鸡的话不太现实，但是花生红枣粥花费的时间不多，昭哥等会儿醒来就可以让他喝。军医，你看里面需不需要再加点枸杞？”

文仲转过目光来瞥了我一眼，似是想告诉我什么却又不好意思直言，而转弯抹角道：“不必了，王爷服用的药以及食物老夫会亲自安排，静儿小姐也有伤在身，还是多加休息为好。王爷的伤势，就不劳静儿小姐你操心了。”

“啊？”被无情地拒绝，我好郁闷。而且，我就是想为左昭做点有贡献有意义的事情嘛。

一旁的文仲好似见我面子上挂不住，稍稍犹豫了一下又补充道：“毕竟，虽然是箭伤令王爷失血过多，才导致王爷昏迷不醒，但这还在其次，最致命的还属王爷的内伤。老夫发现王爷气息虚弱，脉象很乱，所以光静儿小姐所说的粥跟汤是很难令王爷保住性命的，并且如若今夜……”

什么意思？我忍不住打了个寒战，咬了咬牙将文仲不敢说出的话，替他说了出来：“会死？”

“这个老夫不敢妄自下结论，眼下就看将军的造化了。只要将军今夜能退烧，别着了凉，再服下老夫的药就会有所好转。如果王爷的高烧不退，恐怕就难了。”

我勒个去，古代的医术真是差劲，动不动就说出这种让人提心吊胆的话，要是我有超能力，能把左昭带回二十一世纪就好了。

我一整面容，道：“军医，照顾昭哥的事，你就交给我来做吧。”

“这？”文仲面露难色。

“军医，虽然我唐静十指不沾阳春水，很多活都做不来。并且来到这儿不仅帮不了昭哥，还反而成了他的累赘。但是，我照顾人还是会的。当时，你们可能有所不知，昭哥为了保护我，连自己的性命都不顾，所以这次就换我来保护他，我是绝对不会让高烧跟寒风将他性命夺走的。军医你就先为昭哥熬药吧。"我信誓旦旦地伸手拍胸，保证道。

文仲无奈地摇了摇头，露出一副愁眉苦脸的样子，扔下一句"希望能如你所说"就走了出去。

大概两个小时后，他派人送来了汤药。

我将左昭从床上扶了起来，像伺候老祖宗般，用勺子一点一点地把药喂到他嘴里。

送药来的那名小子在一旁看着，突然开起我的玩笑来："静儿小姐喜欢王爷吧，我参军这么多年来，还从来见过有哪位官家闺秀能这般接近王爷。"

我抬起头瞄了他一眼，问他："你见到美女有不心动的时候吗？"

"啊？"那小子显然不懂，愣住了。

我耐心地解释道："我的意思是说，你家王爷是个大帅哥，长得风流倜傥，人见人爱花见花开，只要是个女人都会对他有那么一点爱慕之情啦。更何况他还救过我，我当然要对你家王爷特别关注特别照料了。"

"哈哈……静儿小姐说话真风趣。我先出去了，静儿小姐有什么事叫我便是。"

我回道："嗯，你去吧。"便收回目光继续喂左昭吃药。

本来一口气能喝完的药，我足足喂了他半个多小时。肩膀酸痛得都快麻了，汤药才喂完。

我把碗放在一旁，抱着他的肩膀将他放回床上，拉过棉把他捂得严严实实。然后坐在床边，垂下眼眸望着左昭熟睡中的脸庞。他因为失血过多，面色显得十分的苍白，但又在烛光的映照下，冷峻的表情变得如天鹅绒般柔和多了。

"昭哥啊，"我伸手触摸他薄薄的唇，"你知不知道，其实你笑起来真的很好看。难道没人告诉过你，你总是冷着一张脸，让人很容易以为你是个凉薄之人吗？还有啊，像你这样的男人会喜欢什么类型的女人呢？"

话说到这儿，我不知自己的脑中怎么会没有来由地想起赏花大会上，唐婉对左昭露出情意的画面来。皱了下眉头，我将手移向左昭的额头去试他的体温，发现他服下药之后，高烧根本没有退下去反而逐渐上升了。

我不禁一急，正愁着要不要去叫军医来看看，却想起热水擦身子的物理退烧法。便叫门外的士兵烧来一壶热水，用绢帕沾点热水为他擦拭着身子。

虽然我毫不避讳地把左昭身上的衣服脱得精光，但是我可没有起一丝坏心肠。不该看的地方，我可是一眼都没有去瞄。光手指触摸到他强健的胸肌，我整个人就跟杵在火山口似的，快窒息得阵亡了。

我勒个去，果然意志力不够坚定，我赶紧捂脸遁走换水去。

回来时差不多是四更天了，外面除了偶尔有几声虫鸟的叫声外，就是细细碎碎的脚步声，显得十分的安静。

这古代的生活十分的乏味，竟找不出任何有趣的东西来让我提神。所以当我熬到五更后，就再也抵不住睡意的侵袭，眼皮沉重得如灌了铅般，脑袋晕晕的，直打哈欠。我趴在左昭身上打算休息一下的，怎知一闭上眼就被周公勾走了魂儿。

待睁开眼时，已是第二天清晨，一缕曙光从帐帘外射了进来。

我伸了伸懒腰，习惯性地伸手去试左昭的额头，发现他现在明显退烧了。我心中感到无比的高兴，抽回手揉了揉眼睛，简单梳洗了一下走出军帐给他熬粥去。

大概一个小时以后，我端着热腾腾的粥走进军帐时，惊奇地发现左昭不仅醒了过来，还穿着单薄的汗衫立在案桌前背对着我。也不知道他在想些什么，我一连叫了他好几声之后，他才回过头来望着我，脸颊却很不自然地浮起了一层红晕。

我假装没看见，把粥放在桌上，笑着对他说："我进来时还想着怎么叫醒你，没想到你就已经醒了，为什么不在床上多躺会儿呢？"

"啊，想活动下筋骨。"左昭心不在焉地应了一声，把目光移向我的眼睛，"让你操心了，一夜未寝守候在我身旁。"

"呃……"我刚想问他是怎么知道我在他床边守了他一夜的，就听见他补充道："方才士兵送药来时，什么都告诉了我。"

他浅笑，将手抚上我的脸颊，轻轻地触摸我昨天被鼻孔哥扇肿的左脸，问："痛吗？"

"有点。不过还好，昨夜军医用鸡蛋给我敷了脸，还让我吃了很多药，现在感觉要比昨晚好多了。"我笑着说，"倒是你，伤得那么严重，不好好休息，现在还在军帐里走来走去。要是触动到了伤口，铁定会痛死。"

他抿唇，用手掌突然盖住我的眼睛问我："阿静，如若我……我要将你留在身边，你愿意吗？"

我吞了吞口水，觉得他这个问题带着一种试探之意。但是我不敢胡乱猜测怕会错了意，搞得自己很自恋一样。便选择向后退了一步，小心翼翼地避免与他有肌肤上的接触，语无伦次地道："呵呵，突然觉得肚子好饿，昨晚就忘记吃饭。我估计是抗饿型外加反应迟钝的人吧，现在才反应过来……哈哈哈，还好我今早熬的粥比较多。"

左昭收回手，我瞧见他脸上的表情略显尴尬。

我转过身去，拿着碗一语不发地盛着粥，然后侧过身递给他。他没有伸手前来接，反而将注视着我的目光落向一旁的案桌上，似是在看着他的铠甲。

我抿了抿唇，见他这么不给面子就识趣地端着碗蹲到一旁吃饭去，用眼角的余光偷偷地观察着他。他拿起案桌上的铠甲，动作缓慢地往身上套，不知道是不是因为动作幅度太大而扯到了伤口，他整个人的力气几乎瞬间被抽空了般，身子失去平衡竟向前倾去。

我顿时一惊，赶紧放下碗筷跑上去抱住他。却在不经意间犯了一个明显的错误，我本应该从后面抱住他，这样才能固定住他身子的平衡，而不是从正面。所以正当我欲将开口说"昭哥，小心"时，就被他的身子压得往后退了好几步，实在支撑不住他的重量，顺势倒在了床上。

接下来，我又犯了一个错误，就是对上了他凝视着我的双眸。他那茶色的眸子中淡淡地映出了我的模样，让我恍惚中竟有些失神起来。

左昭呼吸有些紊乱地问我："你害怕吗？"

为什么他老是喜欢问我这种问题，难不成我在他面前要比在小刘子面前含蓄内敛得多，所以就有那么一点大家闺秀的感觉，所以他才会三番四次地询问我这个问题？

想到此，我不禁浅笑，摇了摇脑袋略微抬起下颌，对他说："虽然昨夜我差点死掉，而且战场上到处都是尸体。但是我知道，一旦我处在危险之中，昭哥你是不会见死不救的，所以静儿不怕。"

"我不是问你这个。"左昭蹙了下眉头，眼神紧绷了起来，以一种审视的目光瞅着我，"我问的是，你怕我吗？"

"呃……"被他这么压在身下已经很难受了，他还用那种眼神望着我，想把我憋成内伤不成？

"老实说开始不怕，但中途有点怕，可是到最后就不怕了。"瞧瞧我这点智商以及说话的方式，跟五岁小孩子差不多了吧，都说了些什么跟什么啊。

左昭似乎感到无语，将嘴唇抿紧。

我努力无视。

一时间，我跟他的谈话似乎在此画上了句号。但他却丝毫没有起身的打算，我也不敢乱动，怕会触碰到他的伤口，就在心底犹豫着要不要先开口打破我和他之间的这股沉默。结果他却很突然地垂下头来，眼神游移到我的唇上，想做下一个动作时，帐帘不知被谁掀起，太阳光立时从外面泄了进来，将室内紧张的气氛给击得粉碎。

左昭眉头紧蹙，从床上站起身，侧过头朝着帐帘的方向望去。

我并没有左昭那么谨慎，可能是有他在的关系吧，再加上这里是他的军营，所以我首先做的第一件事并不是去看走进来的人是谁，而是伸手揉了揉被阳光刺得有些涨痛的眼睛。待我转过目光，却很突兀地瞧见一记拳头带着风声擦过左昭的脸颊。病秧秧的左昭根本抵挡不住这阵突袭，整个人"砰"的一声倒在了地上，嘴角渗出一丝鲜血来。

我惊怔，反应迟钝地傻愣了足足有五秒的样子，才将目光循着那记拳头一点一点地往上移去。当看清楚拳头的主人是谁后，我整个人都蒙了，万万没有料到，打左昭的人居然会是小刘子！

只见他直勾勾看着我的眼睛里，正燃烧着一团怒火，紧抿的薄唇苍白到没有一丝血色。

我心中一紧，正暗忖小刘子怒个什么劲儿啊，就听见他道："你们在军帐里做什么？"声音异常严厉和愤怒。

"正如你所见。"左昭吐出口腔中的鲜血，恢复一脸的淡漠，倨傲地从地上站了起来。

两个一米八以上的男人，像两座山一样这么直直地站在我的面前对峙着，太有压迫感了。我的呼吸难以顺畅，小心肝扑通扑通地跳个不停。

"那个……"我发出模糊不清的声音。话还没说完，左昭就微挑了一下眉毛，打断我的话："世子前来本王军营有何贵干？"

小刘子背脊有些僵硬，望着左昭那幽沉的眼底足足有十秒钟的样子，才将他那锐利、充满了愤怒的目光转向了我，道："你什么话都不用说，也不要多问，你只需要听小王说。小王受唐丞相之托，要将你带回锦城，所以跟小王走。"

"啊？跟你回锦城？"我皱了皱眉，想起他刚才那样对左昭，心里就感到不舒服起来，挑眉道，"世子专程从锦城赶到西宁来接我，您真是受累了。"

"你是在挖苦小王吗？"小刘子瞳孔收紧，高挺的身材透出令人窒息的压迫感来。我心中一凉，胳膊上的汗毛都竖了起来。

我勾了勾嘴角，扯出一抹淡漠的笑容，道："随你怎么想，不过不用劳驾你了，这边的战役结束后，我自然会回去。"

"是吗？"小刘子瞪了我一眼，"那可容不得你，我让你跟我回去，这可不是请求，而是命令。你，没得选择，只能服从。"

我一阵无语，陷入无限幽怨中。

"如果本王不答应呢？"沉默已久的左昭，似是见不惯小刘子用那么强硬的口吻跟我说话，那挺直的背脊散发出强烈的拒绝气息。

好样的，左昭，关键时刻总能挺身而出，我果然没看错你。我不禁一阵暗喜，整颗心都偏向了他。要知道二比一的局势，小刘子这次输定了。我要是他就赶紧挖个坑，埋点土，免得再丢人现眼了。

小刘子冷笑，瞥了一眼左昭，那目光中带着一种刺骨的寒意，令一旁的我都能感到寒冷。

"莫非王爷想将唐静留在身边？"

"这与世子你无关。"左昭低沉而缓慢地道，每一个字都说得清清楚楚，似是在警告小刘子，"倒是世子你，没有得到本王的通传就擅自进入本王的军营，你也太不把我放在眼里了，可别怪我将世子你按照军规处置！"

小刘子露出一抹挑衅的微笑，道："就凭你？"

左昭眼中闪过一丝嗜血的残忍，将手指握得发白。

"小王奉劝王爷不要来搅和此事。将唐静留在西宁，你会把她推入水深火热之中的。要知道，你如今打了败仗，输给了西域的吕胜男，西宁能否从西域手中回，还是一个未知数。"

小刘子这话说得有点过分了，虽然我知道这是他们男人之间的事，我不宜插口，也竭力想把涌上喉头的话咽下去，但是却怎么也做不到。我脱口而出："昭哥根本就没有输，我国跟西域打的这场仗本就是一场持久战，敌军不断派援军增援将昭哥逼入险境。如若昨夜不是我冒冒失失跑到战场上去，被敌人擒住要挟昭哥，这场战役早就结束了。再说，只要昭哥没有倒下，这场仗根本就扯不来'输赢'二字。"

我话音一落，左昭眼眸闪了闪。

小刘子蹙眉，一边观察着我的脸色，一边说："看来你很在乎他？"

我抿唇不语，把双手抱在胸前。

小刘子微笑，笑容里有满不在乎和不屑的神色。他说："想跟他在一起吗？"

“什么？”我被小刘子这突如其来的一句话给吓了一跳，正想询问他到底是什么意思，他就伸手前来拉住我的手腕，大步朝着军帐外走去。他像开了外挂似的，我的挣扎根本无效，只能转过目光望向身后的左昭发出求救的信号。

左昭朝我走了过来，然后把手扣在我的肩上，用足力气往回一拉，小刘子欲将走出军帐的脚步被迫停了下来。

“世子，”左昭漫不经心地抬眼，迎向小刘子那如闪着刀芒般的眼眸，“有些话本王不想再重复一次。这里是我的军营，你的一切举止都得经过我的允许，不然我不介意按照军规处置你。来人，将世子扣押起来。”

话音一落，几名士兵立刻从军帐外冲了进来。但是面对着小刘子周身散发出的魄力，却迟迟不敢上前遵照左昭的话去执行命令。本来就充满了火药味的空气中又多了一种急促的成分在里面。

小刘子的脸色也变得阴沉不定起来，眼中竟有一丝慑人的杀气。他道：“王爷，为了一个女人，你跟小王对峙，你觉得有意思吗？”

左昭脸上没有丝毫的变化，冷道：“本王只是尊重阿静的选择，她不愿意随你回锦城，世子你又何必要苦苦相逼？”

“是吗？好在小王早已料到，此次前来王爷的军营想要带人走，恐怕没有想象中那么顺利。”小刘子把话说到这儿，从腰间取出一块金黄色的垂着长长流苏的令牌举到左昭的眼前，“想必此令，王爷也见过吧？”

左昭不语，脸上露出一种受辱的神色，瞳孔变得冰冷。

我暗忖：小刘子手中的这块令牌大有来头，连左昭都畏惧三分，莫非是……我浑身一抖，便听见小刘子铿锵有力地说道：“圣上令在此，见令如见圣上。王爷，眼下小王就得带唐静走，你还有何话要说？”

左昭目光阴鸷地松开了我的肩膀，单膝跪了下去，陷入沉默之中。

小刘子带着轻蔑的神色瞥了一眼跪在膝下的左昭，拉着我疾步走出了军帐，根本不给我丝毫挣扎的机会。也不知他对我做了什么，手指往我腰间一捅，我整个人像被人抽走了骨头似的，站立不住直接软了下去，靠在了他的怀里。到了马棚，他把我放在马背上，让我趴在上面。

真是可恶！不过，还好我的嘴巴能说话：“你令我感到十分的讨厌，你知道吗？”

小刘子这次出奇地没有跟我争吵，只是简简单单地回了我一句：“或许吧。”就牵着马向官道走去。

我不禁愣了一下，发觉小刘子眼下有点不对劲，但是哪里不对劲了，我一时又说不上来，缄默了几秒之后很不爽地吼道："刘文轩你放我下去，听到没有？你聋啦？"

他无视我。

我一脸鄙视地道："刘文轩，你真恶劣，丑恶得就跟个细菌一样，根本不像个地球人。"

他藐视我。

"畜生……快点放我下来，你这个畜生……"

小刘子一直一副心不在焉的神情，像在想着心事般，任凭我如何大喊大叫，他就是不予理睬。直到我嗓子叫喊得都冒烟儿了，才不得不把口气软了下来，求他道："世子，你行行好，做一件善事吧。放我下来，别带我回去。"

他转过头来，瞥了我一眼，那眼神里闪过一种让人说不清又道不明的神色，总之十分的微妙，接着他说道："你就这么想待在左昭的身边，他对你来说真的就这么的重要？"

我微微蹙眉，犹疑地盯着他的脸，在心中稍稍犹豫了一下，抿唇道："左昭对我来说确实很重要，不顾一切将自己的生死置之度外前来救我的男人，他是第一个。算了，说了也是白说，你根本就无法感受到我当时的心情。"

小刘子听完我这句话的那一瞬间，嘴唇微张，脸上的表情像被凝固住了般，眼神飘向了远方。

半晌，他转过头去，喃喃地说："看来你是真的喜欢他啊。不过小王奉劝你一句，最好不要再接近左昭，他是个很危险的男人。而我，也很难如你所愿，将你送到他的身边，所以只能继续扮演你心中的刽子手。你最好做好准备，我总有一天会将你的希望一一毁灭掉。"

"做人不能这么不厚道，你知道吗？我让你放我下来，我并非是想回去待在昭哥的身边。我知道自己留在他的军营里，什么都做不了，反而会成为他的负担。我的离开，对他来说是一件好事。"

"噢，看来你蛮有自知之明的！"

"切——"我撇了撇嘴，"说真的，你先放我下来，我现在有一件十分重要的事必须去做。"

小刘子微微侧过头，扫了我一眼才将马停下，把我从上面放了下来，却不解开我身上的穴道。

"喂，喂，解开我身上的穴道啊，我动不了呢。"

"你很啰嗦。"小刘子用手指捅了我的腰一下，坐在我身旁问我，"你有什么重要的事要做？”

“这个嘛……”我暗自思考了一下，不知道去回疆这事该不该跟小刘子说，但如果不说，他肯定会把我带回锦城，但是说了他会让我去吗？真是一件棘手的事。

我伸了伸懒腰，想起小刘子当时在左昭军营里那一副气势凌人的样子，就有模有样地学了起来。但由于我气势不够，身高跟不上，踮起脚才到他的胸膛，完全没有那股魄力。

我就索性站在身后的一块大石上，指着他的鼻子道："我要去回疆找一个叫鲁鲁班的木匠，让他帮我做一张椅子。我记得当初在祁连山的山洞里，你曾经说过会满足我一个愿望。现在我要去回疆，你只能服从，不能拒绝。也别妄想用你威胁昭哥的令牌拿来威胁我，我不吃这一套。”

小刘子笑了笑，眼神竟放柔了起来。他问："什么样的椅子非得去回疆找鲁鲁班不可，难道锦城里面的工匠师傅们没有一个能造得出？”

“不是造得出造不出的问题，而是锦城里的紫檀木都卖光了，再加上那边通往南阳的桥，断得很不是时候，所以要等两三个月才能补上货。但是我又等不了。不过好在有个小弟弟告诉我，边境有个叫鲁鲁班的木匠，他平日最喜欢收集木材做东西，所以我才想过去看看。”

“哦，是吗？不过有个问题困扰了小王很久，先给小王解惑吧，就是你被绑架一事。”

“呃……”我突然有种不好的预感。

“你是自己从府上偷跑出来的吧，但是又是谁告诉你，左昭挂帅出征前来西宁，而你又是如何进入左昭的军营里的？”

我勒个去。“我是被绑架的。”我一口咬定。

“被绑架的人还铁了心嚷着要去回疆？不过，你不告诉小王也没关系，只不过，”小刘子敛了脸上的笑容，抿紧嘴唇直视着我的眼睛，半晌，他十分挑衅地说道，“你以为，你去得了回疆？”

那个……我被小刘子那话问得哑口无言，垂眸面露难色。

小刘子突然伸手前来轻触我的面颊，摩挲着上面的伤口，指尖传来的温度把我给吓了一跳。

我条件反射地往后一退，双脚却踩在青苔上往下一滑，虽没摔下去但脑中却一阵晕眩。

“小心。”小刘子一步上前，拉住我的胳膊让我整个人都靠向他的胸膛，让我不至于身子失去平衡，这一点我很感谢。但是他却再次伸手前来摸我的脸，我怒极，猛力将他推开，从大石上跳了下来。

“无耻！”

“无耻？是小王无耻，还是你顺势就靠了过来呢？”小刘子嘴角扬起一抹令人愤恨的笑容，低哑道，“方才你可以避开的，难道不是吗？”

“你？”气死我了，这厮居然还有一大优点就是睁着眼睛说瞎话，把自己赤裸裸的犯罪行为直接掰弯，说成是我在揩他油，占他便宜。真是气死我了。

我猛地甩袖离去，小刘子拉着缰绳尾随而来。

“你跟着我干吗？”我没好气地问他。

小刘子意味深长地看了我一眼，脸上的表情复杂难辨，嘴角勾起一抹似笑非笑的诡异弧度，稍稍顿了一下，道：“小王受丞相之托，务必要将你带回。但是你方才都说了小王曾经答应过你，会满足你的愿望，那么就得履行承诺。”话说到这儿，我看到他眼中精光闪现，好像在盘算着什么，接着又道，“可是，小王又不能将丞相寄托在我身上的希望如泡影般破碎，所以你眼下去哪儿，小王就跟到哪儿！”

我的嘴角抽搐了一下，但没有说出一个字来。小刘子的回答，真是太合情合理了，弄得我都不知道该如何把话接下去，真想行为豁达地直接脱掉鞋子抽他两嘴巴子。

“你准备走水路，还是羊肠小径？”

我垂眸侧首，看向小刘子，勉强说道：“走羊肠小径吧，我晕船。”

小刘子不语，伸手抓着我的胳膊，十分利落地翻身上了马。一路快马加鞭，就像在飙车一样，吓得我将整个身子都窝在了他的怀里，双手死死地抓住他的衣衫。

恰巧这时，马儿奔进了一片梅花林里，那满林的花香随着花瓣在风中轻轻地飘浮，打碎了轻薄如烟般金色的阳光，在我脸上跳跃着。我的眼被晃花了，竟没有来由地产生出了一种幻觉，瞧见一个穿着黑色铠甲的男人在半朦胧的光影中向我走了过来。

那个男人是左昭！

我心中猛地一怔，百感交集，有些不敢确定地伸手揉了揉眼睛，左昭的身影却突然消失了。此时，小刘子将马的速度也放慢了下来。

我抿了抿唇，一边想着心事，一边问他：“干吗突然将马的速度放慢？”

“此马不适合长途跋涉。”

“那你还骑这种烂马来西宁？”

“我一路赶来已换了很多匹马。如今西宁兵荒马乱，想要找到一匹上等的好马，并且还是活的，很难。我看我们在此先休息一下，找家村户落脚，不然到了晚上我带着你会很不方便。”

“随便吧。”我喃喃地回道。这小刘子没张口闭口小王长小王短了，是否怕暴露了身份遭来麻烦，就改为“我”？这样也好，免得我听着觉得他自我陶醉了。

我随着他下了马，一直朝着前方的山谷走去。那边好像有一间茅屋隐在山壁之间，但又好像不是，毕竟距离相隔太远，我瞧得不是很清楚那到底是茅屋还是凉亭。

“你在想什么？”小刘子眼中闪过一丝锐光，突然开口问我。

我眉心微微一拧，什么也没说，将头垂了下去。小刘子没有来由地一把拽住我的手腕。这行为十分霸道强硬，我不禁愠怒，抬起头直视着他。他脸上的表情非常的凌厉，眯起的眼睛中，竟闪过一丝危险的光芒。

“我想知道，你方才到底在想什么？”他很强势，一副我不说出来，就不肯罢休的态度。

我心中微微一震，十分挑衅地说道：“在想昭哥的伤势。怎么，东域国的律法里面有规定我不可以想他吗？”

刘文轩猛然皱眉，脸上瞬间没了血色，深邃的眸中似是有什么细微的东西晃动了一下，我不知道那是什么，却隐隐觉得小刘子的身上肯定发生了什么事，不然无法解释他今天的反常之举。莫非，他穿越了？

小刘子松开了我的手，转过身去背对着我，不再看我一眼。

我唇角弯起淡淡弧度，扬眉说道：“西宁这一场仗，要打多久啊？回到锦城之后，也不知道还能不能见到昭哥，我要是有个多啦A梦就好了。”

小刘子没有接我，只问：“如果受伤的那个人换成是我，你会像担心左昭那样担心我吗？”

“你？你说什么？”我震惊，心中的想法在脸上表露无遗，“莫非你——”

“逗你玩，想捉弄下你，难道不行？再说，我没料到你在左昭身边待了这么长的一段时间居然还会这么蠢，一下就中计了，看来真是朽木不可雕也。”小刘子打断我的话，转过身来，眼中一片深沉，嘴角微妙地向上翘起，露出一抹戏谑的笑容，“不过，听你刚才的语气，难不成你以为我喜欢上了你，你觉得自己配吗？”

他是不是吃了尿激素啊，我把牙齿咬得“咯咯”作响，道：“你真的很无聊！”

"或许吧。我倒觉得这样才有意思,你不觉得吗?"小刘子说,一抹难以捉摸的神色掠过他的脸庞,"不知道为什么,看见你生气的样子,我就开心。"

这厮真的很欠抽啊,就那脸皮比城墙还厚。

我狠狠地瞪了他一眼,懒得跟他掐架,免得侮辱了我的智商。然后将目光移往前方,朝着目的地走去。

小刘子跟在我的身后,偶尔发出一两声怪叫,似乎想引起我注意,但我不给予理睬,他也就缄默不语着。

大约半个小时后,我和他来到谷中的深处,是一大片林子。

这林子里面随处可见一些奇花异草,看起来极为清幽不俗,感觉非一般凡夫俗子所能种植。靠近林子的左侧,有一间隐秘的茅屋。茅屋中缓缓升起几缕炊烟,甚为美观。

我一时兴起,忍不住伸手拍了拍小刘子的肩膀,对他说了一句:"哥们儿,这地方真不错啊?"

小刘子瞥了我一眼,不语,看了看四周就牵着马往茅屋走去。

现在正是夕阳西下之际,可是灌木浓密的深山里却难见一丝霞光,林鸟在枝桠间吱吱轻鸣,显得清宁安祥,给人一种不是傍晚倒似黎明的感觉。

我跟在小刘子的身后往前走了不到一里,来到了隐在山壁之间的那所茅屋前。

一个村妇打扮的美女正在院子里喂鸡,她见了我们先是一愣,随即问道:"你们是?"

想必小刘子这种有着贵宾犬高贵血统和身份的人,也说不出有损自己地位的话,所以撒谎这事,还是我来说比较好。但是那个美女看着小刘子的眼神活像要把他吞下去似的,我莫名地就有点不爽起来。

于是乎,我很大声地说道:"我叫阿静,是一名大夫。这位是我的同窗小刘子。五天前我们受世子相邀前往锦城为他看病,怎知回来的途中被劫走了钱财不说,西宁又突然发生战乱,无法进城,所以想在此借宿一宿。本来,"话说到这儿,我为了让自己的演技更加逼真一点,就肝肠寸断地呜咽起来,"我还想着能早日回西宁跟家人团聚,却想不到战争来得这么突然,也不知我那年迈的父亲如今……呜呜呜……"

"是这样啊,那二位里面请。"我的谎言打动了美女的心,她赶紧驱散开身下挡住路的小鸡,领着我跟小刘子往屋里走,并且还很热情地向我们介绍着她的男人。

我浅笑不语，觉得她男人除了身材比小刘子更粗犷之外，其他方面根本就没有值得比较的地方。

举目四望打量着茅屋，发现这茅屋没有什么特别之处，跟普通人家的小屋差不多，简陋二字就足以概括了。虽然没法和客栈相比，但是有个落脚的地方已经很不错。而且这茅屋的后面还有个露天的温泉，这倒还真有点出乎我的意料。

我坐在一旁，接过壮士送来的热茶，啜了一口，闻到一股汗臭味和腥臭味从自己身上飘了出来，犹豫着要不要先去洗个澡。

壮士问我："姑娘，他是你夫君吧，长得真是一表人才。姑娘又长得天生丽质，你们二人真是郎才女貌啊！"

噗——

一口茶从我嘴里喷了出来，我不是存心喷壮士的，他那话实在是雷得我招架不住了。更雷的是小刘子居然"嗯"了一声，然后用眼角的余光瞥了我一眼，似是看我有什么反应，又似在问我，你有话要说？

我把手指头伸到嘴里，轻轻地咬着指甲，稍稍犹豫了一下解释道："大叔，他不是我夫君，你觉得我会是这么没有品位的一个人吗？老实说，他是我府上的男奴，但碍于他卖身之前是个少爷，所以我因为尊重他，一般情况下都是以朋友相称。"

壮士一听，哈哈笑着用手抹了一下脸上的茶水。

那笑声令我汗流浃背，赶紧遁走去跟美女打下手做饭去。

差不多过了一盏茶的时间，晚饭便做好了。虽然并不丰盛，但已经算不错了，因为有肉，是鸡肉，并且还有白菜、莴笋、黄瓜、鸡蛋汤。

小刘子一上桌就把碗递给我，我愣了一下，问他："你干吗？我有碗。"

"给少爷我盛饭。"

我听完这话，真想发飙。但碍于壮士跟美女在场，我怕我突然虎变会吓坏了他们，接过碗很苦命地给小刘子盛饭，正想递给他，他却冒出一句："少了。"

真囧，于是我又添了一大勺，结果还是不对，劈头遭到小刘子的挖苦："你把我当成猪了吗，还是想撑死我之后改嫁给你的昭哥？"

我一脸的黑线，掐死他的心都有了。

"生气了？"小刘子似是觉察出他方才那话说得太过火，语气也低柔了起来。

但是老娘真的很生气，便道："废话，老娘可是千金大小姐，不是拿给你指挥来指挥去的丫鬟。”此言一出，再加上我那副凶神恶煞的表情，壮士跟美女见了顿时露出一副吃惊的表情。

好吧，我不得不承认，我的外貌跟我的性格其实是两码事。

“算了，算了，看在你这次千里迢迢前来接我的面子上，我不跟你计较，拿去吃吧。”我把碗放在了小刘子的面前。

“你也太看得起你自己了，若不是你爹登门相求，你的死活我才懒得管，你爱死哪儿就死哪儿去吧。”小刘子把话说完，就自顾自地吃着饭，那表露在脸上的表情，很愉快啊很愉快。

简直太碍眼了，我当初真是瞎了自己一双铝合金狗眼才会救他一命。

我真想扭头就走，但是肚子很不争气地咕咕直叫，无奈我只能阴暗地在内心画圈圈诅咒他吃饭噎死。

“你们小两口还真是挺般配的，吵起架来简直就像一对活宝。”美女笑着说，“不像我家这口子，跟块木疙瘩似的，你想跟他吵，他都吵不起来。”

我皮笑肉不笑了两声，进入无语的状态中。

小刘子这时不知哪根神经不对劲儿了，夹了一块鸡腿跟我。我的第一反应是他绝对没有安好心，也不敢吃，就直勾勾地盯着碗中的鸡腿发愣。

“怎么，怕我在那上面放了毒不成？”小刘子问我。我倒觉得不好意思起来，摇了摇头，觉得人家都夹菜给我了，我不吃好像有点让对方下不台，就咬了一口。又夹了一块鸡肉作为回礼，小刘子却用手挡住。

他说：“我不喜欢吃鸡。”

我一阵尴尬。

孩子不带这么不厚道吧，你就从了我，把这鸡肉咽下去吧！

“你夹块白菜给我，我比较喜欢吃素，吃清淡的东西，你记住了吗？”小刘子说这话时的语气平淡，但他那深邃的眼睛里却闪动着暧昧不明的光芒，并紧紧地凝视着我。

我微微蹙眉，在心中稍稍犹豫了一下才夹了根白菜给他，就自顾自地吃饭。之后他没有再让我给他夹菜，不过到我快填饱肚子时，小刘子却又开始抽风了，把碗递了过来，两个字：“盛汤。”

我脸顿时巨黑了起来，盛汤就盛汤吧，他这人八成是没人伺候会死的那种。

我盛完汤之后，跟壮士还有美女闲聊了几句就回了房间，很神奇地发现小刘子没有跟进来。

没进来就算了，我也乐得个清静，便跑去后院泡温泉好好洗个澡。

可是这温泉的水温太高，我泡了不到一个小时，觉得热得要命，实在没办法再继续享受下去，便穿上肚兜跟小裤衩往客房走去。

四周没有来由地妖风四起，淫声大作，纯情的我顿时就呆了。

我眨了眨眼，露出一副若有所思的表情，暗忖美女跟壮士莫非此时正在上演限量版无码的动作片，就循着“吱嘎吱嘎”的摇床声，跑到棂子雕花窗下偷听。

“夫人，你就像一颗充满香气的水蜜桃……”

“夫君你好坏，就知道折腾人家……”

接下来就是一阵很给力的摇床声，敢情现在已经天黑，是狼变的时候了啊！姐一不小心成了教育片的观赏客了，听起来真是有够猥琐的。

我在原地逗留了一会儿，觉得自己的意志力也真够强大的，居然经受住了万恶无码主义的摧残，没有掀窗偷窥的举动。

我伸手提了提小裤衩，抱着一堆衣服回了房，并且十分淡定地关上了大门。

第九章
东域的官粮去哪了

“你不是更应该去关心你的左昭才对吗？他现在身受重伤，在西宁与敌军苦战，是死是活还是个未知数呢？”小刘子这话说得就像在吃醋似的，太故意，太牵强了。而且，我从他闪动的眼眸里，捕捉到了一丝爱恨缠绵难以割舍的情愫。

一转身，我瞧见小刘子正坐在草席上，闲闲地饮着茶。当目光落向我身上的那一刻，他的全身仿佛触电了一样，端着茶盏的手也不受控制地抖了一下，接着"噗"的一声嘴里喷了一口茶出来，脸变得僵硬无比。

我可以想象他现在的心跳已经打破了平时的规律，因为这间安静的房屋里，此时能清晰地听见他的心跳声。

真是一个纯情的男人啊，好在老娘不是什么古代人，不然见到小刘子这样看着我，肯定会被羞死。

我不怀好意地笑了笑，道："喂，你这样盯着我，就不怕流鼻血吗？"然后有点自恋地幻想了一下，自己莫非这样穿真的很性感？虽然现在这个身材没法跟十八、九岁的女人相比，但我觉得还算不错。

小刘子满脸的黑线，厉喝："这句话应该我问你才对，你知不知道我是个男人，你在我面前袒胸露背到底是什么意思？"

我一脸鄙视地道："我哪里袒胸了，是你在幻想着我那样做吧！"

"我幻想？"小刘子气急败坏，心底好似有一团熊熊的烈火正在燃烧着，"那我现在幻想着召唤你过来，你就会乖乖地躺在我的身下，任由我摆布吗？"

我眼中鄙夷之色渐浓，逼问他："说出这么不负责任的话，莫非真被我猜中了，你长这么大却从来没有碰过女人？就刚才你看我的那个眼神，像个患了表情失调症的人一样，我就知道其实你对女人的身体蛮好奇的，需要本小姐给你指条明路吗？"

"我可不是什么女人都会碰的，"小刘子将注视着我的目光收了回去，"特别是你这种不知检点的女人，你还是省点力气别来引诱我。"

"好像是啊，我也就只见你对安长乐深情款款，其他的女人你哪瞧得上眼呢？你们不仅郎才女貌还门当户对，真是天造的一对地设的一双啊。"我勒个去，我这话说得好像自己在吃安长乐的醋似的。小刘子反应极大，先是蹙眉，然后眼瞳抽紧，下颌紧绷，露出一副紧张与极力压制住心潮的表情。从地面站了起来，一把抓住我的胳膊，道："你说什么，你信不信今夜，我……"

我挑了挑眉，用眼角的余光瞟着他抓着我胳膊的那只手，淡淡地笑着，气势逼人地道："我可记得某人说过，不是什么女人都会碰的，特别是我这种女人。那么这只手是谁的啊？"

小刘子脸上的表情骤变，兴许是被我戏谑得连他自己都快被自己的怒火给烤焦了，不知道该如何回答我的话了吧。他急忙松开手，向后退了一步。

我斜眼瞅着他，见他一副神情恍恍惚惚的样子就顿觉好玩，茶余饭后搞点余兴节目来乐呵乐呵，有助于睡眠不是吗？我便对他连连发问道："世子，您不敢回话了吗？不敢了？请回答我刚才的问题好吗！请回答！"

"够了。我对你的忍耐是有个限度的，你最好不要拿这种话题来挑衅我。"小刘子将双手的手指关节握得"咯咯"作响，仿佛在暗示他心中的怒火已经到难以控制的地步般，连同紧抿的两瓣薄唇也透出一抹冷厉之色。

我看了不以为然，继续唠叨着："其实我一直都想不明白，当初你我在春晖园碰面时，你为什么老摩挲我的锁骨。现在看来，你果然是个色鬼啊！"

"你？"小刘子嘴唇紧紧抿成了沉默的线条，再次伸手前来抓住我的胳膊，气息冰冷。

我皱眉，眼睛一动不动地盯着他的魔爪，道："看吧，你果真是个色鬼啊。你又碰我了，你又碰我了……"

小刘子彻底被我搞崩溃了，眉头都纠结在了一起，缓慢地抽回手解下腰间玉带。我的心咯噔一跳，以为他要狼变。只见他褪下身上的白衫，将衣服扔了过来把我整个人都罩住。

然后，他搂住我的腰，俯身在我耳旁说道："你想跟我玩心理战术吗，从一开始你就站在主导权上，把我往你话上引，促使我动怒，然后又说一些奇怪的话语来暗指我是一个品性极坏的人。其实，你的目的无非就是想警告我不要碰你吧？你赢了！"

"或许有那个意思吧，不过我也只是想逗你玩而已，你不见得有多聪明啊，一下子就上钩了。"我拉下他罩在我身上的衣衫，望着他的眼睛，不由得吐出一口气，"余兴节目已经结束了，我要安寝。世子，晚安了哦。"

但是小刘子却没有打算要睡觉的意思，而且他的手还紧紧地搂着我的腰。

我不禁头皮一阵发麻，想起那句自作孽不可活的话，眉梢不禁紧了一下，赶紧伸手推了推他，重复着："我要休息了。"

一个吻却很突兀地落了下来。

他那柔软略带湿润的唇瓣覆盖在了我的唇上，带着一种薄荷微凉的味道，凉飕飕的。

我心中顿时一震，身子微微地颤栗起来，死命咬紧牙关，努力不让自己的舌头被侵犯，把眼睛睁得如一对铜铃般看着他，发现他深眸中闪过一丝蛊惑人心的光芒，仿若一个神秘的漩涡要将我整个人都吸进去。

刹那间，他又忽然放开了我，不以为然地耸了耸肩，但是他的眼神却变得慌乱起来，扔下一句："不好意思，今晚喝了一点酒，有点神志不清起来。"便退到一旁站在棂子雕花窗前，望着外面的圆月。

那月色给他染上一层清寒，使他整个人都变得缥缈不真实起来。

我被完全搞蒙了，胸膛如小鹿乱撞般，扑通扑通一直跳个不停，眼神闪烁着不知该往哪儿看了。这全都怪小刘子，因为他刚才说了一句很明显的谎话，要知道我跟他可是一块吃的晚饭，他有没有喝酒我还不知道吗？

不过，我比他先进屋，所以他后面有没有跟壮士喝酒我就不知道了。但我又不好意思去问他，你真的喝酒了，不是在撒谎吧？

我静默了一会儿，叹了口气，无奈摊手道："算了，我原谅你，反正你又不是第一个亲吻我的男人。再说你要是不会喝酒的话，以后就少喝点，免得睡了哪家姑娘都不知道，搞得对方还要嫁给你——"

我的话还未说完，小刘子不知哪根筋不对了，他一拳袭在了墙上，那沉闷的声响惊得我心中一怔，拧眉看着他。

"你的痴病还没好吗？"他猛地转过身，用一双略带怒意的眼眸盯着我，"反应会迟钝到这种程度，既然你会吻，为什么不吻回来？"小刘子最后那个问题，几乎是一气呵成，说完之后，脸上的表情也瞬间冷了好几度。

"……"我干吗要吻啊？我承认我这个人确实在有些方面反应迟钝了点，不过见他这么生气，我反而不知道该怎么回答了。并且，他这个人老是一阵一阵的，所以算我怕他了，硬着头皮往外走想要避开他，他却一把拽住了我的手。

他唇角微挑地道："你要去哪儿？"

我微微仰头，十分没品位地说了一句："尿尿。"

"我带你去，这荒山野林会有豺狼。"

"啊？不用不用。"其实我就是想去外面静一静，免得跟他发生暴力事件把美女跟壮士的房子给拆了，那多对不起人家小两口啊。小刘子现在要和我一起出去，那不就穿帮了吗？于是我很淡定地说了一句："我憋回去了。"

他眉头顿时紧蹙，黑沉沉的眸底闪过一抹厉色，冷冷地"哼"一声之后，放开了我的手躺在草席上用背脊对着我，不再说一句话。

我被他搞得一阵莫名奇妙，他先前还一副想把我生吞活剥的态度，现在反而安静得出奇，真不知他到底吃错了什么药。我一整晚都处于半阖双目睡不着的状态中，在草席上翻来覆去……翻来覆去……

直到五更时，好不容易有点睡意，却被外面鸟儿的叫声闹得不得安宁。索性坐起身，发了一会儿呆转过目光打算叫小刘子上路了，却发现他不知什么时候早已不见了。

这个畜生，莫非因为昨夜的话题被挑起了狼欲，利用轻功跑去逛窑子去了？

我匆忙穿上外衫往外跑，打算看看拴在茅屋外面那根木桩上的马还在不在。要是在的话，我就懒得等他，自己去通州。要是不在，我只能去找小刘子那厮了。

结果我一出去，却瞧见他神情淡然地站在马身旁喂它吃草。

我走了过去，正想说话，他却先开了口："上马吧，希望今日能赶到通州。不过那边的情况可能会很糟糕，你要做好心理准备。我们去了之后很有可能会在那边逗留几日，再去回疆了。"

我一边往马背上爬，一边问他："为什么要在通州逗留几日？还有，我们不向美女跟壮士道别，就这么离开，好像不太好吧？"

"我已经告诉他们了。"小刘子说，随即双手控着缰绳，一路操控着马往通州的路赶去。可前行不远，我顿感饥饿疲惫，便要求他停下，然后下马坐在地面歇了一会儿，啃了一块烧饼才又赶路。

行行歇歇……歇歇行行……直到太阳西下，在黑暗来临之时，我和小刘子才来到了通州城内，却发现市集上一片狼籍。

那被夕阳笼罩的街道，在森严诡异的气氛里呈现出一种血的颜色。街道的两旁都聚集着一群头发蓬乱，脸上脏兮兮，穿着粗布麻衣似是行乞的人，他们手中分别端着残缺的陶瓷碗，脸上露出无比激动的表情喝着里面的食物。

我微微侧身，瞄见小刘子双眉紧紧蹙起，脸色变得十分的沉重。

"那个，我们是不是来错地方了？你确定这里是通州，而不是西宁城？"

小刘子眼中闪过一丝不安，停下马把我从上面放了下来，伸手指了指前方。

我稍稍犹豫了一下，循着他的手往前面看去，陡然瞧见街道的中央架着几口大锅，锅里还冒着一股股水气。几个赤着胳膊的大汉，站在大锅前叉着双腿，操着一根长长的木棍在锅里用力地搅动，而一旁排着如长龙般的领粥队伍。只是这队伍中的人全部都是一些老弱妇残。

我不禁皱起眉头，跟着小刘子向前方走去，这边的情景和那边一样。只是在一口大锅前为百姓打粥的不是大汉，而是在鬼哭山想杀我的夜先生。

我勒个去，真是冤家路窄，离开左昭的军营居然会遇上这厮，我得想办法好好修理修理对方。

这么敲定主意之后，我悄悄地朝着夜先生走了过去。

谁知就在这时，一阵稚嫩的叫喊声传入我的耳中。我不由自主地侧过头去，看见一个梳着冲天辫，整个人瘦得跟个皮包骨的小男孩儿，跪伏在一位老大爷的身旁。那老大爷眼睛紧闭，嘴巴半张着，脸上泛起了一层青色。

小男孩儿拼命地摇晃着老大爷的胳膊，说："爷爷快醒醒，我们有粥了……爷爷……有粥了……"

小男孩儿见老大爷不予理睬，就用小勺把粥匀出，小心翼翼地往老大爷嘴里送去。老大爷的嘴巴连动也没有动一下，稀粥从他的嘴角处流了出来。

看到这儿，我的心猛然一震，指间微微颤动起来，茫然地瞥了一眼身侧的小刘子，只见他脸色黯淡，眼睛空洞没有神采。

我深深地吸了一口气，惴惴不安地向那小男孩儿走去。那小男孩儿侧过身来望着我，嘴巴张得老大，右手指着他的爷爷，嚷道："姐姐，求求你帮叫醒爷爷，他已经三天都没有喝粥了。"他把手中的碗凑到我面前："姐姐，求求你，求求你……"

我蹲下身接过碗，看到里面的粥稀薄得可以照见自己的脸了，心里突然像被某种东西狠狠地撞击了一下，很不是滋味，眼中也略有雾气腾起。

小男孩儿再三要求让我叫醒他爷爷，我便把食指放在他爷爷鼻息间。没有气息。我喉头一阵硬咽，心底骤然有种惊骇的感觉，那种感觉如胸口被重锤狠狠刺了一下，说不出话来。

小男孩儿抬起苍白的脸，睁着一双大眼睛望着我，也不说话，像是等待着我的回复。更准确地说，是期待我能说出"你爷爷只是睡得太沉，等会就会醒来"之类的话语。

可是我又真的不想骗他，也骗不了他，所以我抿了抿唇，握紧微微颤抖的手对他说："你爷爷，已经死了。"声音细若蚊蚋，但那小男孩儿依旧听到了，立刻侧身扑到老大爷的怀里，"哇"的一声大哭起来。

那凄厉的声音很是揪心，我情不自禁伸手想要安慰他。夜先生不知何时已站在了我的身旁，紧抿的唇角露出一抹似有若无的哀愁。

他一把拉开小男孩儿，对身后尾随而来的几名大汉吩咐道："把老人带到外面去，随他们一同葬了吧。"

小男孩儿听到这话，哭得更是伤心，奋力挣开夜先生的手，跌跌撞撞地朝着拖走他爷爷的大汉追去。

我看着他的背影，转过头想询问小刘子为什么通州会像个鬼城时，却不见了他踪影。

我感到十分无语，但心中很担心那个小男孩儿。想想当年奶奶去世时，我的心情，像被打入十八层地狱一般。所以小男孩儿此时的心情我比谁都懂。

于是，我松开紧握成拳的手，随着小男孩儿跑去。

一转眼，便来到了城外。不远处有一个大坑，里面堆满如山高的尸体，死相异常恐怖，令我这个去过战场的人，心底也不禁泛出阵阵寒意来。

“请问，他们这些人是……”我朝前走了两步，向一旁的大汉问道。

“你是询问他们的死因吗？”大汉见我点头，才继续说道，“有一半人是患染瘟疫，而另一半是活活饿死的。”

我好奇：“老哥，难道朝廷没有派发粮草到此？”

怎料此言一出，那大汉似是受到一阵深深震动般，眼里竟闪出冷飕飕的寒芒，嘴里操着粗口正要回答，夜先生的声音忽然从我的身后传来，隐隐地蕴含着一种神秘而又迷离的魅力——

“让夜某来告诉你吧。铁男，你先回城。”

我被惊得一阵心惊肉跳，赶紧转过身去瞪着他，指着他的鼻子愤愤不平地道：“你这个朝廷重犯！”

听我这么叫他，夜先生不怒，嘴角反而噙着一丝若有若无的笑容。似是不打算理睬我一般，他转身把手里的一卷干草扔到了如山丘高的尸首上，然后拿出火折点火。

我微微蹙眉，喊道：“喂？”

夜先生转过头，一双幽黑深邃的眸子紧紧凝视着我，回答方才我问大汉的问题：“朝廷里的人只会剥削百姓的膏血，怎会顾及百姓的生死？”

我不发表任何意见，继续听他编故事，反正头脑聪明的人是会很快分析出对方话语中的漏洞，所以我才不怕自己会被他洗脑。

他逸出一声若游丝般的叹息，无奈地瞅了我一眼，说：“每年收漕粮时，农家的活命粮就所剩不多，眼下又逢大旱。通州官员上报朝廷，通州天降大灾，州民食不果腹，特请拨粮赈灾。可朝廷却迟迟不肯进发，分明就是把人往死路上逼。想当初通州素有国色天香的美誉，每逢此季，各地的游客都会云集兴州赏花，城内人流滚动，异常热闹。可是如今……”

“你怎么能说出这么不要脸的话来呢，夜先生？”我眼中透出厌恶之情，一脸鄙视地望着他，喉头的话语脱口而出，“谁不知道，官粮是被你劫走的，别把这世间的人都当成没脑子一样。”我稍稍顿了一下，又道，“虽然方才我亲眼见你在救济百姓，能为百姓着想的人就是好人。但你却不是，你只是一个披着豪情盖世不食人间烟火大侠之名的伪君子。”

我没料到自己这番能让人喷血三尺七窍生烟的话，换来的却是夜先生的一声低笑。

他道：“噢，何以见得？”

我怔了一下，揣摩不透他的心思，心中竟生出浓浓的慌张感，说出的话也毫无底气：“因为你救百姓，是想在乱世中逞英雄，让百姓都尊敬你、崇拜你、取悦你。”

“我有这个必要吗？另外，官粮可不是我劫走的。”夜先生说完，仿佛只是一眨眼的时间，他就来到我的身边，将手放在了我的肩上。他的手指冰冷彻骨让人感觉不到一丝温度。

“不过，你为何会出现在通州？”

我惊骇，心中陡然害怕起来，那紧张得不得了的情绪也从眼眸里溢了出去。我赶紧缩手缩脚地躲到一边去，强装镇定地指着他的鼻子说道：“路又不是你家铺的，我爱去哪儿就去哪儿，你管得着吗！我倒是觉得奇怪，你为什么要把我送去西宁，莫非你想打劫左昭军营里那几百辆救济西宁百姓的粮草？”

他浅笑，突然间就不说话了，目光柔柔地盯着我，连眼睛也不眨一下。

我被他看得背脊直发毛，很不爽地质问他：“你盯着我看什么看？”

他很挑衅地回了我一句：“你不看我，怎会知道我在看你？”

“你！你想跟我玩绕口令吗？”我的肺都快被气炸了。

就在这时，小刘子的声音随着风轻悠悠地飘入我的耳中：“他就是这么一个无聊的人。”激动得脸上表情原本一直复杂的我，一阵涕泪横飞，心中顿时蔓延出一股得到安稳的感觉。

我真没想到在这关键的时刻，小刘子居然会偏向我。我赶紧蹭了过去，附和道：“就是就是，他就是这么无聊的一个人，夺走官粮之后又跑去充当好人，简直就是活脱脱一蛮夷啊！”

“我是说你。”小刘子面无表情地瞥了我一眼。然后把目光转向夜先生，拱手一揖，彬彬有礼地道：“多日不见，不知夜先生你还好吗？”

“喂，他是朝廷重犯啊，你跟他这么熟干吗？你就不怕圣上将你秉公办理了？”我伸手用力地拽住小刘子的胳膊，死命把他往回拉，真不知他跟个朝廷重犯客气个什么劲儿。

夜先生的眼神不由得微微一沉，抿紧了嘴唇。

小刘子皱眉，反手握住我的手腕，闷闷不乐地盯着我的双目。看了我许久才发话道：“你说话能不能用下大脑，另外，谁告诉你，他是朝廷重犯了。”

“呃？”我大脑蒙了一下，“是昭哥，他不可能骗我的，我很肯定。”

“那我问你，夜先生劫取官粮之后，为什么又要到通州来救济百姓？”

我嘟嘴：“逞英雄，装慈悲。”

“逞英雄，装慈悲？乱世中想逞英雄的办法会有很多，他没必要冒着被杀头的危险，将朝廷派发到各地救济百姓的官粮劫走，再装好人送去，你不觉得这多此一举吗？是你，你会不会那样去做？另外，夜先生若真劫了官粮，你觉得小王会坐视不理还这么悠闲地在这儿跟他说话？”

我被小刘子那咄咄逼人的语气问得无言以对，但是换个思维想想，也确实是，像夜先生这种武功高强的人没有必要做这种多此一举的事。

夜先生赫然像看见一件令他相当震惊的事情般惊异地道：“世子没必要为了这种事，对一个姑娘家这么凶。夜某乃朝廷重犯这个罪名，估计此生跳进黄河都洗不清。再说，她一个小姑娘是很难明白事情的原由。不过，就不知道世子与这位姑娘是何种关系？”

小刘子连眼睛都不眨一下，说起谎来真是草稿都不打：“我也不知道她是谁，总是缠着我。不过，你叫就她静儿吧。”

坑爹啊？我心头一阵不爽，小刘子你个畜生，不要脸也不是这样的啊。

夜先生不知是相信了，还是不想在此事上发表言论，嘴角掠过一丝浅浅的笑意，将话题岔开：“今日难得能与世子在通州相见，我俩不如喝杯清酒叙一叙旧？”

“好，我正有此意。”

小刘子回答得倒是爽快，那我呢？我是自己去回疆，还是跟着过去？

小刘子就握着我手腕，往他身侧一带，压低声音嘀咕道：“你想开溜吗？别忘了，我说过，你去哪儿我就跟到哪儿。”

我无比的怨念，他分明就是想让我陪他嘛。我一边跟在两人的身后朝着夜先生临时搭建起来的帐篷走去，一边想着心事。一时没管住自己的嘴巴，把心里的话给吐了出来。

我说：“按照你们刚才的话来说，如果夜先生你没有劫取官粮，那会不会是朝廷内部的人做的呢？你们想想朝廷的粮草屡次被劫之后……"

"这不是你应该过问的事。"小刘子面容一僵突然将我的话给打断，眼睛直勾勾地盯着我，"朝廷里的事，岂容你一个女子在此多嘴？"

"好吧，女人不能参政，这一点我是明白的。"我撇嘴，无奈地摊了摊手。

夜先生递给我一盏茶，然后给小刘子倒了杯酒，问他："世子这次为什么会前来通州？"

"还不是因为一个不安分守己到处捣乱的人要去回疆。"小刘子恶狠狠地说，将目光瞥了过来望着我，似是告诉夜先生他口中的那个人，就是我啦。

我怒了，从椅子上站起身，叉腰正要说话，一旁的夜先生似是察觉出了异状，为避免我跟小刘子在嘴巴上打仗，笑了笑道："世子这次来通州之前可有见到薛公子？"

"你找他做什么？"小刘子诧异。

"我运往通州的粮草已用尽，两天前飞鸽传书给他，希望他能出手相助派发粮草前来救济，可是一直了无音讯。我怕他会遭人暗算，所以想看看你是否有见到他。"

"我没有见到，不过临走时，好像见到薛家在办丧事。"小刘子流露出沉思之色。

"那就糟了，如果薛公子都遭人暗算，通州百姓恐怕就——"

听到这儿，我捻了盘中的一块糕点放在嘴里，打断夜先生的话，给他出了一个主意："你这么担心通州百姓的温饱，不如就让刘文轩回锦城去把这边的情况启奏圣上，让圣上派发粮草前来，百姓不就有救了吗？你何必自寻烦恼呢？"

小刘子眼中闪过一丝忧色，眉梢略蹙，以一种沉重的语气说："或许有点困难，通州的险境圣上早已知晓，但是每次官粮在送往途中就不翼而飞。而且不仅仅只是通州，还有很多县城。如此一来导致朝廷为发放赈灾粮草，早就消耗国库大半存粮。"

我拧眉道："你这话的意思，是很多县城都跟通州差不多？"

小刘子点头不语。

夜先生将话接了过去："其实官粮被劫，倒不是什么大事，最糟糕的还属天灾。如今东域天灾不断，又逢上战乱，再这样下去，东域恐怕劫数难逃了。"

"天灾？这个是不能避免的，不过我记得你好像说过是旱灾来着。如今战乱不断，很多田地都被毁了，国库的粮草也所剩无几。想要收集粮草又只有等到今年的秋天。东域种植的是一季稻，对不对？”

“是。即便收割之后，恐怕很难救济到东域的全部百姓。”

“那是因为你们蠢啊，”我将双手抱在胸前毫无一点闺秀的矜持和内涵，眼睛闪闪发亮地道，“知道什么叫再生稻吗？不过你们不知道也没关系，本大小姐倒是想到了一个非常好的办法，可以让东城一年收割两次粮草。”

小刘子一副我在出馊主意的表情，闲闲地喝着茶，甩都不甩我。倒是夜先生目光炯炯，非常急迫地问道：“你有什么好办法？”

但是由于他脸上戴着面具，我看不出他是在演戏给我一个台阶下，还是真的很想知道。我就呵呵一笑，故弄玄虚起来：“你把脸上的罩子取下来，让我看看你长什么样，我就告诉你。”

我话音一落，一旁的小刘子面色乍然一变，眸底锋芒掠过，不发一语地瞪着我。我被他那如魔似幻的变脸吓得心率不齐，赶紧装作没看见一般把脑袋往左一撇，把目光转向了夜先生。

夜先生看着我，摇了摇头，慢悠悠地说道：“我的脸曾在一场大火中毁去，如果取下面具示人的话，只怕会吓坏了你。我看还是算了。”

听他这么一说，我心中涌起一种怪异的感觉，我脑中被一些乱七八糟的奇怪想法塞得满满的。我狐疑地“哦”了一声，道：“但是，我要是真的很感兴趣，非看不可呢？”

听到我这么挑衅的话，夜先生始终保持着他绅士的风度，笑得仿若三月的浮絮般轻盈缥缈。“请恕我不愿透露身份，静儿姑娘勿强求！”

我敛了笑容，心中越发对眼前的夜先生产生了极其浓烈的兴趣。我说：“我也只是好奇，才会对你极为感兴趣，想见见你的庐山真面目。不过你放心，我是绝对不会告诉任何人你的长相。如果你还是不放心，那我就对天发誓！”

随着我话音落下的那一瞬间，帐篷里的空气陡然变得紧绷急促起来。我也知道自己这么咄咄逼人不太好，但是我真的太好奇夜先生到底长什么样。因为他使我想起了一位帅哥，那就是兰陵王。所以我想，他会不会就是下一个高长恭呢？

就在这时，我突然感到头皮一痛，像被人握住了一束头发，然后对方用力一扯，我整个人向对方靠了过去，劈头听见小刘子那冷得快结冰的话语声狠狠地砸在我的脸上。

“你这么好奇夜先生的容貌做什么？”

“这是我的私事，你管得宽了。快放开我，好痛啊。”我越是挣扎，头皮就被扯得越疼。小刘子那双带着怒意的眸子撞入我的眼中，我顿时一脸的苦相。

"世子,对待姑娘可不要这么粗鲁。"夜先生开口说,眼神突然有些怪异,"其实她无非就是好奇我的长相,当年世子与我结识之时,不也曾这般好奇吗?"

小刘子被夜先生的话,堵得一句话都说不出来。他松开了手把脸撇向了一边,手指僵硬地握紧成了拳头。

夜先生抿了抿唇,浅笑道:"不过,我很好奇静儿姑娘想出了什么好办法?"

我眸光一亮,说道:"你不给我看你面具下的那张脸,我就不能诉你。因为我这个办法不仅能让人一举成名天下知,还能保管对方全家都能升官发财。所以,这么好的事情我还是留着告诉我爹吧,然后让他启奏圣上。圣上要是采纳了,到时候我唐家就会像天上的启明星一样,受尽百姓的爱戴。即使朝廷里博学多才的人再多,我爹也会是里面最闪亮的一颗。"

小刘子听完我这话,一口酒就从嘴里喷了出来,那表情像要驾鹤西去了似的。他冷冷一笑,道:"我真为令尊有个只会把无知当个性,在众人面前大放厥词的女儿感到心惊啊。我觉得你还是安分守己好好当你的千金大小姐比较好,别让你爹丢了乌纱……"说到这儿,小刘子突然闭口不语,似是怕再继续说下去就暴露了我的身份一般。

"去你的,狗嘴里吐不出象牙来。"我不高兴地坐回原位,努力想着当年课本上介绍再生稻的那篇文章里的每一句话、每一个字。夜先生转过头来瞥了我一眼,那目光既冷酷又多情,搞得我晕头转向。

好在小刘了想起了其他事情,将夜先生的注意力转向了他那边。两人具体聊了些什么,我一句话也没听懂。但是他俩真的很能喝,三个小时不到就喝了八、九坛酒。

而我坐在一旁光看他俩喝酒,不禁感到无聊起来,出声催促小刘子道:"我们是不是应该上路了,如果你想跟夜先生继续喝酒叙旧,那我就把马牵走,先行一步。"

小刘子神情复杂,脸色微微泛红,埋怨道:"你就不能耐着性子多坐一会儿!"

"时间不等人啊,现在百姓都在水深火热之中,等着我回去救他们。"我把自己说得有点圣母玛利亚了,"所以,我去了回疆找到鲁鲁班做好椅子之后就得立刻回锦城,实行我的计划。"

小刘子不语,我索性就自个儿走了出去。谁知我前脚刚一跨出帐篷,小刘子后脚就跟了出来。

不知他是不是酒喝得比夜先生多,脚下竟一个踉跄,胸膛硬生生撞了我一下，使得我整个人向前扑去。幸好前来送行的夜先生伸手一把接住了我。

“你没事吧？”

我摇了摇头，转过身露出一副不高兴的表情望着小刘子。

小刘子不以为然，伸手前来搂住我的腰，扶我上马时，身子却向后退了一步。

我见了有点不忍，就对夜先生说：“今晚我们能在这里住一宿吗？”

夜先生点头，但小刘子却说不，并执意要带着我走。

我不禁纳闷了，刚才他还埋怨我不多坐一会儿，现在却又固执得要命，一副非走不可的态度。一旁的夜先生实在劝不动他，只能叮嘱我，让我路上照顾小刘子。

我不语，只是点了点头，然后随着小刘子上了马，就离开了通州。

行到一片竹林时，小刘子终于忍不住了，将马停下跑到一旁干呕着，却怎么也吐不出挤压在他胸膛里的秽物。他喃喃自语道：“好难受。”

我赶紧下马走了过去，取出绢帕递给他，道：“擦擦吧，不会喝酒就别学人喝嘛。你看你看，还把自己搞得这么狼狈。”

小刘子伸手一把扯过绢帕，魅眸恶狠狠地瞪了我一眼，就向一旁走去。没走几步就感到全身没力气了似的，倚着身后的树杆坐在了地上。

“你要不要紧啊？”我在心里挣扎犹豫了一下才走了过去，对他说道，“不如我们找户人家住下吧。你醉成这样要是染上了风寒那就糟了，而且现在赶路的话，我怕会出意外。”

小刘子抬起头，目光冷飕飕地盯着我，恨不得用眼光召集滚滚天雷来劈死我似的，质问我道：“你这么关心我干吗？”

“什么？”我心中一阵错愕，露出一脸疑惑的神情，实在想不通自己哪儿又使他不爽了，瞬间就翻脸，真让我开了眼界，“都什么时候了，你要发少爷脾气也该挑选个好日子啊。”

“你不是更应该去关心你的左昭才对吗？他现在身受重伤，在西宁与敌军苦战，是死是活还是个未知数呢？”小刘子这话说得就像在吃醋似的，太故意，太牵强了。而且，我从他闪动的眼眸里，捕捉到了一丝爱恨缠绵难以割舍的情愫。或许是我眼花了吧，毕竟月光正在他脸上跳跃。

“你发什么神经啊？真是受不了你。”我唇角勾起一抹不屑的笑意，道，“一句话，你到底是走还是留？”

“走又如何，留又如何，你知不知道我真的很讨厌你。”眉宇间略显倦意的小刘子眼中闪过一丝寒光，神色冰冷地凝望着我，可是他的眸底却闪过一抹淡淡的失望。

我微微一怔，纳闷他何以表露出如此复杂的情绪。心思略有些分神，小刘子一把将我拉向他的胸膛。

我愣了一下，体谅他喝醉了酒又似乎纠结在了过去的往事中，而缄默不语着。

“我恨了你这么久，厌恶了你这么久，为什么会是这样的结果？”小刘子此时的脸色像张纸一样惨白，那夹杂着愤怒的后半句话，我听不懂，真的不懂。

为了使他心中好受一点，也避免不激怒到他，我就把话题往往事上靠去，语重心长地说道：“我知道，你对旭贤的感情有多深，你恨我就有多深。你不如回去吧，去告诉我爹，我被歹人带去回疆了。总之你见不到我，心中对我的怨恨就会少一点。”

“为什么你会那么在意左昭？”

“唉！”我无奈地摊手，想着果然喝醉酒的人是无法跟清醒的人正常沟通交谈。如果再用这种方式继续交流下去，我会累死。

我就索性站起身准备去牵马儿过来，带小刘子找户人家，把他托付给对方，省得自己费心。可是，小刘子却死活不肯松开抓住我手腕的那只手，反而还让我坐到他的身边，将脑袋懒懒地靠了过来，把我的肩膀当枕头。

我感到无语，十分悲催地以四十五度角仰望天空，有种在拍优乐美广告的错觉，他靠着我，我靠着他，真是太狗血了。

我皱了皱鼻子，在心中自我 YY 了一下到了回疆遇见很多只小正太的场景，不一会儿就去见了周公。

也不知过了多久，当我处在一种半梦半醒之间时，感觉到有人在用手指抚摸我的脸颊，像冬日的暖阳透着几许清凉。然后又慢慢地抚过我紧闭的眼睛，我的唇，最后放在了我的头上。

我想睁开眼睛看看手的主人会是谁，但是我却像被鬼压床了似的，怎么睁也睁不开。而且我的大脑意识也算不上很清明，迷迷糊糊的着实诡异。

我这到底是怎么了，我尝试着想蜷缩下身子，却突觉嘴巴上有异状，好像有人用嘴巴堵住了我的唇，原本只是轻触了一下，所以我并没有多大感觉。但是下一刻，就变成了一发不可收拾的湿吻，并且越吻越深，对方用舌头钻过我整齐的牙齿，卷住我的舌根轻轻地吸吮着，动作缓慢而轻柔，一直辗转着……

老实说，这个吻令我感到很舒服并不讨厌，也不知道这是为什么，总觉自己的整颗心都好像被对方给吻住了似的。或许是对方吻技太高的关系吧，让我有种在吸取泉露的错觉，冰凉之中带着一丝甜味，很是美妙。

如果，我是在做少女怀春梦的话，真希望这个梦就这么一直下去，因为我喜欢心头涌起的这股悸动，虽然莫名但是却很欢喜。

倏地，我感到自己的锁骨传来了一阵钝痛，促使我的神智立时清明了过来，猛地睁开眼睛想搞清楚这究竟是怎么一回事儿，没料到映入我眼眸的是居然是一双如海潮般汹涌澎湃的深眸。

小刘子见我如同痴了一般盯着他瞧，似乎有些害羞起来，没有表情的俊容上居然诡异地泛漾起一丝红晕，宛如明艳醉人的丹霞。

我皱了皱眉，把目光往下游移，借着月光，瞧见他薄薄的唇上粘着少许类似血迹的东西。我的心就一阵愕然，木讷地伸手揉了揉自己的锁骨。摸到黏糊糊的血液时，脑中飞快地闪过一个念头，刚才我不是在做梦，是他在吻我，该死的我还很万恶地喜欢来着……

想到此，我全身像被电触了一下，那股激流在体内流蹿而过狠狠地撞入了我的胸膛，令我不由自主地打了个寒战。

“你醒了？”小刘子抿了抿唇，神色含羞带骚地抬眸凝视着我眼睛，十分淡定地问道。那声音如流动的月光轻泻到我耳中，害我思绪一荡。

他伸手拂上我紧拧的眉心，我微微躲了一下，他似乎感到有些尴尬般，将手指在半空停留了一下又收了回去，没有没脑地向我抛来一句：“你应该感觉到了吧，方才的一切？”

感觉？确实感觉到了那个吻不错，但是，我十分怨念吻我的人居然会是他！这不是真的，这不是真的……

小刘子见我神色如此懊丧，不自觉地微微皱了下眉梢，眼中闪过一丝复杂的情绪。仅只一瞬而已，他眼角和嘴角处滋生出了一抹令人匪夷所思的笑意，道：“你有什么话想对我说吗？”

“你想死吗？居然一而再再而三地对我做出这种事情来！你丫赶紧从我面前‘咻’的一声人间蒸发掉，不然老娘一定会让你死得华丽丽的。”我眸底掠过一丝冷意恶狠狠地说完，伸手对着他一顿暴打。然后将他推倒在地，骑在他身上，选择以牙还牙的方式咬他的锁骨。

可是，他却没有做出丝毫反抗的动作，浑身赫然变得硬邦邦的，表情也十分的复杂。

我很没出息地就这样被吓到了，还想继续吐槽，话语通通噎死在喉咙里，肺里的空气也像被抽空了一般。

许久，我皱紧眉头，不知道自己为什么会鬼使神差地想起甩饼教主来，问他："你这个可恶的男人，你发酒疯把我当成安长乐了吧？"

小刘子注视着我的眼眸里闪过失落的神色，冷冷淡淡地说："或许是吧。"声音里竟有一丝气恼。然后，他把垂在一旁的手放在额头上，像是在想着什么，沉默了起来。

可是我不知道自己为什么，听到他这句话时，心中竟有种想哭的冲动。虽然我不喜欢小刘子，但是被当成替代品来对待，就觉得好委屈，好伤心啊。

我猛然起身，用力踢了他一脚，扔下一句："你长得真的很碍眼，你知不知道？我再也不想见到你这种人，你从哪儿来就滚回哪儿去。"然后，我在心中默默地流着泪，黯然转身，想着只要离开他就好，只要离这个男人远远的，我就能救赎我那被玷污的心，我的生命就不会像耶稣一样被钉在十字架上。

可是我不会轻功，也不会点穴，所以在小刘子的面前，或者说是这两者都具备的人的面前，就跟砧板上的肉一样，随时等着遭人宰割。

"你要去哪儿？去回疆的路在这边。"小刘子的声音远远的，好像没有追来。

我怒，张口说道："我喜欢去哪儿就去哪儿，与你无关。"

"你不要在这个时候发你的小姐脾气，你赶紧给我回来。"从小刘子的声音里，我听出他有些不爽了。并且，他还十分万恶地像条滑不溜丢的泥鳅一样，一下子追了过来用手指往我腰以及脖子上一捅：我整个人顿时软在了他的怀中，连死的心都有了。

他露出一副恨铁不成钢的表情望着我。这是我第一次见他脸上居然会露出这样的表情，感到惊讶无比。他的瞳孔里有着难以克制的愤怒，骂道："唐静，你如今是真不懂，还是在跟我装糊涂，难道你的观察力就这么差吗？"

虾米意思啊，我越来越难懂他说的话了，每次跟他说话都十分的费劲，我这个人又向来不喜欢动脑。

我张了张嘴，想叫小刘子解开我身上的穴道，可是没声音。再张嘴，还是没声音。我勒个去，他居然点了我的哑穴！小刘子你真够狠的，连骂都不让我骂了。

我瞪、瞪、瞪、瞪，努力把眼睛瞪得就跟恐怖片里的女鬼一样，但苦于眼神秒杀不了人。

"你这么瞪着我，"小刘子勾了勾嘴角，莫名其妙地笑了起来，"就不怕眼珠子掉出来？"

我阴暗地在心中画圈圈诅咒他这一辈子娶不到老婆，就算娶到了，都给他戴绿帽子。

“你放心，我会满足你的愿望，带你去回疆。只是不想你在途中捣蛋给我惹麻烦，所以封住你穴道，是为了你好。”小刘子用舌头舔了舔唇，一副心花怒放很嗨皮的表情。

我记得他曾说过，我不开心，他就很开心来着。

我一路欲哭无泪，脑袋时常陷入一片空白之中，变成了不能自由运转的空壳。还好他这个人有那么一点点良心，该吃饭的时候绝对不会让我饿着，该喝水的时候也绝对不会让我渴着，但是依旧改不了他那喜欢冷嘲热讽的习惯，总是要事先挫挫我的锐气，开涮我一番，然后才会让我吃喝拉撒睡。

好在这样的日子到第五天朝阳升起时就结束了。

小刘子把我带到了回疆，他很主动地解开了我身上的穴道。我一得到自由，首先做的事就是皱起自己的眉头鄙视地瞪了一眼他，然后将眼波一转打量着整个回疆。

这回疆应该算是一个独立的小城池，整体结构为圆形，这座城池并不是很大，大概也就两所市区中学的面积。中间有两条街，名字叫风聚街和巢溶街，围绕在这两条街的四周的是一些平民居。

以上就是回疆的总体结构了，下面我来说说回疆的风貌。给我的第一印象并不好，街上来往的行人穿着很是古怪，像很多国家逃亡出来的人都聚集在了一起一般。并且，他们十分的不友善，刚才还有说有笑的两人，转眼间就动起了刀子来，并且越打越激烈。四周看热闹的人也很多，但就是没有主动站出来相劝的人。最后弱者挂掉，尸体很快就被拖走，大家转瞬间就当什么事都没有发生一样，继续各干各的事情去。

我勒个去，难怪子逾会说这里龙蛇混杂，我终于明白了。

“怎么样才能找到鲁鲁班呢？”我用眼角的余光瞥着小刘子，问道。

小刘子微微蹙眉，双目略带担忧，把腰上的佩剑取下来扔给我。

我纳闷，抱着剑问他：“你给我剑做什么、莫非想让我去杀了刚才的那个恶人？”我指的是杀人的那位大叔。

小刘子冷笑，脸上表情变得复杂起来。他说：“在回疆这个地方，只要佩剑的人一般都是武功的，会受到别人的尊敬。而我给你剑，是希望别人看到你手中佩有剑，至少不会轻易跑来冒犯你，除非你真的很欠揍。”

“去你的，你才长了一张群嘲脸。”我很不高兴地撇了撇嘴，唇间掠出一道极冷的笑意道，“亏你还是个闯荡江湖的人，这么隐晦的事情，居然用了这么一个不隐晦的方式说出来，真是失败。”

小刘子两道浓眉在眉心打了一个结，一脸鄙弃意味地瞅着我，道：“我们先去剑栈看看，从那儿希望能打听到鲁鲁班的消息。”

“哦。你把剑给了我，别人会不会时常找你麻烦啊？要是那样，你离我远一点比较好，我可不想被你那张群嘲脸，卷进恶斗中。”我撅起嘴，特意斜眼看他。

“你别捣蛋将我卷入不必要的麻烦中才是真的。”小刘子深深地吸了一口气，似笑非笑地瞥了我一眼，略一思索，道，“本来我不想问的，总觉得从你嘴巴里说出来的都不会是什么好话，但你多次说到群嘲脸，是什么意思？”

“你不懂？”我眼睛闪闪发亮，见小刘子点头，我顿时就感到一种超越了他的感觉，“原来你也有不懂的东西啊，那尔等小辈就听吾解释好了。”

小刘子皱眉，脸沉了下来，露出一副等待我解说的表情。

“群嘲这两个字其实很好懂的，你拿面镜子出来照照你现在这副痴呆症患者的表情就会明白了。”我眼中略带讥讽之色，饶有兴致地说，“要不你看看天空，本来刚才还晴空万里的，结果你一来就黯然失色了。如果你还是不懂，就想想那次发生在祁连山的事吧，就是因为你长了这么一副吸人精魄的妖脸才会燃起一场血雨腥风，才会尸横遍野满目苍痍啊。”

我的话音一落，小刘子眼神忽然复杂起来，劈手狠狠地在我脸上蹂躏了一番，扔下一句：“你还好意思跟我提祁连山的事，我迟早有天会找你算账的。”然后，他就自顾自地朝他刚才说的剑栈走去。

我望着他的背影真恨不得用手中的剑刺死他，但是又怕找鲁鲁班的事自己一个人搞不定。毕竟看他现在那副样子，好像对这里的情况很熟。

无奈我只能先压下心中的怒火跟在他身后，用剑鞘捅他的屁股。

小刘子顿时转过头来瞪着我，恨不得用眼神杀死我一样。

“你想我揍你是不是？”

我努力装出一副很无辜的样子说：“人家是无心的，你一个老大爷们居然还跟一个姑娘家计较，你好意思吗？”

小刘子彻底无语，脸色变得阴沉起来，道：“走我身旁来。立刻。”

“我警告你，你要是再对我这么凶，等回去之后，我把你的画像乐颠颠地传遍整个锦城。”我撇了撇嘴道，然后往前迈了一大步，本来那还集中在他身上的注意力，突然一下子就被身侧的一家玉器店给吸引过去了。

里面有一个看起来好像蛮有钱的公子，手中拿着一只玉做的陶埙。陶埙形体很小，差不多有鸡蛋那么大，左右两边分别有三个孔，上面还有一个，陶埙的前后两侧都雕刻有龙的图案，龙还是立体的。

那男人好像十分的喜欢，所以一直不肯放手，正跟老板讨价还价着想要买下似的，但是老板就是不肯。

切，没钱还冒充富二代，还好老娘此次出门带足了银子，眼下那东西又深得我心。我忍不住想先下手为强，就蹭蹭蹭地跑了过去，伸手拍了拍对方的肩膀，道："小哥，能把你手中的陶埙给我瞧瞧吗？"

对方不语，但还是很有礼貌地把陶埙递给我。我伸手接过轻轻触摸，发现这玉温润细腻，而且质地极佳没有一点瑕疵，这公子眼光不错嘛。

"老板，这陶埙多少银子？"

老板皱眉道："一千两黄金。"

"坑爹啊你，就你这几个铜板的破玩意儿还值一千两黄金？你趁火打劫吧？再说，要是这种东西这么贵，会摆放在你这家破店吗？"我伸手揪着黑心老板的衣衫就是一顿痛骂。

黑心老板眉毛顿时一扬，被我忽略掉的几个很强壮的男人立刻冲了进来，往我左右两边一站，露出一副要吃人的表情。我浑身一抖，赶紧松开揪住黑心老板领口的那只手。

这时，小刘子从外面走了进来，从我手中取过陶埙瞧了瞧，皱起眉梢道："这陶埙若我没记错，应该是堪称世间七宝之一的峰乾吧。想当年明中皇帝为赠博取柔姒的欢心，劳师动众遍地寻宝，还杀害不少百姓，最后得到美玉做了这么一个东西出来。不过，要是没有亲眼见过触摸过峰乾的人，应该很难分辨出这只是一个赝品。"

听小刘子这么一说，我才略懂，那被取名为峰乾的陶埙，能称得上是世间宝贝之一的原因，其实并不是因为它的罕见，而是因为牺牲了很多人。那些人用鲜血为它制造了一个传奇，才价格飙升。但是这山寨货就另当别论了。

黑心老板此时露出赞许的神色，望着小刘子，夸奖他道："公子果然好眼光，老夫在回疆开这间玉器店以来，你还是第一个认出此物乃赝品的人，想必公子应该见过正品。"

小刘子浅笑不语，我强行插入："老板，那你把正品给我瞧瞧？"

"真品怎能随身携带呢？"

我不死心地道："要不你现在回家去拿，我帮你看着店？还有，那真品是不是真值一千两黄金啊？"我想了想，我爹要是知道我用这么多钱去买这种东西，肯定会逐我出家门，顺便再在我额上刺上“败家女”这三个字。为了我的人身安全着想，我已经做好用小刘子的钱的心理准备了。等会儿打张欠条，让小刘子把印章拿出来盖一盖，老板就可以骑着毛驴去世子府取钱了。

可惜，黑心老板的回答简直令我太失望了：“真品是不卖的，我打算赠给有缘人，不过这个我可以算便宜点给你。”黑心老板向我推销他的假货。

我囧，我是买假货的人吗?虽然假货仿造得很漂亮，而且用的玉石也是上等玉，但人还是要有点品位才好。我朝黑心老板抛去一道鄙视的眼光，就走了出去。却没有看见小刘子跟上来，不禁回头一看，只见他把陶埙归还给黑心老板时，特意瞥了对方一眼，那眼眸里涌动着一种异样的光芒。

“喂，刚才你特意瞥那老板一眼干吗，莫非是想买赝品回去收藏？”我用胳膊肘捅了捅向我走来的小刘子，“山寨的力量果然是无穷的大啊!!”

“买赝品还不如买个美人回家，”小刘子勾了勾嘴角，露出一抹邪魅的笑容，伸手捏住我的下颌，“你觉得我的这个提议如何？”

“下流。”我打掉他的手，气呼呼地朝着剑栈走去。

掀开挂在剑栈门上的帘子把脑袋探进去先瞧了瞧情况，发现里面坐满了很多拿着剑的男女。他们相互都不说话，用眼神注视着自己比较在意的对象，搞得就跟帮派之间在谈判似的，气氛很是紧绷压抑。

我稍稍犹豫了一下，踩着猫步走了进去，挑选了一个比较隐蔽的角落。刚一坐下叫小二送上茶和点心，小刘子就从门外走了进来，坐在了我对面的椅子上。

我拿起茶壶斟了两盏茶，递给他一盏，道：“话说，我们来这儿到底做什么呢，他们这些人一副要打架的样子诶。”

小刘子闲闲地啜了口茶，才道：“等一个叫长白须的人出现，从他那儿估计就能知道鲁鲁班在什么地方了。”

“万一他不来呢？”我拣了一块糕点放在嘴里。

“不来就先找家客栈住下，”小刘子瞥了我一眼，“我去趟茅房，你在这里待着，记住不要捣乱。哪也别去，我很快就回来。”

我食欲顿时全无，挥挥手道：“去吧去吧，真是人懒屎尿多。”

小刘子不爽地瞪我一眼，转身就走了。

差不多过了十分钟的样子，我身旁突然响起一阵掀桌子的响声。我心中顿时一惊，转过目光就看见一个男子浓眉倒竖，拔剑怒指他前面长了一张小白脸的人道：“王中国，你这个背信弃义的男人，你连我家那口子都敢勾引，今天我非杀了你不可。”

小白脸娇嗔着说："是你家那口子说你不行，硬缠着我的，关我屁事儿。你要是想跟我决一死战，我今儿就奉陪到底了。"

这话音一落，说时迟那时快啊，他俩就打了起来，手中的长剑也扫来扫去的，把邻近几张桌的人都得罪了。他们火冒三丈拔剑加入两人的刀光剑影中，把场面搞得混乱无比。最后除了我没有加入这种无聊的战斗中，其他人都打打杀杀起来，简直太欢畅了。

这样下去，我真不知道能不能等到小刘子回来，并且他口中所说的长白须还来不来啊。我个人觉得未必就长白须知道鲁鲁班在什么地方。剑栈里这么多人，总有一两个会知道一点线索吧？这么想着，我这就有点沉不住气了，从椅子上站起身躲躲闪闪地朝着楼上跑去。

虽然这一路走来，最多不超过五分钟，但我却一直感觉在被雷劈！

我站在二楼的走廊上先深深地喘了口气，然后犹如女王驾临般，先把姿势摆好，才大声咆哮道："你们这群只懂打打杀杀毫无组织纪律的野蛮人，全都给我停手。告诉我，鲁鲁班的下落，有谁知道鲁鲁班他究竟在什么地方！"

吼完之后，我奋力表扬了一下自己，够屌。但是下一秒，一种非常悲催的感觉就油然而生了，楼下的几十个人就像过电了般，以一种十分缓慢的速度，全把犀利的目光转到了我的身上。我和他们之间，顿时形成了一股烈士与弹药的气场氛围。这就是嘴贱，打了鸡血太高调的下场。

"杀了她。"

不知道人群中的谁，很有领导风范地突然一声高叫，一盘散沙的大伙一时间竟团结起来。

我吓得被向后退了一步，艰难地喊道："刘、文、轩、救、命、啊——"

我身侧的棂子雕花窗就像安装了定时炸弹般，突然发出"轰"的一声巨响，四分五裂地向四周激溅开去，露出一个大窟窿来。

这古代的建筑，终究比不上钢筋混泥土啊，一下子就没了。

我还有点傻愣，正想着哪个王八蛋卑鄙地从我后面搞突袭，小刘子的身影就映入我的眼眸里。他脸上夹霜，薄薄的唇紧紧抿成了一根沉默的线条，什么话也没说，伸手前来就像拧小鸡一样，把我从地上提起。然后带着我从身侧的那个大窟窿往外跳，避开追来想干掉我的那群人，穿过两条大街，就逃到回疆城外的一间破庙里。

我皱了皱眉，犹豫着要不要问问小刘子怎么会出现得这么及时。他毫不怜香惜玉地把我扔在了地上，用既冷酷又无情的神情俯视着我，像在努力压抑着心头的怒火。

“那个……”我觉得自己还是不要去惹他得好，赶紧闭上了嘴巴，等着小刘子劈头盖脸的怒骂声。

可是我等了一分钟，两分钟……十分钟，小刘子不仅连一句话都没说，而且脸上的表情也没有丝毫的变化。我不禁担忧起来，怕他会憋坏身子，就对他说道：“憋着憋着要憋疯的，你想骂我就骂出来吧。”反正我已经做好左耳进右耳出的准备了。

小刘子白了我一眼，嘴唇一扬道：“不长进的东西，我骂了也是白骂。”

他这句话，将我那埋藏在马里亚纳海沟里的自尊心瞬间给雷了出来。

我用无比怨怼的眼光看着他，说：“我就这么不长进，也不看看你自己，胆小如鼠得叫人可怜，区区几十个人都搞不定，只会选择逃跑。要是昭哥在，别说那些人，再多一倍他也能毫不费力地摆平。”

“左昭？”小刘子嘴角很诡异地勾出一抹冷容，眼底锐芒闪现，“如果左昭会蠢到这种地步，你俩倒是蛮般配的。”

我不明所以地问：“什么意思？”

小刘子斜睨我，嘴角的笑意转变为不屑。“回疆这个地方住着的人，虽然他们都自私自利，但是团结起来也不是那么好惹的。即便你武功再高强，他们人多势众，体力一旦透支，你就只能等死。”

“……”

小刘子耸耸肩，神情复杂地看着我，道：“走吧，我知道鲁鲁班在什么地方，我带你去。幸好他没有住在回疆城内，不然就只能晚上进城了。”

什么都是他说了算，最讨厌大男子主义的人了。

也不知走了多长时间，我和小刘子来到一个叫月亭湖的地方。

第十章

爱刁难人的鲁鲁班

鲁奶牛露出一副神来杀神,佛来杀佛,鬼来也不给面子的态度道:“我管你是谁，就算是东西南北域的皇帝来求我办事,我一样会让他们给我挖茅坑。如果不愿意,那你趁早回去吧，后面要你做的事情，会比这个困难很多哦。”

这里的景色倒是蛮别致的，只见前面有一条清澈的小溪连着山脉，蜿蜒曲折地流往山下十里外的湖中。站在山上看那湖的源头，刚好成一个月牙儿形，两侧有两座陡峭夹峙的山壁。

谷的正中有一条路，由谷底一直到山上，两侧并排着紫缨灯笼，紫缨灯笼的后面是一片随风轻摆摇曳的淡红色山茶花。

看到这儿，我不禁咽了咽唾沫，眸光含笑道："哟哟哟，鲁鲁班竟然住在这种地方啊！"

小刘子似乎也被这片景色所感染，嘴角浮上一丝浓浓的笑意，连清傲冷漠捉摸不透的眼眸在此时竟变得如一汪碧波。他点了点头，带着我，迎着风往山下走去，越往下走，风中夹带着的茶花清气就越沁人心肺，使我整个人都陶醉在其中。

"其实我一直都想问你，你是怎么知道鲁鲁班住在这儿的。你以前肯定在回疆待了很长一段时间吧，不然怎么会对这边的情况这么熟悉呢？"我拂一拂裙摆向小刘子问道。

小刘子用眼角的余光瞄了我一眼，那眼光十分锐利。他道："你很想了解我？"

"我的问题，跟想了解你有半毛钱的关系啊？"我一脸的鄙视，冷哼一声，"你也太会曲解别人的意思了吧！"

"什，什么半毛钱？"小刘子目光之中流露出茫然之色，像是没听懂我的现代语。

我摊了摊手，朝他送去一个"你连这个也都不懂啊"的遗憾眼神，道："没什么，开个玩笑罢了。对了，鲁鲁班现在人在哪儿呢？"

"我怎么知道，况且我只打听到他就住在这附近。"

我勒个去，我还以为他什么事情都给我安排妥当了，原来还是要本小姐亲自出马！

我不满地撇了撇嘴，直接往前方走去，就瞧见一个背上背着小竹篓的姑娘。那姑娘年龄和我相仿,但身材却很高挑,特别是她那三十六D的胸器,我看了就自愧不如。

她一看就是那种柔媚娇俏、韵味十足的人。她身上的素衣款式简单布料也算不上很好,披在她玲珑有致的身子上就变得跟真丝一样。我脑中没有来由地想起一部电视剧里的人物来——小龙女。

连一旁的小刘子见了也忍不住出声称赞:“没想到回疆这个地方,还能有如此秀美绝俗的女子啊!”

“靠!”不知为什么,我一听小刘子说对方漂亮,就觉得很不顺耳,也搞不清楚自己为什么要发火,“她哪里秀美绝俗了?你睁着眼睛说瞎话,小心苍天饶不了你。真是的,她和我比起来逊色多了。”

小刘子讪笑,厚颜无耻地用一种意味深长的眼神飞快地瞥了我一眼,十分挑衅地回了一句:“你是在妒忌她的身材赛过了你吧。不过也是,你的身材干瘪得就像根竹竿一样,让人看了就毫无欲望。”

一听这话,我心中燃起了一把火,紧绷着脸指着小刘子的鼻子说道:“老娘现在还在发育中,你懂个毛线啊。”

“……”小刘子露出诧异的神色。

我歪着脑袋想,他是不懂“发育”这两个字呢,还是“毛线”这两个字?

算了,管他懂还是不懂,我总之不想跟他在这个问题上浪费自己的口水,就冲着“小龙女”挥着手,喊了一声:“嗨,姑娘。”

然后,乐呵呵地朝着“小龙女”大步流星地走了过去,问道:“你知道鲁鲁班住在这附近什么地方吗?”

“小龙女”转过头来,用一双勾人魂魄的水灵美目紧紧注视着我,脸上露出些许的异色,沉吟半晌,向问我道:“你找鲁鲁班做什么?”

瞧“小龙女”那副挺八卦的样子,八成是鲁鲁班的粉丝吧。

“做椅子啊。”我笑嘻嘻地说,“当今天下有谁不知鲁鲁班是出了名的工匠师傅啊。”

我话音一落,小刘子从后面走了上来。

“小龙女”的目光一接触到小刘子,脸上的表情就明显起了变化,由先前的狐疑转变为惊讶,然后又由惊讶转变为白骨精见了唐三藏才会露出的表情。

她的眼睛一瞬不瞬地盯着小刘子瞧,把他从上看到下,连一根头发都不放过,向我问道:“这位是你家公子吗,你们打哪儿来的?想做什么椅子?”

我皱了皱眉,见她抿着嘴一副色迷迷盯着小刘子瞧的样子,心里就无端地难受起来，我毫不迟疑地往小刘子身前一站，挡住“小龙女”的视线，道:“你问那么多做什么？”

“我乐意。”“小龙女”挑眉斜视，眼神里带着似有若无的敌意，“你能往一旁挪下吗，不要老拿你那张尖嘴猴腮的脸来对着我，太丑陋，太碍眼了。”

天杀的，她说了什么！她跟我有仇还是八字犯冲啊？我这么人见人爱、花见花开、车见车爆胎，上知天文、下知地理，德才兼备、出类拔萃，引无数帅哥竞折腰的唐三小姐，她居然说我是尖嘴猴腮的丑八怪！我靠，她想找死吗？

我气得浑身颤抖如筛糠。“你这个猥琐的奶牛，我警告你，你最好不要像个阴阳失调的女色魔一样，老盯着我家的宠物看个没完。”

“什么？”“小龙女”先是一脸的茫然，随即又一脸的鄙视，用她那双要死不死的咸鱼眼瞪着我，“我乐意你管得着吗，你真的很碍眼耶，赶快让开。”

“让你妹啊？”我气咻咻地白了她一眼，非常不快地道，“你别以为自己是个强势的小攻我就怕了你。你哪个单位的，叫你们领导出来说话。”

“什……什么？”“小龙女”被我的话给惊到了，露出一脸的囧相。

“就你那点智商，还想跟我斗，自己望天憋泪去吧。”我双手叉腰，勾了勾唇，露出满是不屑的笑容，“想当年老娘还是萝莉的时候，就号称碎碎念。你想战胜我，简直就是异想天开。”

“小龙女”皱眉紧蹙，拳头紧紧地攥在了一起，咬牙切齿地说道:“我说你怎么会长成这样，原来是脑子不灵光，只会说些莫名其妙的话语。你哪儿凉快就往哪歇着去吧，别出来丢人现眼了。”

“你说什么？”我不淡定了，一个劲儿对“小龙女”翻着白眼，用仿若刀子般锋利的声音道，“你信不信我揍你？”

“你以为我怕了你不成，不过我得提醒你，如果你把我当成敌人伤了我一根毫毛的话，你的损失会非常的惨重哦。”“小龙女”真是牙尖嘴利，掐架赢不了我就改用威胁了。

“我最恨别人威胁我，你是不是想早日归西，找不到死法，打算让我帮你一把啊？我可告诉你，我对你是不会手软的。”我眉心紧拧，狠狠地瞪着“小龙女”，作势就要跟她拼了。

她脸色微变，嘴里不饶人地回道:“你来啊，我要把你那张让我感到恶心的嘴巴撕破。”

“你俩吵够了没有？”一直处于沉默状态里的小刘子浑身充满了愤怒的火焰，像实在忍不住了，突然向我跟“小龙女”厉声说道。那声音很低沉，可是威慑力特足，一下子就把我和“小龙女”给镇住了。随即，他不分轻重地一把抓住我的胳膊，捏得我的肌肤一阵火辣辣的刺痛。

“你想干吗？”我瞪着他。

他紧锁着眉头，用气恼的眼神盯着我，却不说话。

我胸膛一时间像被一块大石堵住了似的，一股莫名的酸涩升腾了起来，觉得自己好委屈哦。明明是那三八不对在先，他不帮我就算了，还露出那种表情。怎么，见对方长得猥琐容易攻下，就色迷心窍了不成？

我甩开他的手，撇过脸去望着身侧的茶花，就听见小刘子用一种温婉的语调跟“小龙女”说：“姑娘，她这个人被人宠惯了，一时口无遮拦，若有得罪之处还请姑娘你不要见怪。”

听完这句话，我用眼角的余光瞄着“小龙女”。只见她装出一副十分大气的样子，并用只有猫在春天才会发出的声音，喵喵喵地说道：“既然公子都这么说了，如果我再计较，那不就显得我太小气了吗？”

这个三八真会装叉，刚才还泼辣得跟只母老虎一样，现在却温柔得要命。一看就知道是个典型的花痴。不对，是已经超越了花痴的境界，进入了脑残的领域。我真怀疑，这头奶牛老是笑嘻嘻色迷迷地望着小刘子，脸会不会就瘫了？瘫了最好，我内心阴暗地咒着她。

“对了姑娘，你可知鲁鲁班住在这附近什么地方吗？”小刘子低声询问。话音一落，他唇角浮起一抹如烟岚般惹人心潮悸动的柔和笑意，但是这妖孽的这抹媚笑却不是为我而露，这让我情何以堪啊！

我怒火冲天，蹭到小刘子的身前，叫道：“你干吗要对她那么客气，还一脸色迷迷的样子？”

“你一个做丫鬟的最好识趣点，别动不动就分不清楚主仆关系了，闪一边去。”“小龙女”真是毒啊，摆出一副小刘子老婆的气势，一把将我推开，对小刘子说道，“知道啊，就在前面。他家在月亭湖的下面，一眼就能认出来。”“小龙女”朝着月亭湖下面指了指。

我下意识地皱了皱眉，压下心头的怒气，侧过头循着她的手指往下瞧，可是什么都没有看见，不禁撇嘴暗忖：这个女人难不成是在耍我们？

小刘子向“小龙女”道谢，然后拉着我的胳膊朝着她所说的方向走去。

一路上，我怎么看小刘子都觉得他很碍眼，也从来都没有这么厌恶过他。即使上次他在林子里面偷袭我，还在我锁骨上种了个草莓，我都没有这么不爽过，不知道为什么这次偏偏就……我越是想找出自己为什么不爽的理由，就越是生气到了极点。干脆一把将小刘子的手甩开，一个人冲到前方去。

小刘子也没有追上来，慢悠悠地跟在我的身后，像是在看我究竟想要干什么。

我独自在前方走了足足五分钟左右，心中的怒火差不多快被唾沫给浇灭了，这才想起自己这次来回疆是有正经事要办，跑来跟小刘子还有那头奶牛穷较劲个屁啊。索性保持一颗淡漠的心，往四周打量着，当看到鲁鲁班的住所时，我就被狠狠地雷了一下。

什么叫做一眼就能认出，分明就是太高调了，一栋双层木屋就像被北风洗礼过似的，整个房体都向西北方向倾斜，俗称危房。而且茅屋的左右两边还挂着"木行天下，惟我独尊"的横幅，下面还盖着鲁鲁班三个红艳艳的章印。试问谁看到这样的横幅，不知道这是鲁鲁班的家？

我感到十分的无语，更无语的是尾随而来的小刘子居然还很欣赏横幅上的八个大字。

我勒个去，一看就是没文化的人。

"请问，鲁鲁班在吗？"我向前走了两步。由于木屋的两扇大门是敞开的，我就把脑袋探了进去，想看看里面到底有没有人。

怎知，我的脑袋刚一凑近去，一只纤纤玉手就盖在了我的脸上。"哪家的黄毛丫头这么不懂礼数，呆头呆脑的就算了，偷偷摸摸地想闯进来当贼不成？"

咦，这声音？我心中一怔，赶紧伸手扒开脸上的手，揉了揉眼角，抬头向上一看，居然是那头奶牛！

我纳闷了，这"小龙女"刚才还在月亭湖的半山腰上，怎么一眨眼就出现在这里的？我脸上的笑意一点一点沉了下去，问："刚才你不是还在上面吗，怎么一下子就在这里了？"

"那。""小龙女"伸手指了指我身后的某个地方。我转过头去一看，差点没被气得吐血。只见一面长满了爬山虎的山壁上有个升降吊篮，要下山的人可以直接坐在吊篮里，然后拉动旁边类似启动机关的一根绳子，吊篮就像过山车一样，轻飘飘地顺着山壁一路往下行来。这个酷似电梯的玩意儿，确实省去了不少路程。

只不过，可恶的是"小龙女"在山上的时候居然没跟我们说，她还真会装大蒜啊。我怒了，眉头一皱道："你在山上的时候为什么不说，那边有这么个东西，害我们走了那么久的路？"

"是你自己没问。""小龙女"眼珠一转，伸手将我从她眼前推开，笑嘻嘻地对小刘子说,"公子千里迢迢前来月亭湖,想必也累了,不如到里屋先喝杯清茶?"

小刘子似是对"小龙女"的无事献殷勤感到十分的诧异,微微挑了挑眉头,露出一副冷冷淡淡的表情,缄默不语着。

我见了,心中十分的嗨皮,讪讪地笑道:"我要是你的话,被别人无情地拒绝,早就拿把菜刀了断了自己的性命,免得丢人现眼。对了,你家少爷鲁鲁班先生在吗?"

"先什么先,生什么生?我堂堂木匠之母,长得貌美如花,乃回疆第一美人。你居然叫我先生,你眼神不好,就闪一边去。"

"什么?"我震惊了,整颗心有突然要爆发倒塌了的感觉。她居然会是鲁鲁班,我该说自己太幸运还是太悲催了呢?

我十分激动地转过脑袋望着小刘子,发现他整个人显得很淡定,完全是一副事不关己的表情。

"那个,"我皱了皱鼻子,转回目光望着鲁鲁班,不,是鲁奶牛,静默了一瞬,道,"你没有撒谎吧,你会是鲁鲁班?鲁鲁班应该是个公子才对啊?"

"瞧你那点智商,谁告诉你鲁鲁班必须是公子了?你看你家公子,见识广阔,哪像你,一看就是个没见过世面的烧火丫头。"鲁奶牛从木屋里面走了出来,扯出一抹淡漠的笑容,斜着眼睛使劲瞟着我,瞳孔里射出一根根冷芒刺入我的心脏,"不过,我在山上好像记得你曾说过,想让我给你做椅子?"

"嗯,我确实这么说过。"我咬着手指头轻轻地回应着,心想:这头奶牛到底想耍什么花样,就凭她那见人就喷粪的臭脾气,肯定不会轻易给我做椅子的,更何况我刚才还跟她吵过架来着!

她挑了挑秀眉,俯身在我耳畔低声喃语:"那你这次算来错了地方,本姑娘不愿给你做。但是,如果那位公子肯开口求我的话,我可以考虑。"

我就知道,这头蛋痛菊紧的奶牛,那装满成人思想的大脑,准会没事儿脑神经抽搐一两下。出这种馊主意可知会引来多么猛烈的暴风骤雨吗?要小刘子为了我开口去求她,估计比花他的钱都还要困难吧?

可是我千里迢迢好不容易来到这儿,要我放弃还不如让我去死。而且,我本来一路上还想着鲁鲁班是个帅哥来着,做好对方不给我做椅子就去色诱对方的心理准备。

但是,你们看,你们看,就鲁奶牛现在那副色迷迷,一双囧眼直飞玻璃桃心的样子,没准她现在已经开始对小刘子浮想联翩了吧。也不知她是不是小时缺钙现在缺爱,一见帅哥就饥渴得快妖魔化了。我想对她洗脑恐怕比登天还难，我这是走了哪门子的狗屎运啊，还没有露两手，就可以歇菜了。

我用手指头触摸了一下自己不断下坠的纷杂心情，露出一脸牙痛的表情来到小刘子的身边。望着他那张透着一股冷意的俊容，想着这么直接告诉他，他估计是不会答应的。所以我就先从侧面着手，对他说："刘文轩，你还记得在祁连山的时候，是谁替你解的毒吗？"

"……"听完这话，小刘子眼底一片暗沉，嘴唇紧抿，用眼角的余光瞥着我。

我如瞬间落入了万丈深渊中涌起一股紧张感，小脑瓜子盘算着，这小刘子接下去难不成想揍我一顿？我咽了咽唾沫，一边观察着他，一边说道："你应该记得吧？你记性那么好来着，我当初可是冒着生命危险救了你。你现在也应该为我做一两件事，来报恩吧？"

"报恩？你想让我如何报恩？"小刘子目光冷冷的，勾一勾嘴角。这样的表情远比不笑更来得可怕，瞬时就把我的表情冻僵了，"是想我除了你唐静终生不娶？还是想让我开口，让鲁鲁班给你做椅子？"

我微微蹙了下眉，心想这小刘子也太聪明了吧，我还没有将话题转入正轨，他就知道了。难道他会读心术不成？

我做贼心虚，小声嘟囔："你、你怎么知道我想让你开口求她？"

"你一副心事全写在了脸上，我会看不明白？"小刘子眉梢一挑，冷冷地"哼"了一声，一把捏住我的脸蛋。狠狠地蹂躏了一下之后，他眼神中竟隐隐地闪过一丝不忍。他将手抽了回去，转过身不再看我一眼，道："我开口让她为你做椅子可以，不过你得答应我，今后在我的面前不要再提左昭这个人，哪怕是他的名字我也不允许，不然我会觉得很刺耳。"

"……"这小刘子一定跟左昭有很深很深的恩怨吧，听到名字都会觉得刺耳。而且他刚才说出昭哥名字时，那音调冷得都能叫人心底一阵哆嗦。

"你做得到吗？做不到咱们就回锦城吧。"

"做得到，做得到，我绝对不会在你面前提左……他的名字的。"我笑嘻嘻地说，小刘子就侧目露出一副吃定了我的表情，眼中微光一闪朝着鲁奶牛走了过去。由于他俩说话的声音很小，像搞地下恋情似的，我根本听不清，只能在原地等待着。

没过一会儿，我瞧见鲁奶牛用满不在乎的眼神瞄了我一眼，嘟起小嘴巴，故意很大声地说："给你做椅子可以，不过你们得答应我三个要求。"

这厮是明摆着想耍我们吧，刚才不是说好，只要让小刘子开金口去求她，她就答应帮我做椅子，怎么现在又开出要满足她三个要求了呢？想到此，我的脸冷了好几度，不耐烦地说："你的第一个要求是什么？"

"第一个要求，就是你们要为我做三件事。"

"……"喵拉个咪的，她这个人老不善良了，怎么第一个要求就要给她做三件事啊？

看看人家电视剧里面的大人物，要求一就是只做一件事，这鲁奶牛是在变本加厉啊，真是坑爹。

我无助地颤抖着，拉长了脸道："那第二个要求呢？"

"还是为我做三件事。"

"那第三个条件，是不是也是要为你做三件事啊？"我怒火冲天地问道。见鲁奶牛点了点头，我就淡定不了了，面色铁青地质问她："你这个人怎么这么贪心，三个要求加起来就要给你做九件事。人家那些有头有脸的人，都不会像你这样，说什么就是什么，三个要求就是三件事。"

"那是他们蠢，怎么能跟木匠之母的我相提并论呢？你可要搞清楚，现在是你求我给你办事，可不是我在求你。"鲁奶牛睨了我一眼，晃动着她那三十六 D 的胸器，笑眯眯地道，"不过呢，你大可以等到我有求于你的时候，你也变本加厉来让我给你做事啊。我想了想，好像不会有这么一天的到来的。"

老娘真想拂袖而去，但想到离美女老妈生日的时间越来越近了，就咬紧牙，把怒气直往肚子里吞，问鲁奶牛："第一件，你想让我们给你做什么？"

"我先想想啊……"鲁奶牛转动着眼珠子，直接泼了我一瓢冷水，"对了，昨晚月亭湖莫名其妙地起了一阵沙风暴，把我的茅厕给堵了。你就先去给我挖茅坑吧。"

"What？"天要亡我吗？我快抓狂了，心里诅咒着鲁奶牛，一脸咬牙切齿地道，"你别见我答应给你做事，你就蹬鼻子上脸。让我堂堂东域丞相千金给你挖茅坑，你是不是想死啊？"

鲁奶牛露出一副神来杀神，佛来杀佛，鬼来也不给面子的态度道："我管你是谁，就算是东西南北域的皇帝来求我办事，我一样会让他们给我挖茅坑。如果不愿意，那你趁早回去吧。后面要你做的事情，会比这个困难很多哦。"

被她这么压迫着实在不好受，我也不能容忍自己和这头奶牛在这庙小歪风大、池浅蛤蟆又多的地方生活，不然那会污染到我纯洁的心灵的。我终于气得忍无可忍了，拂袖转身，气呼呼地正准备离去，鲁奶牛的话语声就将我给震住。

鲁奶牛说："你就这点骨气吗，妄想着别人为你做好每一件事，而坐享其成？"

我转过头去，狠狠地瞪着鲁奶牛，正想发作，就清清楚楚地听见了一阵哈欠声，是小刘子发出的。他一脸的疲倦，困得几乎都靠在了一棵树杆上，用眼角的余光瞥了我一眼之后，又慢慢地移开。但那眼光很是凌厉，好像一下子就把我给看穿了般。

我微微蹙眉，攥紧拳头，死劲儿扬起自己的头颅，望着鲁奶牛，没过一会儿就觉得自己脖子都快要抽筋了。“别把你自己说得好像很了解我似的。”

鲁奶牛笑而不语，用眼神瞟了一眼立在木屋栅栏外的一把锄头，像在给我暗示，锄头就在那儿，挖不挖随你。然后她侧过身，脸上又重新漾出了色迷迷的笑容，对小刘子说道：“公子，有时间到寒舍喝杯清茶吗？反正你家丫鬟要挖茅坑，没有三四个时辰是休想完成的。你在这儿等她，倒不如跟我说说你们到底想要做什么样的椅子？”

小刘子听鲁奶牛这么一说，似是觉得不错，也不再理睬我，直起身子就准备跟她进屋去。我看了心中直来气，娥眉一锁，赶紧叫住他：“刘文轩，你不会就这样扔下我了吧？”我往茅厕瞟了一眼，“那茅坑那么大，我一个人怎么挖得了？”

小刘子侧过头来，将眼睛眯成一线，道：“如果你打算让我出手帮你，就等于是想让我侮辱你，你可要想清楚？”

“……”算了算了，看他那副严肃的表情，我哪还敢再说什么，索性把逍遥椅的图子从怀兜里拿出来，递给小刘子并叮嘱他，一定要鲁奶牛用紫檀木做。

小刘子不语，接过图子就跟鲁奶牛进了茅屋。

我望着他俩的背影，一边抖了抖总是很碍事的裙摆，一边拿着锄头深一脚浅一脚地向茅厕走去。

在茅厕外犹豫了好半晌，才伸手推开身前的门，那股子刺鼻的臭味儿，险些让我把昨晚吃的东西都给喷了出来。

我怎么就这么的苦命！

我赶紧拿出绢帕把口鼻捂住，心不甘情不愿地给那头奶牛挖着被沙石堵住的茅坑。也不知道自己挖了多长时间，当抬头擦脸上的汗水时，我从稻草编织的栅栏缝隙里，一眼就瞧见了坐在茅屋内的小刘子跟鲁奶牛。

他俩有说有笑地喝着茶。

特别是小刘子，微挑了一下眉毛，眼底带着若有所思之色，静静地观察着鲁奶牛。鲁奶牛竟很开心地伸手拍了拍小刘子的肩膀，然后起身跑到前方不远处的一个木柜前，从里面拿出一双用木头做的鞋子递给小刘子。

那鞋子很像船鞋，并且很小，差不多巴掌那么大，可以挂在墙上当装饰物,我想她应该是想送给小刘子当定情信物吧。她的嘴巴一张一合,也不知道在说些什么,竟莫名其妙地让我心烦意乱起来。

我也越来越搞不懂自己,为什么自己的心头会出现一种极为不舒服的感觉呢?而且我越是不想被这对奸夫淫妇扰乱心智,自己的情绪就反而越难以控制,像快窒息了般喘不过气来。

真是受够了这对面瘫的奸夫淫妇背地里眉来眼的神情,我越看就越觉得他俩接近中风了。眼下我茅坑也挖得差不多了,索性拿着锄头往茅屋走去。

脚步踩在落了一地的枯叶上,发出细碎的声响。鲁奶牛转过头来瞥了我一眼,又看了看天色,觉得差不多是做晚饭了吧,就将目光转回去,对小刘子说:"不知道为什么,总觉得跟文轩你有相见如故的感觉。现在时候也不早了,文轩不如就留在寒舍做客吧。小女子准备亲自下厨,文轩你喜欢吃什么口味的食物?"

小刘子低眉一笑,似是见鲁奶牛都把话说得这么直白,也就没跟她客气,文质彬彬地道:"清淡点的就好。"

鲁奶牛转动眼珠子,心底好像在琢磨着做什么菜来套住小刘子,然后从椅子上站起身,慢吞吞地离开了,估计是去厨房。

我把锄头放在门外,前脚刚一跨进房门,小刘子就用手捂住鼻子,微微蹙眉望着我道:"需要喝茶吗?"

"不用。"我一屁股坐在他身边,扬起唇角冷哼一声,"她刚才干吗那么亲热地叫你啊,还文轩文轩地叫个不停?"

"随她喜欢,叫我什么都无所谓。不过,你是不是应该去净身?"小刘子脸上露出鄙弃的意味,态度跟刚才与鲁奶牛闲聊时简直就判若两人。我不指望他见我就笑脸相迎,但变脸的速度也用不着这么快吧!

"你身上的那个味儿,令人实在是太难受了。"

"难受?"他完全是将我的自尊心践踏在脚下,"那头奶牛的身上就够香了?,别以为我不知道,你看她的那个眼神,就跟个没断奶的小厮一样,只差没躺到人家的怀里去吸奶了。"

"什么,你刚才说什么?"小刘子眼底深深一沉,脸瞬间变得无比的僵硬,如同戴了一张假面具般。

许久,他眯起双眸,似是在压抑着什么而轻轻地咳嗽了一声:"你是在吃她的醋吗?"

"……吃醋?"我浑身一震,被他这番话雷得全身都酥脆了,像弹簧一样从椅子上猛然站起，难以置信地望着他。真怀疑他的脑袋是不是在刚才自己没注意到的情况下被鲁奶牛夹过，说起话来牛头不对马嘴的。

“你在说什么笑话，我会吃你的醋？你到底哪来的这股自信，我会吃你的醋？人自恋也不是这样的。”

“连你自己都不了解你自己的心吗？或者说，你喜欢这样硬撑下去，就硬撑吧。”小刘子露出一抹十分无奈的表情，伸手撑着额角，不再言语。

他爷爷的，这话是什么意思啊？他脑袋被夹之后一不高兴就来几句包含着无穷无尽的暗语要人去猜，我突然对自己的智商感到很无力了。

我冷冷地哼一声就赶紧撤退，跑去找鲁奶牛，询问她什么地方可以洗澡，并要求她给我一套可以更换的衣服。

可是鲁奶牛整颗心都放在做菜上，根本没空搭理我，让我自己去后院找。好在我人比较聪明，不到片刻，就在鲁奶牛的房间里找到了一套白色的棉衣，又在偏西的院子里发现了一个人工温泉。迅速脱掉衣服下水泡了个澡。

大约过了一盏茶的时间，我肚子发出咕噜咕噜的叫声，才从水中走出来，穿上鲁奶牛的棉布衫，去外厅吃饭。

此时小刘子跟鲁奶牛已坐在桌前，相互抛着媚眼，交流着让我理解无能的内容。小刘子脸上露出似受非受的表情，表示出了他心中的急迫，我也不知道他急迫个什么劲儿。

再看他身边笑得合不拢嘴的鲁奶牛，脸上的神色享受得要命，美滋滋的笑脸配一双炯炯有神的眼睛。

真是人不要脸，鬼都害怕，我想强行插入简直就跟做梦似的，而且我在他俩面前就像透明物，无论我做什么说什么话，他俩都闻视而不见听而不闻。我内心一阵狂躁，坐在了小刘子的左边，以四十五度角斜视他，无力抽搐ing。

他这才发现了我的存在，转过头来瞄了我一眼，也不说话，似是在思考着什么。许久，才端起桌前的陶瓷碗向我递来。

下一瞬间，一只葱花玉手就伸了过来把碗接了过去，十分残酷地留下了一道无比朦胧的手影给我。那手影的主人又露出了一个异常猥琐的眼神，道：“文轩，我来帮你盛饭。”

“……”没有最囧，只有更囧，这头奶牛还喜欢当人丫鬟不成，看来小刘子又多了一个人伺候他了。

我无奈地摊了摊手，阴暗地幻想抚摸鲁奶牛的狗头淡笑不语。

我拿起筷子夹了一块红烧肉放在嘴里，细嚼慢咽着。鲁奶牛给小刘子夹了一块豆腐，眼神里流露出一抹笑意，道："文轩，你尝尝这凉拌的北国豆腐好吃吗？"

小刘子浅笑不语，拿起筷子夹起豆腐放在嘴里，嚼了嚼，脸上的表情就变了，赞叹："果然不错，软软嫩嫩的很是细滑，味道又刚好合适，不咸不淡。真看不出来，鲁姑娘的厨艺也这么了得。"

"文轩要是喜欢，那就多吃点。"鲁奶牛垂下眼睫，一个劲儿地给小刘子夹豆腐。

我看了十分的不爽，在心中犹豫挣扎了一下，吧嗒吧嗒地嚼着猪肉把脸凑了过去，用筷子夹了几块萝卜塞到小刘子的碗中，用一种不容拒绝的口吻对小刘子说："刘文轩，你吃萝卜。萝卜比豆腐好，有句熟话叫做冬吃萝卜夏吃姜。"话一说完，我的脸"腾"地一下热了起来。

貌似现在已经是春天了……

小刘子低头看了看碗中的萝卜，手指在竹筷上慢慢地抽紧。然后，他抬起眼睛凝视着我，眼底闪过一丝复杂的情绪。

"文轩，偶尔吃吃豆腐对身体百益而无害的。再说现在都步入春天了，萝卜等明年入冬之时再吃也不迟。"

"不行，必须吃萝卜。"我一步也不让地带着一点威胁的意味道，"你到底是吃还是不吃，你自己看着办吧。"

"文轩，吃豆腐，难得我亲自下厨。"鲁奶牛晃动着她那三十六 D 的胸器，露出一副很萌的表情，以与我拌嘴为乐似的，寸步不让地逼着小刘子。小刘子这个人永远都能出其不意地雷到我，他的筷子居然选择夹起豆腐，我眼底的光芒瞬间黯淡了下去。

好你个小刘子，我洗澡一个小时不到你就被鲁奶牛彻底洗脑了，胳膊肘居然往外拐。

鲁奶牛整张脸都快笑抽了，比打了鸡血还要亢奋，道："文轩，来，多吃点。"又给小刘子夹了好几块豆腐。

我娥眉紧蹙，伸手拢了拢从鬓角垂下来的发丝，嘴角一阵抽搐，不屑地说道："夹这么多豆腐给他，就不知道是豆腐真的好吃，还是有些人喜欢让别人吃豆腐。再说，某些人豆腐吃多了就不怕变成小白脸吗？"

小刘子闻言一愣，蹙眉看着我，不说话，但他的眼角却滋生出了一股笑意来，似是在等待着什么的到来。

鲁奶牛眉尖微挑，嘴角带着锋刃般的笑容，问："你这话是什么意思？"

"就字面上的意思，怎么你不懂吗？"我眯了眯眼睛，将嘴唇抿成了一条直线。

鲁奶牛一脸的黑线，正想发作，小刘子就幽幽地开了口："你俩从刚才就一人一句，还让不让人用膳？"

"你们吃吧，我饱了。"我将手中的筷子一扔，气鼓鼓地起身朝着外面的湖畔走去。

一路上我迎着月光，想着自己干吗这么蠢，刚才明明只吃了一块红烧肉，却说饱了。现在肚子咕噜咕噜地叫个不停，难受死了。

我找了一块大石坐在上面，抱着膝盖掰着手指头玩，脑中却没有来由地想起离家多日后的种种辛酸。一只手突然毫无预警般地落在了我的肩上，压得我左肩猛地往下一沉。

我心中一阵惊骇，猛地睁大双眼转过头去，瞧见小刘子的身影直挺挺地站在我的身侧。那朦胧的月色如轻纱般罩在他的身上，令他整个人都变得妩媚不真实起来。

"想吃饭吗？"小刘子先开了口，语调中有一种说不清的疼惜在里面。然后，他将背负在身后的手伸到了我的眼前，手中正端着一只盛满了饭菜的碗。

我撇了撇嘴，瞪着他道："少在我面前扮演情圣，我可不是那头奶牛，不会吃你这一套。"

"真不知你是真的不懂事，还是只会按照自己的喜好来办事？"小刘子弯下腰，把碗放在我身旁，"你就算再不喜欢对方，也不要表露得这么明显。你要知道，是你求别人，而不是别人在求你。"

"你说这么多，无非就是想让我尊重她、取悦她、仰望她、迁就她、膜拜她，对不对？"我的神经突然过分敏锐起来，侧身一脚把小刘子送来的饭碗踹飞了出去，"滚，哪儿凉快就滚到哪儿去！"

小刘子的身子微微一震，那眸底的锋芒一闪而过，叫人看了心惊肉跳，压得我透不过气来。

他冷冷地看了我三四秒的样子，像是控制住了在胸膛翻滚的怒火般，扔下一句"不可理喻"就拂袖走了，而那声音冷得仿佛能将周遭的空气都凝结成冰。

我心里郁结，转过头望着他逐渐远去的背影，感到酸酸涩涩的很不是滋味。

我也不知自己耷拉着脑袋在外面傻坐了多久，觉得有点冷了，才往木屋的方向走去。当我走进屋里时，小刘子连看也不看我一眼，像避瘟神似的，转身走开了。

我眉头顿时紧蹙，眸子里也掠过一丝薄怒，气鼓鼓地问鲁奶牛："我的房间在什么地方，我想休息了。"

"西面靠近柴房的那间，你自己慢慢去找吧。"鲁奶牛连眼睛都没有抬一下。

"那刘文轩呢？"我闷闷不乐，脸上一副快阵亡的表情道。

"什么？"鲁奶牛唇角轻挑，一时间愣住，似是没有明白我的意思般，抬起头来望着我。

我解释，声音里带着几分涩楚："我说他住在什么地方，我可不想和他住在一块，免得影响到我休息。"但是我的心里，其实蛮希望小刘子所住的房间能紧挨着我的房间，这样我才会感到踏实。并且，最重要的一点是，其实我真的很想很想和他单独说说话，但是……我鄙视自己为了面子忍住了。

"文轩当然是住在本姑娘的隔壁了，你没事就别打扰我，赶快走吧。"鲁奶牛把话说完，垂下头去，拿着毛笔在一张宣纸上涂涂画画着。

我有气无力地应了一声，就离开了。在西面靠近柴房处找到了自己的房间，推开门走了进去，躺在床上却怎么也睡不着。到了五更天的时候肚子就饿得受不了，索性起床到厨房去找吃的。

经过大厅时，我看见里面的桐油灯还亮着，一时好奇是鲁奶牛还在绘画，还是小刘子有早起的习惯，便走了过去。

大厅里没人，我往四周看了看。只见小刘子孑然独立在湖畔处的一棵大树下，望着蒙蒙发亮的天空，浑身上下都散发出一种寂寞与渴望的气息。这种气息和他本人的性格形成了鲜明的对比，我有些不解。

他，堂堂东域世子，身体里面流淌着皇族的血液，是很多人都羡慕不来的，可以说除了皇位，他想要什么东西都能拥有，但是他眼下寂寞和渴望什么呢？

也记不得从什么时候起，他竟然变得这么有魅力了，当初我还很恨他来着，但现在那种恨却变了味儿。或许，在我第一次和他见面的时候，他要是没有做出想要掐死我的举动，我可能会对他产生喜欢的感觉吧。

不过呢，他跟我的昭哥比起来，却还是差很大一截，人家连性命都不顾，跑来救我。这份执著，不是人人都学得来的，现在想起我心中都一阵暖洋洋的。

"嗨，"我收回思绪，见小刘子这么一直杵在那儿也挺可怜的，就愣头愣脑地走了过去，"你在看什么？"

"等日出。"小刘子冷清的声音里，带着一抹倦意。

他侧过头来，像往常一样冷漠绝情地瞥了我一眼，道："你睡不着吗？"

“嗯。”我朝他嘿嘿一笑，用胳膊肘捅了捅他的小腰，道，“刚才看你好像挺寂寞孤独的样子，是不是想家了？”话说到这儿，我不知道自己哪根筋不对了，想试探他一下，特意补充了一句，“还是想你的心上人？”

小刘子露出满是疑惑的目光，也不回答我的话，反而射来一道冷飕飕的眼神。我心底顷刻间出现一种失落的感觉，宛如那低垂沉郁的夜空。

“怎么了嘛？”我不高兴地撅起嘴巴，嘟哝道，“不愿意说，也用不着露出那样的眼神啊。大半夜的，想吓死人吗？”

我的话音一落，身后很突兀地传来了鲁奶牛那娇滴滴的声音：“文轩，我以为你还在房间里，刚才犹豫着要不要去叫醒你，没想到你居然会这么准时。”

虾米，小刘子刚才不是说等日出吗，怎么……我的神情骤然僵住，缓慢地转过头去。鲁奶牛整个人神采飞扬，眼睛闪动着亮晶晶的光芒朝着小刘子走了过去，道：“我们走吧，差不多是时候了。”

“慢着！”我压抑不住自己的好奇心和神经质，或者更准确地说是我此时的心情变得十分的复杂起来，“你们要去哪儿？”

“去做第二件事啰。”鲁奶牛灿烂地笑着说，然后拽着小刘子的胳膊就朝着前方走去。

“喂，那我呢？”我将双手的指节握得咯吱作响，“你们到底要去做什么事儿？”

“你管得太多了，你爱干什么就干什么去吧。”鲁奶牛整个心思都集中在了小刘子的身上，怎么简单就怎么回答我。看我的眼神里，也透出巴不得我赶快闪回屋里去别妨碍了他们的味儿。

我心里很是不舒服，想着这对奸夫淫妇，肯定背着我要去干坏事。搞得这么神神秘秘的，天还没亮就急着出发。要不是我肚子饿去厨房找吃的，没准天亮还不知道发生了什么事儿，两个人就凭空消失了。

“我也要去。”

“唉，你去干什么？你看你印堂发黑，去了铁定活不了。文轩，咱们走。”

小刘子就跟个二愣子一样，鲁鲁班一来连句话都不说了，搞毛啊。而且从一开始，他对我态度总是冷冷淡淡的……不过，他好像也没有对我热情过。

“你才印堂发黑。”我一饿着肚子的良好公民，懒得大费精神去跟她吵，“我不管，反正我非去不可。”

鲁奶牛不满地撇了撇嘴，很不爽地说道：“随你的便吧，一会儿要是遇上什么危险的事，我可是不会出手相救的。”

切，老娘什么凶险没有见过，需要一头奶牛来出手相救了？

我心中冷笑，神神叨叨地跟在他俩的身后就朝着前面走去。

没走几分钟，鲁奶牛就开始装怪了。也不知她是怎么走路的，反正我是没太注意，只听她“啊”的一声娇哼，然后犹如鬼魅附身似的，整个人就瘫倒在了地上，好像扭到了脚。

接着，她柔肠百转地回眸，似乎想抛给小刘子一抹悲戚深情的目光，结果脖子被她风中凌乱的头发卡到了，阻挡了她的动作，她整张脸都绿了。

这个动作真让我叹为观止，她到底怀着什么样的心态做出来的呢，真是大白天见鬼了。

“怎么了？”小刘子顿时侧过头去，露出担忧的眼神望着鲁奶牛，眉头紧蹙，“你受伤了？你别动，我给你瞧……”

瞧什么瞧，一对奸夫淫妇当着我的面还想眉来眼去，做梦吧！

“啊啊，鲁鲁班你扭伤脚了啦。”我赶紧大声叫道，将小刘子的话给打断。然后一下子就蹿了过去，猛地抬起鲁奶牛的那只脚，说道：“像这种小伤，我来帮她包扎就是了，刘文轩你站在那里不用过来。”

鲁奶牛听完这话，脸上一点也没有显露出生气的表情，仍是笑嘻嘻地望着我。却用一种只有我能听见的声音，恶狠狠地对我说：“不用你管，你给我赶紧走开。”

我对她挤眉弄眼，小声说道：“我怎么能不管你呢？你的脚扭到了，要是现在不给你矫正，万一以后你跛了，那怎么办才好呢？”

“死丫头，你存心想捉弄我吧，你会有这么好的心？”鲁奶牛脸上的笑容逐渐加剧。这人演起戏来，简直比影后都还要拉风，让我觉得她不去拿奥斯卡真是太可惜了。

我不屑地朝着她翻了一个白眼，看了看她的脚，好像真的扭到了，就用足力气把她的脚踝从右边撇到左边。鲁奶牛的眼睛顿时睁得溜圆，像要“哇”地一下哭了出来似的。

“痛不痛？”

鲁奶牛额上冷汗直冒，皮笑肉不笑地说道：“不痛。”

“你看你都冒汗了，怎么会不痛呢？要不我给你揉揉？”

“只要你敢，你就休想让我再给你做椅子。”鲁奶牛脸色突然一变，神色冷如冰霜，语气不善道，“你真的太碍眼了。”

“我最讨厌受人威胁。”我冷冷地挑了挑眉梢，想着自己又没有真要戏弄她的意思。我是出自真心地打算给她揉几下，免得她一会儿又演起戏来，要小刘子这样那样的。她不领情就算了，用得着放狠话吗？

“难道你就不碍眼，拿热脸去贴别人的冷屁股，你觉得这很舒服吗？”

“如若不是你在这儿碍事，我说不准就能跟文轩在一起了。哪像你，对一个讨厌自己的男人，还死缠烂打着。”

死缠烂打？我将双眼瞪得比铜铃还大，问：“你这话什么意思？”

我的话音一落，一旁的小刘子像是有点按捺不住了，出声询问道：“鲁姑娘的伤口究竟怎么样了？”

“一点小伤而已，”贱人就是不一样，一开口就是标准的嗲音，“不碍事的。”

“让我看看？”

“好啊。”

奶牛求之不得吧？

“痛吗？”

“有点，”鲁奶牛有气无力地回答着，“不过，现在也不怎么痛了。”

两人你一句我一言，简直不把我放在眼里。小刘子还亲自为鲁奶牛脱掉了靴子，为她查看伤势。

“不痛就太好了，等会儿回去敷点药，估计不出三天你就能活蹦乱跳了。”我面无表情地说。

鲁奶牛只是淡淡地笑了笑却不说话，在小刘子的搀扶下站起了身。用双手抱着小刘子的胳膊蹭来蹭去的，刻意装出一副很萌的表情，嘴里嘀嘀咕咕地说着春天的猫咪才会说的话，一瘸一拐地向前方继续走去。

看得我险些阵亡，她刻意装嫩就算了，还做出如此天真烂漫的骇人表情来，我真想自插双目。

瞥着两人的背影，我在心中无奈地叹了口气。一边跟在两人的身后，一边想着怎么鲁奶牛就这么容易受伤，她老是逮着小刘子的胳膊蹭来蹭去的，那三十六 D 的胸器会不会瞬间缩水。

不一会儿，我们三人便来到了一处叫蓬莱峰的地方。

第十一章

蓬莱峰顶情愫暗生

是，那又怎么样？再说，我不仅仅喜欢昭哥，这世界上只要长得帅的男人我都喜欢，我也巴不得他们都爱上我、仰慕我、取悦我，整日都围在我唐静身边打转。世子，我的回答，你还满意吗？

我的第一反应就是很冷，整个身子都在打冷战。那干冷的风，像刀刃一样能透过肌肤渗进血液里，冷得骨头一阵生疼。

“这是什么鬼地方啊，怎么这么冷？”会不会是两千年以后的北极？

鲁奶牛喟叹一声，松开小刘子的胳膊，特意靠近我道：“瞧你那点智商，连蓬莱峰都不知道？”

“我又不是考古学家，哪会知道那么多？”我嘴里一边发着牢骚，一边举目四望，发现周遭白雪皑皑，即便现在是春天，可是雪丝毫没有一点融化的迹象。

而且，蓬莱峰到处都是陡峭的峭壁和挂满冰晶的银松，跟北极似的，虽然很美，但是我却无心欣赏，只是略略扫了一眼，就收回目光用双手紧紧抱住身子。

小刘子不知何时褪去了外衫朝我扔了过来，低低地说了一句：“叫你不要跟来，你偏要跟来。现在知道自己身子骨弱，抵不住蓬莱峰的寒冷了？赶快穿上吧，我可不想还没等到灵狐出来，就得先分神去照顾你。”声音里透出的全是担心和气恼，可是他却没有转过头来看过我一眼。

他是在关心我吗？我心中一怔，伸手接过他扔来的袍子，发现上面还带着他暖暖的体温，心底就不受控制地震动了一下。

“刘文轩，你……”我的声音有些发涩，发抖。

鲁奶牛在一旁听不下去，或许她根本就是看不得小刘子对我好，而把眉头皱了起来，鲜红的唇上也透出一抹冷厉，问道：“文轩，你把袍子给了她，你不冷吗？”

小刘子侧过头来，脸上带着一抹笑容，但是他的目光却没有看鲁奶牛，而是看着我。他说“我从小习武，这点寒风对我来说，算不上什么，走吧。一会儿错过了时间，灵狐说不准就溜了。”

我抿了抿唇，整个人有种沉醉于温柔的迷乱之中，抖开手中的袍子披在身上，问他：“什么灵狐啊，我刚才记得你们不是说做第二件事吗？难道是，抓狐狸？”

“嗯。”小刘子冷冷淡淡地应了我一声，高大的身躯为我挡住了寒风。

“你怎么不早说，害我还以为你们……”

"你以为我们什么?"小刘子的情绪突然变得激动起来,将我的话给打断。他猛地转过头来,紧紧地盯着我,琥珀色的眼瞳里带着一种令人难以捉住的情愫。我感觉很奇怪,这跟他平日里的作风很不搭调。

我嘴角一阵抽搐,发了一会儿呆之后,嘟囔道:"还不就是那种嘛,你知道的,还问?"

"我知道什么?"小刘子的表情立刻僵住,露出一副犯愁的表情,真是可爱得很。

"哎哟,"我歪着头想了一下,也不好意思明说,就含含糊糊地道,"就是那种啊……"

小刘子皱着眉道:"哪种?"

"呃……"他非把我给急死不可吗,明明知道的,还厚着脸皮问,"你上次在林子里对我做的那种啊……算了,我不跟你说了,反正我明白就行了。"我也不知道自己在说什么。

小刘子的回答很是神奇:"你脑袋终于灵光了?"

这关我脑袋灵光什么事啊?而且,他老说我脑子有问题什么的。我不高兴了,斜了他一眼道:"去你的,你脑袋才不灵光。"

"如果你脑袋灵光,"小刘子挑眉,睨我一眼,"怎么现在才反应过来那晚的事?"

"啊?"我有点怀疑他到底理解我所说的意思没有。

四周没有来由地吹来一阵龙卷风,带着冰沙打在我的脸上。我拉了拉披在身上的袍子,张口欲询问在这儿土生土长的鲁奶牛是不是要起冰风暴,类似沙城暴这类的自然灾害,就吃了一口冰沙。

而鲁奶牛那彪悍的身子,也一个劲地朝我这个方向退了过来,像受不了狂风的洗礼般,惊得我条件反射地伸手想要抓住小刘子腰带。就在那一瞬间,鲁奶牛一个踉跄猛地一下撞在了我的腿上。我重心顿失,整个人都被她撞飞了出去,顺着峭壁的斜坡一路往下滚。

气得我真想跺脚,千想万想,就是没想到叮嘱我不要扯后腿的这头奶牛,会在这个时候扯后腿。

我的耳边,除了风声之外,能听见的就是小刘子那充满焦急的惊呼声:"唐静!"

囧里个囧啊,我心中埋怨小刘子有这个时间在上面鬼哭狼嚎,还不如想想办法观察什么地方可以下来救我。一抬头就瞄见他从上面飞掠而来,惊得我心中顿时一凛，紧闭着的嘴巴突然叫出了声："刘文轩——"

小刘子眉头紧蹙，伸手一把拉住我的胳膊，轻轻地往上一拽。我整个人靠在了他的怀里，双手紧紧地揽住他的腰一路滚了下去，发出一阵巨大的声响。

虽然，这一路上他一直都用手护着我，不想让我受到伤害，但是我的脸还是被冰锥割破了好几处。额头重重地撞在了一块石头上，只听"嗡"的一声，我的大脑仿佛炸开了锅，眼前金星直冒。

"唐静，你没事吧？唐静，快回答我！"小刘子从地上坐了起来，第一反应是先问我。他注视着我的眼神里，透出一种隐痛和担忧。

我昏昏沉沉的也没去在意，只觉全身骨头都快散架了般，身上竟然有汗冒了出来，心脏更是"砰砰砰"地作响。

我爬起身子跪在雪地上，眼中含着千言万语，又气又恼地逮着小刘子就是一阵猛捶，我搞不懂自己为什么会这么生气。当初昭哥连性命都不顾跑来救我时，我是那么的感动。可是小刘子这样做，我的整颗心像被钳子给夹紧了一样，积满了一种难以言喻的沉重感，连同眼眶里也聚集了随时都要冒出来的泪水。

"你干吗要傻乎乎地跟着跳下来，跟个猪头猪脑的人一样。你要是死掉了的话，我怎么办啊？"吼完这话的那一瞬间，我的眼睛一阵刺痛，好像是额头上的伤口流出的血液，进入眼睛的关系吧。

小刘子眼底微微一动，嘴唇动了动似是想说话般，可是嘴角立刻就溢出一缕鲜血来。

我眨了眨眼，眼泪顺着脸颊流了下来。我用手抓住他的胳膊，生怕他死掉，边不停地摇晃着他边叫道："你是不是受伤了？你不要吓我啊！"

"你不要摇晃我，真不知你一个姑娘家，力气怎么这么大？"小刘子伸手一把推开我，深吸了口气，又开始了他一贯的冷嘲热讽，"除了长相以外，真的看不出你哪里像个女人？"

"你也不见得像个男人。"

"要不你试试，我像不像个男人？"

我脸红道："你想跟我吵架吗？"

小刘子听完此话，按照他的脾气来讲他应该会生气地讥讽我，但是他反而"哈哈哈"笑了起来，伸过手来轻轻地触摸我额头上的伤口。他的手好冰好凉，我被惊得将身子往后一缩，小声嘀咕："他不会撞到脑袋了吧？"

小刘子把我拉向他的胸膛，将他柔软的唇吻上我的额头，用温热的舌头来舔舐着我伤口上的鲜血。

“疼,疼,好疼。”我眯起眼睛,双手拽紧了小刘子的衣服,把脸凑近他的胸膛,听到他的心脏扑通扑通直跳,宛如一万只草泥马奔腾而过。我整个人顿时一怔,慌慌张张地伸手把他推开,见他神色专注地看着我,我就下意识地皱起眉头,寒着脸问他:“你想干什么?”

“你觉得呢?”小刘子脸上浮起微不可察的紧张,但维持不到半秒钟,他又露出鄙弃的表情。

“我觉得你就是一个流氓,动不动就用你的猪嘴来玷污我的脸。”我咬牙切齿,拉着他的袍袖擦了擦额头上残留的唾液以及鼻涕,道,“你难道不知道这样会细菌传播吗,也不知道你是不是乙肝携带者,真是的,讨厌死了。”

“你好恶心啊,你的鼻涕,鼻涕……”小刘子的表情骤变,他抓住我的胳膊,力度不大不小却让我挣脱不得,“唐静我警告你,你不要动不动就挑衅我的怒气,小心我把你扔在这儿,让你叫天天不灵叫地地不应。”

“呸,”我的心猛地一沉,怒目瞪着他,“不就擦擦鼻涕,你用得着反应这么大吗?再说,要比恶心,你才比我恶心呢,用舌头舔我的伤口,就跟一条小狗似的。”

“小狗?”小刘子面色暗沉,眼底射出暗芒,“要不是见你一直流血不止,才懒得给你止血,早知道我就该让流血流到死为止。对了,”小刘子顿了一下,松开我的胳膊,以手掩嘴道,“刚才你说什么乙什么者的,那是什么?”

我白了他一眼,想着这个乙肝携带者要解释起来会很麻烦,索性无视:“你不懂了吧,瞧你那点智商,就算我跟你说,你也未必能明白。不过止血的方法有很多种,你这种是在耍流氓,你知道不?”

小刘子咬牙,声音里隐含着恨不得掐死我的冲动和不耐烦,道:“我懒得跟你争辩。快起来,在这儿折腾了这么久,也不知道鲁鲁班现在在什么地方。万一受了伤,那就不妙了。”

他这没心没肺的话,太刺耳了。为了恶心下他,我就装嫩学鲁奶牛,注视着他的目光里刻意流露出无尽的温柔和爱意,又装出一副很萌的样子,喵喵道:“你很关心鲁鲁班啊,可是人家的脚扭到了耶,好痛喔。”

我承认我现在装叉装得自己鸡皮疙瘩都掉满地了,可是谁叫小刘子动不动就逮着我一阵咆哮呢,他以为自己是咆哮马吗?

我话音一落,小刘子就打了一个寒战,眉头紧蹙,倏然站起来居高临下地俯视着我,那眼神怎一个“恐”字了得。

我缩了缩脖子,恢复正常道:“是真的走不动啊。”

“那你上来，”小刘子转过头去，蹲下身子用背脊对着我，“我先背你回去，再回来找鲁姑娘。”

“哦。”我懒声回应，颤巍巍地爬到他的背上，发现他的身子好冷，跟一座冰雕似的，寒气透过背脊进入我的胸膛里。我心底顷刻间涌起了一种说不清道不明的感觉，似不忍又似心疼。脑袋也突然变得乱糟糟的，居然鬼使神差地把手小心翼翼地放在他的耳朵上，暖和他冻僵的双耳。耳边赫然听见“扑通扑通”很不规律的心跳声，紧接着小刘子的身子变得像个火炉一样。

“……”小刘子喉头逸出模糊不清的话语声。

我装作没听见，也装作没有觉察出他的变化，把双手从他耳朵上移开，紧紧地抱着他的肩膀，结结巴巴地问他：“你……你还冷……冷吗？”

小刘子的呼吸有些急促，脚步略停了一下，转过脑袋望着我，脸上竟露出一抹奇异的笑容。

我看着他的眼睛，觉得他注视着我的目光中，带着一种暧昧不清的东西。我心中一阵悸动，赶紧把脸转开了，在他背脊上蹭了几下。

“你又在我身上擦鼻涕？”小刘子声音低沉，幽幽地叹了口气。

他这话大煞风景，敢情电视剧里，雪花如鹅毛般飘飞着的雪地中，帅哥跟美女游走在梦的边缘，那你侬我侬卿卿我我的场面都是假的啊！说不准那些白马王子和公主的童话故事也只是假的。不过也可能是我和小刘子不来电，换成昭哥背着我场面估计会有所改变吧。

这么想着，我把脑袋更深地埋入小刘子的背里。小刘子身子顿时微微一颤，缄默不语着继续往前走去。

没过一会儿，他背着我回到了鲁鲁班的木屋。将把我送回房间放在床上时，一阵暖风从雕花棂子窗外吹了进来，吹得他那如墨的长发随着风，如一只黑色的大蝙蝠般飞掠而起，瞧得我当场咂舌，觉得他此时比任何时候都要耀眼。

“蓬莱峰跟月亭湖的气候相差确实很大，你的身子现在应该暖和了吧。嗯？”小刘子伸手前来碰了碰我的脸，感触到我的体温正在变暖，这才收回手，嘴角往上一弯笑了起来。

我心中忍不住暗叹：刘文轩，你敢再帅点吗？笑得这么淫荡，是想引诱未成年人犯罪啊？

小刘子见我半晌都不说话，问了我一句：“你看够了吗？”

我顿觉不好意思，赶紧把目光转向一旁，心不在焉地看着帐帘上的花纹。

小刘子扳过我的脸，让我直视着他的眼睛。我发现他此时的目光变得好温柔，也不知是不是光线的原因，总觉得他看我的眼神就像在看恋人一样。我的小心肝扑通扑通地直跳，脸上的表情也一直不停地变换着，我急急辩解道："谁在看你啊，你以为你是昭哥吗？"

"昭……"小刘子愣一下，眉头紧蹙，"左昭？"

我未觉有任何不妥，张口就回道："对。"

"你答应过我什么？"小刘子的眼睛里，一时间闪出野性的光芒，太恐怖了，就像恨不得把我剐了一般。

"我……"我皱着眉头，不知自己怎么刚才就脱口说出那两个字来，真的是在完全毫无意识的情况下。现在见他那副表情好吓人，我就耍赖笑嘻嘻地起身打算蒙混过去，跑去斟茶喝。

可是小刘子却铁了心非要我回答，伸手一把扣住了我的手腕，不让我离开他身边半步。他说："看来他在你心目中真的很重要，来回疆这么久，还心心念念着他不忘？"

"我说，"我纤眉一锁，晃晃悠悠地侧过头去直视着他的眼睛，不卑不亢地说道，"这好歹也算是我的私事，你无权对我的感情刨根究底吧！"

反正我已做好跟他吵架的准备，即使弄得天地变色、风起云涌、地动山摇，和地球末日似的也再所不惜，免得他还以为我真怕了他，整日虐得我死去活来的。

小刘子不由得眯起双眸，那表情让人看了心中惶恐。他不回答我的问题，反问我："看来你是真的喜欢上了他？"

他干吗老是纠结这个问题呢，我真想拿鞋底板抽他了。懒得跟他周旋，我索性给他个痛快："是，那又怎么样？再说，我不仅仅喜欢昭哥，这世界上只要长得帅的男人我都喜欢，我也巴不得他们都爱上我、仰慕我、取悦我，整日都围在我唐静身边打转。世子，我的回答，你还满意吗？"

"你果然是个水性杨花的女人。那么我，你应该也不会拒绝了？"小刘子的思维跨度非常之大，我都不知道他在说些什么了。

一眨眼，他就用手指扣紧了我的脖子，比上次在春晖园时还要生猛，接着他又十分粗暴地把我按在了床上。

他想干吗？我的心情变得忐忑不安起来，伸手拿起枕头砸他的脑袋，他却用牙齿狠狠地咬了我的嘴唇一口。我还来不及做出任何反应，一股腥味立时溢满了我的整个口腔。

小刘子放开了我，直起身子，脸上的表情阴沉冷酷得让人发抖。他舔了舔唇上的血迹，嘴角上挂着一丝冷笑，瞥我一眼道：“痛吗？”

“废话，不痛就奇怪了，老娘的嘴唇又不是硅胶做的。”我挣扎着从床上站起，抬手想甩他一巴掌，却反被他劈手一把握住。他空出来的另一只手则撑着我的腰，让我贴近他的胸膛。

这个姿势太过暧昧，就跟夫妻之间玩亲亲游戏一样。我很不喜欢，便拼命挣扎起来：“你快放开我，不然我让你刘家断……”

我的话还没说完，小刘子温热湿润的嘴唇突然覆盖了上来，把我那剩下的话全部吞噬了进去。他此时完全像一头没有绳索的野兽，不停地摧残着我。我整个身体变得摇摇欲坠起来，而他那粗重的气息如一剂催化剂，使我体内的细胞很不安分地在血液里涌动。

该死的，姐虽然不是什么好人，但也是站在人渣肩膀上成长起来的好姑娘，他动不动就对我耍流氓，我今后还怎么混下去？

我睁大双眼，瞪着脸上浮起一片红霞、阖上眼眸似乎很享受的小刘子，把手指伸进他的衣衫里，用指甲狠狠地抓着他的胸膛。突然感触到他撑着我腰的那只手，也透过我的衣裳伸了进去，在我身上游走，毫不怜惜地抓住我的旺仔小馒头。我十分不安地扭动着身体，想要摆脱从心底涌起的一股骚动。

小刘子抬起头，睁开一双就跟要喷出火来的眸子紧紧地盯着我，对我说：“如果，你敢再抓我一下，我现在就要了你。反正你过了今年就会嫁进我世子府，这种事情也是迟早要发生的，我想唐丞相也不会怪我的。”

小刘子的这句话太有杀伤力了，这已经是明确地告诉我，他什么事都做得出来，我最好听他的话，不然就等着被凌辱吧。

但是姐全身都长满了反骨，怎可能被他的话，吓得乖乖地任他为所欲为了呢？我火冒三丈，想要把他大卸八块。可是我整个人都被他的身子压得动弹不得，再加上他的唇一直沿着我的脖子一路而下，挑逗得我骨都酥了，哪还有力气反抗啊！

“刘文轩，”我终于忍无可忍，大声咆哮道，“我有花柳病的，你要是不怕，你就来吧。反正女人的第一次又不是什么大不了的事，我相信喜欢我的男人是不会介意的。”

我把话一吼完，就不再做任何挣扎的举动，露出一副任由对方宰割的表情。

小刘子的动作顿时停了下来，睫毛微微地动了动，抬眼看着我。眼神炙热，表情却十分的憋囧。

怕了吧，怕了吧，老娘的杀手锏果然有用。

小刘子抿紧嘴唇，也不知在想什么，他脸上没有一点表情，让人看不出喜怒。

他就这么直愣愣地盯着我的眼睛，过了很久，很久，他才低下头来，我以为他想俯身在我耳旁骂我“你是个水性杨花的女人”之类的话，却没料到他狠狠地咬了一口我的锁骨。

“好痛。”我难受得皱紧了眉头。

“这只是一个开始，你就觉得痛了？如果你再敢挑衅我的怒气，我会让你尝尝真正的痛是什么。”小刘子放开我，直起身子鄙夷地瞥了我一眼。

我站起身，扬手一巴掌甩在了他的脸上，感觉无比的痛快。

小刘子的脸被我扇得侧向了一边，我看不到他的表情，但是他垂在身侧的手却在此时握紧成了拳头。

半晌，他转过目光，勾起嘴角扯出一抹冷酷的笑容转身离开了。

“混蛋。”

我顺手拿起枕头朝着他离去的方向砸了过去，撞到房门上发出沉闷的一阵声响。

“你这个该死的畜生，总有一天我要让你栽在我的手中。”我气呼呼吼完心中的怒火，躺在床上转动着眼珠子冥思苦想着怎么能虐得小刘子求生不得求死不能。

不一会儿就觉得犯困想睡觉了，也懒得拉上棉被，侧过身去呼呼大睡。

也不知过了多久，我突然觉得身子有点冷，脑袋传来一阵闷痛，就从睡梦中醒了过来。睁开眼睛时，看见棂子雕花窗外的天色已是傍晚，而且外面还传来鲁奶牛跟小刘子的话语声，我从床上坐了起来，打算出去看看他俩在穷高兴个什么劲儿。

怎料，我的脚刚一接触地面，整个人就变得轻飘飘的，像灵魂出窍了般。浑身一阵阵地发热，连同眼眶也跟着灼热起来。

怎么会这样，莫非我又要穿越了？不会吧！

我摇了摇晕乎乎的脑袋，甩开自己刚才那无聊的想法，用手扶着床柱，支撑着身子向前走了两步。眼前的视线突然变得模糊不清，身子也一下子软了下去，跌倒在了地上。我连爬起来的力气都没有，只能躺在地上祈祷着老天爷快派人到我的身边来救救此时比林黛玉还虚弱的我。

一阵脚步声，在门外的走廊上响起，但是那个人好像没有进来，只是站在离门口比较远的地方，发出冷冷的声音道："喂，唐静，快出来用膳了，我们可不会等你哦。"这声音是那头奶牛的。

我脑袋发蒙得厉害，想说话可是嗓子却传来火辣辣的一阵刺痛，发不出一点声音来。听着那阵逐渐远去的脚步声，我有一种想哭的冲动。但是，眼泪还没来得及从眼眶里流出，我整个人就陷入死一般安静的世界里，然后就什么都不知道了。

等醒来的时候，我发觉自己靠在一个很温软的地方，像躺在席梦思上一样，让我产生出了一种回到二十一世纪的错觉。

我懒懒不愿睁开眼睛，动了动身子变换了一下姿势让自己能睡得更舒服点，突然感觉压到了什么东西。

我猛然睁开双眼，想看看到底是谁竟敢大胆到躺在姐的床上。

小刘子的脸近在咫尺，他双眼微闭，好像睡着了，脸上的神色略显疲惫，而我现在正像只猫儿般伏在他的怀中。难怪刚才我会觉得这么舒服，原来小刘子当了我的肉垫啊。

我轻轻地从嘴里吐出一股热气，动了动身子抬头往外望去，想看看现在是什么时候了，却诡异地发现这房间不是我的那间房。

因为我的那间房除了一张床跟一张桌子之外就什么都没有，连床都是硬板床。

这间房就不同了，家具这些东西估计都是鲁鲁班亲手做的吧，总体来说比一般的家具要显得小巧精致些。床上还垫了厚厚的被褥和一层动物的皮毛。

果然在鲁奶牛这里还是帅哥比较吃香。

"你醒了？"小刘子垂下幽黑深邃的眼眸看着我，轻声问道，那喷洒出的气息拂过我的脸庞。

"呃？"我眨了眨眼睛，很困惑地想，难道自己平时睡觉是睁着眼睛的，所以他分不清我现在是醒了还是在昏睡中？

我真不知道该如何回答他的这个问题，他突然伸出双手捧住我的脸蛋。我有种受宠若惊的感觉，脑中也"嗡嗡嗡"地作响，陷入一片混乱中，无法正常思考了。

"你觉得好些了吗？"他关切的话语缥缈得好不真实，如梦一般。

我转动了一下眼睛,看到他此时温柔无害的目光似能溢出水来,像是发自内心在关心我,我才朝他点了点头。

他放开我,优雅地起身从案桌上端来一只上面还在冒着热气的碗,轻声说:"先喝粥吧,等会再吃药。"

"吃药?"我干咽了几下涩涩的喉头,"我病了吗?"

"你不会又傻了吧,连自己病了都不知道?你染上了风寒,还发着烧。"小刘子脸色十分难看,皱紧了眉头,双目中流露出了担忧之色。

我反应有点迟钝,全身无力地靠在床柱上,想了想自己的症状,露出一副要死不活的表情,喃声答道:"哦。话说,我记得我是倒在我的房间里的,怎么突然来到了这间房呢?"

小刘子见了,眼里增添了几分心痛的神色。走上前来坐在我的身边,不假思索地伸手扶住我,让我整个人都贴近他的胸膛。他说:"先不说这些,你快趁热把粥喝了。"

"不想喝粥,"我翻着白眼,摇了摇脑袋,"我想吃肉,最好是吃驴肉。"

小刘子一脸的囧相,打量着病秧秧的我,深深地吸一口气,语气更是温柔地道:"你都病成这样了,吃清淡点的食物比较好一些。"

"可是我想吃肉啊,不吃肉我就没力气,没力气你就更有机会蹂躏我,我到时不是连一丝反抗余地都没有了?"

我话音一落,他霍地瞪大眼睛,眼中似有什么东西如烛火般一跳,直勾勾地盯着我,像在努力克制着什么。半晌才说道:"你没力气不是没吃肉,是你发烧的关系。不过,等你病好了我带你回锦城去吃,你想吃什么都可以。"

"真的吗?"

"嗯。"小刘子点了点头。

我见他这么有诚意,就没有再闹着要吃驴肉,正伸手准备去接碗,小刘子盛了一勺粥凑到了我的嘴边想要喂我喝。但是他的眼睛却不敢和我对视,一直躲躲闪闪着,连全身的肌肉都瞬间紧绷了起来。

我忽然觉得喉咙有点哽咽,伸手揪住他的衣角,喝了一口粥,无力地嘀咕道:"粥好清哦,清得就跟米汤一样,鲁鲁班不至于把粥煮成这样吧?"

小刘子的脸霎时变得绯红,眼底闪过一丝慌张,气鼓鼓地说了一句:"你赶快喝吧。"然后就闭口不语了。

我纳闷地眨了眨眼睛,看着他脸上一个劲儿地变换着神色,忍不住咧着嘴巴笑了起来:"难道是你煮的?"

小刘子的脸更红,跟个熟透了的红富士一样。

我撇嘴,露出一副难以置信的表情瞅着他,道:“不会真的是你煮的吧?”

小刘子被我盯着浑身不自在,飞快地把脸转向了另一边,不再看我一眼。

“喂,我在问你话耶。”我用手把他的脸扳了过来。

“你好啰嗦,一直喋喋不休。”他似乎想要掩饰住自己的慌张,所以皱起了眉头故意大喊大叫道,“你到底喝不喝?”

“喝,我喝。”从小到大,只要是帅哥喂我喝粥,我从来都不会拒绝的。更何况还是身份高贵又亲自为我下厨的世子,简直美死我了。我心里突然间变得甜滋滋的,便接受小刘子的服侍,一口一口地喝着粥。粥喝完之后又喝药,不一会儿我的肚子就被水给灌饱了。

我拍了拍圆鼓鼓的肚皮,咧嘴一笑,轻声嘟囔着:“你为什么突然会对我这么好呢,是不是因为今日做错了事,想道歉却不好意思低头,就用行动来表示?”

小刘子把嘴角撇向一旁,害羞的表情在他完美的俊脸上一闪而过。他说:“我怕你又傻了,不知回去之后,该如何向唐丞相交代而已,你可不要自作多情。”

听完他这番话,我毫不淑女地大笑了起来。

小刘子的脸顿时拉得老长,剑眉紧蹙道:“你傻笑什么,真不知唐丞相见到你这副德行,会不会被气死?”

我自动忽略他的后半句话,直接回答他:“觉得好笑就笑了。”

“你什么意思?”

“我只是没想到,你刘文轩原来是个刀子嘴,豆腐心的人。”

“你是不是皮痒了,想我揍你?”他咬住下唇,气恼地盯着我。

我不服气地顶嘴道:“是呀,是呀,要不你揍揍?”

“你——”小刘子冷哼,唇角微挑,“算了,看你病秧秧的,今天就放过你,不跟你计较。早点休息吧,我先出去了。”

“好。”我朝着小刘子点了点头,觉得他这个人有时候还是个很有爱心的小伙子,偶尔戏谑下其实还蛮好玩的,但是绝对不能过火,不然就有得受了。想到此,我又忍不住笑了起来,抱着被子目送他的背影离开后才闭上眼睛,进入了梦乡。

也不知自己接下去又睡了多长时间,当我再次睁开眼时已是第二天下午,看样子大概有两点多钟。

我的眼睛十分的紧绷酸涩,估计是睡久了的关系,正准备伸手揉揉,却突然发现自己垂在床沿边的左手沉甸甸的，好像握着什么东西。

我感到奇怪，凑到眼前一看，胸口微微地一窒。

我手中握着的居然是名为“峰乾”的陶埙！

天啊，这是真的吗，我不是在做梦吧？

我用手敲了敲自己那仍有些晕沉沉的脑袋，也没注意力度，“砰”的一声，我顿时“哎哟哎哟”地叫了起来。

真的不是做梦，不过这陶埙是真货还是赝品啊？

我一骨碌地从床上坐了起来，把陶埙对着阳光仔仔细细地观察着，发现上面竟然有道小小的裂痕。

我那激动的心情瞬间凉了很大一截，这也仿适得太恶劣了吧。

不过到底是谁，无缘无故趁我睡得不省人事时，把赝品送给我呢？

这儿除了那头奶牛就是小刘子，按奶牛的性格会送东西给我的可能性不大。但是小刘子也不会有这么好的心啊，那么到底是谁呢？

就在我感到无比纠结时，突然听见“吱嘎”一声，紧接着房门便被人推开了。

我连想也没想，就把陶埙揣到怀兜里，然后一抬头就看见小刘子从门外走了进来。

他好像才洗过澡没多久，头发随意地披散着，如瀑布一般一直垂到腰间，而他身上那原本华丽丽的衣袍如今换成了布料极为普通的农家棉衣。虽然款式不怎么样，但是却依旧掩盖不住他的帅气。他不束头发时，显得好温柔，好有亲和力，让人的目光都无法从他身上移开了。

“怎么？”小刘子坐在桌前的凳子上，自顾自地斟了一盏茶，见我眼睛一瞬不瞬地盯着他瞧，就忍不住出声道，“你想坐在我腿上吗？”

虾米？我咽了一口口水，拼命摇着头道：“不是。”

小刘子啜了一口茶，问：“那你一直看着我干吗？”

“因为，我发觉你不束冠发的样子，好迷人好帅哦。”

“你知不知羞啊，真不知你是怀着什么样的心态说出这种话？”小刘子恶狠狠地说，但他幽深的眸子里却含着一抹浅浅的笑意。

“切，帅哥本来就是给人欣赏的嘛，你现在这么帅，我肯定要多瞧瞧。”我屁颠屁颠地来到他的身边，用手握住他的一束发丝把玩着。

小刘子眨了眨眼，瞳孔微微抽紧道：“那个？”

“什么？”我歪着脑袋看着他。

他蹙眉，将目光转向床上，瞧了足足十秒的样子。然后又转了回来，把我从上到下打量了好几遍。最后定格在我的眼睛上，深深地凝望着我，道："没……没什么……"

但我的直觉告诉我，他肯定有什么话想说。"你有话就直接说嘛，吞吞吐吐的干吗，像个女人一样。"

小刘子深深地吸了一口气，扔下一句："鲁姑娘找你有急事，她在外面等着你。"然后就起身走了出去。

我看着他的背影，觉得他刚才怪怪的，明明有话要说但又把话给咽了下去。不过他既然选择不说，我也不好意思厚着脸皮去问，毕竟我跟他还没有好到掏心掏肺的地步，就晃晃悠悠着朝外面飘去，去找那头奶牛。

我人还没到大厅，就听到鲁奶牛的埋怨声，我走到她的身边清了清嗓子道："你找我有什么事啊？"

"也没什么，"鲁奶牛闲闲地修着指甲道，"见你在床上睡了这么久，想让你舒展下筋骨而已，免得你瘫了。"

"……"是想整我吧？我把双手抱在胸前，黑着一张扑克脸瞪着她。

"所以我想到第一个条件里面的第三件事是什么了。"鲁奶牛把话说完，就从怀兜里掏出两块碎银放在身侧的案桌上，然后继续修指甲。

第三件事？我转动着眼珠子想，她都说第三件事了，那么昨天小刘子已经完成第二件事啰！不过灵狐在什么地方呢，而且是攻还是受啊？我家那只正好是攻，要是奶牛的是受，等有机会我就带雪狐来攻她的受。

这么想着，我忍不住笑了起来，左右瞧了瞧，却连狐狸的一根毛都没见着。

鲁奶牛幽幽地开口道："你去城里买两只鸡回来吧，但不能太肥也不能太瘦，今晚我打算炖人参鸡汤给文轩喝。"

买鸡，让我去城里买鸡，她是想吃肯德基吧？"你怎么不叫刘文轩去呢？他有轻功，'嗖'地一下就能把鸡买回来。"

"又不是文轩求我做事，你不愿意去就算了。本来刚才我还打算给你做椅子来着，但是现在有点困了，还是先睡醒了等剩下的两个条件你都做完了再动手吧。"

靠，这简直就是赤裸裸的威胁。算了，我忍。等老娘拿到椅子后，一把火把这破房子给她烧了，看这头奶牛还怎么嚣张。

我抽了抽嘴角，冷哼一声，拿起案桌上的碎银走了出去。

我一边走一边想，这奶牛晚上要炖人参鸡汤给小刘子喝，到底安了什么心呢？莫非她晚上想兽变？那怎么行，虽然小刘子有时候挺坏的，但让奶牛给糟蹋了确实有点可惜。所以，当我来到城里后，专门挑选了两只营养不良的鸡，就呼啦着回去了。

可是，当我提着两只鸡走进大厅时，鲁奶牛却阴恻恻地笑了起来。我突然有一种很不祥的预感，心中暗忖这头奶牛难不成还想让我去炖鸡。“哎呀，真是不好意思，我忘记厨房里面人参没有了，你还得再跑一趟。”

“我靠，”我的心猛地一沉，瞪着鲁奶牛，“你起先怎么不说？”

“我也不知道啊，我也是刚才打算泡人参的时候才发现的。”

听完这话，老娘喷血，真想借她的身体来休闲娱乐下，表演一次胸口碎大石给小刘子看。也不知自己走了哪门子的狗屎运，遇上这么不厚道的人。

“我警告你，你不要耍着我好玩，你要买什么一次性说完。不要等我把人参买回来之后，你又告诉我家里没米了。”

“我已经检查过了，就人参没有。”

“你确定？”

鲁奶牛笑嘻嘻地点了点头。

我长长地叹息一声，怒气冲冲地转过身。小刘子正巧从门外走进来，我没注意，一时没刹住脚，狠狠地撞了他一下。

他身子竟不受控制地向后退了好几步，伸手扶住身侧的柜子才稳住身形，原本冷清的眸子里闪过一丝古怪的光芒。再看他的脸，白得就跟窗户纸一样，一点血色都没有，额上还冒出一阵虚汗。

这情况着实诡异，而且我应该没有这么男人吧，居然能把从小习武的小刘子撞得面无血色？

本来还讪讪笑着的鲁奶牛眉头紧紧地蹙起，露出十分担忧的神色望着小刘子，嘴唇抽搐了一下，似是想说什么，但最终没有发出一点声音来。

我愣了半晌。然后将紧皱的眉头舒展，走到小刘子的身边，用手碰了碰他，道：“你没事吧？”

小刘子扯出一抹浅笑，摇了摇头，说了一句“没事”便不再言语。伸手捂住胸膛，摇摇晃晃着朝着他房间的方向走去。

我咬了咬的唇，心中忐忑不安，老觉得小刘子身上好像发生了什么事，而且今早他的言行举止就怪怪的。但是他既然选择不说，我也就没有把这些异常当回事，赶紧买人参去。

当我经过一片密林时，感到小腿有些酸胀僵硬，估计是走快了的关系。

我便倚着身旁的大树打算歇一歇，却突然看见一只巨大的雕很拉风地扑哧扑哧着翅膀，从我头顶飞过。接着发出砰然一声巨响，掉在了地上。尘粒随风飞扬，空气一下子都变得混沌起来。

“耶，今晚还可以加菜！这么大只鸟，三个人能吃一个礼拜吧？”我眼睛闪闪发亮，伸手扇动扑面而来的尘土，小声呢哝着。

“啊……”

“……”是人声！

我心中一惊，直起身，蹑手蹑脚地朝着声音的来源走了过去，看见一个白衣男人躺在地上。由于他背对着我，我看不清楚他的长相。不过他手中紧紧握着一柄长剑，我想我不能再靠近了，便将脚步停下，小心翼翼地问道：“喂，公子，你没事吧？活着的话，就吱一声——”

我的话还没说完，对方‘霍’地一下转过身来，举起手中的长剑，用剑尖抵住我的脖子。他脸上那狰狞的面具上的两个小孔里，那双如鹰隼一般的眼睛透出彻骨的冰寒以及阴狠的杀意。

我的小心肝猛地一跳，脚不受控制地朝后退了一步，努力用轻描淡写的语气直呼道：“夜先生！”

“是你？”夜先生语调里带着没想到居然会在这儿遇见我的惊讶。

他收回长剑，有气无力地从地上站起身来，敛了浑身散发出的冰冷气息，道：“你我真是有缘，竟然在这里也会遇上。”

“确实有缘，每次见到你好像都是这种场面，像拍武侠片似的。话说，你怎么会从天上掉下来呢？害我刚才看花了眼，还以为是只大鸟。不过，”我皱了皱眉，留意到他胸口上的一道伤痕，波澜不惊的眼里终于有了变化。我带着一丝担忧，向他问道：“你武功这么高强，怎么会伤得这么严重？谁把你打成这样的啊……”

“嘘……”夜先生伸出修长纤细的手指，轻轻地在放在我的唇上，温柔地说，“别出声，跟我来。”

我点了点头，正准备抬脚跟他往前走去，林子里却没有来由地狂风四起。

我纳闷大晴天的莫非要下雷阵雨了，就骤闻一道十分粗犷又嚣张的嗓音，从远处传了过来。

“夜先生，你别再藏头露尾了。爷当年曾说过，你要么就杀了我，要么就让我杀，不然我必会加倍奉还你给的耻辱。今日就是你的死期，爷一定会取你首级回锦城的！”

“……”这谁啊，前半句说得够激情澎湃，让我觉得吼话的这个男人是条汉子，要知道有仇不报非君子的。但后半句我就直接鄙视他了，说白了，他还不是冲着夜先生这颗头颅来的。

看来夜先生的头颅果然是镶了钻石，走到哪儿都是一颗耀眼的星星。与其给别人，还不如给我算了。不过，他若是个帅哥，我就不砍他头，直接要他的人。

“静儿姑娘。”夜先生突然开口叫我，那声音很小犹如蚊吟，害我差点还以为自己产生了错觉。

我双手环胸，蹙着眉头，做贼心虚地瞥着他，却发现面具下的夜先生，那深邃的轮廓里透出一抹倨傲和俊气。

他的鼻梁又高又挺，从侧面看就如一把刀。曲线完美的薄唇配上有型的轮廓，真是相当的惹人注目，说不准他就是一个傲娇的腹黑君吧！

我记得他曾说过他的脸在一场大火中被毁，鬼才会相信呢。那火还长了眼儿，只烧鼻子上面的部分，留下一对美唇让人胡思乱想？我脑袋可没秀逗过。

“静儿姑娘？”夜先生似是见我盯着他发愣，忍不住再次出声轻唤我。

我撅嘴：“干吗？”

“我先出去引开追杀我的人，你从左面走。能走多远就走多远，千万不要回头，不然夜某会把你牵连在其中。”

“可是你受了这么重的伤，现在还在流血……你看。”我伸手指着他的嘴巴，道，“你飙血的速度好快，一眨眼的工夫连嘴皮都飙白了，你还有力气跟他打吗？再说他现在应该离我们很远吧。”我从刚才那阵声音上分辨出的。

“……”夜先生抿紧嘴唇，缄默不语着。

“要不，你跟我走吧，我带你去鲁鲁班的住所暂避一下，刘文轩也在那里哦。”

“……”

“就这么说定了，你快跟我来。”我连回答的机会也不给夜先生，慌慌张张地伸手就去牵他的手，朝着来时的路走去。

“站住！”一个陌生的声音霎时从我头顶空降而来，惊得我浑身一震向后退了一步，整个人都贴紧了夜先生的胸膛找到了一丝完全感，才抬起头，两眼直愣愣地盯着前方。只见眼前缓缓飘来一个瘦得就跟猴子一样的男人，他沉默不语着。

看他手中正滴着血的长剑，再加上他刚才叫“站住”时所发出的嗓音，我已知晓他是想取夜先生头颅的人。只是对方的反应也太平常了吧,夜先生就在我身后,他居然没有一点要 PK 的表现?

这是为什么?莫非……我脑中灵光一闪,欲将回头,却突然感到自己的小蛮腰被人戳了一下,紧接着我整个人瞬间就进入了石化的状态中。

该死的夜先生!

“喂……你们两个有看见一个戴面具的男人从这里经过吗?”瘦猴子瞟了我们一眼。

“……”我不想搭理他,所以把说话的权利抛给了身后的夜先生。

“问你话呢?”瘦猴子瞪着我,“你是哑巴啊。那么你知道吗?”瘦猴子把看向我的目光转向我身后的夜先生。

“好像去那边了。”夜先生说这话时的声音,和以往他惯有的嗓音完全不同,显得很苍老和沙哑。我也就敢肯定自己刚才的推测:他取下了脸上的面罩,再加上我紧紧地贴着夜先生的胸膛,正好遮住了他的伤口。

眼前的这只瘦猴子就这么轻易地就离开了。

万恶啊,为什么他要点我的穴道,让我看一眼他的庐山真面目会死吗……

夜先生解开了我身上的穴道,我顿时转过身去,那张狰狞的面具又回归到了他的脸上。

“我说,”我理了理额上被风吹得凌乱的刘海,认真地问道:“为什么你那么怕我看见你的脸呢?”

“你毕竟是个姑娘家,我怕会吓到你,若换成是别人那倒无所谓了。”他朝我露出一抹魅惑的笑容,云淡风轻地说。

我的心没有来由地一震,像被什么东西重重地敲击了一下。

为什么会有这种感觉呢?我突然之间觉得这个男人的眼睛好熟悉,好像在哪里见过。也不知是不是这个身体以前见过此人,而残留的记忆。

那么我是否可以理解为,灵魂是我自己的,但身体却是别人的,所以会对见过的某些人还留有眷恋呢?

这太 TM 狗血思密达了,唐静你以为自己在拍棒子剧吗?

我皱着眉梢,撇了撇嘴,道:“你不给我看就算了,咱们走吧。”

“好啊。”夜先生嘴角噙着笑,屁颠屁颠地跟在我的身后。

我觉得好奇怪,这夜先生未免也太好骗了吧,忍不住问他:“我叫你跟我走,你就跟我走,难道不怕我把你骗去卖了吗?”

“卖了?”这富有磁性的声音里,透出了夜先生心头的诧异。

“是啊，卖给有钱的女人当男宠，天天摧残你、折磨你、虐待你。再说，你那颗高贵的头颅这么值钱，换成谁都想取下来拿给朝廷领赏的。我现在比贫下中农还穷，你连一点戒备心都没有这么一直跟着我走，难道不怕我在前面设有埋伏，就等着你自投罗网吗？”我坏坏地嘻嘻直笑，慵懒地转过头去瞟了他一眼。

“我相信静儿姑娘是不会那样做的，你是一个很善良的人，”夜先生很有把握地说道，就好像真的很了解我似的，“不然世子也不会和你成为朋友！”

我善良？我超级邪恶吧！不过他这顶帽子给我戴得太高，我就算想坏，也不好意思了。

“嘻嘻嘻，你这个人还真是单纯，要是哪天我把你骗了，估计你还不知道是怎么一回事吧。你这种正太就该栓在家里绑在床上，没事少放出来乱跑。你今日幸好遇见了我，不然你肯定会被人杀掉的。不过，要是你哪天无家可归，你就跟着我吧。”

“跟着你？”

“是啊，难道你不知道，跟着静姐走，吃肉又喝酒的真理吗？快点上来吧，我们坐缆车下去。”我闲适地笑着说，然后走进缆车里，又继续碎碎念，“估计你没有坐过缆车吧。很刺激的，想当年我还是萝莉的时候，也不知道坐过几百次了……”说着说着我突然止住了话茬，因为我发现不管我说什么都会发出“啊”“哦”“嗯”的话语声来附和我的夜先生不知什么时候起，已经没了声响。

我不禁感到奇怪，猛地转过身去，看见他倒在地上，紧闭着双眼。

他难不成是失血过多昏迷了？

我倒抽了一口冷气，脑中顿时闪过当初跟左昭被困敌营的场面，便慌慌张张地跑了过去，拼命摇晃着夜先生的肩膀，道：“夜先生你醒醒啊，夜先生你醒醒……”

后来我转念一想，这么摇晃着他，估计会使他脑袋更晕吧。索性把他的双手搭在自己的肩上，然后背着他向缆车走去，小心翼翼地启动缆车的机关来到了月亭湖下。

夜先生的身体像吸饱了水的海绵一样，少说也有百来斤。我扶着他走起路来，就像个喝醉酒的人一样，踉踉跄跄的，双腿抖得可厉害了。

眼见好不容易快走进木屋，手臂上就没了力气不说，还被他沉重的身躯压得摔倒在地，连同怀里的陶埙也飞了出去。

“咦！”就在这时，鲁奶牛从屋内走了出来，捡起在地上打转的陶埙，微蹙着眉梢愣了许久，才把目光转向我，眸底闪过了一丝异色，“这个东西怎么会在这儿？”

“我怎么知道，你要是喜欢，你拿去好了。”我气喘吁吁地说，反正也是假货。

“还有，我叫你去买人参，你怎么……”鲁奶牛将视线转向夜先生，抿了抿唇道，“带了个男人回来？”

“哎哟，你话怎么这么多，快来帮忙吧。”我忍不住埋怨道。

“他到底是谁？”

“你问这么多干吗，难道你想泡他？不过我告诉你，”我把嘴巴撅得老高，“他已经是我的人了，你想也别想。”

鲁奶牛满脸不爽地撇了撇嘴：“哼，谁稀罕啊。”

“不稀罕，那就快点过来帮忙啊。”

我话音一落，小刘子的身影很突兀地从里屋飘了出来，估计是我跟鲁奶牛说话的声音太大，吵到了他的关系吧。他整张脸都冷冰冰地板起，就跟我们欠了他很多钱一样。

当他看到鲁奶牛手中的陶埙时，立刻两步并成一步来到我的身前，抓住我的肩膀摇晃着我，他歇斯底里地咆哮：“那个陶埙怎么会在她那儿？”

“我给她的，反正也是赝品，她喜欢就给她啰。”我镇定住自己的心脏，嘟囔道，“你来得正好，顺便帮下忙吧，夜先生晕倒了。”

“你给她的？你可知那陶埙是‘峰乾’。是‘峰乾’啊！你怎么这么蠢！”说完这句话，小刘子像怒火攻心了似的，一口血从嘴里射了出来。

我不由得怔住，因为紧张，脖子都有点僵硬了。

我无法理解小刘子这是怎么了，脑袋也有些发懵。那陶埙居然会是真的。那么，那么陶埙会不会是他给我的呢？

我不由得睁大了眼睛，抓住他的胳膊，说道：“那陶埙是你给我的？”声音大得连我自己都被吓到了。

小刘子咬了咬牙，冰冷如刀刃的目光凝固在我的脸上，道：“蠢货。以后贵重的东西，只能给你看看，绝对不能再交到你的手中。”

我这么聪明的人，他居然骂我是蠢货？算他狠！

第十二章
若不喜欢请放开他

小刘子薄唇紧抿，垂在身侧的手逐渐抽紧，脸上冷峻如霜。他说:“夜先生，我不想因为一个女人破坏你我之间的关系。我最后重复一次，把你的手从她肩上拿开。”

我现在还是不要去招惹他得好，他虐起人来是丝毫不留情的。顾不上夜先生了，赶紧撤退。

当我蹲在月亭湖岸边看着下面游来游去的鱼儿时，脑中莫名其妙地浮起一个人的身影来，那个人便是左昭。

也不知道他的伤好了没有？还有，他守住西宁城了吗？最最最重要的是，他会不会像我想他一样，偶尔也会想起我呢？

正想到此，夜先生的声音随着风冷不防地从我身后传了过来："你在那儿做什么？"

我着实被吓了一跳，惊慌不已地伸手拍了拍自己的胸脯。微微侧头望着他的眼睛，有些愠怒地道："你鬼鬼祟祟地站在我的身后干吗，你不是昏迷不醒来着吗？"

"我刚才只是太累太疲倦而已，躺会儿就好了，连着被那个人追了两天两夜，再精力旺盛的人也会吃不消的。"夜先生双眸半眯，声音轻柔地说着。

"这么给力，被追了两天两夜？"

"……什么给力，你刚才说什么？"

"没什么？"我轻叹一声，要我一个来自现代的人被古人同化，说文文绉绉的话语，是不会习惯的。我也就懒得去解释，免得越解释夜先生会越糊涂，索性转回目光继续看着水中的鱼儿。

夜先生来到我的左侧蹲下身来，沉默了半晌向我问道："你在想什么，一副闷闷不乐的样子？"

"也没什么，就是觉得太无聊，突然想起了一个人而已，并且来到这儿差不多有半把个月了，却找不到一点有趣的事来做。"我撇了撇嘴，一副精神不济的样子说道，捡起身侧的石子打着水漂玩。

"那不如去回疆城里逛逛，"夜先生将话说到这儿，默然凝视了我片刻之后，像是在想什么，半晌继续道，"我记得回疆今日有个什么节庆。"

"节庆？什么节庆？"我惊喜满满。

"我记得也不是很清楚,总之据说很热闹,晚上要不要一起进城去看看?"

"好啊。"一听夜先生说晚上要带我去玩儿,我整个人顿时精神抖擞了,乐呵呵地直起身子恨不得现在就拽着他往城里去。却不料双腿蹲在地上的时间太久,又麻又硬,一个没站稳险些摔倒在地。还好夜先生反应够快,"腾"地一下从地面站了起来,伸手一把握住我的胳膊往回轻轻一拉,我整个人顺势贴近了他的胸膛。

他的眼中顿时没有来由地泛起一丝波澜,目光好像一束朦朦胧胧的烛光那般温柔,一下子就把我给秒杀了。

我眨了眨眼,心中的惊喜被一种混乱感给取代。

他……难道对我有意思?这么大胆地用眼神暗示我,唯恐天下人都知道的主动啊……

我把手指头放进嘴里轻轻地咬着指甲,纳闷地想他这究竟是什么意思。

"你们在做什么?"

小刘子突然毫无征兆地从木屋里面杀了过来,那带着愤怒和怨念的咆哮声阴冷骇人,彻底终结了我跟夜先生之间涌起的那股尴尬。

我脸瞬时抽住,赶紧离开夜先生的胸膛,长长地叹了口气,整理下狼狈不堪的心情。抬起头看到小刘子一副想要蹂躏我的峻容,心中不禁莫名地小小地慌张了一下,情不自禁地开了口向他解释道:"我忘记带个小板凳出来,在岸边把脚蹲麻了差点摔倒在地上,还好夜先生扶了我一下。"

"扶你一下需要搂住你吗,还是你顺势就靠到他怀里去的?"小刘子一点也不给我面子,一连问了我几次相同的问题,逼着我回答,非要搞清楚我是不是借脚麻混水摸鱼去缠着人家夜先生一样,真是太坑爹。

我刚才干吗还要急着向他解释呢,现在想起来肠子都悔青了。

"快点回答我的问题。"

面对他再次向我射来的速射炮,我气得内出血,火气"噌"地一下蹿了起来,爆发小宇宙的无限力量准备敞开嗓门骂他一顿。

夜先生却把发话权抢了过去:"你不是已经看到了吗?还询问这么多做什么?无论是静儿姑娘顺势靠向我,还是我搂住她,这很重要吗?"一举一动颇有文人气质。

"夜先生,这是我跟她之间的事,我希望你不要插手。另外,"小刘子面无表情,眼底迸出了酷寒的光芒,"你可知她是谁的女人吗?"

我愣了一下,对这隐隐夹杂着火药味的气氛,十分聪明地选择了沉默的态度，伸手挠了挠脑袋瓜子，转动着眼睛珠子去看夜先生的表情。

只见夜先生嘴角微微上扬，漫不经心地吐出一句："是谁的女人又有什么关系，得看她愿不愿意将终身托付给那个男人才行。"

小刘子危险地眯起双眸，道："你想要她？"

"谁知道呢？"夜先生不回答反问，那语调儒雅且不失霸气。小刘子整张脸一瞬间寒得就像座千年冰封，不知道为什么让我觉得很吓人，越看越毛骨悚然。

"唐静。"他突然出声叫我。

"干吗？"我嘟囔，心想他该不会是说不过夜先生，想把气全往我身上撒吧？

他的眼眸中就闪过凛冽的杀气，死瞪着我，搬出一副君临天下的跩样，看得我的心瘆得慌。

"上个月，你爹前来我世子府，究竟是为何事？"

这人神经搭错条了吗，思维转换得这么快，没事问这个干吗？我连想也没想，直接从嘴里蹦出："我俩的婚事啊，当初我俩为这事还吵得不可开交呢。"

话音一落，小刘子的嘴角浮起了一抹高深莫测的笑容，抬眸望着夜先生，说："夜先生，你听清楚了吗！你现在是否应该把她交还给我，她是属于我的！"

最后那六个字，不仅黑暗还很邪恶，惊得我像踩到了地雷般，整个人都蒙了。

"我属于你？"

"是啊，难道你敢否认，那一晚在壮士简陋的茅屋，你跟谁同房？"

我眼睛瞪得溜圆，道："你啊。"

"那夜离开通州，在林子里你又在生谁的气？"

"你啊。"

"那你又为什么要生气？"小刘子的眼神如刀锋。

"谁叫你吻我！"我话音一落，就觉得这小刘子实在是太腹黑了，居然利用我来刺激夜先生，让我把最能一针见血的话全给抖了出来，来证明我属于他。最最最可恶的是，思维灵活的我也会有卡壳的时候，居然被小刘子给牵着鼻子走。

夜先生的双眸微微一凛，黑幽的眸底透出一抹似笑非笑的神色。

我嘟着嘴垂下脑袋，拧眉愁思该怎么辩驳把形势扭转，夜先生把双手搭在我的肩上，将我轻轻地拉向他的胸膛，对小刘子说道——

"既然静儿姑娘属于你，那现在我就借她一用，晚上归还，世子应该不会介意吧。"由于我背对着他，看不见他眼眸里流露出的神色，只听他声音里夹杂着一股挑衅的意味。

然后，他不等小刘子回答，拉着我的手，施展着飞檐走壁的轻功，带着我轻飘飘地朝着山上飞去。

我只觉背后一阵冷嗖嗖的，就好像几百年来的怨气一下子朝着我涌了过来一样，心脏更是一颤一颤的。

好在夜先生的轻功厉害，带着我很快脱离了小刘子的视野范围。

他一放开我，嘴边就溢出一抹浓浓的笑意，道："哈哈哈哈，真是痛快啊。"

他受刺激了？我一脸诧异地说："你笑什么啊？"

"我老早就想整治一次世子，可是一直苦于找不到机会，没想到今儿居然会这么容易……走吧，我带你进城去！"

"……"我怎么有种被两人利用的感觉呢？

我跟在夜先生的身后，朝着回疆城的方向走去。一路走，我的心就一点一点地直往下沉，不知为什么突然没有那个心情去城里看他口中所说的节庆和凑热闹。

"夜先生，"我开口，发出细微的声音，伸手拉了拉他的袍袖，说道，"不去了。"

"什么？"他停下脚步，转过头来望着我，眼中闪过一抹复杂的神色。

我抿了抿唇说："我不想去城里玩，我们不如找个地坐坐吧。"随即伸手随便一指，结果落在左侧悬崖峭壁上的一块巨石上。

夜先生瞬间傻眼，嘴角抽搐了一下，也不知他在想些什么，伸手一把搂住我的腰，"呼"的一声来到了那块巨石上，就跟坐跳楼机似的。我整个人都风中凌乱了，只觉得身子好冷，好冷。

我憋泪抱着双膝坐在地面，放眼朝前面望去。那散落的万家灯火，与银河一齐映入湖中交相辉映着，更增添了湖水澄澈清新的感觉，让我看得竟出了神。

脸上不知何时露出了落寞之色，鼻尖一酸，眼泪毫无一点征兆地就掉了下来。

一只温暖的手，此时轻轻地拂上我的额头，紧接着，夜先生那柔静的嗓音轻轻地落入我的耳中："想家了吗？"

我急忙狠狠地眨了眨眼睛，利用这个动作把眼眶内的雾气全部挤走，才把目光转向他，点头浅笑道："对了，要是现在有壶酒该多好，一边躺着看星星，一边喝酒聊天，多么的惬意啊，你说对不对？"

"酒？"夜先生微微一怔，似是觉得我这个提议很靠谱，留下一句，"你在这儿等我一下，我去去就来。"便"嗖"的一声从巨石上面跳了下去，不见了。

我也不敢往前挪探出脑袋去瞧，怕冒冒失失的自己一个不留神就香消玉殒了。我乖乖地待在原地，在心中默默地从一数到一百，又从一百数到一，没过一会儿夜先生就回到了我的身边，手中还真提着几坛子酒回来。

“给。”他递给我一坛酒，掀开上面裹得严严实实的蜡纸灌下一口后，感慨道，“记得去年在边关和世子席地而坐，无所不谈痛饮一番之后，就再也没有痛快地畅饮过了。”

我眨着一双好奇的眼眸望着夜先生，道：“看来你跟刘文轩的关系很好嘛。不过我想不通，像你这种温文尔雅，举手投足之间又蕴涵神秘气息的人，为什么会跟刘文轩那种经常神经一阵一阵的人成为好朋友呢？”

“看来静儿姑娘真的是对世子一点都不了解，”他眼里溢满了笑意，温柔无害地凝视着我的双眼说，“其实世子他是一个十分豪爽又重情义之人，你跟他接触久了，就会发现他的优点。”

优点？我还真没发现刘小子这个人有任何优点可言，缺点比粪坑里的排泄物还要多。我在心里暗暗冷笑，咕噜咕噜灌下一口酒。

忽地想起一件事，我便询问夜先生：“对了，我一直想不明白一件事，就是你并非是劫取官粮的歹人，那么左昭运去西宁的那几百辆粮草，对你来说根本就毫无意义。可是为什么我在鬼哭山晕倒之后，你要把我带去西宁呢？还把我扔在河边，还好昭哥他们发现了我，不然我就死定了。”

“我怎么会把你带去西宁呢？”夜先生眉头微蹙，嘴角微微一勾，“是当时因为有人在暗中追杀我，我见你昏迷不醒，就把你交给于姑娘，让她把你带回丞相府。可是途中她遭人暗算，所以不得不改变行程，经过西宁时被人围困，就在那和你分散了。”

我越听这话，越对夜先生的内心世界好奇不已，光那句“我怎么会把你带去西宁呢”就饱含深意，害人浮想联翩啊。

“你让那个叫于姑娘的人把我带回丞相府？你怎知我住在丞相府里？我们以前认识吗？”

我话音一落，就明显看到夜先生愣了一下神，眸底闪烁出一丝紧张。

他见我一直紧盯着他不放，便移开目光投向空中不再看我，也不回答我刚才的问题。

我把手指头放在嘴里，咬着指甲暗暗嘟囔，难不成真被我猜中了，我跟他以前认识？算了，他这样缄默不语着一个劲地喝酒，八成是有难言之隐，我便没有咄咄逼人缠着他非回答不可，过滤掉一些乱七八糟的想法随口问了他一句:“对了,那个于姑娘叫什么名字?是你什么人啊?”

“她叫于秋霞,我的红颜知己。”

“噢,原来秋霞是夜先生喜欢的姑娘啊。”

“啊?”夜先生调回头来望着我,眸中神色难辨,道,“呵,我喜欢的人不是秋霞,不过我喜欢的那个人也离我不远,可以说远在天边却又近在眼前。”

我心中一怔,被他后面那句话惊得倒吸了一口气。恍惚中,一股无比尴尬的气息就将我们团团围住。

我赶紧把目光收回,把酒坛子凑到唇边灌下几口酒。

他道:“不知道为什么,总觉得和你接触久了,就越发觉得你一点都不像我记忆中知书识礼温柔贤惠的大家闺秀。反而像……”话说到这儿,夜先生的话略微停顿了一下,不知是因为找不到形容词,还是不好意思说出喉头那句话,半晌才继续道,“不过,你却有一种难以言喻的吸引力,好像能打开人的心扉般,叫人难以忘怀。”

我扮鬼脸,望着夜先生完美的侧脸轮廓傻乎乎地直笑,不知是不是因不胜酒力的关系,脑袋此时变得晕乎乎的。我道:“见你把我说得好像走到哪儿都光芒四射一样,那我告诉你一个秘密好了,但是你不可以跟其他人说哦……我啦,不是你们这里的人,我来自二十一世纪……嗝……你知道我来这儿之前是干什么的吗?”

夜先生抿唇不语,拿起身侧的酒坛继续喝着他的酒。

我自问自答:“我来这儿之前,其实就是一个骗子,每天都要转动脑袋瓜子和不同的人周旋,想着怎样才能让别人掏出几百块买一个只值几十块钱的东西,呵。”

“你醉了。”夜先生望着我,眼底闪过一抹浓浓的忧虑。

“我没有醉,我清醒得很。”我从地面站起,身子在风中摇摇晃晃着,“虽然那个时候很累,但是我知道自己每天要做什么。直到有一天,我向老天撒了个谎,一切就变了。我不知道自己到这儿来,究竟要做什么,好像毫无目的又好像不是。后来我终于想通了,我要光宗耀祖,我要把这里的女人都从男尊女卑那腐败的思想中解放出来……”

夜先生愣愣地盯着我,用一种很奇怪的声音低喊着我:“静儿?”

我身子微微一斜,倚着他的臂膀跌坐在了地上,脑袋晕晕沉沉地靠着他的肩上,悠悠地说:“可是我却什么都做不好,我就像趴在窗户上的苍蝇,前途一片光明,就他娘的找不到一条出路!”

“有些事是不能强求，你既然已尽力了，那么别人是会看到的。”

“我明白……”我傻笑，双眸中已蒙上了一层氤氲的水雾，所看到东西朦朦胧胧，很不真切，但惟独有一抹身影就像一个烙印般，越来越清晰地出现在我的脑海中。

我整颗心被那抹身影给揪紧了，喃喃地询问夜先生：“你说，我是不是喜欢上了他……嗝……不然怎会总是没来由地想起他来？”话音一落，我轻轻地扭头看着夜先生，却猝不及防地和他幽暗的眼眸一触，发现他的眼神很冷。

怎会是这样的神情呢，就像小刘子要无故冒火前的先兆。好奇怪，我可能真的醉了，眼花了吧。脑袋越来越晕，身子软得像块烂泥，手无力地往下一垂。

酒坛从手中脱落，发出“咚咚咚”的声音，滚落到了一旁。

“你喜欢上了谁？”

“不知道……嗝……”

“那你喜欢什么样的男子呢？”

“那你呢？你会喜欢什么样的姑娘？”

“我喜欢那种有点笨笨，又很单纯的姑娘，然后执着她的手，一起云游四海，让她在我的保护中快乐地生活。那你呢，我都回答了你，你还没有回答我的问题。”

“我？”我抿了抿唇，思索了一下说道，“我喜欢那种不顾一切地爱我、保护我、宠着我的男人。就好像左昭，那次在西宁我被敌军逮住，就是他不顾自己的性命前来保护我，我才能活着。我想我这一生爱的人会是他……或许真的会是他……”

说完这话，我抬头去看夜先生，怎料他的脑袋瓜子就在那一瞬间突然撇了过来，撞在我的额头上。我还来不及痛呼出声，耳边听见“哐当”一声，似有什么金属物品掉在地上所发出的声响。

莫非是他的面具被撞掉了？

我脑子一抽，伸手揉着额头，极度狂热地想去确认，便把脑袋四十五度角俯视。夜先生那两瓣柔软的唇很突兀地落在了我的唇上。

我的心猛地一阵颤抖，被酒精焚烧达到极致混乱的大脑骤然被吓醒了过来。

我霍地一下睁大眼睛，心里一时间变得十分混乱，伸手想将夜先生推开。未料到力度不够，只能抽身离开，脚下却落了空，身子顿时失去重心朝后仰去。

夜先生一手揽住了我的腰，将我拉向他温暖的怀抱，我在他的怀中努力平复自己的心跳。

“真不该带你来这儿喝酒。”

夜先生柔静的声音悠悠地传入我的耳中，我听得出他的嗓音里带着一抹淡淡羞涩和紧张。

我眸光流转望着他，发现面具还完完整整地戴在他的脸上，显然刚才那阵“哐当”声不是他的面具发出的。

他抿了抿唇，深黯的眼底流露出浓烈的情感，像那紧紧缠绕的树根般，让人看了头皮发麻。他和我对视了足足一分钟之后，才勾了勾嘴角，声音非常不稳定地道：“是时候该回去了，免得世子和鲁姑娘担心。”

我蹙着眉头，心不在焉地“哦”了一声。他搂住我的腰，宛如一根羽毛轻飘飘地从巨石上落在了下方的平地上。

然后他放开我转过身去，举步朝着鲁奶牛木屋的方向走去。

我在原地犹豫了一下，望着他挺拔的背影，很识趣地跟在他的身后。

他突然回过头来瞥了我一眼，似乎是想确定我有没有跟丢，然后才开口问我：“其实一直都很想问你，你会喜欢世子吗？”

我搞不懂他问此番话的意思，愣了三四秒才回应：“你问这个干吗？”

他呵呵一笑道：“随口问问而已。”

“哦。”我瞟他一眼。

“世子他，好像……很喜欢你？”

“他喜欢我？他是想着法子怎么折磨死我吧！”

“哈哈哈，是你不太了解世子。想了解他的心吗？”

“呃……话说，你这话是什么意思啊？还有，你干吗老提这个人呢？”

“随口说说而已。”

也，这夜先生的随口真是不简单，完全是没有底线啊。刚才那嘴唇碰触事件是偶然，还是一场有预谋的袭吻事件呢？还有他刚才注视着我的眼神到底想表明什么？我感到背部一阵阵发麻。

“对了，刚才在那上面发出‘哐当’一声的东西是什么呢？”我一直想不明白，难不成这里还有孤魂野鬼？

“你想知道？”

“嗯。”我点头，眼角微微下垂。

夜先生停下脚步，侧过身来，薄唇微动：“是世子。”

“……刘……刘文轩？你说是刘文轩发出的？”他是跟踪狂吗？

我深吸了一口气，注视着夜先生的目光中透出狐疑之色，但仅只一瞬间，我赫然醒悟方才在巨石上，问夜先生我是不是喜欢左昭时，扭头看到的那双幽暗的深眸，好像不是他的。当时我还觉得奇怪，夜先生怎么会露出无故生气的表情？现在想起，估计当时真是看错了。

我郁闷了，敢情自己当时真的醉糊涂了！我惴惴不安地把手指头放进嘴，咬着手指甲。

夜先生低低地道："其实世子这个人在某些方面可是十分害羞的，很多话明明已到喉头，可是却难以说出口。或许他曾用行动表达过自己的心意，但是这要看到的那个人能明白才行，对吧？"

"你在说什么？"我蹙眉，思绪陷入一片空白中。

"总有一天你会明白我今日所说的这番话，我希望你不要做让自己后悔的事，你想看清世子的心吗？"

我愣住，不懂他的话为什么总是喜欢围绕在小刘子的身上打转。

他把手放在我的肩上，垂下头，将那双充满复杂之色的黑眸对上我的眼睛，道："走吧。等回到鲁姑娘的木屋之后，我让你看场好戏，不过无论发生什么事，你都不要开口说话，只希望你能从中看出他的心意。"

咿，这夜先生难不成还想演一回戏，拿奥斯卡奖啊？他到底想搞什么飞机，究竟是我喝醉了，还是他醉了？

估计是我醉了吧，不然我怎么根本听不懂他在说些什么呢？

我幽幽地叹出一口气，伸手敲了敲脑袋。

夜先生的手从我的肩上滑下，顺势牵起我继续朝着前方走去。

我俩一踏入鲁奶牛的木屋，一团阴冷的气息就迎面向我扑了过来，袭上我的双肩，抽得我肩胛一阵生疼，整个人都僵了一下。

我转动着眼睛珠子，小心翼翼地斜眼瞥了一下制造冷气息的那个人。只见他那如鹰一般锐利的双眸中散发着令人讨厌的光芒，微微抿起的双唇上挂着一丝冷酷的笑意，细长的手指在白色的陶瓷茶盏上慢慢地抚弄着，似是漫不经心，却看得我胆战心惊。

"你们总算回来了，快来用膳吧。"鲁奶牛很是时候地从一旁走了出来说道。

我的注意力从小刘子的身上移开，"嗖"的一声走到餐桌前坐在夜先生的身边。

夜先生为我盛了一碗汤，我埋着脑袋一个劲地喝，想着方才他所说过的每一句话。

一块鸡肉落入我的碗中，才抬起头，看着夜先生，只见他眯起眼微微一笑，道："鸡汤真有这么好喝，也没见你吃过一口菜。方才你就喝了很多酒，现在还一个劲地往肚子里灌水，不怕晚上饿吗？"

我婉然一笑，伸手撑着额头，道："只是觉得没什么胃口，头闷得我心发慌。"

听我这么一说，夜先生微微愣了一下，起身便往厨房的方向走去。

他这是要去干吗？我纳闷地想。小刘子心事重重地望着夜先生离去的背影，端着汤碗的手微微一斜，里面的汤顺着那个斜度，洒在了他的身上。

他赶紧起身抖了抖衣衫，留下一句"我回房换件衣衫"就转身离开了，留下我和鲁奶牛在餐桌前。

鲁奶牛突然用筷子敲了敲我的碗，说道："人都走了，你还看什么？"

我瞪了她一眼，埋下脑袋继续喝汤。

"我真不知道你哪一点好了，怎么就有男人被你迷得神魂颠倒呢？"

我眉头微蹙，抬眼望着没人爱的鲁奶牛。她用一副犀利的目光上下审视着我，挑了挑眉，继续道："你刚才跟那位夜先生究竟去了什么地方，回来之后就一直恍恍惚惚的，还一脸的绯红。"

"有吗？"我从怀兜里掏出随身携带的一面巴掌大的铜镜瞧了瞧，果然够红，不知道是不是喝了酒的关系。

"老实说啊，你喜欢夜先生吗？"

面对女人经常八卦的问题，我竟然露出了一丝慌乱之色，整张脸如被火烧。"你问这个做什么？"

"就是问问啰。方才你们不在的时候我跟文轩聊起了他，言语之下发现夜先生是个好人，所以觉得你要是不喜欢他，就放过他，别害了人家。"

"……"这缺爱的鲁奶牛八成是嫉妒羡慕恨吧，才会把我说得像女魔头一样。

我不爽地站起身正想和她理论一番，脑袋却一阵眩晕，使得我一下子跌坐了回去。

下一瞬间，夜先生的声音如一道和煦的暖风在我耳畔响起："小心。"

我眉梢一挑，侧过头去，看见他手中正端着一碗热气腾腾浅褐色的汤药朝我走了过来，然后把碗放在我身前的桌上，轻声慢语："喝了吧，这姜汤有醒脑的功效。"

我微微一怔，心底像被一根又软又柔的东西轻轻地拨动了一下，脑海陷入一片空白中。

"你不舒服吗？"夜先生温柔地把手掌放在我的肩上。

我摇了摇脑袋，正欲将开口说话，小刘子那如西伯利亚寒流入侵一样冷的声音就从身后飘了过来:“把你的手,从她肩上移开。”

我跟夜先生猛地一愣,彼此注视了对方一眼之后,才转过头去望着眼中怒意狂飙的小刘子。只见他危险地眯起了双眸,神情冷漠,气息犹如一口寒潭,让人见了感到十分的疏远。

我微感诧异,不明所以地皱了皱眉头。

夜先生嘴角轻轻地勾起,似乎根本不把他那句话放在眼里,将放在我肩上的那只手狠狠地握了握,让我的脸更贴近他的胸膛。

小刘子垂在身侧的手逐渐抽紧,脸上冷峻如霜。他说:“夜先生,我不想因为一个女人破坏你我之间的关系。我最后重复一次,把你的手从她肩上拿开!”

“理由?”夜先生眼中的那一抹温柔被一层寒冰所覆盖,“你告诉我理由,我就把手拿开。”

小刘子鹰眸里迸发出一抹笑意,道:“她是我的。”

鲁奶牛离开,消失。

我是……我是他的……记得在月亭湖他也曾在夜先生的面前说过,我是属于他的。

一想到这四个字我就一阵恶寒,我唐静是什么人,随随便便的一个人张口一句“她是我的”我就属于他了吗?我又不是被人抛来抛去的玩偶。

我霍地一下从椅子上站起身,想彻底击碎小刘子那不知从哪儿冒出来的自信。突然就听见夜先生发出一阵笑声,然后他用双手强行将我控制住,似是想让我继续扮演观众。

夜先生讪讪地笑道:“世子还真是容易被人激啊,连‘她是我的’这种话也说得出口。”

他话音一落,小刘子的脸“噌”地一下红到了脖子。他僵立在原地,使劲咽了一口唾沫,瞪着夜先生。

他在害羞?我睁大了眼睛,真不敢相信,脸皮比城墙还要厚的小刘子居然会因夜先生的这句话,被戏谑得连还手的余地都没有了。难道这就是夜先生想让我看的好戏,也太无趣了点吧?

正想到此,夜先生就瞥过眼,朝我递来一道含义悠长的目光,嘴角露出一丝狡黠,道:“我现在越来越好奇世子你的感情了,你喜欢她吗?”

他要将小刘子逼到何种地步啊,口吐白沫还是血舞地板?

我愣了一会儿,就听见小刘子说:“喜欢又如何,不喜欢又如何?猎物对猎手来说,只是取悦对方的一种玩物罢了,夜先生难道还不清楚这个游戏规则吗？或者说，你想要我看上的猎物？”

“猎物？那我现在要带她离开，你也毫无怨言了？”夜先生笑道，然后来到我的身边，连瞄都不再瞄一眼小刘子。他垂下眼眸对我说：“趁热把汤药喝了吧，你的头就不会再那么痛了。”语调低沉又轻柔。

“……”我面无表情，不知作何反应，总觉得有点不妙，便唯唯诺诺地缩了缩脖子，打算端起桌前的那碗姜汤用眼神告诉夜先生，我还是回房去喝比较好。我的胳膊被一只手握住，那手的主人一把将我从椅子上拖起，拉向他的胸膛，另一手则搂住我的腰，不让我离开他半步，这个动作简直就是一气呵成。

我的心顿时一惊，抬眸望着近在咫尺的小刘子，发现他神情倨傲，眼眸深沉，眉峰紧锁，似乎被一种不快、极烦、郁闷的情绪给困扰着。

他……好恐怖……被夜先生逼得快发狂了？我在心里嘀咕着。

他垂下眼眸看着我，唤道：“唐静。”

“嗯？”我眉头微蹙。

“收拾包袱，今夜跟我回锦城。”

我怀疑自己听错了，用眼角的余光瞥了一眼身侧的夜先生，发现他眼中略有笑意。

我暗自琢磨了一下，向小刘子说道：“干吗要回锦城？我又没说我要回锦城。而且鲁鲁班还没给我做椅子呢，我才不要回去。”

小刘子面色一冷，一双深眸瞪得溜圆，向我发射冰剑，想把我冻僵为止才肯收回目光似的。

“这事我已经在你不在的那段时间跟她商量好了，月底她会把椅子做好让人送去唐府，只是刚才没机会跟你说而已。另外，今夜你必须跟我回锦城，你先回房打点下一切，我有几句话想单独跟夜先生说。”

我无语凝噎：“为什么啊？为什么要这么急着回去？”

“没有为什么，你不愿意随我走，那就留下。不过，我得提醒你，鲁姑娘会不会改变主意，我可不敢保证了。”他眼中盛怒，松开搂住我腰的手，将我推开。夜先生从后面扶住了我。

这人吃错药了吗？虽然夜先生一直在刺激他，但也没有那个必要把气全往我身上撒啊，还逼我收拾东西跟他回锦城。太可恶了！

我拧着眉，用充满愤怒的眼神瞪着他。夜先生朝着小刘子走了过去，伸手挽住他的脖子，在他耳边小声嘀咕了几句。也不知他到底和小刘子说了些什么，只见小刘子脸上才消散的红晕，又浮了上去，跟煮熟的虾子一样。

小刘子转过头瞪着他,气鼓鼓地握紧了拳头。

夜先生浅笑,将目光转向我,发出清晰的声音:"你就先回房,我也有几句话想对世子说。"

呃……

我皱眉,在心中犹豫了一下,觉得自己还是不要待在这儿比较好,万一将他俩都惹毛了那就惨了。

我赶紧转身往内堂走去,却隐隐地听见小刘子好像在质问夜先生:"你这是什么意思……你知道你现在在做什么吗……"然后我就什么都听不清了。

我心不在焉地走过长长的走廊,揣摩着要不要回去躲在暗处偷听下两人到底在交谈什么,搞得这么神秘不说,还不让我在场。鲁奶牛的身影就像一抹冤魂一样,突然从一旁飘了出来撞入我的视野里,把我吓了一跳。

我赶紧移动身子往左挪了挪,鲁奶牛跟着侧了侧身。我又往右挪了下,她也跟着我转动身子跳起了芭蕾。这直接引爆了我心中的不满,我瞪大了眼睛,撇嘴道:"你不去外厅看戏,老缠着我干吗?患失心疯了啊!"

"找你有事呗。"鲁奶牛笑着说,不再如中风般怪里怪气地摆出一副惹人生厌的高姿态,而是一种淡淡的气定神闲。

这实在太诡异起来了,害我背毛毛的。我整个人都往后退了一步,扬起眉头,叉腰道:"你找我有什么事?"

她侧身慵懒地坐在长廊的扶栏上,架起二郎腿,歪着头喃喃细语道:"你和文轩快要离开回疆,也不知什么时候会再见面,有样东西打算还给你罢了。"她说,然后伸手从怀兜里取出一物,朝我扔了过来。我伸手一接,发现是陶埙。

我呆呆地愣了一下,目光呆滞地注视手中的陶埙,疑惑地问道:"你不是很喜欢这个东西,为嘛要还给我?"

"这东西本来就不属于我,"鲁奶牛目光一转,"它是属于你的。"

见她似笑非笑地盯着我,我费劲地咽了口唾沫,道:"你会有这么好的心把峰乾还给我?对了,刚才趁我跟夜先生不在时,刘文轩到底跟你说了些什么,才会使你改变心意不再想些稀奇古怪的馊主意来折磨我?"

我话音一落,她"咯咯咯"地笑了起来,就差眼泪珠子没被笑出来了。她说:"你自己去问他呗,我能告诉你的就只有好好珍惜世子,他很爱你!"

"……什……什么?"面对"他很爱你"这四个字,虽然我全身武装插满避雷针,却依旧被雷得外焦里嫩。我瞪圆眼睛谨慎又小心地观察着鲁奶牛脸上的表情,发现她双眸里闪烁着一种古怪的光芒,便猛然醒悟过来,道:"噢,你们今天是不是背着我商量好了想捉弄我?连同夜先生都在回来的途中说出这种奇怪的话。真是的,这种捉弄人的点子已经'奥特'了,我在小学时就领教过,一点都不好玩。"

"我不知道你后面这句话到底在说些什么,什么奥……奥特……不过我告诉你,连一个旁人都觉察出文轩对你的心意,你难道真的感觉不到吗?"鲁奶牛面上露出失望之色,"真是枉费了文轩对你的一番真心。"

"NO,是你们误解了。而且你不是很爱很爱刘文轩吗,怎么突然酸溜溜地举白旗把他抛给我了呢?按你的性格,你是不会轻易放弃的,所以你们的恶作剧对我统统无效。"我松下脸上紧绷着的表情,嘴里嘟嘟囔囔着,把双手架在胸前,露出一副自己才不会上当受骗的神情望着她。

她的眉头深深地拧起,那乌溜溜的瞳孔中充满了不爽之色。她说:"信不信随你,有些事我答应过文轩不会告诉你,那么我就得遵守诺言。我回房了,你自己好好想想吧。"

"想?你让我怎么想?话说得一知半解,我根本就没听明白你到底说了些什么。喂喂——回来啊——"

她似乎真不打算再搭理我,转过身就消失在了我的视野里。

我愣住了,这时,小刘子的声音在门外响起:"唐静——"

我赶紧把陶埙放在怀兜里,将所有的思绪抛之脑后,才慢慢地挪着身子从椅子上站起走了出去。

小刘子那张面无表情的脸上,一双眼睛闪烁着高深莫测的光芒。我皱了皱鼻子,嗫嚅着:"夜先生呢?"

小刘子唇角一勾,道:"走了。"

"走了?"我的嘴角一阵抽搐,眼神闪了闪,暗暗猜想,这夜先生八成是被小刘子赶走的吧。这人整日神兽一样的作风,老坏了。

小刘子伸手前来一把握住我的手,懒懒地说道:"走吧,马夫已经驾车在山上等候多时了。"

"喂——"我挣扎不得,被他拖着一个劲往山上走去,忍不住埋怨道,"为什么要走得这么急,明日天亮再回去不行吗?"

"我不乐意待在这儿,还需要我回答得更清楚一点吗?"小刘子停下脚步,用不带任何感情色彩的声音冷冷地回答我的话,然后转过身来凝视着我的眼睛,那眼神好像在说,我现在非常非常的不爽你,你最好不要惹我。

我略略有些分神,就被他砸进了一辆马车里。

我爬起身，怒火冲天地看着他走了进来，正想吐槽，就听他淡淡地对马夫说了一句："启程吧！"随即坐在一旁露出一副沉思的表情。

我愣了一下神，觉得小刘子现在实在是太不寻常了，便抖了抖裙摆坐到他的身侧，从怀兜里取出陶埙凑到他眼前晃了晃，道："你看，我把峰乾拿回来了。"

小刘子抬起头，阴云密布的脸上泛起了一丝红晕，从我手中把陶埙拿了过去用手指抚摸着，幽幽地开口："鲁姑娘是否……有对你说过什么？"

我呼出一口气，道："有，不过她老说些我听不懂的话，就好像要泄漏什么机密情报给我，可是又说得不清不楚……"

"我想也是，这个世界上有些事不说得清楚一点，有些笨蛋是根本听不懂的。"

他这明显是绕着弯在骂我，我狠狠瞪了他一眼，嚷道："还有啊……我问她你跟她说了什么，才促使她改变主意，可是她让我来问你。"

小刘子把陶埙递给我，然后伸手拂过我紧皱的眉间："想知道吗？"嗓音既轻柔又多情。

"想。"我点头，眨了眨眼瞅着他，把陶埙收回怀兜里。

他却恶心了我一把，一字一顿地说："看我的心情。或者你什么时候让我看得顺眼了，我再考虑告诉你。"

他这是什么意思啊，明摆着就是在耍我。我冷冷地哼了一声，转移话题道："刚才夜先生跟你在外厅嘀嘀咕咕地说了些什么，要不说出来让我也乐乐？"

怎料我的话音一落，小刘子就满脸绯红，皱着眉头瞪着我。

这脸红的次数也太多了吧？我把脸凑了过去，眯起眼睛仔仔细细地打量他。

他猛地掉过头来，气急败坏地吼道："你……看什么看？靠得这么近，我看到你这张脸就心烦。"

"切，你以为我就很期待看到你的脸了吗，不是你无缘无故地像个姑娘家一样脸一阵阵地发红，谁看你啊？"

小刘子目光冷飕飕地瞪了一眼，就把脸转向了一边，不再看我一眼。

我纳闷这夜先生到底跟他说了些什么呢，把小刘子整个人都彻底改变了一样，接下去的几天里他都不和我说一句话，而且只要我一提起夜先生说了什么，他的脸就会浮上一层红晕。

真是太诡异了，难不成他俩的悄悄话是围绕着成人教育片来说的？

可是要我这么多天不说话，嘴巴会臭的。也不管小刘子爱不爱搭理我，我自顾自地把现代的一些流行词教给他，比如"你真二"以及"耶"的手势。

时间过得飞快，转眼就到了锦城。

第十三章
窜改丞相老爹的奏折

我曾告诉夜先生，我这一生爱的人会是左昭，可是真的到了这一刻，听着他呢喃细语对我说着情话，我的心却变得很烦乱，耳畔竟很诡异地萦绕着小刘子那句“她是我的”来。

锦城。

马车顺着青砖石板路在集市上缓慢地前行着，外面偶尔能见三三两两的行人。仿佛是因时间尚早，所以商旅都还窝在被窝里，让人感觉不到一点热闹的气氛。

我把窗帘子放下，收回目光，就破天荒地听见小刘子发出一阵含糊不清的声音："喂！"

"你叫我？"我扬了扬眉，抬眼望着他。他阖上了眼眸，整个身子慵懒地靠在身后的木枕上，脸庞逆了光，让人看不清他脸上现在是何种神情。

"快到丞相府了，说不准过几日你就要恢复宫里的教授工作，到时你会和左昭见面吗？"那声音很平静，静得就像狂风暴雨来临前的先兆。

"能见干吗不见？"我皱了下眉头，感觉车子突然停止了前行，便再次掀起帘子往外看了看，瞧见斗大的"丞相府"三个字出现在眼前。

我心中一阵欣喜若狂，朝小刘子扔下一句"我到回家了，你也赶快回府去吧，我们有空再联系啊"就起身往外走。他却一把握住了我的手，一道闪着寒芒的目光冷飕飕地朝我射了过来。

"还记得我带你离开左昭军营时，所对你说过的话吗？"

我眯着眼，想了想，问："你说的话可多了，我哪记得住你想说的是哪一句？"

"我曾经警告过你，左昭是个很危险的男人。如果你想靠近他，那么我会扮演你心中的刽子手，将你对他所产生的感情全部破灭掉。如今已回到了锦城，那么你可要做好心理准备了。"

这人心理八成扭曲了吧？本来我心中因上次生病时见他很担心我，还送陶埙给我哄我开心，让我好不容易对他产生了一点点好感，现在都随着刚才那句话全部死去了。

"随你高兴，好人你也扮演了，坏人也扮演了，你让我已经毫无期待了。你快松手，我要回家了。"

他剑眉一挑道："你真的不怕死？"

反正人生自古谁无死啊，早死晚死都得死，我还怕了他不成。只是我心急着想回家，不想多说，便缄默不语着。

“罢了，你就是一条养不熟的白眼狼，我还能指望你什么？”小刘子略带疲倦的眼眸中闪过着一丝沉吟，“你就打算这样回府上？”

“是啊，”我一脸的囧相，“难不成你要我爬进去？”

“我倒也希望能见到你有如此狼狈的一天。”

话音一落，小刘子的嘴角绽放出了一抹冷酷的笑容，将握住我手的那只手用力一拉。

我心中顿时一紧，整个人朝他扑了过去，还来不及做出任何反应，就感到脖子一阵闷痛，眼前的青天白日直接变成了黑夜……

也不知过了多久，当我从浑浑噩噩中醒来时，映入我眼帘的人是我的美女老妈。

她泪眼婆娑，双眼又红又肿，泣不成声地用绢帕小心翼翼地为我擦拭着额上的虚汗，见我睁开了眼，她就撇过脸去对着房中的人喊道：“静……静儿……醒了……秋菊快去传大夫前来……”

“我的头……” 我用手揉着脖子，从床上坐起在心中咒骂着无良的小刘子，这一手刀劈下来，简直要了老娘的命啊。

美女老妈一屁股坐在床沿上，拉着我的手问长问短，却闭口不谈我被绑架一事，我心里隐隐觉得有些不对劲。这时，爹从门外走了进来，身后还跟着小刘子。

小刘子斜斜地瞥我一眼，举手朝我比了一个“欧耶”的手势，就把目光转向了雕花棂子窗外。

我顿时呆住，心下暗暗琢磨了下，大家闭口不谈绑架这事，估计是他趁我晕倒之后已把整件事情都向我家人交代清楚了吧，不然按照美女老妈的性格，不铺天盖地抓着我询问才怪呢。

这么想着，我顿觉小刘子这个人还算有点良心，打算改天请他吃饭作为他帮我的报酬。

我抱着雪狐在床上休养了接近三天。其间从美女老妈那儿探出，小刘子是这么向他们解释我被绑架一事的。

他去西宁准备带我回锦城时，途中结果遇上一群歹人，后来因势单力薄，只能带着我前往回疆暂避，在那儿辗转了数日才带我回来。至于我为什么会出现在左昭军营，他说他一概不知，美女老妈也不问，好像那个时候左昭在信中已经说得清清楚楚，是偶然发现。但是我却从美女老师的目光中捕捉到一丝隐隐的不安，而且最奇怪的是唐婉也未前来盘问。虽然十分反常，但是我不能给自己找麻烦，跑去拉着他们的手询问他们为什么不问我怎么会出现在左昭的军营，这明显是自找罪受。所以我就在接下去的日子里装受惊过度需要休息，待在暖阁等恢复了神采，接到皇太后派魏公公前来的邀请，才不得不离开我那温暖的被窝入宫去。

可是我刚一走出房门，秋菊就拿着一封信函跑了过来。

“静儿小姐你的信，静儿小姐！”

我停下脚步，诧异地望着她：“我的信？”

“嗯，送信的人说是从回疆来的。”

回疆？难不成鲁奶牛还会给我写信？

我伸手接过秋菊递来的信函走进轿子里，怀着疑虑把信拆开一看，第一句话劈头就是——“有没有想通，那夜我跟你说的话。”真是让人无语，一点内涵都没有。

不过，想想鲁奶牛这个人其实也蛮好的，我以为离开回疆之后，可能不会跟她再有任何瓜葛，没想到居然还能书信来往。

可是见她信中那娟秀的字迹，我就实在不敢让自己那狗爬字传到她那里，不然她铁定会嘲笑我一番。我索性先来到搓宫，让魏公公帮我拿来文房四宝，好好练习一下。

可是不管我怎么练，都觉得自己写的字很丑。我暗自揣测这宫里应该有代写书信的太监吧，就干脆出门去找。

我顺着右边的长廊埋着脑袋一直走，想着等会回复鲁奶牛的信中写什么话好呢。左昭的声音突然传入我的耳中——

“真是没想到，原来你想要我看上的东西。可是这东西只有一件，我不想割舍给他人，你说怎么办才好呢？”

我微微一愣，停下脚步，心想不会这么巧吧？循着声音转过头去，看见他站在前面不远处的花园中，挺拔修长的身影被四周不知名的树割得碎碎的让我都看不真切。

我挑了挑眉，朝着他走了过去，挥动着双手，笑嘻嘻地正要喊他，却劈头听见小刘子的声音不疾不徐地传来：“王爷，你觉得跟小王抢夺一样东西，有意思吗？”

他们是在说一件无价之宝吗？真该早一点赶来，说不准能看到开场，现在也不知是下半场还是尾声了。我抿了抿嘴，有些犹豫地往前走了一步，侧了侧身。目光穿过前面纵横交错的枝丫，看见小刘子双眸眯成一线，气势极度嚣张，左昭面对面地与他对视着。

“来一次吧。”小刘子眼光微眯。我被雷得神魂颠倒了，这“来一次吧”是什么意思，难不成他俩还搞基？

小刘子就补充了一句：“谁赢了她就属于谁。”

左昭嘴角微微一掠，眼眸微垂，十分爽快地回了一句：“好啊。我想阿静也很期待看到这场战斗中谁赢谁输吧？”

此话一出，周遭顿时充满了凌厉的杀气，让我顿时明白“来一次吧”是什么意思了。左昭刚才有提到我的名字，难不成是小刘子见不得我跟左昭靠得太近，所以今儿在这里撞上就去找他的麻烦？

我皱了皱鼻子，看着小刘子此时那副嚣张的样子，突然想起回锦城那天，他在马车里跟我所说过的话。我心中像被插了一把刀一样，极度不爽。明知道现在最好不要出去招惹两人，但是话到喉头不吐就实属不快。

“住手。”

小刘子和左昭眼波一转，朝我所在的方向看了过来。

左昭脸上冷冷清清的，叫人看不出他到底在想些什么。小刘子却相反，他额上青筋暴跳，阴沉着脸，一眼就让人能看出他心中翻滚着怒气。

我快步走了过去，斜眼望着小刘子的双眸，说道：“虽然我不知道你跟昭哥在说什么，但是请你不要欺负他。”

“这是我和他之间的事，”小刘子眉峰微锁，“你最好退下。”

“你一直以来不爽的人是我，在回疆就一直是这副态度，我以为你回锦城后会有所收敛，没料到反而更加恶劣。所以如果你要是因为不爽我，要找麻烦，那么就冲我来吧。我可记得你在回城之后对我说过的每一句话。”

小刘子霍地一下瞪大了双眼，将矛头对准了我：“你的意思是说，你打算站在王爷那一边和我对峙了。我跟他对决，你也要为了他和我刀剑相搏？”

“什……什么……”我皱了皱眉心。

左昭从一旁走了过来，伸手抚上我的额头。他嘴角噙着笑，对我说：“回搓宫去，当什么都没有听见什么也没有看见。”

“不。”我扬眉，那日在敌军他为了我连性命都可以不顾，所以我是绝对不能让嚣张跋扈的小刘子欺负他的。

我并不知道他跟小刘子刀剑相搏的原因是什么，但是我怀着小刘子见我一个弱不禁风的小女子挺身而出肯定会将此事大事化小的心态，大着胆子离开左昭的臂膀，直视着小刘子道："对，我会为了昭哥和你刀剑相搏。"

"是吗？"小刘子脸上的怒气顿时消失，嘴角勾出一抹隐隐带着悲伤的笑容，"你真是让我刮目相看啊。既然你这么不怕死，我会成全你，接受你的挑战。我给你三天时间，好好学学如何避开我的攻击吧！三天之后皇宫禁地见。"

说完这番话，小刘子冷冷地瞥我一眼，转身离开了。

我望着他的背影，按捺不住心中的恐慌。真的要打吗？

"你真的要为了我而跟他对决吗？"左昭的声音幽幽地传入我的耳中。

我能有什么办法，都学着他嚣张地放了狠话，难不成临阵脱逃？我唐静可不是缩头乌龟。虽然觉得有点莫名其妙地被卷入风口浪尖，但是有三天的充足时间给我做准备，也算不错。

我对左昭点了点头，不料他很突然地低下头来，落了一个吻在我的额上。

我心惊地睁大了眼睛，他垂下寒潭般幽深的眼眸望着我，然后执起我的手，一边走一边说道："走，我教你几招能克制住他武功的剑法。"

我跟着他的步伐，朝着宫外走去，忍不住问出了心中的疑虑："你们到底是为了什么走到对决这一步呢？"

"三天之后你就知道了。"

"为什么要我等三天，现在告诉我不是更好吗？"

"我现在不想说。"

"哦。"我有些失望，"那你在西宁所受的伤，好了吗？"

"外伤已好，只是内伤还需数日调养。"左昭嘴角噙着淡淡的笑意说，语调柔情缱绻。

他停下脚步，举目望着城西的景色，似乎这万里疆原都落入了他的眼中。

此时空中薄薄的阳光，投射出一圈圈浅黄色的光晕，笼罩在他的身上，他的眸底竟也染上了些微温柔的暖色，看得我恍惚失神。

他忽地收回目光，取下腰间的佩剑，朝后退了一步从后面拥住我，让我摊开掌心把剑握住。

他紧握住我手的手掌，好似一道媒介将他稳而有力的心跳一波接着一波地传入我的心房，让我随着他舞动着的剑变得情意绵绵。

"你记住这一套剑法了吗？"左昭停下了动作，来到我的身前，脸上的冰冷之色被一抹柔情取而代之。

我露出一副便秘苦逼的表情，这套剑法跟一般的三脚猫功夫没区别啊。

我忍不住撅着嘴道:“光这几招就能克制住刘文轩的武功?不是应该有所谓的什么秘籍,就是那种速成法,教人在一盏茶不到的时间里学到别人一生苦练也学不成的绝世武功么?”电视上面不是经常这么演吗?

左昭浅笑,伸手抚摸着我的长发,神情异常专注地看着我,说:“武功都是一朝一夕练出来的,可没有阿静所说的那种速成法。不过,我猜想世子应该不会全力以赴和你对决,这套剑法已经绰绰有余。只要你加多练习,至少能抵挡住他的攻击。只是不知道,你记住剑招了吗?”

我在他灼热的目光中垂下了脑袋,急急地回了一句:“记得不是很熟,不过我会好好琢磨一番,我……我看我现在还是回去苦练一下。”不想让他看见自己因他一个神情就变得不知所措的样子,说完我转身就跑。

“阿静!”他低喊我的名字,接着从后面追了上来,一把将我紧紧地揽住,似要我不要躲避般,“为什么要急着走?西宁一别,你我好不容易才能相见。”

“我?”我喉头一阵紧缩,心脏不受控制地跳动着,不知该如何回答他的话,只得逃避似的闭上了眼睛。

“你知道吗?”他低下头,柔软的发丝拂过我的颈项,“自从你离开西宁之后,我的脑海中总是会浮起你的身影。”

“……”我皱眉,沉思,睫毛在微风中微微地抖动。

“我从来没有想过,我会对任何一个女人动情。但是,那次在皇宫禁地,你突然来到我的身前怒斥我的残忍。当时我感到很好奇,你究竟是怎样的一个女人,面对那样的场面你难道不会感到害怕吗?”

我沉默,左昭接着说:“后来我就想,怎样才能更深入地了解你,却没想到雪狐意外地成为了我了解你的通道。”左昭略停顿了一下话语,将下颌搁在我的肩上,“直到在西宁发现你昏迷在河边,我才发现原来在皇宫禁地,你就已经走进了我的心里。我喜欢你,喜欢你那率性又爱憎分明的性格。”

“……”左昭的话震颤了我那颗已沉睡了十几年的心,可是仅只一瞬,那颗心便变得出奇的平静,好像只是被人拨动了一下却无法燃烧激情。

他扳过我身子,让我直视他那双含着脉脉深情的目光,似乎想让我通过他的眼睛望进他心里。

“你爱我吗?”他声音喑哑,轻柔的语气中带着些许急迫。

“我?”这不是我想要的吗?我不是曾告诉夜先生,我这一生爱的人会是左昭吗?可是真的到了这一刻,听着他呢喃细语对我说着情话,我的心却变得很烦乱,耳畔竟很诡异地萦绕着小刘子那句“她是我的”来。

为什么会这样，我等难以领悟。

“阿静？”等待我回复的左昭似乎有些心急了，眯着眼注视着我脸上变化着的神情，出声催促我道，“你爱我吗？回答我！”

“我……”我睁大了眼睛望着他那张找不出一丝瑕疵的脸庞，垂下眼眸，深思了片刻，发出轻如薄雾却异常清晰的声音，“给我一点时间，我现在脑袋里乱糟糟的。”

“你需要多久，三天还是五天？”

“我不知道。”我蹙了蹙眉看着他，眼色有些复杂。

“或许这事对你来说太过突然，不过阿静，不要让我等太久。十天后告诉我你的答案，可以吗？”

“……”我被他那蛊惑人心的柔情搅得心乱如麻，不知作何回答。

他蹙眉，深深地看着我，仿佛要把我牢牢刻在脑海中一样。他说：“我知道要你用一生一世的时间来陪着我，很为难你。但是，纵使前面的路再崎岖坎坷，我左昭既然选择了你就会义无反顾绝不后悔，所以请你一定要相信我！”

话音一落，他修长的手指就抚上我的眉心，似是要我舒展眉头对他欢笑似的。我唯有压下涌上心头的复杂思绪，浅笑点头，却从他的瞳孔中看到了自己略显狼狈的身影。

他将我拥入怀中，垂下头把他那两瓣薄薄的唇移往我唇上。我的身子胆怯地朝后瑟缩了一下，撇过脸去不看他的表情，但是我却感觉到他拥着我的手变得十分的僵硬。

沉默在我俩之间静静地流淌。

也不知过了多久，左昭开口打破这股阵默：“我知道我太心急，没吓到你吧？”

我摇了摇头，低低地说了一句：“昭哥，我先回去了。”便离开他的怀抱，转过身不去看他一眼，快速朝着城内的方向走去。

眼见快到丞相府了，却和迎面而来的一个人撞个正着。

我感到非常的不快，还未确定对方是谁，直接破口大骂道：“谁走路这么不长眼睛，想死了吗？”随即一扬头，小刘子那张严肃的面容便落入我的眼眸中，他身后十步之外还跟着陈将军。

我眉头紧蹙，咬着下唇，气呼呼地瞪着小刘子。

小刘子脸上毫无表情，眸底掠上一丝讥诮，冷冷地瞥我一眼道：“真是难得，你今日会步行回府，难不成是他为了赢我，想锻炼你的脚力？”

我回他一道冷酷无情的目光，不屑地扔下一句：“关你什么事，老娘就是喜欢甩火腿,你管得着吗?”然后大步流星往府内走去,可是没走两步我又觉得自己落下了最重要的话。于是掉头回到小刘子身边,对他吼道:“我警告你,你少在我灵魂出窍时跑到我耳边叽叽歪歪什么我是你的这种恶心人的话。”

我话音一落,距离丞相府大门最近的几个路人顿时瞠目结舌地朝着这儿望了过来,连陈将军也诧异地看着我和小刘子。

我俩的脸色刷地一下红了。

我赶紧一整面容,努力挤出一个得体的微笑,装作什么都没有发生地向陈将军施了施礼,就想一溜小跑回府上去,快点避开那些带着异样目光看着我的人们。

却听见陈将军询问小刘子的话语声从身后传来:“这静儿姑娘今儿是怎么了?”

小刘子回答他的声音冷冷淡淡,叫人听不出任何情绪:“谁知道呢,八成是大夫这次药下重了。”

我气咻咻地回到暖阁,刚想躺下床就觉得浑身像长满了痱子似的,奇痒无比,弄得坐也不是站也不是。我便拿起茶壶准备斟茶喝,却看见唐婉的身影从大门外走了过来。

她低低地朝我喊了一声:“姐姐。”眼中没什么情绪。

我皱了皱眉头,做了个“进来坐”的手势。可是她却并没有要进屋的意思,只是站在房门口,凝神注视着我。

我感觉自己被她的目光射得千疮百孔。

我没有得罪她吧。我撇撇嘴,斟了两盏茶放在桌上,自顾自地端起一盏,闲闲地品着茶。她是被大娘压迫久了抽风了,还是真的有什么话想对我说?

她收回目光,斜斜地靠在门柱上,露出一副在无底深渊中苦苦挣扎着的表情,开口道:“姐姐,有一件事我不知该说不该说?”

我放下茶盏,犹豫了一下道:“你说吧。”

“十日前,王爷打了胜仗班师回京后,锦城里的人就扬言因姐姐在王爷军营和王爷朝夕相处,王爷对姐姐产生了情愫。今日一入宫王爷就迫不及待地去看望姐姐,还对姐姐说有朝一日要带姐姐去云游四海,这是真的吗?”

我身子猛地一震,脸上的笑容也快维持不住了。真是难以想象,这消息跟开了挂似的,传得也太面目全非了吧?而且听唐婉的口气,像我跟左昭的关系是板上钉钉的事一样。

不过我阴暗地猜测一下,这唐婉大门不出二门不迈,哪会知道那么多,铁定是听了别人的谗言，才跑来想套我的话吧？我便露出一副无比震惊的表情，说道："这话是谁说的，怎么……可能。"最后两个字，我总算是从牙缝里硬生生地挤了出来。虽然觉得有点对不起她，明知道她喜欢左昭却还要介入，但是总比让她胡思乱想要好得多。

可是她就用一副压根不相信我所说的话的表情注视着我，目光有些混乱，她说："我不知这是谁传出来的，本来我一直都很想询问姐姐，姐姐被歹人掳走之后为何会出现在王爷的军营？后来想了想，怕姐姐会想起一些不想记住的事，所以我也就不问了。"

她好像真得很痛苦，嘴角噙着的笑容透出无限的凄凉和落寞，眼角处还垂着珍珠泪。

"唐婉？"

"姐姐，我有一个故事，你想听吗？不会太长。"她蹙起眉头看着我，眼中已经泛起晶莹的泪光。

我抿唇，略微思索后，说道："好啊，你说吧。"

"我十岁那年，随娘亲去霞云寺为曾祖父祈福。由于那会儿去寺庙的人很多，我不小心被人挤下台阶。我当时很害怕，以为自己可能会永远都不能再看见娘亲，可是就在那一瞬间，我远远地看着一个男人朝我飞掠而来，将我拥在怀中。"唐婉幽幽地说，眼角眉梢处流露出追忆之色。

"那个时候我不知道他是谁，只觉得这个男人就好像从天而来，迎着万道光芒突然出现在我眼前一样，我的心就不受控制地涌起一股难以抵触的暖流，我从此便记住了他。既然姐姐刚才已经亲口告诉我，对王爷没有一点感情，那么姐姐能否让我和王爷单独见一次面呢？"

"我……"我含含糊糊地笑了起来，说道，"王爷是何等人物，我区区丞相千金怎能……"

"我知道姐姐会有办法的。"唐婉打断我的话，脸上闪过一丝复杂的表情后突然变得十分的坚定，就好像她很有信心我有十种甚至上百种将左昭约出来的办法。或者更准确地说，是她已经知道了什么，却不想说出。

我拧眉，把双手抱在胸前，沉吟了一下道："好吧，我尽力。"

"那我就不打扰姐姐休息，我先……哦，对了，爹让我前来叫姐姐去大厅用膳。"

"……大厅用膳？"

"嗯，爹为感谢世子将姐姐从歹人手中救出，而在府上设宴邀请他前来做客。"

爹这是已经把小刘子当成女婿了吗，三天两头就留他在家里吃饭，真是倒人胃口。我强忍不爽之意，回道："那你告诉爹，我不舒服就不去了。"

"可是爹说了，姐姐必须去。"

"哦，那我等会儿出去。"我淡淡地应了一声，拧紧了眉心。

从一开始我就知道她喜欢左昭，可是我却管不住自己的心，那么我可不可以自私一次？可是……

为什么会是这样的结果？

我现在好想好想有个朋友来帮我出谋划策，脑中竟没有来由地浮起鲁奶牛那张囧脸。

我被吓了一大跳，在床上翻来覆去想了好一会儿，觉得她确实是一个值得吐槽的对象。便打消去宫里找人帮我写信的念头，在房里找来文房四宝，把自己那见不得人的狗爬字刷刷刷写满了好几张纸。

叫来秋菊，让她托人帮我把信送去回疆。

随后，我换了一件干净的衣衫，笑嘻嘻地往大厅走去。

经过书房时听见爹和小刘子以及陈将军谈论官粮被劫一事，但是由于他们说话的声音太小，再加上大娘又在春兰和几名丫鬟的拥护下从一旁走了过来。我不好意思躲在门外偷听，急忙离开。

来到大厅，看见子逾坐在一旁闲闲地品着茶。

"咦，今儿真是难得，最不喜欢这种场合的哥哥居然会和大家一起用膳！"

子逾放下手中的茶盏，抿着嘴唇，静静地瞅着我，道："那是因为世子是静儿的救命恩人，所以不得怠慢。"

子逾这话把小刘子说得太玛丽苏了，要是让他们知道那畜生一路上是怎么对我施虐的，估计就不会盛情款待他了吧。

我撇撇嘴，正想发表下自己的言论，小刘子以及爹、陈将军、大娘的身影从门外走了进来。只听爹喉头发出洪亮的一声："各位入席吧。"大厅里面顿时变得鸦雀无声了。

随即，爹朝我招了招手，示意我坐到他身边去。我感到好无力，真想告诉他：我和小刘子现在可是敌人，三天后要在皇宫禁地刀剑相搏。你让我和他坐一块儿，这不明摆着是让敌人来试探我学了几层武功了吗？

我磨磨蹭蹭地走了过去，坐在爹的身边。爹滔滔不绝地称赞小刘子的英勇不说，还兴味盎然地一个劲地向他敬酒。我吃了几口鸡之后觉得好无聊，斜过小眼神瞄了一眼身侧的小刘子,只见他也用眼角的余光瞥着我。我食欲全无,有些不满地瞪了他一眼。也不知他是被吓了一跳,还是有些醉了,手中的酒杯从手中滑落到了地上发出"哐当"一声。

我顿时找到开溜的借口，趁爹张口命仆人去给小刘子取干净的酒杯来时,站起身说道:"爹,我去,我去膳房给世子拿酒杯。"

爹点了点头,我就赶紧撤退。飘到膳房看见大厨正在里面切洋葱,和他唠叨了几句:"你切洋葱做什么?"

"静儿小姐有所不知,老爷特别吩咐过,说世子最爱洋葱炒鸡蛋,所以什么菜都可以漏但是这道菜是万万不能的。"大厨笑道,"静儿小姐不在大厅用膳,来膳房有何要事?"

"呃?"我抖了抖裙摆,想着自己在这儿拖延时间,小刘子没酒喝爹自然会派人来给他取酒杯,我不回去也没关系。只是刚才只吃了几口菜现在肚子真的好饿,索性自己做道菜端回暖阁去吃。这么想着,我瞄了一眼杵在那儿问东问西的大厨,撒谎道:"是这样的,爹说世子乃我的救命恩人,所以要我来亲自做道菜给他品尝,所以洋葱炒鸡蛋就由我来做吧,你可以回房休息了。"

"静儿小姐还会洋葱炒鸡蛋?"

"开玩笑,我不仅会洋葱炒鸡蛋,还会鸡蛋炒洋葱,你快回房吧!"

"哦,那静儿小姐你一会儿要是不想做了,记得叫四九一声。"

我点头,拿起菜板上的菜刀切起洋葱,那股子刺鼻的味熏得我泪眼蒙眬。

这时,一阵清冷的声音飘入我耳中:"真是让我刮目相看啊,原来你还有雅兴在膳房亲自下厨做菜?"

我连头也没回,便猜到说话的人是谁,转头闷闷不乐地说道:"咋了?我做菜碍着你了吗?你不在大厅吃吃喝喝,像条滑不溜秋的泥鳅跑来膳房干吗?"

"不干吗,就是突然觉得你家府上厨子的手艺今天很不合我胃口,我打算去醉仙楼喝酒,你要不要一起去?"小刘子的声音冷冷清清,让人听不出丝毫情绪。

我一边流着泪,一边故作严肃地说:"我干吗要跟你去啊?"

"原来你不想去啊,我还记得在回疆曾答应过你,等你病好了带你去吃驴肉。你既然不想去,那就算了。"

"等等……"我的意志不仅在美男面前不够坚定,在美食面前也是。于是我赶紧放下菜刀,转身一把抓住小刘子的胳膊,凄惨兮兮地望着他,眼泪顺着我的腮帮子蜿蜒而下:"我要去!"

我话音一落，小刘子就皱起了眉头，脸上的表情很是古怪，闪过一丝复杂的神色不说，还泛起了一层红晕。而且，他那像鹰一样锐利的眼睛也紧紧地盯着我瞧，仿佛失了魂般，久久不肯移开视线。

“你看什么？”我费劲地咽了一口唾沫。

“你觉得呢？”他抿唇，伸手捏住我的下颌，动作像闪电一般会我躲闪不得，“你居然敢用这么招人怜的神情看着我！你是在向我投降，还是打算引诱我呢？”

这人缺心眼得厉害，没看见菜板上的洋葱吗？我撇嘴，不爽道：“把你这句话跟我咽回去，我是眼睛被洋葱熏到了才会……”可是话还没说完，我的嘴就被两瓣软软的带着酒香的唇给堵住了。

呃……为什么他这次把舌头都伸进来了？

我非常粗鲁地将他推开，咬牙切齿地骂道：“雪特，我跟昭哥一次也没有吻过，就和你吻了不下三次，你想血舞地板了吗？”吼完那句话，我就伸手拿起一个洋葱朝着小刘子扔去。小刘子漫不经心地朝左侧了侧身躲过了我的攻击，一道倩影露出门外。拿着洋葱准备故伎重施的我顿时愣住了，手不受控制地抖动了一下，洋葱便骨碌碌掉了下去。

因为那个人是唐婉。

只见她浑身透出森冷的气息，视线冰冷地落在我的脸上，眸底闪过一丝杀机，快得让人难以捕捉。

她狠狠地瞪了我一眼，扔下一句“原来姐姐还是一个口是心非的人”就拂袖走了。

“唐……唐婉……”我往前走了两步，望着她的背影想着自己现在说什么她可能都听不进去，就干脆停下去追她的脚步。转过头瞪着朝我走来的小刘子，愤愤不平地道：“都怪你，不是你我也不会说出那种话，你快点走。”

小刘子怔怔地看着我，我推开他，往子逾的厢房方向走去。

一阵飘渺的笛声从南苑悠悠地逸出进入我的耳中，这笛声比以往的更加缠绵忧伤，透出一股清寒。让我心底无端地生出一种茫然的感触。

我侧目望着通往南苑的长廊，若有所思了一会儿。见四周没人便悄悄地溜进书房，点上蜡烛在案桌前翻找出明日爹上朝呈给圣上的奏折，提起笔模仿着他的笔迹，写道：“通州大旱，百姓蒙灾，官吏与大户无视民间干旱疾苦，以刁民为由欺压百姓。朝廷发放赈灾粮草，虽能救一时之急，但已消耗国库大半存粮，所以微臣斗胆想请圣上一试，再生稻法……”

写完心中想说的话，我将笔搁在一旁等字迹风干后才合上折子，灭了烛火往西苑暖阁走去。突瞧见一道人影从西墙外的林子疾掠而过，只见那人身着亦邪亦正亦风流的白色长衫，面戴一张蝴蝶形状的面具，只露出双目。

我顿时一怔，这不是夜先生吗？怎么他也来锦城了，三更半夜鬼鬼祟祟的是要去做什么呢？我顿感纳罕，十秒钟之后才回过神来，再侧头看夜先生时，他的身影已离我越来越远，想喊他恐怕来不及了。

我赶紧从后门追了出去，瞥见他的身影这时已出了城，向城西一处乱坟走去。我想快步跟上，却不见了他的踪影。这也难怪，我跟他之间本就隔着一段很长的距离。

我停下脚步，举目四望，突闻一阵狼嗥枭啼，呜呜不止，再加上四周漫流出的一股雾气，顿时给此地平添了几分神秘。我思量着要不要去前方查探一下事情的究竟，忽然看见一条羊肠小径上有一烛星火，像有人提着灯笼在行走，难道是夜先生？

我在原地犹豫了一下，就贼贼地摸黑一路磕磕碰碰朝着前方走去。赫然发现前方有一间三十平方米不到的茅屋，里面点着烛火，隐藏在灌木丛生的林子里。我脑中突然闪过一个念头，这夜先生专程在这孤魂野鬼出没的地方搭建了个极其简陋的住所，难不成是为了养小三！

想到此，我心里顿时涌起一种悲壮的感觉，伸手揉了揉被磕得血流不止的膝盖，轻手轻脚地走到茅屋的窗户下……

夜先生低声道："秋霞，你急着找我出来，有什么事？"

秋霞道："三天前你未回锦城时，我收到云纵的飞鸽传书。他说不知何时，鹤峰堡废弃的仓库一夜之间竟无故多了几百辆粮草。我当时觉得奇怪，鹤峰堡守备森严，怎会无故出现粮草，就匆忙赶了回去，发现那些粮草全是官粮。"声音轻柔，透出一丝情意和紧张。

官粮？我身子一僵，心中随着秋霞的那句话也跟着隐隐不安起来。

我皱紧了眉头，正揣摩是谁想陷害夜先生，就听见夜先生不温不热听不出丝毫情绪的声音："你有查明原因吗？"

"事情来得太突然，我无从查起。不过就依仓库里的官粮来看，想必鹤峰堡里面有人和朝廷里的人勾结……"秋霞刚说到精彩部分，山下冷不防地突然响起一阵震耳欲聋的马蹄声。我心中一怔，忐忑不安地转过头去，借着月光只瞧见黄尘滚滚，其他的却什么都看不见。我犹豫着要不要先闪人，茅屋里面的烛火就那一瞬间熄灭了，紧接着传来夜先生的声音："秋霞你赶快离开，估计是我来的路上被人盯上了。”

“那你呢?”

“门外还有一个人,若我走了,岂不是让她做了替死鬼?”

听到这番话,我暗忖他不会是在说我吧?这时夜先生已步出了茅屋,直挺挺地站在我的面前,一双深邃的眸子在漆黑的夜晚显得格外的明亮。我瞧见他眼底闪过一丝复杂之色,隐藏还藏着几分杀气。

“呃……”我贼贼地笑着,胸膛里的那颗心脏啊往下沉了一下又荡了起来。

夜先生皱了皱眉头,嘴角往上一瞥,勾起一抹似笑非笑的古怪神情,和他脸上的那张面具搭配在一起,让我有一种怪怪的感觉。正想询问他怎么了,就瞧见他眼中的精光暴涨,闪过嗜血的杀意,连句话也不说直接抖动手中的长剑朝我刺了过来,带动一道白光快落在我身上时,我的小心灵受到了极大的惊骇,暗忖他不会想杀我吧?

我的耳畔却诡异地传来了秋菊的声音:“小姐,小姐,你醒醒,醒醒啊……”我霍地睁开几乎黏在一块的眼皮,一下子坐了起来,就瞧见秋菊那张熟悉的脸孔一张大特写。

“我……我还活着……我没有死啊……”我伸手摸了摸自己是身子,带着哭腔,一把抱住秋菊,眼泪哗啦啦地直往外流,“原来夜先生真的是只腹黑君……”

“小姐,你在说什么,你是不是做噩梦了?”

“噩梦?”我呆住,恍恍惚惚中分不清真假,额头渗出汗来,“昨夜不是你救我回来的吗?”

“小姐在说什么,奴婢怎么一句也听不明白。不过,奴婢进房给小姐收拾暖阁时就听见小姐一直喊救命,可是奴婢怎么叫小姐你,你都醒不来。”

噩梦?难道我昨夜修改完爹的奏折就回暖阁蒙头大睡,做了一场惊心动魄的梦?我赶紧拉开被褥,卷起裤子查看膝盖,发现上面好大两块瘀青,正透着丝丝缕缕的疼痛。昨晚发生的那一切绝对不是在做梦,估计是夜先生将我打晕了送回府上的吧?但是我当时却明明感觉到夜先生是真的想杀我,眸子里面透出的那股杀意,是真正的杀气啊。

不过话又说回来,我是怎么回来的呢?我指着膝盖上的伤口问秋菊:“你看我膝盖上的伤,这是噩梦造成的吗?”

秋菊把脸转向我道:“小姐膝盖上的瘀青,可能是昨儿夜里翻身时不小心磕到柱子了。”

她的回答太有地球人的思维了,让我深深地相信昨晚发生的那一切绝对不是梦。为了搞清楚究竟是怎么一回事，我赶紧一骨碌从床上爬起身，简单梳洗后入宫去。我要找到小刘子跟他讨论下这夜先生昨晚到底是什么意思，魔掌居然伸到我这儿来了。

我气哼哼地到了皇宫，先去搓宫向魏公公报了个到，从他口中得知小刘子此时可能会在去乾清殿的路上，我就拿了几块糕点一路啃着往乾清殿的方向走去。

隔得老远，我眼神一瞟就瞟到了小刘子的身影从宫门外走了进来，脸上板起一副冷淡的表情，也不知在看哪儿，目光有些飘忽。

我赶紧跑了过去，敏捷地移动着矫健的步伐，用身子硬生生地将他的去路给挡住。他缓缓地抬起眼眸用冷飕飕的目光瞧着我，我不以为然，睁大眼睛也仔细瞅了瞅他。现在隔得近了才发现他昨儿睡得好像不太好，苍白的脸色下一对眼睑略显浮肿不说，还有严重的黑眼圈，不过却不影响他绝美的俊容。

他似乎不能忍受我这么赤裸裸地盯着他看，有些不悦地勾了勾嘴角沉声向我问道:“你看够了吗，大清早的来这儿就是干这种神神叨叨的事？”

我把最后一块糕点塞到嘴里，笑眯眯地咀嚼道:“我有件非常重要的事要跟你说。”

小刘子剑眉一挑，眯起眼睛用怀疑的眼神将我从上看到下，然后不冷不热地道:“你会有什么重要事？我现在急着去面圣，没太多时间，你最好长话短说。如果因为你在这儿耽误了要紧事，圣上怪罪下来，谁都担当不起。”

真是了不得了，现在不正面跟我掐架，改拿圣上来压我？

我简直要癫狂了，但一想到昨晚的事，我就把即将爆发的情绪深深地吞到肚子里，打起精神对他说:“这事情非同小可，三两句话是说不清楚的。不如你先去面圣，完了之后来搓宫找我？”

小刘子不语，神经质地笑了起来，活像大晴天被雷劈了一样，那阴恻恻的声音害我这个心理素质过硬的人也忍不住打了个寒噤。

我伸手拍了一下他的肩膀，再三叮嘱道:“你记住啊，一定要到搓宫来找我。你要是敢不来，我就给你整一个现代化的摩登发型，让你今后无论走到哪儿，都带着一股猥琐之气。”话一说完，为防止小刘子发飙，我赶紧转身连头也不回地往搓宫跑去。

回到搓宫我见那帮小兔崽子在里面打打闹闹玩得很嗨皮，便朝外面的亭子走去。

大概等了一盏茶的时候，小刘子的身影从门外走了进来，映入我的眼眸中。

“哥们,你真够朋友啊!”我欣喜若狂地起身朝他走了过去,嘻嘻一笑道,“我还以为你不会来的,都准备过去捉你了。”

他摆出一副冷冷淡淡爱理不理的态度,淡淡地说道:“你究竟有什么重要事,要跟我说。”

“是关于夜先生的。”我斜斜地靠在身后的一棵树杆上,在脑中把昨晚的事整理了一下,顺便再组织了一下语言,哇啦哇啦地说道,“昨晚我回府之后看见了夜先生从我后院的西墙飞过,一时觉得奇怪他怎么突然会出现在锦城,我就悄悄地跟随着他去了城西。结果原来这夜先生是去跟一个叫于秋霞的女人会面,而且那个叫于秋霞的女人跟他说什么鹤……鹤峰堡废弃的仓库里无缘无故多出很多米来,并且这些米都是朝廷丢失的官粮,还说鹤峰堡里面有人跟朝廷里面的人勾结……”

我话犹未尽,小刘子脸上的表情骤变,一双眼睛睁得比铜铃还要大,伸手拉着我的胳膊,朝着我也不知道的地方走去,跟开了外挂一样。

我觉得诧异,狠狠地瞪着他,道:“你干吗,我话还没说完,你要带我去什么地方啊?”

“宫里人多口杂,此事不宜在这地方说。”小刘子低声道。

“那……那我们去什么地方说?”难不成还去开间旅馆,秉烛夜谈?

“世子府。”

真囧,一听到这三字,我就只想撤退回家,可是挣扎不得。

一会就到了他府上,他径直将我拉进了他的房间,顺手关上房门,走到桌前斟了两盏茶,递给我一盏,就自顾自地坐在一旁。

也不知他脑袋瓜子里面现在装的是什么,我赶紧远离他退到雕花棂子窗旁,惴惴不安地在原地徘徊。

“你很害怕和我独处?”他的声音幽幽地传到我的耳中。

我神情有些恍惚,愕然抬头望着他,道:“你说什么?”

他起身来到我的身前,以四十五度角仰望窗外景色,道:“没什么,你继续说你在宫里没有说完的话吧。”

我缓了口气,说道:“最重要的我已经说完了。因为那个时候于秋霞说他们里面有人和朝廷里的人勾结之后,山下莫名其妙地就响起一阵马蹄声,将两人的话语声给打断了。”

我离开小刘子身边走到桌前坐在椅子上,闲闲地抿了一口茶,继续道:“并且这对我说也没什么奇怪的，让我奇怪的是，我偷偷地躲在窗外连一丝声音都没有发出，甚至都小口小口地呼吸，居然都被夜先生发现不说，他一走出来连话也不跟我说就想杀我。可是我又记不得后来究竟发生了些什么事，甚至我连自己是怎么回家的都不知道。我问秋菊，秋菊说我是在做噩梦，可是我觉得一点都不像在做噩梦。刘文轩，你帮我分析下，他当时为什么想要杀我？"

我等了几分钟，见小刘子不回答我的问题，以为他不相信我后面所说的话，就将裙子提起把双膝露了出来，给他瞄了一眼，道："你看，这个就是证据啊。那西城的路又烂杂草树根又多，一路走去磕得我浑身都是伤，这下你总该相信了吧？"

小刘子愣了一下，眼中晃过一丝异光，道："我并没有说我不相信你所说的话，像你这种毛手毛脚又呆头呆脑的人，什么事情会做不出来？只是我很好奇，你究竟怀了怎样的一种心态才会三更半夜溜出府去跟踪他，还将自己弄得遍体鳞伤。"

"你……"他的话严重地侮辱到了我高尚的智商，我将嘴巴撅得老高，有一种上去踹他两脚的冲动，"我也只是好奇他什么时候来的锦城，而且大半夜鬼鬼祟祟要去什么地方而已。却没料到他居然想要杀我，你说他有何居心啊？"

"夜先生怎么可能会杀你？"小刘子淡淡瞥我一眼，嘴角勾起一抹轻蔑的笑意，有些嘲弄地说道，"即使是牺牲掉自己的性命，他都绝不会将你置身于危险之中。他举剑袭击你，想必是你周围有敌人入侵，让你产生出了错觉，不然你以为你现在还有命站在这儿和我说话？"

听完这番话我微微一怔，一直以来我都怀疑自己在又傻又聋又哑时可能和夜先生认识，现在终于有了一个明确的答案。不过这些并不重要，我挑了挑眉道："既然如此，那你知道鹤峰堡在什么地方吧？我要当面和他商讨下昨晚的事。"

"无可奉告。"小刘子深幽的眼眸此时变得格外的深沉，像暗藏着一缕焦虑。他叹了一口气，缓缓地转过身拉开房门，走了出去。

"你这人……等一下啊，你要去哪儿？"

"书房。"

"你去书房干什么，你不是更应该去看夜先生吗？鹤峰堡的仓库无缘无故出现官粮，你不觉得奇怪？而且要是这件事情走漏了风声，夜先生可是跳到黄河都洗不清了。你身为朝廷命官又是他的朋友，怎能坐视不理呢？"

"你是想让我带你去鹤峰堡？不过你既然都说我身为朝廷命官，我的心当然是向着朝廷，把圣上交给我的事办好。你若是想去不妨自己去找。另外，"小刘子皮笑肉不笑地看着我，表情很欠抽，"我忘记告诉，你现在赶快回府吧，你爹在府上正等着你回去家法伺候。"

"……什么意思啊？"他这话来得太莫名其妙，让人摸不着头脑。

"今儿上朝，圣上看了你爹呈上的奏折之后龙颜大怒。"他边走边说，缓缓地伸手将身上镶有皮草的官服脱下抱在胸前，他立马从禽兽变成了一只小白兔，"我私下问过你爹，你爹说是有人窜改了他的奏折。这种大逆不道的事，丞相府除了你唐静之外我想不出会有第二个人。还有啊，我当时心情一好，不知怎么的就顺便把自己的猜测告诉了你爹。"

一听这话，我心里感到十分的纠结和火大。跟着小刘子去了书房，露出一副死活不肯回去，赖在他家不走的表情。突想起电视上面经常出现昏君龙颜大怒之后要抄家的片段，忍不住弱弱地问道："那圣上会不会株连九族？"

"你现在回府去，不就知道了。"小刘子将手中的官服随手扔在一旁，坐在太师椅上拿起一本兵书，埋头苦读不再理我。也不知他是真的在看书还是在装样子给我看，就那一副囧囧有神的神态，拿出去晒晒铁定会吓死一帮人。

我赶紧蹭了过去，一把将他手中的书夺过，他抬头望着我。

我说："我现在回去岂不是去送死，你不如直接告诉我，这圣上到底对我爹说了些什么？"

小刘子眉心微锁，凝眸注视着我的眼睛，嘴角勾起一丝淡笑道："你真的很想知道？"

"当然了。不过依你刚才的话，想必他都没有采纳。只是我想不通他不采纳的理由是什么？"说完这话，我忍不住在心中嘟囔一句不敢说出的话语，"这么一个能解救苍生的好办法居然都不用，真不知圣上的大脑是用来干什么的？"

小刘子垂眸略一沉思，浅笑道："那我们做个交换条件？"表情格外的认真，好像不是开玩笑那样说说而已。

我眉头不禁微蹙，道："这朝廷里只要当官的人都知道的事，你还跟我谈条件了？"

"可是你不知道啊，你还想从我这里了解整件事情。"小刘子讪讪地笑着，"难道你还搞不清楚眼下的状况吗？"

好你个小刘子啊，现在还学会了趁火打劫，明明知道我现在不敢回家，又焦急地想知道整件事情的经过，就故意跟我掐上了。

我……我 hold不住啦，想要河蟹了他。真是太苦逼太憋屈了，为什么每次都要被这厮压榨啊，我一定得找个时机让他把吃进去的都给我吐出来！我一拳袭在案桌上，愤愤不平地说道："说吧，到底什么条件？"

"弃权吧。"

我愣住，屏息看着他，无法理解他的思维一下子转到了哪儿去，竟说出那三个字来。

他垂下眼眸，起身走到书房的门外，似是在看满园我不知名的大树冒出的嫩芽。恰巧此时一缕暖风从长廊上走过，吹动他如墨般黑色的长发在半空轻轻地纷飞起来，紧接着我听见他轻微一叹，幽幽地说道："两日后的对决，那是我跟左昭之间的恩怨，与你无关。我的条件就是要你答应我弃权，那日不要出现在皇宫的禁区。"

我抿了抿唇道："你这个条件让我很难做人，我答应了他就不会食言。虽然我这个人有些时候是没心没肺的，但是我娘经常告诉我，既然答应了别人的事，无论再累再苦都一定要做到。如果做不到就不要随口答应，让对方失望。"

"你真的就这么在乎他？难道你我在回疆相处的日子，都抵不过你跟左昭之间的感情？"

"……"我沉默，望着他略显寂寞的背影，心中涌起一种说不清道不明的感觉，很复杂，很纠结，很苦涩。

许久，他转过身来，双目中透出一抹若有若无的凄凉之色，似乎还有袅绕的雾气正氤氲开来。这是我第一次看到他如此脆弱的样子，整颗心都陡然往下沉去，像跌入一个黑漆漆的谷底，跟着变得伤感起来。

第十四章
左昭王围剿夜先生

左昭怔住，脸上闪过一种胸口被某样东西狠狠击了一下的表情，嘴角扯出一抹苦笑，道:“是否你在西宁做出的一切，都是在骗我？”

我也不知自己是中邪还是母性的本能在此时大放光彩，竟然忍不住朝他走去，想握住他垂在身侧的手告诉他别伤感，姐会给你温暖。却瞧见他深深地吸了一口气，仿佛做了一个很大的决定般。

他正想对我说什么，林枫的身影很不是时候地从拱形的石门外急匆匆地跑了进来。吓得我赶紧把快触碰到小刘子手的那只手猛地收了回去，转目望着林枫。只见他脸色异常苍白，额上布满了虚汗。

“世子，不好了……大事不好了……”

“什么事？”小刘子缓缓地道，神情淡然。

林枫瞄了我一眼，估计是不想让我知道什么，悄悄地凑到小刘子耳边叽叽咕咕地说了几句话。小刘子顿时露出一副大惊失色的神情，浑身上下冒出一股凛然的杀气，透出衣衫向我迎面扑来，快把我整个身子都给射穿了。

“怎……怎么了？难道是因为奏折的事，圣上他心中耿耿于怀以为我爹居心不轨，想要送他进天牢？”我实在想不出来，林枫不愿让我听到的事除了圣上突然抽疯想找我爹的麻烦之外，还会有什么不可告人的秘密不能当着我的面说。

林枫瞥我一眼，嘴角勾起一抹淡淡的笑意道：“静儿小姐不必惊慌，并非是丞相出事。不过说起丞相的奏折，今儿我入宫也略有耳闻，丞相的再生稻法让圣上赞许不已。只是圣上问及这再生稻究竟是怎么一回事时，丞相被问得哑口无言，安丞相紧紧相逼，他最后才说出实情。”

“实情？”

“嗯，说是他义子出的主意。真是让人出乎意料，丞相居然收了一位才华出众的义子。想必此人是位淡泊名利的君子，不然怎会将自己的才华埋没于山林间，过着清淡如水的日子。说起此人，我真想跟他会会面……”

义子？我被这狗血的两个字萌到了。

真不知爹是怎么搞的不把功劳往自己身上揽，平白无故地说个义子出来干吗？而且他上朝之前没有看见我放在他奏折下面的小纸条吗？我在上面密密麻麻地写了好多字，全是说明再生稻的事啊。

我伸手拍了拍脑门。

小刘子侧目瞥我一眼，眉头微微蹙起，走入书房，从剑架上取下长剑挂在腰间，连一句话也不留下就拂袖而去。

我再次愣住，刚才光顾着听林枫回答我的问题，倒是忘记问他刚才究竟跟小刘子说了些什么。

我在原地犹豫了一下，便撇过头询问林枫："那你刚才跟刘文轩说的是什么事？怎么他一下子间就像变了一个人一样。"

"是……"林枫话音有些迟疑，犹犹豫豫了好半晌才说道，"是关于官粮的，如今朝廷已查出夜先生老巢的所在地，并且确认官粮所藏之处，所以圣上正派兵前去捉拿他。"

什么？这消息传播的速度怎么比街头大妈八卦消息的传播速度还快，我才和小刘子说了不到一刻钟就跑到圣上的耳中了？天啊，我赶紧举步朝小刘子离去的方向追了过去。

"刘文轩，等等我，你要去哪儿？"

"去喝花酒，你是不是也要跟我一起去？"

"你不要骗我，喝花酒的人会佩剑吗？你是想把窑子里面的姑娘都吓死啊！"我皱着眉头望着他，重重地吐了口气道，"林枫把什么事都告诉我了。"

小刘子转过头严肃地看着我，道："现在回府去吧，你刚才不是已经从林枫口中得知关于今儿上朝的事了，你爹是不会为难你的。夜先生的事我不想把你卷进来。"

"我才不要回府，你要去什么地方，把我带上吧，我们不是哥们吗？"我伸手一把挡住他的去路，促使他上马不得。

在我孜孜不倦的骚扰下他最后终于低了头，揽住我的腰将我提上马背，一路狂奔往北城而去来到一座酷似山寨的地方。门外有两个穿着黄色衣衫戴着红色头巾的男子站在高高的木塔上监控着一米以外两米之类的动静，似乎发现可疑人物就吹响手中的号角。

小刘子拉了拉马绳，停在栅栏外对着上面的人说："夜先生在吗？"

我微愣，暗忖：难道这儿就是鹤峰堡？神色略微有些恍惚未听见上面的人回话，小刘子带我下马朝着里面走去。虽然这一路不算太长，但是处处都有人巡守。要不是我跟夜先生接触过，我会以为他是搞反动派的。

我随着小刘子迈入一扇通往另一房的圆门后，就来到了大厅。这大厅的装修格调其实很普通，就和电视上面经常看的是一个样，左右两边是供客人坐的椅子和摆放茶盏的茶几。如雪般白皙的墙面上绘了一幅水墨兰竹，看样子应该是出自夜先生之手，因为画的尽头有他的章印。正前方有张罗汉床，上面铺着一张完整的老虎皮，可以想象夜先生坐在上面尽显王者风范的场面。

在我一双火眼金睛的扫视下，终于发现了对我来说特别有意思的东西，就是上方的宝座旁有一个只会出现在审问犯人的监狱中的铜炉，里面正燃烧着木炭。

我蹭了过去，拿起一根专门在人脸上做烙印的烙印棒欣赏着。

我嘴角勾起一抹坏坏的笑容，走到小刘子身边，把烙印棒凑到他面前说道："这个是可以在人的身上烙下印记的东西吧？"

他面色如常，道："你问这个干什么？"

"你觉得呢？"我用一种能魅惑人心的声音说道，"刘文轩，要不要我在你胸膛烙个印记证明我俩曾经也是好朋友？如果你怕的话，就老实回答我三个问题，我可以不给你烙印记。"

"你好大的胆子，居然敢用这种手段来威胁我？"他狠狠地瞪着我，目光犹如一道冷风吹打在我的脸上。

我走到他身旁的椅子上端坐，撇嘴道："还不是跟你学的。不过反正你又不会吃亏，而且我想问的问题都是你随口就能回答的。趁现在夜先生躲在闺房里不出来，我们就聊聊嘛。"

小刘子冷冷地哼了一声："你是想问我和鹤峰堡勾结的人会不会是我，对吗？"

"不是，我从来就没有想过你会是做这种事的人，虽然你有时候很禽兽，但还算是光明磊落的人。"

"是吗？"他面露欣喜，但只是一瞬。

"当然了。你看我这般信任你，你是不是应该告诉我，在回疆时你跟鲁姑娘说了些什么促使她改变主意？还有，夜先生对你说了些什么？另外，你跟左昭之间为了什么事非得要刀剑相搏？"

"你是否忘记了，我曾经告诉过你的话？"小刘子深邃的眼眸中有抹流转的清辉，宛如风中绽放的樱花。他走近我伸手勾起我的一缕发丝在手中把玩着。

我抿了抿唇，道："你说过的话多得去了，就像连绵不断的细雨，又不激情澎湃，谁记得住啊？"

小刘子嘴角扬起一个好看的弧度，道："我是说，等你让我看得顺眼后我再告诉你，很可惜你如今依旧让我看不顺眼，所以等你顺眼之后再来问我吧。"

"你……" 我青筋直暴，直想抽他两嘴巴，"你信不信我现在就给你烙印记？"

小刘子垂下眼眸，端起一位女仆送来的茶盏，闲闲地饮着茶不再搭理我。

我正纳闷他那脑袋瓜子里此刻在盘算着什么，就瞧见他用似笑非笑的眼神瞥了我一眼，然后又用一种十分嘲弄的语调，对我说道："才觉得你有那么一点可爱了，你就胆大到想爬到我的头上撒野？"

这话完全是在检测我的心理承受度，让我那潮湿阴暗的玻璃心顿时"哗啦哗啦"当场进入石化状态中。嘴里哼哼唧唧地正想骂他，就在此时门外突然响起了一阵骚动。我的注意力全被吸引了过去，我扭头凝眸注视着从门外走来的犹如一团烈火般的女人。

她给我的第一印象就属于那种英姿爽飒的人，五官极其精致，皮肤白嫩如凝脂，在艳俗的红衫映衬下，她出奇地有一种魅惑人心的魅力。紧跟她而来的人便是夜先生，两人站在一块还蛮像一对夫妻的。

我忍不住笑了笑，听见夜先生询问小刘子的声音："世子突然来访是不是有要事相告，你把静儿姑娘带到这儿来有些不妥吧？"

"怎么不妥了？"我一阵抢白，"难道你这儿就只欢迎刘文轩，不欢迎我了吗？"

"那倒不是……"刚听夜先生敷衍了我四个字，小刘子却将我拉到一旁，似乎是不想让我妨碍到他跟夜先生的谈话。

他眉头紧蹙，薄唇微挑，直接进入正题："这鹤峰堡的仓库出现官粮的消息已经走漏了，朝廷现在正派兵前来围剿，说是务必要将你抓获交由刑部处理，并且还要查出与你勾结的朝廷的命官。我知此事与你无关，但是仅小王一人的片面之词很难给你洗脱罪名。你现在快走吧，如果一旦被捉住，恐怕后果不堪设想。"

"什么？"夜先生仿佛吃了一惊，一双眼睛睁得犹如铜铃大，半晌才道："世子，逃是没有用的。那些官粮能神不知鬼不觉进入鹤峰堡的仓库里，只能说明这幕后黑手不仅仅是想将鹤峰堡里的人成为他的替死鬼。有可能他已经知道了什么，甚至是想……"话说到这儿，夜先生的目光变得深不可测，扭头望着小刘子似乎在传递我无法看懂的信息般。小刘子神情冷漠，紧蹙的眉头又深了一分。

然而此时，外面突然传来哀怨绵绵的号角声。我身体一僵，心中莫名不安。正想发问是否有不速之客闯了进来，耳边就骤闻小刘子急急的话语声："没想到这么快他们就来了，夜先生你赶紧带静儿离开，剩下的事就由我来处理。"

他的话音一落，一道冷邪又铿锵有力的声音却在那一瞬间随风飘来直逼人心。"你们谁都走不了！"

这声音，是左昭？

我怔住，手指不由自主地握紧了衣袖，侧目循声望去，瞧见左昭的黑甲铁骑成两列站在门外，而他穿着军甲背脊挺得笔直，从中间一步步踏着官靴沉着而有力地走了进来，深邃的眼眸里透出森冷的寒意。当他的目光落在我脸上时，瞳孔一阵紧缩，俊容上布满了愤怒。

他瞪着我，我有些不知所措地往后退了一步。

他收回目光望向我身侧的小刘子，一声冷哼从唇边逸出，道："当初从边关回来听闻官粮在运往各县救济百姓的途中屡次被劫，就觉得事有蹊跷，仅凭这盗粮大盗，如何有本事能次次得逞，并且还在第一时间就取得消息，来去自如。想必这歹人在朝中必有内线，若非今日亲眼见着，我还不敢相信原来和对方勾结的是世子！"

闻言此话，小刘子不加以反驳，反而神态淡然，意念之间满是不屑。

"想必世子心中早已有数，这官贼勾结罪加一等。若你束手就擒，我可免你少受皮肉之苦，如若不然我不介意将你就地正法。"

我挑了挑眉梢，觉得左昭这话说得太像有那么一回事，让人无法洗白。而且他这次带兵前来捉拿夜先生，但是他的目光由始至终都没有瞄过人家一眼，这让顶着朝廷重犯罪名，名气响当当的夜先生情何以堪啊？看来还是小刘子比较合他的胃口。

我在心中沉沉地叹了一口气，见大家都缄默不语，就开口为小刘子辩解道："王爷，你说刘文轩和夜先生勾结，那么证据呢？"

左昭似乎没有料到昨日还向着他的我，今日竟然当着小刘子的面开始反他了。他眉头微蹙，一双眸子如寒冰般，把周围的空气瞬间冰结凝固。

他薄唇紧抿，将冰冷无情的眸光射向我，让我有种身体赤裸裸地露在寒天雪地里的感觉。他低哑地说道："你方才说什么？"

在他凌厉冷酷的目光下，我不由自主地打了个冷战，即使修炼到目前浑身插满避雷针都无法避开那怒火的爆击。

我咽了口唾沫，故作淡定地将方才的话重复一遍："我说，王爷你说刘文轩和夜先生勾结，那么证据呢？什么事情都要有证据，难道就凭他跟夜先生站在一块，他就有罪了，就是在和对方勾结？"

左昭下颌紧绷着，漆黑如曜石的眼中突然没了任何情绪，像努力压制住在胸膛里燃烧的怒火般，然后来到我的身前伸手一把抓住我的手腕想将我带走。

那一瞬间，我眼角的余光瞧见小刘子脸上的表情明显起了变化，举步正要前来却反被夜先生阻止了。

左昭将我带到门外，沉沉地吸了一口气，道："你知不知道你方才究竟在说些什么？"

"我知道。"我面无表情，冷冷地道，"就因为我知道，所以才会如实相告，劫取官粮的另有其人，与夜先生无关。"

"阿静，为什么你要帮着曾经想要伤害你的人说话，难道你忘记当初是谁想杀你，才会促使你来到西宁将你卷入战场？"

"我记得，但是那个时候我说那些话都是骗你的。是我自己离开丞相府想去回疆，就顺着你的话找了一个合适的理由，不想你多问。"

左昭怔住，脸上闪过一种胸口被某样东西狠狠击了一下的表情。他嘴角扯出一抹苦笑，道："是否你在西宁做的一切，都是在骗我？"

我不敢正视他的眼睛，避开他略显沉痛的目光，静了静，努力保持镇定道："除了夜先生的事，其他的都是真的。昭哥，你信我一次好不好，那官粮真的与夜先生无关，我在通州亲眼看见他救济那些食不果腹的百姓。"

"为什么你这么相信他，就因为你在通州看见他救济百姓？"

"不仅仅只是他救济百姓，是因为刘文轩相信他，所以我才会更加相信他。我站在正义的这一边。"

我话音一落，左昭的身体猛地一震，脸色也变得惨白。他闭上眼睛，静了好一会儿，才睁开眼对我说："那么我告诉你，就算我相信了你的话又有何用？我是奉旨前来捉拿他，圣上的一句话就是圣旨，我无从抗命。"

"既然这样，"我转过在空中游移的目光定格在他脸上，凝视着他的眼睛，道，"那么我现在和朝廷重犯做朋友，昭哥是否也要将我送入天牢严刑拷问？"

见他不语，我又道："试问你们在这儿找到官粮了吗，你们又亲眼看见夜先生劫取官粮了吗？一切都是道听途说，那么道听途说的话又有几句真几句假？”

“你……”左昭狠狠地瞪着我，被我的话气得满脸通红。

我不言亦不语地杵在原地，很快就被一股令人感到窒息而又充满紧绷的气息紧紧包裹，身子竟然摇摇晃晃起来，像中了化骨绵掌似的。

许久，左昭发出一阵大笑，俊俏的面容上闪过两种十分矛盾的表情，深邃眼眸里流露出浓烈的情愫，像月色的清辉缓缓地流淌入我的心中。

他伸手前来将我拉入怀中，带着一丝气恼和疑惑地说道：“我怎么会遇上你这样的女人？”

我微怔，神情略有些恍惚，不明白他刚才那话想表达什么意思，他就突然俯下身来，将两瓣紧抿的唇覆盖在我的唇上，如蜻蜓点水，却带着好似罂粟的诱惑。

我胸膛波澜激动，脑袋瞬间陷入混乱之中，想要挣扎离开他的束缚，却陡然察觉一股怒火宛如原子弹从左侧射了过来。

散发这股熊熊烈火之人似乎要将我以及左昭挫骨扬灰，活生生烧死在他的目光中。我下意识地瞥眼望去，只见小刘子的身影宛如一道巨浪从江中冲天而起，汹涌澎湃地袭了过来落在我的身边，硬生生地将我从左昭的怀中拉开。随即，他将手中紧握着的佩剑顺势刺向左昭那脆弱的咽喉，这动作完美得找不出一丝瑕疵。左昭身后的黑甲铁骑顿时一惊，在第一时间如闪电般朝小刘子疾来，举剑挡住了他的攻击。

这惊心动魄的场面看得我心中一寒，手指猝地一紧，往前走了一步伸手想去抓住小刘子的胳膊扯回他的理智，可是肩头却莫名地往下一沉。我愕然转目，瞧见夜先生不知何时竟站在我的身后，手紧紧地抓着我的肩膀。

“退下。”左昭用阴沉的语调发号施令，将我的注意力又吸引了回去。

他目光阴狠，语气嘲弄地道：“世子真够傲慢的，你是在挑战我对你的忍耐极限吗？不过很可惜，方才就差那么一点点，你的剑就能穿破我的咽喉。”

“少废话，拔剑吧。”小刘子唇角泛起的弧度完全暴露出了他内心藏怒宿怨的情绪。

左昭扯了扯嘴角，声音里透出一丝戒备，悠然一笑道：“你以为你会是我的对手？”

小刘子将双眼眯成一线，简单地吐出：“不试试，又怎能知道？”

这两人你一言我一语，浑身都在散发着一股要将对方活活剁成肉酱的气势，似乎真要打个死去活来才会通体舒畅。

我焦急得犹如热锅上的蚂蚁，咬了咬唇，正准备往前踏去阻止他俩，搭在我肩上的那只手给我施加了一点压力，我被迫又跌回了原位。

这时，小刘子跟左昭已血拼了起来。那场面犹如火星撞地球一样，剑光带动气流行成一个旋涡，硬生生地将两人包裹在了其中，让人看不清里面的战况，唯有四周的叶子在我眼前扑簌簌地向雪一般凋落翻飞着。

夜先生对我说："这一场战斗是不可避免的，你如果去了不管站在那一边，结果都一样，只会剩下一个无法收拾的烂摊子，让人以命去收拾！"

我不知所云地看着夜先生，道："什……什么让人以命去收拾，你说的是什么意思啊，我怎么听不懂？你能不能说得更通俗易懂一点？"

夜先生幽幽地叹了一口气，漆黑的瞳孔里闪过一丝苦涩，道："这个要靠自己的心去领悟，在回疆我就把一切都告诉了你，包括能为你做的我都已经做了。"

这真是一句意味深长的话，我越听越糊涂，深深怀疑夜先生的语文老师是不是教体育的，不然说话怎么老是绕来绕去，又不是踢足球，直截了当不是更好吗？我皱眉深思，思绪有些混乱不堪，便抬起头迷惘地看向夜先生，欲张开口继续询问他。

这时，一股强劲的真气把前方的旋涡给震开了，袭向四面八方，吹得我衣衫翻飞，额前刘海随风扬起。

我用手挡住那阵妖风，不让灰尘沙粒进入眼中，扭过脑袋集中精神锁住火拼中的两人。只见左昭似乎落了下风，嘴角已泌出丝丝血迹，而身上小刘子却未见血光，只是如雪的衣衫上露出几丝裂痕。

左昭冷冷一笑，整个人赫如一座冰雕般发出冷绝人寰的声音道："真是意想不到，世子的武功竟会突飞猛进到让人刮目相看的地步，看来本王得全力以赴了！"

他话音一落，手中长剑的剑芒就暴涨脱手而出，在半空划出一道弧形向小刘子逼去。借此时机，他身形疾转与小刘子斜掠而过，猝地挥出一拳击往他的背脊。

小刘子似乎早已察觉，身影奋力一跃朝右晃了一下，以快如闪电的步伐闪过。

"隆"的一声，左昭的拳劲袭在了一面墙上，那墙被拳击得迸碎，顷刻间化作片砖露出个一个大洞。如果不是亲眼看见洞的周围有土灰和一些零碎的毛坯，我还以为这墙是用华丽丽的泡沫做的！

左昭出拳的那个力度，似乎是誓要让今日成为小刘子的祭日似的。一股不安的感觉骤然袭上我的心头，我还来不及思考，左昭的身影已迅雷不及掩耳的速度行往小刘子的身侧，仿佛刚才那一拳只是误导他的一个诱饵，现在才是他真正的致命一击。

只见他猛地一把抓住小刘子持着长剑的右手，目光狠冷，唇角略弯，冰冷而简短地说道："世子，该结束了。"众人还没有反应过来，他便用力扭断了小刘子两只手。小刘子发出一阵痛彻心扉的闷哼声，再无反抗之力。

左昭刚才的整套动作连贯性技术含量超高，像在拍武侠剧一样，气势非常豪迈。但是，依小刘子的武功来说，想要扭断他手的关节，估计得费很大的劲才对，而且我怎么看都觉得小刘子是故意要左昭这么做。因为他在被左昭抓住胳膊之后，就一直处于静止的状态里，唯有嘴角勾起一抹笑意，让人感到匪夷所思！更何况我身旁的夜先生居然没有要上去帮忙的意思，一双眸子淡漠得令人感到十分的陌生。

这是为什么呢？难道是出现传说中的BUG，在BOSS面前他俩被卡住了？

"还要比下去吗？"被冻结的空气中，回荡着左昭冷邪的嗓音。

小刘子双眼微眯，将急剧变幻的情绪隐藏在了瞳孔中，让人看不真切。

他沉沉地回应着左昭的话道："如今输赢尚未确定，你觉得呢？"

"是吗？"左昭玩味地反问，声音阴冷得令人感到骇异。他剑眉一扬，眼中闪过一道精光，将手中的长剑刺向小刘子咽喉。

那千钧一发间，我整颗心被惊得如死般震憾，疾呼道："不要！"身子犹如一缕脱离躯壳的幽魂，匆忙跑上前去未作丝毫犹豫，用双手紧紧握住了左昭的长剑，用足全身的力气不让他的剑再往小刘子的咽喉移去半分。

我被剑刃狠狠地划破了掌心，温热的鲜血顺着指缝如未关闸的水龙头不断地往外涌出，滴落在地面，将空气里的杀意击得粉碎。

我低眸瞥了一眼紧抿没有一丝血色的双唇的小刘子，心里有种被千刀万剐的感觉。

"你怎么能……怎么能如此残忍？"

我红了眼，眼眶中滚动着的液体让我看不清左昭此时脸上的表情，继续道："你怎么能如此残忍，将对方的手扭断再给人致命一击？纵使在皇宫禁区看见你残忍猎杀敌人的场面，我以为你只是会对敌国的人才会做出这种事而已，原来你真的就是个冷血的人。"

“是，我就是这样的一个人。只是你不明白爱情和战争都是不择手段的。”左昭的声音让人听不出丝毫的情绪，但是他手中的剑让我懂了，这个男人的血正沸腾不已，因为他在剑上施加的力度足已让我鲜血淋漓的手无法再承受。可是若他再深入一分，剑尖就会刺入小刘子的咽喉中，我脑中闪过赌上一把的念头。

倘若我赌输了，死的就是两个人，黄泉路上必会有小刘子做伴，我也不会空虚寂寞冷，至少有人跟我掐架相互虐得快活。我就怀着抓住一根救命草的心情将左昭的剑抵上了自己的胸口。小刘子脸上涌起一个复杂的表情，一闪即逝。

随即，我使劲仰起头，用混乱的目光不卑不亢地看向气息深寒的左昭，道：“你若要杀他，就先杀了我，反正这对你来说都易如反掌。”

左昭眉头微蹙，好似没有听明白我的话般，反问我道：“要杀他，就必先杀了你？”

我沉默地点了点头，他仰天狂笑，浑身上下散发着一股狂傲而又邪异的气息，真是恐怖到了极点。

我的脸苍白如纸，心如巨石般沉重，跌入万丈深渊。斜眼瞟了一下夜先生，发现他此时的眼神和先前不太一样，那里面装着满满的担忧和焦急。

这时，左昭突然敛了笑声，脸上的神态没有丝毫的变动，对我说道：“你以为我真的不敢杀你？”

“你会不会杀我，我不知道。不过凭女人的直觉，我相信你是不会杀我的。”我对自己是否太有信心了，大言不惭地说出这样的话来，一种微妙气流顷刻间在我跟他之间流淌。

“……你就这么肯定？”他眼中布满阴霾，浑身上下杀意涌动，和空气中渗出的诡异气氛掺杂在了一起。我毛骨悚然，感觉被一股无形的压力紧紧压迫着胸膛。

在这种感觉越来越强烈时，我怕自己会动摇，就斩钉截铁说道：“是的。”可是话音还未落冷，事情就发生了意想不到的逆转。我那将剑锋抵住的肌肤猝不及防地传来一阵火辣辣的绞痛，仿佛有什么东西硬生生地刺了进来，一丝黏糊糊的液体瞬时渗了出来。

我不敢置信地睁大了眼睛，低眸看去，我整个人都蒙了。一口鲜血从喉头飙了出来，那猩红的血珠在阳光的斜照下，散发着一种疯狂的光芒，像在炫耀着将剑刺入我皮肉之中的这个男人潜藏的威力有多么的恐怖。

周遭莫名地罩上一种诡异的气息，恍如暴风雨来临前令人窒息的死寂。

这时，我突然听见身后响起一阵衣衫摩挲的声音，接着就陷入死一般的寂静中，听那声音像是夜先生按捺不住想前来帮我却被人拦下了。

我幽幽地叹了一口气，闭上被雾气蒙住的双眼，做好死在下一刻的心理准备，反正刚才那些话足以成为我的遗言。谁知竟就破天荒地听到左昭发出很不稳定的声音，好像情绪波动非常之大。

他说："我真的很想一剑杀了你，可惜我办不到……你赢了……你……赢了……"

我睁开眼，他这块巨冰仿佛在我的鲜血中融化掉了一半一样，眉目间有股淡淡流转的忧伤，连同望着我的眼神都带着一种伤痛和疼惜，脸上的冷意也逐渐隐退。

他慢慢地将剑从我的皮肉中抽出，垂下头不敢直视我的眼睛，语气一下子变得轻柔低缓："今夜，我会在城南竹林等你。"然后，他转过身对黑甲铁骑下达命令道："歹人收到风声，已潜逃。全军听令，回兵营。"

我眉心微蹙，渐渐将垂在身侧已布满一片冷汗和鲜血的手掌僵硬地抽紧，心神恍惚地看着他。心底却骤然有种积满酸楚和恨意的感觉，叫人碰触不得。

我咬紧牙根，嘴角一阵抽搐，憋了许久才对他说："我不会去的。"

他脚步微微一顿，淡淡地吐出一句："不管你来不来，我都会在那儿等你。"带着他的黑甲铁骑从我的视野里逐渐远去。

我愣在原地，眼泪最终再难忍住，不知不觉间从眼眶里流了出来，沿着我的脸颊渗入我的心窝，凉了我的心。我脑中空白一片，整个人和丢失七情六欲的一副空壳似的，完全不知道后来发生了什么事。

等回过神时，只觉被左昭刺到的地方传来一阵阵钻心的痛楚，才倏然发现自己竟然躺在了一张床上，身旁站着那位英姿飒爽的红衣女子，她正用药水为我擦拭着伤口。

"那个？"我发出虚弱如蚊蚋的声音，"……姑娘，刘文轩呢，他怎么样了？"

"你放心，他很好，正在大厅跟夜先生饮酒闲谈。"

饮酒闲谈？这个畜生居然明目张胆地丢下我这个救命恩人，享受酒肉生活去了。

我无语凝噎，一想起为救他差点被昭哥杀掉，现在两只手还裹得像个鲍鱼，我整个人就雷蒙了，一声不吭地任由红衣女子用酒精燃烧着我身体里的毒液。耳边冷不防地听到她发出珠落玉盘的声音:"还在想方才的事吗?"

我微怔,凝眸望着她。

她浅笑,一丝复杂的神色在她眸中一闪即逝:"传言昭武王心气高傲,冷酷无情,今日虽伤了姑娘,可是我方才给姑娘上药时,发现你伤口并不深,所以我想姑娘对他而言很重要吧?"

"如果我对他来说真的有那么重要,他就不会用剑来刺我,将我的心一刀一刀地割成碎片。"我神情冰冷又僵硬地说着,心里溢满了苦涩的味儿。

说完那句话之后,我又想起夜先生来,整颗心快被怒火给涨满了:"还有夜先生,在整件事情中就跟一个看戏的客官一样,你说看戏也得付钱吧。他倒好,白看。自家的哥们被拧断了手,还一副无动于衷的样子杵在哪儿,真不知他当时在想些什么。"

我不知自己这话有什么地方值得人好笑了,这姑娘居然"咯咯咯"地笑了起来:"其实你也别怪夜先生,人本来就很复杂,更何况你们这属于情仇,夜先生根本就不能插手。再说世子虽被拧断了手,但是对他来说,却让他得到了一样此生能相随他左右的东西?"

"东西?什么东西?"我满脸疑惑地询问。这姑娘竟拿着药箱将话题岔开,留下一句:"真是不巧,方才来的时候忘记拿纱布。姑娘你先休息,我去去就回。"然后,她就离开了。

我想叫住她,可是她已步出门外,随手拉上房门,她的身影便被隔绝在了我的视线之外。

我挣扎着从床上坐起,斜眼瞅着窗外一棵随风摇摆着枝条的柳树,不知是不是因为左昭那一剑在我心中留下了难以磨灭的阴影,让我越看越发觉得像一把闪着寒芒的剑。顷刻间,我整个人都陷入了痛苦之中,像一座雕像一样坐在床上一动也不动。

那早已聚集在眼眶里的泪水,顺着我的脸颊一直往下流,将那些紧紧压迫着我,让我难以顺畅呼吸的悲伤从肺部溢了出来。

我以为将这些毒素通过眼泪排除体外,那犹如割肉剜心的痛苦至少就会减轻一些,哪知我的心愈发痛得难以收拾,整个人快要死去了一样。我一时难以控制住自己的情绪,操起床上的木枕砸了出去。

纵使猜到了结局又怎样,这个过程太过煎熬犹如身处地狱。

我曾以为自己可以在这个世界里游戏人间,但最后却变成了台湾苦情大戏的女一号了,病殃殃的半死不活,凄楚又伤怀。

左昭……

左昭，你的心就如你手中的剑一样冷，你给了我一碗冰糖燕窝，却没有告诉我，这碗燕窝中你下了砒霜。你终究还是狠下心刺了我一剑，我想你我之间也是时候该做个了结了。

我擦干眼泪，将一切的情绪收敛埋入心底，就起身朝着外面行去，去找小刘子，顺便叫他带我回家。但是我对鹤峰堡的规模一点都不熟悉，出了门也未见到巡逻的人，只能顺着长廊一直往前走，希望能碰上一两个人，却在无意间听见夜先生的声音从左侧的雕花棂子窗内传了出来……

"你用两只手的代价来试探她心中是否有你，这样做值得吗？"

我将脚步停下，犹豫着要不要进去，忽听小刘子发出低沉喑哑的声音道："既然做了，我就从来没有想过值与不值。况且我已经知道她是喜欢我的，不然也不会冒着挑起那个……"说到这儿，小刘子像抽了风似的，又或者是左昭的名字好似卡在他喉头的一根鱼刺，叫他吐不出也咽不下，最后他如同叫嚣般说出，"挑起他的愤怒甚至会死在他剑下的危险前来救我。"

"你知道吗？"小刘子轻轻地叹了一口气后，又接着方才的话，语气严肃地对夜先生掏心挖肺道，"当我一开始拒绝两家的这门婚事之后，就从来没有想自己会喜欢上她，或许真是就如你所说，姻缘这种东西是早就注定好了，一旦被月老系上那根红线，两人就再难解脱。可惜的是，在回疆那段时间里，我一直都在悄悄地靠近她，我以为她能明白我的心意，给我一个答复，结果她心中想的却是另一个人。"

"听你这么一说，我倒想起三年前你曾救过鲁姑娘一命，从此之后你们就一直有书信来往？"夜先生轻声询问小刘子，那声音如一滴清凉的雨露，"当时我还觉得奇怪，为什么你们会在回疆待这么长的一段时间。凭你跟鲁姑娘之间的交情，静儿无论想要什么样的椅子，只要你开了口鲁姑娘必会如期送上，绝不会为难你跟她。想必将静儿困在回疆，这一切都是你早已安排好了的？"

夜先生的话音一落，一阵笑声就从小刘子唇边逸出："是。我在带静儿去找鲁姑娘之前确实事先就去找过她，是希望她能帮我在回疆拖延时间，演一场戏给静儿看，看看她心中是否有我？"

"结果，你却什么都没有看出来，对吧？不然你被昭武王擒住胳膊时明明可以反攻，趁机与对方拉开距离，可是你却没那样做。不过，"话说这儿，夜先生似是在沉思什么，而将话语停顿了一下，再继续道，"世子，你还记得我曾经在回疆告诉过你的话吗？如果你真的爱静儿就坦诚相对告诉她，不要让她去猜,因为我发现静儿在感情方面反应比较迟钝。”

“我也深有同感,”小刘子赶紧附和,就好像夜先生简直说得太正确了一样,“那个时候我就觉得她笨得可以,明明是在吃醋,却又不肯承认。我都有想过将自己的感情全部收回,懒得去理她。可是我越是装作无心就越是在意越容易被她的一举一动激怒到无法控制。如若今日不是那个男人出现,我或许也不会想到利用这种方法去试探她,却万万没有未料到他居然能对她下此毒手!”

在没有抗糖衣炮弹和抗雷的强力武装下,听完小刘子的这番话后,我浑身顿时一颤,心头仿佛被什么东西给瞬间点燃了,我整个人都难以淡定了,似打翻了五味桶,咸的酸的辣的苦的……

“姑娘,原来你在这儿,害我以为你已经离开了?”就在这时,我身后响起红衣女子的声音,将我这个偷听的小贼给赤裸裸地给暴露了出来。我心一凛,暗暗猜想刘文轩和夜先生得知方才的对话被我听到后脸上会是怎样的一种表情?我在原地犹豫挣扎了一下,却最终没有那股勇气走进去,亲眼去看看明明就是只阴险狠毒,臀尖歪在半边的黑山老妖,却要披着人皮装好人的小刘子,便转过身询问红衣姑娘大门在什么地方,离开了。

没走多久,我身后突然响起一阵震耳欲裂的马蹄声,我还来不及细想追来的是夜先生还是小刘子,我的身前就已立定一人。

我心中顿时轰然一响,身前身形魁伟气势逼人的不是小刘子又会是谁?只是他一直未回头,以背相对。

我停下脚步,静立和他相持了片刻后,忽听他嘴里传来一声轻轻的冷哼声,用一种仿若怨怪的腔调询问我:“明明已经都知道了,为什么却要选择逃走呢?”

我不语,但心中清楚是时候去面对我跟小刘子之间那暧昧不清的关系的时候了。在回疆的那会儿我并非没有察觉出他对我是有那么一点点意思的,只是,我个人比较喜欢那种忽近忽远整天掐架的感觉,所以才不想把关系捅破而变得尴尬。

可是现在……

我抿了抿唇,走了过去站在他的身侧,放眼望着前方无路可登的高山峻岭。山上覆盖着厚厚的积雪,在鹅黄似烟的阳光照射下,冒出一缕缕青雾不断升起,周遭变得模糊朦胧起来。空气里似乎有一些正长出嫩芽的草木,随着清风肆意地散发着香味,提示着人们夏天即将来临。

我轻轻地叹了一口气，斜眼瞅着目光紧紧锁在我脸上的小刘子，发现他漆黑幽邃的眼眸里静静地漾出一抹似忧虑却又似温柔笑意的波澜。

他薄唇微扬，嗓音喑哑地道："你既然什么都听到了，那么你是否应该给我一个明确的答复？"

"答复？"我浅笑，笑容淡薄似空中流荡的浮光，心却犹如针扎般一阵接着一阵地刺痛着，"如果不是无意间听到，我还真不知道你居然将我当成猴子一样玩弄在鼓掌之中。从回疆就一直和鲁鲁班齐心合力来耍我、欺负我，把我当成傻瓜一样，这对你来说是不是找到了很有趣的事！如今，你又欺骗我的感情，害我为你流了那么多血，你将我伤得如此的深，还期盼我答复你什么？"

我的回答好似完全超出小刘子的预想范围似的，只见他苍白的面容上闪过一种像压抑在骨髓里瞬间快要爆发出来的痛楚，因为极力隐藏不想被人察觉，五官都皱在了一起。

空气中顿时弥漫着一股悲愤的气息。

他静了静，敛了脸上的那副表情，改为一副若有所思的样子凝视着我。过了很久才轻启嘴唇，带着难以言明的哀伤，道："我知道欺骗你是我的不对，只是你让我一直无法看透。从一开始，当我拒绝你我这门婚事，再加上以往我对你所做出的一切，想要让你顺了我恐怕很难，也不知左昭和我在你心中到底谁最重要，所以逼于无奈我才会这样做。你是喜欢我的，对不对？不然也不会冒着生命危险前来救我？"

我冷冷地开口对他说："我喜欢你？这真是一个完全没有一点笑料的笑话，想想就觉得讨厌。刘文轩你搞错了吧，我可从来没有想过要和你一辈子在感情上纠缠不清！我挺身而出救你，是因为我当你是朋友，也知道昭哥他不会杀我，完全跟爱情无关。"语气十分的果断。

"是你自己一直都不敢面对现实而已，并非我搞错了。"小刘子脸色大变，用双手抓住我的胳膊，语气中的哀痛之意十分明显，"你是喜欢我的，你明明……"一口气像哽咽在了他的喉间，令他话语略顿了一下，"……就是喜欢我的！"

我大震，难以置信地凝望着一向对我不温不热倔强的他，就为了那三个字，居然会露出这么饱含痛苦的神情。

"你明明喜欢的人就是我，从我第一次前往唐府，你就总是黏着我。你病情痊愈后，促使宫中流言蜚语，你的目的不就是为了让我喜欢、爱上你，娶你吗？因为我欺骗了你，将你卷入我跟左昭之间，所以你才会说出那番话的对不对？”

听完这话我恼羞变怒，恨他怎么就听不明白我所想要表达的意思呢？也未及多想，直接将憋在心里的话全部吐了出来：“根本就不是你想的那样。刘文轩，我承认我确实是喜欢你，但是和爱情无关。就像我喜欢昭哥，喜欢夜先生一样，这并不是爱，只是一种单纯的喜欢。但是你们如今已将我对你们的那份喜欢一一抹杀，伤得我如此之深，爱情是绝对不可能会有的。就如当初去回疆时，我问你喜欢我吗，你回答我，你觉得自己配吗？那么我现在问你，你觉得你自己配得到我的爱吗？”

小刘子的身子猛地一震，眉头微蹙，嘴唇一下子失去了血色。清冷的阳光在他脸上流转，他目光幽深空茫地在我面上停留了半晌后，牢牢逼视着我的眼睛，说道：“唐静，现在我们重新开始，我同样可以喜欢你、爱你、接受这门婚事，好好待你。”

“是吗？”我将胳膊从他手中抽回，嘴角勾起一丝冷意，嘲弄地说道，“那要不咱们现在就去找个庙子，修一修来世？”

“你？”小刘子脸上的痛苦之色取而代之的是一抹气恼，“你真是个坏女人，我好不容易才鼓起勇气对你说心里话，你却只会说些风凉话来气我？”

我不以为然地道：“嘴巴长在我脸上，我乐意说什么就说什么。而且，我记得有人说过，两情相悦必定会有一种默契。如果我们有的话，那么这种默契叫我不理你，你也不要来理我。所以，你我要是没有这份默契，爱情这种事想都别想。”

“你……”小刘子闻言稍怔。半晌，他眼底一动，好似觉得对付我这种个性倔强派的女人，软的不行就改为来硬的，连同脸上都透出一份冷厉，道：“反正今生能成为你夫君的人也只有我刘文轩一个，纵使你这一辈子都不愿看清你心中的那抹身影也没关系。再过十日我爹跟娘就会从边关回锦城，到时候我会安排你我之间的婚事，我想早日迎娶你过府。”

“刘文轩，把你这句话给我咽回去，我哪一点表现出我想嫁给你了？你不能脑空眼盲耳背得这么厉害啊！”我被他这极度无耻的无视行为气得差点岔了气，忘记自己的鲍鱼手，猛地一拳就砸向他的胸膛，却痛得自己的泪水飞溅而出。

小刘子见了神情大变，脸色变得苍白起来，反应很是激烈，眼中的悲伤转变为怜悯，伸手前来将我揽进怀里。低下头，温柔地用手指为我拭去眼角的泪珠。

我直接用脚去踹他:“你身边的莺莺燕燕那么多，你干吗不去娶她们，非要来扰乱我安逸的生活啊？我现在过得很舒坦，不需要你来娶我……”

“因为我爱你，想让你待在我的身边，照顾你。”

“我不需要……你快放开我……”

“放开你可以，不过你得告诉我，在回疆那会儿，你看见我对鲁姑娘好时为何会大生醋意?”

“因为我心头不爽。”我挑眉，直言不讳地道，“我不爽她明明就没有我漂亮，你眼睛却像被雷劈瞎了一样，是否就因为她总是喜欢穿领子松松垮垮露着一大片酥胸任君观赏的样子，你就不厚道地给捣鼓歼了，说她很美了？哼，即使借个不用太高，放大一万倍的显微镜也能照出，她跟我比起来逊色多了。所以每当你露出一股弯弯之气欣赏她的容貌时，我就特别地想蹂躏你和她。如果你觉得这种蹂躏，其实是因为我爱惨了你，嫉妒死了你对她的感情，我也无话可说。”

我的话音一落，原本脸上表情十分纠结的小刘子，竟诡异地浮上了一丝笑意，深邃的眸子了闪烁着莫名不定的光芒，道:“唐静，虽然我不太明白你刚才那番话中的有些词汇是什么意思，不过大致意思我是明白了。我记得有人曾对我说过，当人说谎时他的眼睛会出卖他自己。你知道吗，你方才说出那些话的时候，你明明就是一副心里在吃醋的神情。”

“放屁！”我怒吼，四十五度角忧伤地抬头，着实没有见到一点明媚的地方。

就在这时，小刘子手心因为刚才的一阵拉扯竟冒出了些微的薄汗，让他抓住我胳膊的手微微一滑。我赶紧挣脱开了他的束缚，一个劲地往后退去想要与他拉开距离。却不料脚下一空，身形不稳，悲剧地顺着陡峭的斜坡一直滚落了下去，接着“砰”的一声砸开湖泊上薄薄的一层冰霜，掉到了水中。

我心中顿时一阵惊骇，被一种深入骨髓的恐惧吓得乱了方寸。我拼命挥动着双手，挣扎着想要抓住什么，可是指尖刚碰触到一块浮冰，嘴巴就不慎咽下一大口能冻结尚有一丝温度的血液的湖水。我的胸口立时就传来一波波此起彼伏的钝痛感，口鼻也再难吸取一丝空气。只觉自己的身子仿若一根羽毛般，一直往下沉去就什么都感触不到了。

第十五章
与婉妹妹反目成仇

她挑眉，嘴角勾起一抹厉色，道："姐姐从一开始，明明就知道我喜欢的人是王爷，却处心积虑地靠近他，出现在他军营，在背地里做着魅惑他的勾当。若不是世子前去军营迎接姐姐，恐怕姐姐顺水推舟已是王妃？

也不知道过了多久，游走在鬼门关的我赫然感到心脏恍若被十吨重的东西在不停地按压着，一下又一下。紧接着，喉头很诡异地出现一缕气息硬生生地挤入我那积满水的肺部，促使一口水从里面呛了出来。我浑浊的神智稍稍有了一丝清明，可是全身却冷如铁箍，又硬又痛，一点劲都使不上来，连睁开眼的力气都没有。

我十分的绝望，眼前黑漆漆一片，像死亡来临前的先兆，身子就在这股气息的包裹中瑟瑟发抖得更加厉害。我觉得这个世界好像要将我抛弃了似的，不然我的身子也不会在不断运转的时间里连一丝温暖的感觉都感触不到。我怎么那么悲催啊，难道就没有人来救一下本尊吗？

倏地，一个温暖得就像太阳的物体向我靠了过来，紧紧地贴着如冰雕浑身散发着寒气的我。暖暖的体热，像一层薄纱覆盖在我的身上。我心中顿时迸出握住一根稻命草般的希望，伸手紧紧地抓住那个物体，将脸贴了上去驱散内心的恐惧和迷茫，喃喃低语着："不要离开我……不要消失……不要把我孤零零地留在这儿……不要……无论你是神还是人，都不要抛下我……"

"我不会抛下你的，绝对不会……"这道低沉浑厚的声音恍若来至天边，叫人分不清这究竟是我的幻觉还是梦。并且我还感觉到，我那冻僵的唇上有一抹灼热正在慢慢地扩散开来，温暖着我唇的同时，一股袅袅的清香之气直扑我的口鼻。

我微微一愣，使出吃奶的劲，睁开朦朦胧胧的眼睛。只见小刘子在勤劳地为我做着人工呼吸的同时，还露出一副傲然的总攻姿态吻住我那比任何时候都要敏感的唇瓣，辗转着，像舍不得移开。

柔柔的唇顺着我的颈项一路而下，将那滚烫的吻密密麻麻地落在我的肌肤上，我整个身子简直被天雷勾动了地火，回暖的速度怎一个"快"字了得。

我身上的衣服去哪儿了，我的肌肤怎么会这么赤裸裸地感触到他唇上的热度，甚至我的指尖还能触摸到他矫健的胸肌！

胸肌？就这一瞬间，那两个字使我猛地睁大眼睛将视线固定在了小刘子的身上，斜视着他那充满了男人魅力的结实修长的身材和英俊的五官。

我整个人顿时被一个雷通体轰过，大脑彻底清醒了过来，真真切切地领悟到人家《神话》里面玉漱跟蒙毅在山洞里面的那种衣衫未脱的敞开胸怀法其实是虚情假意，我跟小刘子这才叫毫无一点私心的“坦诚相对”。

靠，这只傲娇的狐狸精还敢将自己健硕的身躯在我眼前晃荡，他是不想活了吗?

“你还觉得冷吗?”小刘子垂下眼眸，静静地凝视着我。我清楚地看到他眸低沉淀着的浓烈情感，以及他双颊上泛起的一种略显病态的嫣红。

可是，他那能让人焚烧致死的目光，叫我既难忍受的同时，心中又被感激之情涨得满满的。我赶紧把注视着他的眼睛转向一旁，发现自己跟他正处在一间废弃的寺庙里。

而这庙宇不大却积满了厚厚的尘垢，檐上细如发丝的蜘蛛丝密密麻麻地纠缠在一起，编织成了一个大网。神龛上的神像经过岁月的洗礼已退了漆，让人分辨不出这到底是哪位尊神的塑像。

我伸出舌头舔了舔自己干涩的嘴唇，小刘子温柔地为我拨开被汗腻在肩上的几缕碎发，然后握住我的小脚丫：“你的脚好凉！”

我怔了怔，微微蹙眉，挣扎着想要离开他。他嘴角勾起一抹魅惑的笑意，狂放不羁地道：“别动，如若不想让我看见你的身子，就最好乖乖地待我的怀里。”

“……”我爪子痒痒好想抓他，就有气无力地伸手前去，却被他一把握住放在胸膛上。

“你知道吗? 方才你真的吓坏我了，你的身子好冷，鼻息间连一丝气息都没有。我以为……以为你会就此从我身边离去……”他紧紧地揽着我，嘴边带着温热的气息喷洒在我的脸上。

我整张脸如同被火烧般难受，喉头也瞬息间有股热流，如烟般不断地徐徐往上升起，整个人都快融化了似的。

“唐静，”他轻轻地唤着我，声音好似三春的天气，肃清中带着一丝清凉，“抛开以前恩恩怨怨，我们重新开始吧！”

我抿唇，抬眸望着他那让人捉摸不透的复杂眼神，缄默不语。第一次在春晖园相遇时想要杀我的人是他，现在将我从鬼门关救回阳间的人也是他，他究竟要怎么样嘛? 难道就如他说的，想和我拍拖然后娶我进门，来决定我的人生? 我的人生掌握在我自己的手中，什么时候轮到他啊！

他见我不说话，犹豫了一下，又道："唐静，我不想逼你，我会给你一段时间。明年你举行及笄之礼时，若你还是无法爱上我，那么到时候我会对你放手，什么都依你。"

我依旧沉默，耳朵贴在他胸膛上，听着他那不规则的心跳，半晌后对他说："如果我拒绝呢？"

"如果拒绝，"他的手一紧，将神思有些恍惚的我从遥远的西方拉了回来道，"那我就顺了自己的心意提前迎娶你过门。"

我目光一沉，愕然失色，坚定地领悟到，小刘子这次好像真的铁了心要将我追到手，他这么快就是否顿悟了把妹的终极真谛？

我眉心微拧，再次抬眸紧紧地凝视着他。瞧他那个跩样，跟个腹黑公公似的，眼角眉梢处还流露出一抹若有若无似在算计的神色。我用自己的目光对他进行了一系列解剖，想起他以往总是按照自己的心情对我做出的各种各样精神失常又十分猥琐张狂的恶劣行为，我瞬间有些不安起来。

我怕他前一秒露出纯情的样子说着"我爱你，我会好好待你"，下一秒就会喊出"唐静快，快跳进我这个坑，砸死坑底的一群人，从此你就从坑爹变成为坑神"这样带黄的话来。

那种画面光想想就感到好恶心。但是如果现在直接一巴掌拍向他，我就会落入他的魔掌之中，毕竟我们现在正在"坦诚相对"中，而且我的美女老妈和爹还乐呵着想把我嫁给他来着！眼下，我唯有假装暂时顺了他，反正我到时候卷铺盖跑路不就成了。再不行我就找个宠我爱我听我话的帅哥嫁给对方，让生米煮成熟饭后，看他还能说什么，难不成小刘子还想发扬下小三精神？

想到此，我立刻换了一种语气，嘟囔道："好，我接受你的这个提议，不过你会后悔的，我是绝对不会爱上你这样的人。你如今义无反顾地要爱着我，只会不断地痛苦。我必须告诉你，我唐静要嫁的，必定是今生只爱我，独宠我一人，绝不纳妾的男人。"

"是吗？"小刘子朝着空中发出一声长叹，然后将揽住我的手加深了一分，另一只手温柔地抚摩着我的脸颊，轻声说，"其实今生有你一个就足够了，你看你开心时是一个人，伤心时又是一个人，生气时简直就不是人，所以妻妾都会是你啦！"

什么？我被小刘子装高深秀淡定，说出如此销魂又带喜感的话给吓了一跳。想到他估计是向傲娇的腹黑夜在私下里学了两手才会说出这么诡异的话来也就没去计较，但是他那眼神何必要跟游魂一样挂在严肃忧郁状的脸上飘忽不定呢。这只能说明他的定力不够啊,人家腹黑夜无论说什么都有面具遮掩的。

我被囧到不行了,诧异地抬起头,张大嘴巴望着这个勇往直前作欢喜状跳坑的孩子。太威武了,很是虐待我的眼睛。

他低下头,将一双涌动着灼热欲望的黑瞳对上了我的眸子。我微微怔了下,被他体内散发着的男性荷尔蒙逮住了这个空隙,似穿肠毒药一般通过我的口鼻中钻进到了心中。我心底竟一时间百味陈杂有些不好意思起来,便飞快地把头垂了下去,就听他一种能用蛊惑我这个小火苗的嗓音对我说:“我想吻你!”

“……”他究竟是抱着何种心态才会对我出这种折腾人的话啊?我整个人忽梦忽醒,被一阵阵的雷给硬生生地砸中了。

这变态一般的心理是干柴遇上烈火时的明骚,还是湿柴遇小火苗的暗贱啊?他什么时候变得这么矜持来着,每次吻我不都是强吻吗?这次居然破天荒地要征求下我的意见,这让心灵纯洁、思想单纯、天真无邪的我好意思回答吗?

我双颊一阵火辣辣的滚烫,努力平息自己有些急促紊乱的呼吸声。他轻轻吻上了我的唇,辗转流连。

我被他吻得仿佛有什么东西要从胸腔中奔腾而出,大脑陷入无法思考的地步,如一台来不及处理各种数据的电脑,卡在那儿。

此时一阵风从外面呼啦啦着滚了进来,小刘子那一头千丝万缕随着风柔情地带着我心底无数纷杂纠缠的思绪缓缓地飞扬到半空。

他放开了我,似乎觉得我的身子已经够暖和了,但这么赤裸裸地被风吹会着凉,便转过身将搭在木板上已被风吹干的衣衫取了过来披在我的身上,道:“好想每天睁开眼都能看见你,可是丞相府离世子府好远,你说怎么办才好呢?”说完,他的吻就落在我的额上,仿佛要将他心底埋藏的情感一点一滴全部烙印到我的心中,要我记住一样。

哇,他这是暗示想跟我同居吗?原来这个古代也流行这一口啊,我浑身起了一阵鸡皮疙瘩,沉默了一会儿说道:“我身子已经恢复知觉了,我想回家,也不知爹跟娘见我这么久还没有回府,会不会急着四处寻找我。”

“可是我不想你回去,”小刘子说,将下颌放在我的肩上,轻轻地吻着我的耳垂,“我怕你回去之后,又会和左昭在一起。但是又不能将你一直困在这儿,走吧,我送你回丞相府。”话音一落,他别过脸去,背脊与我相对穿着衣衫。

他说得真是云淡风轻,但是“左昭”那两个字,却让我内心深处卷起一股酸雨。我身子略有些僵硬,稍稍愣了下神,就把搭在肩上的衣服穿上走了出去。小刘子跟在我的身侧,伸手前来将我的小手握在他的掌心中,喃喃低语道:“你是爱他的对吧,不然也不会突然间变得如此沉默,像丢了魂一样。”

“我的爱,根本就不是你所想的那样,我是……是……”我的声音突然哽咽,一想起左昭将剑刺入我的皮肉之中,眼泪就从眼眶里流下来,哽在喉头的话却怎么也说不出口。

小刘子看着我脸上的泪水一颗接着一颗往下掉,像无法忍受我如此痛苦般,松开牵着我的手,将我紧紧地揽进怀中,轻轻地抚着我的背,说道:“你真的好傻,我曾经告诉过你,不要靠近左昭,可是你从来不肯听我的话。如今把自己伤得这么重,值得吗?”

我嘴唇蠕动几下,想要回答他的话,可是喉头却发不出一点声音,心底涌起一种用语言无法明确表达出来的感觉。

小刘子用手指温柔地拂起我散落在耳边的一缕发丝,曼声道:“左昭本来就是一个心狠手辣的无情人,你想从他那儿得到爱情,那简直就是痴心妄想。难道今日这一剑还没有斩断你对他的一切情感吗?”

我微微愣了下神,抬起头望着神情略显疲惫的小刘子,瞬间感到空气稀薄,想挤出个微笑却僵在脸上:“有些事情是注定了的,就算我没有离开丞相府出现在他军营,也不代表可以避开一切……”

小刘子唇角勾起一抹嫌弃之意,连同眼神也淡漠得让我觉得好陌生,道:“莫非你还想受一次伤,才会醒悟?现在看到你没有一点回心转意的迹象,我对你真的感到好失望。如果是这样,我刘文轩对你做不到如此大度,将他人抛弃的女人收留在身边。”

听完这话,我心中莫名的郁闷,“噌”地一下就被点燃了怒火,挑眉道:“谁抛弃谁,现在还言之过早了!再说,从一开始就是你自己装清高扮腹黑,想引起我的注意却又没有得到想要的效果,就对我耍流氓缠着我,现在又把自己说得十分的伟大,你以为你是谁啊?”

见他不语,只是漠然地看着我,我又道:“另外,你的提醒虽然是出自真心,是好意,但是愿不愿意听那是我的自由,在整件事情中你根本就没有资格来评论他。”

“你到现在都还执迷不悟?”小刘子伸手一把猛地将我推开,剑眉紧锁,满是气恼地看着我,“你到底要到什么才能清醒过来?”

“什么叫执迷不悟，你丫根本不了解我对他的是何种感情就在那儿叽叽歪歪，你是不是理解能力有问题啊！”我不想在这件事情上和他争吵不休，索性话音一落，就气咻咻地朝着前面走去，心中十分不爽地嘀咕着。

“你要去什么地方？回丞相府的方向在左边。”小刘子怒气腾腾的声音从身后砸了过来，硬生生落在我的后脑勺上，快把我给烧得灰飞烟灭了。

“我去死，你管得着吗？难不成你还准备跟着去殉葬，打算缠着我到阴曹地府？”

“那你快去死，死远一点，最好别让我再看见你。”

听啊，听啊！我和他还没有正式交往，他就巴不得我去死了！要是交往了还得了，不成天烧香诅咒我，在背后扎我小人吗？哼，本来就不适合的两个人，非要凑在一块，怎么看都别扭。刚才还觉得有那么一点像恋爱中的情侣，转眼就吵得面红耳赤。

娘的，我发誓再也不理他了。如果要是理了他，我就女变男，变成平胸受。可是我的毒誓估计还没有传到老天爷的耳朵，我就开始后悔了。丫的我就一路痴，没有小刘子带路我怎么回府啊？

我努了努嘴，觑着眼儿，偷偷地回头瞄了一眼后面的情况，未瞧见小刘子的身影。我整个人像霜打了的茄子一样蔫了下去，稍稍地有些难过起来，在心底小声嘟囔着，小刘子你真是名副其实的坑爹啊，在破庙里还十分高调地说自己很爱我来着，转眼就抛下我不管了，抽死你丫的都不亏！

我气得直跺脚，准备调换方向往左边的竹林行去，我的胳膊却没有来由地感到一紧，被一只冰寒刺骨的手给紧紧地拽住了。

我纤眉一锁，转过头去。看见抓住我胳膊的人是小刘子时，我眼前倏地一亮，兴奋不已，但是一看到他那副怒不可遏透出阴沉沉杀意的表情，我的高兴劲瞬间就被抛到了马里亚纳海沟里去，咬牙切齿地说道：“你想找岔吗？”

“你存心想气走我，是不是？”小刘子恶狠狠地道，将另一只手的手指关节握得咯吱作响，抿紧的唇角透出冷厉之色。

“是又怎么样，谁叫你长得这么碍眼了？说起话来就跟嚎叫一样，听得我浑身上下没一处不起鸡皮疙瘩的。”我露出一张扑克黑脸，怒喝着，未觉自己的话有什么不妥。小刘子的神情却在我一字一句中渐渐变得冰冷，显露出他心中对我已经到了忍无可忍的地步。

我以为他下一刻会把拳头袭上我的脸颊，缩头缩脑地稍稍向后退了一步。却没料到他把我搂进他的怀里，将下颌抵在我的头顶上，把那心中的不悦慢慢地转化成了一抹哀伤似的。他低沉沙哑地说道:“好了,好了,不要闹了,每次只要你我之间一说起那个人就变得跟仇人一样。”说到这儿,他的声音有些倦了,“唐静,我不希望是这样的结果,也不希望我们必须以吵架来收场。你懂吗?”

我缄默不语,表情却变得凝重起来。

他放开了我,再次牵着我的手往丞相府的路走去。

我用眼角的余光瞄着神情略有些疲倦的他,心情莫名不安起来,忍不住问他:“你为什么会喜欢上我啦,你不是一直都喜欢安长乐吗?”

“我也搞不清楚为什么会喜欢你,”小刘子的嘴角勾起一抹若有若无的笑意,“你看你又笨又蠢,脾气也臭,每次说你两句就不高兴得想掀桌。而且,最可恶的是,你居然还是一个喂不熟的白眼狼,只会到处骗人心的小骗子——”

“算了算了,你还是别说了。”我极力压住心底的怒火,打断小刘子的话,“丫的,从你嘴巴里说出来的我,简直就是一无是处,好像跟我在一起糟蹋了你一样。”敢情电视里面,帅哥被美女迷上之后,美女询问帅哥你喜欢我什么,人家帅哥张口哇啦哇啦就是赞美女的话语,到了我这儿就变成狗血了。

改明儿怎么也得换个马甲去询问他。

这么想着,“丞相府”三个大字就出现在了我的眼前,我停下脚步对他说:“我到家了,你回去吧。对了,有个事得给你说一下,就是我希望你不要将今天的事泄漏出去。”

小刘子眯着眼,沉默不语地对我做了一个“OK”的手势。

我一眼望去尽是喜感,忍不住笑了起来。但是下一秒我却跟中了邪一样,脑中很诡异地闪过一些十八禁的片段,心中隐隐不安,害怕小刘子会偷偷地跑去喝花酒,就特意嘟囔了一句:“还有,我警告你啊,不准去喝花酒找女人发泄你现在还在体内焚烧着的欲望,不然你小心我以后再也不会理你。”

小刘子微微一怔,似是还没有从我话中反应过来一样,大概过了三秒的样子,一抹浅笑就出现在他的唇角。他走上前来,俯身在我耳畔,低语:“那我可以找你发泄吗?”随即,他落下一个灼热的吻在我的脸颊上,飞快地转过身去逃跑了。

我被他这个厚颜无耻的举动气得直跺脚,咬牙切齿地望着他的背影彻底消失,才转身往府上走去。

我一面走一面把裹在手上的纱布解开扔到不起眼的角落,免得惹来美女老妈的眼泪。然后才转过长长的长廊,却诡异地碰到了唐婉。

"姐姐！"

烦！巨烦！超级烦！

回到家就见到她那张犹如面瘫般的阴沉脸，特别是她的眼睛今儿就跟睁不开一样，我压根就看不见她的眼珠。

"什么事？"

"我只是想询问姐姐，关于和王爷见面之事是否有消息？"

"今晚城南竹林。"我面无表情地扔下这句话就急急地往西苑走去。可是没走几步我突然想起，如若让唐婉靠近左昭，那么她接下去会不会像我一样，整颗心被伤得鲜血淋淋？甚至会伤得更重，因为她爱惨了左昭。

那么我还让她去城南竹林，这不明摆着让她去当炮灰吗，到时候她铁定恨死我了。

一想到接下去会发生的惨状，我急忙调转方向朝着北苑走去。经过爹的书房时，我眼角的余光瞄见他老人家正坐在里面饮着茶，心里就顿时紧张了起来，想从其他地方绕过去。但是，爹的书房处在整个丞相府的中心位置，避不掉啊，我只能蹑手蹑脚地想赶紧溜走，怎料里面一阵势如奔马的洪亮叫喊声，将我整个人都定在了原地。

"静儿——"

"爹！"我贼贼地笑着，活生生地把自己的核桃嘴憋成了腊肠嘴。

"我有些话想跟你聊聊，你进来。"爹端起身侧茶几上的茶盏，语气平淡，像强压着怒火般，脸上的表情也叫人看不出一丝异常啊，怪吓人的。

虽然我从林枫的口中得知今儿圣上对再生稻发赞不绝口，但是我心里还是有点怕怕，以至声音也不住地颤抖："爹，我现在有点急事要去找婉儿，等去了西苑找到婉儿之后，我再来书房？"

爹慢条斯理地放下茶盏，理了理身上的官服，对竖立在他身后等候吩咐的周管家说道："周富，去将藤条拿来。"

听完这话，我感觉像被一道雷劈中了天灵盖一样，心里顿时亮起了警灯，像弹簧一样"咣"的一声哆哆嗦嗦地硬着头皮射了进去，一个劲地对周管家打着马虎眼。可是周管家一副不知所云的表情，愣头愣脑地走了出去，搞得我心情极度郁闷，后悔怎么就没让小刘子前来给我挡一下呢。让他来家里吃个饭和爹聊聊天，拖他八九个小时，我倒在床上呼呼大睡了，难不成爹还派人前来把我叫醒？

我垂头丧气道："爹！"

"跪下。"爹眼中寒光四射,朝我投来一颗冰冷的炸弹。

我没有一丝犹豫,扑通一声跪了下去。牵动身上的伤口,痛得我额上立时浮起一层薄汗,脑袋昏沉沉的。

爹拿起茶几上摆着的今儿上朝的奏折扔到了我的身前,目不转睛地注视着我,好似观察出了什么,目光中掠过一丝疑惑和忧色。思忖半晌后,才张嘴哇啦哇啦地说了好大一堆话。我脑袋发晕得厉害,一句话也没有听进去,只是紧紧地盯着他脸上变换着的表情,最后当他要我解释奏折的事情时,我才回过神来。

我眉头微蹙,跪着向前走了两步,伸手扯了扯爹的袍袖,一脸诚恳地道:"是,奏折是我修改的,而且我想要说的上面都已经写得很清楚了。眼下我国国民食不果腹,促使我国粮草衰竭的并非是被劫之事,而是我们没有调整水稻生产的结构……"

"你,"爹气结,"你可知女子参政是死罪啊,这再生稻法你到底是从哪儿道听途说的?"

"爹,我可没有道听途说,我是实践过。"我说这话时,完全没有一点底气。即使我知道再生稻的栽培技术,但是毕竟都是书面上所学的,真要我去做,我还得去雇农民伯伯来帮忙。但是爹脸上的那副表情,压根就是我跑到哪儿去偷听来的好办法一样,我索性直接告诉他:"爹,不知你还记不记得,谁都没有教过我搓麻,赏花大会上我却能脱颖而出成为一代搓神,还被皇太后邀请前往搓宫教小王爷小公主搓麻?"

爹沉默,陷入深思之中,似乎在回忆奏折上面我所写的每一个字以及每一句话。

"其实这十三年来我看似一直被病魔缠身,但是我的灵魂却去了许多地方,见过许多人,许多稀奇古怪的东西,全都记在了脑子里,但是唯独对这个东域国完全没有一点印象。这个再生稻发就是我在那个叫'中国'的地方学来的。"

我的话音一落,爹明显愣了一下:"中国?它在哪儿,是个什么样的国家?"

"中国啊?"我该怎么解释呢?

我蹙眉,沉思,纠结,苦恼,一系列诡异的面部表情被我做完后,我终于开了口:"中国在一个很远很远的地方,可惜我现在去不了了,不过……或许,大概,可能爹你以后也会去那儿生活,所以到时候你就知道中国是怎么样的一个国家了!"

“是吗？”爹浅笑，端起茶几上的茶盏闲闲地饮了一口茶，目光之中透出一丝向往，好像对我说出的中国很感兴趣般。但是当茶水顺着爹的喉头滑下之后，他却不忘责备我：“就算……就算你在你说的那个地方实践过再生稻法，认为此方法带到我国可行，你也应该私下跟爹说，为何要修改奏折？你可有想过，圣上若是看了奏折龙颜大怒，会给唐家带来什么样的后果吗？”

“后果？过多地去想还没有做出的事的后果，那只会使人停滞不动在原地徘徊，而我若不断去后路又怎能勇往直前呢？再说，我私自修改奏折是怕爹你不会相信我所说的话，谁叫外面那些俗人都说我是个痴儿，智力只有十岁来着？”我没得到爹的同意就站起身，赖在他怀里撒着娇，“再加上爹平时又有国事在身，每次能跟爹说上一句话都很不容易，爹让我什么时候找爹说？”

爹好似心软了，目光中的厉色变成了一抹慈爱，伸手摸着我的发髻，陷入了沉默。

我冲他眨了眨眼道：“我就知道爹最疼静儿，是不会生静儿气的，更何况爹这么聪明，看完奏折里面的内容就知道再生稻是个解救百姓温饱的好方法。嘻嘻，只是静儿不知，圣上他老人家的意思？还有啊，爹为什么要在圣上面前凭空说出个义子来呢？”

“这些都是谁告诉你的？”爹眉心微拧，叹息着，目光微微往下一瞥，忧心冲冲地询问我，“你手上的伤是怎么一回事儿，是不是文轩那孩子又欺负你了？”

“不是不是，我是自己摔的，嘻嘻……”我嘴角一阵抽搐，哪敢把罪名往小刘子头上盖啊。万一爹心里气不过，一会儿跑去给我打抱不平，在破庙里面的事不就见光了吗？我皮笑肉不笑地嘿嘿着，赶紧把话题给岔开：“对了爹，今儿这事是林枫跟我说的，他回世子府跟刘文轩说其他事情的时候，无意间向我提了一下。”

“是吗？”爹目光炯炯有神地打量着我，好像在盘算着什么，眼底竟掠过一丝微妙的笑意。我变得忐忑不安起来，搓着衣角，就听见他老人家乐呵呵地说道：“圣上这几日为边境的事烦恼，决定三日后亲自见修改奏折之人，不过我已经有人选了，他会以爹义子的身份入宫去面圣。”

听完这话，我心中的大石总算落下了。跟爹围绕着再生稻发的问题聊了接近半个多小时，直到他彻底懂了，我才声称人有点不舒服，离开了书房，往北苑走去。

一入北苑门，我就碰见在院子里晒被子的冬梅。

我赶紧走上前去,询问她:“冬梅,婉儿呢?”

“回三小姐,婉儿小姐她……”这个丫头舌头有些打结,半天才吐出,“婉儿小姐跟四夫人去庙里拜佛去了……静儿小姐要是有事找小姐的话,不如等会小姐随四夫人回府之后我再前去西苑禀告?”

“哦,不用了,也没什么要紧事,我就是想找她聊聊天而已。”我笑嘻嘻地说道,心中却感到有些奇怪,难道唐婉去见左昭之前想要寻求神灵的庇佑?怀着这样的疑问我转过身去,眼前忽然一亮,那从北苑大厅飘过,穿着红艳艳衣衫的妖艳女人不是四娘会是谁?

我顿感无语,立刻明白过来冬梅刚才神经兮兮的是怎么一回事儿了,便转过头去瞪了她一眼,她的脸色“唰”地一下变得苍白,抿着小嘴神色慌张地把脑袋垂了下去。

我在原地停留了一会儿,觉得事已至此,即使现在赶去城南竹林也阻止不了事情的发展,便打消前去一探虚实的念头。回了西苑,懒洋洋地躺在床上正想小睡一会,外面就传来周管家跟秋菊的谈话声。我在屋内听得也不是十分的清楚,大概意思好像是爹方才见我手上伤痕累累,特派他送了一些药和补品过来。

我心中感到很是温暖,抱着被褥微微侧了下身。忽听见房门被人推开的声响,紧接着秋菊从外面走了进来,眼中隐隐带着一丝焦虑,询问着我的伤势。

我啊啊敷衍了事,她就像我美女老妈一样唠叨起来,一面为我包扎着伤口一面说道:“小姐手上的伤,好像是被刀割的。小姐啊,你以后不要出府了好不好?三妇人见了心痛,奴婢也会很心痛。”

“那怎么行,我可是只满山跑的聪明猴子,才不是关在笼子里的金丝雀呢。秋菊,我受伤的事,你就别和娘说了,省得她多心。一会儿吃晚膳时,你把饭菜送到房里来吧。”我笑呵呵地说道,目光突然触及放在檀木书架上的陶埙,身体微微一震,脑中没有来由地闪过在庙宇里和小刘子“坦诚相对”的画面……

身子顿时一阵滚烫灼热,我难受地闷哼了一声,将爪子从秋菊的手中抽回,捂着自己火热的脸颊,像个被爱情被冲昏头的小女人一样。一旁的秋菊见了起了疑心,忍不住伸手前来推了推我,问:“小姐,小姐,你这是怎么了?刚才还好好的,怎么一下子就魂不守舍,痴痴呆呆起来,脸颊还这么红?”

“我……”这秋菊眼睛咋那么毒啊,我让她围观已经很不错了,她干吗要这么坑爹地问东问西呢？我神色慌张地说道："我这是新陈代谢的反应……你……先出去吧……我有点累了，想休息。"

"哦，那秋菊去给小姐炖参汤好了。"秋菊说，然后瞥我一眼，就离开了。可是那眼神看得我心中很是惊悚，抱着被褥赶紧转过身去面对着墙壁，闭上眼睛休息了一会儿。

直到日沉之后，秋菊将晚膳送到我房里，我才下了床。可是没吃几口菜，脑中想起唐婉去竹林和左昭会面的事，也不知道她现在回来了没有，我命秋菊去北苑瞧瞧。

半晌，秋菊从北苑跑了回来，气喘吁吁地告诉我："小姐，冬梅说婉儿小姐去庙子拜佛还没回来。"

"还没回来？"这都三四个钟头了吧，难不成左昭接受了唐婉的心意，所以两人正在你侬我侬，卿卿我我中？

我陷入沉默，心里老觉得好像有什么不好的事要发生似的，连眼皮也跟着急急地跳动起来。我越发不安，索性喝了一口参汤连饭也顾不上吃，就呼哧呼哧地去大厅等候唐婉。

一会儿望望从横梁上斜垂而下的珍珠，一会儿又望望外面黑沉沉的天空，好不容易熬到戌时，唐婉终于现身在了长廊上。但是由于她低垂着脑袋，所以看不清她脸上此时的神情。不过，看她浑身散发出的幽怨气息，估计告白这事八九不离十已经华丽丽地死于黑暗中了吧。

我站起身犹豫着走了过去，小心翼翼地喊她："唐婉？"

她没有出声，只是缓慢地抬起一张没睡醒似的脸来望着我，一双残挂着泪珠的核桃眼忧郁而又通红。

"你没事吧？"我担忧地伸手想要扶她，她却突然回魂了一样，身子微微一侧躲开了。脸上的表情也随之改变，立刻阴沉了下来，眼神如利剑一般，带着强烈的恨意，狠狠地瞪着我。我的心一下子跌入了第十八层地狱，越看越惊悚。

我咬了咬唇，问道："他究竟跟你说了些什么？你用过晚膳了吗？"

"姐姐怎么不去问王爷呢？"她像吃了火药，把心中的愤怒像机关枪一样直接扫射了出来。

我被这阵低吼刺得耳膜一阵发痛，当场愣住，不言亦不语。

她神情冷然，垂在身侧的手越攥越紧，浑身散发着难以压抑的悲愤情绪，使得周遭都诡异地安静了起来。

她挑眉，嘴角勾起一抹厉色，道："姐姐从一开始，明明就知道我喜欢的人是王爷，却处心积虑地靠近他，出现在他军营，在背地里做着魅惑他的勾当。若不是世子前去军营迎接姐姐，恐怕姐姐顺水推舟已是王妃。"

"你？"我一脸的愤怒，目光中混合着复杂的情绪注视着她，"你把这话给我咽回去，我告诉你，我从来就没有魅惑过他。出现在军营实属偶然，再加上那个时候兵荒马乱，谁会把心思往爱情上靠？"

"姐姐说起谎来，真是一个接一个，一套又一套，让人分不清从你口中所说出的话到底哪句真哪句假。或许姐姐的谎话总是比真话还要来得动人，不然怎么连憎恨姐姐五年的世子，都被姐姐牢牢绑住，玩弄于鼓掌之中？"

"你这话是什么意思？"我声音干哑，觉得她好像从左昭那儿知道了一些其他事情。只是我不愿为了一个左昭将我跟她之间本来就十分微薄的感情给破坏掉，便极力控制着自己的怒火。

"姐姐心思缜密，婉儿的话如此简单明了，难道你都听不出其中的意思？"她眼中痛苦之色明显，唇间却掠出笑意，让人看了觉得格外的诡异，"若是姐姐出现在王爷的军营只是偶然，对王爷没一点情愫，那么王爷对姐姐表白心意时，姐姐为何不一口回绝要给王爷一丝希望呢？而且姐姐回府之后，婉儿询问姐姐是否对王爷有了感情，你为什么又要口是心非不肯承认？"

我浑身一震，只觉自己的胸口像被一块巨石给堵住了，沉沉地吸了几口气来调整自己的呼吸，才说道："他向我表白时，我是不知该如何回复，所以才没有当场拒绝。要知道，作为一个女人在糖衣炮弹的攻击下能保持冷静本来就很不容易，更何况向我说着情话的人还是左昭。在西宁时，他曾经救过我一命，那个时候我不可否认确实对他有了一丝情怀，只是我搞不清楚这丝情怀是友情还是感激，所以当你询问我对王爷是不是有了爱慕之情时，我真的不知道该如何回复，才会敷衍你。"

唐婉冷笑，脸上涌起一种我难以言状的复杂神情，紧紧逼视着我的眼睛，道："是吗？真不知姐姐这十三年来，是真傻还是在装傻。你明知王爷心中所属之人是你，却又让我去城南竹林与他见面让我倍受侮辱。今日，他约的人明明就是你！"

我被唐婉脸上那风雨欲来的表情以及身上浓重的怨气给惊得往后退了一步，不知该作何回答，微微怔忡着。

"姐姐，难道一个世子还满足不了你的欲望吗，你为什么偏偏要选王爷？"

我脑中一片混乱，回答："我没有选他，如果我选择了他，当他说爱我的时候我就不会犹豫不决。”

“是犹豫不决还是你有所畏惧呢？”唐婉眉宇间露出对我的厌恶之色，身体也微微颤抖起来，像在极力控制体内涌起的犯罪因子似的。我猜如果她手中现在有把刀，肯定会朝我扎来。“姐姐，你今日让我代替你前往城南竹林，又有何目的？你是想向婉儿炫耀王爷对你一片真心，还是想婉儿对王爷彻底死心，你好心无愧疚和王爷恩爱？”

我本来以为自己已经做好了当个吸收器的充足准备，但现在还是被她这掷地有声的话语和冰冷的眼神，彻底激怒了，暴走地厉声说道：“你对他死不死心那是你自己的事情，与我有什么关系？但是我希望你不要受了气就往我身上撒。从很早以前我就告诉过你，爱情的事情得讲缘分，是不可以勉强的。”

“对，感情的事情是不可以勉强，但是你明知我心意的情况下却还要靠近他。”她狠狠咬住两片薄薄的嘴唇，像在极力压制心中翻腾着的怒气，许久才松开唇瓣，又特意补充了一句，“姐姐的痴病想必也是不定期地复发，才会做出跟婉儿争抢王爷的事吧？”

“唐婉，我不想为了一个左昭和你吵吵闹闹下去，是不是只要你喜欢一个男人，其他女人就不可以靠近了？我告诉你，你还得询问那个男人心中是否有你——”

“三更半夜，你们姐妹俩在这儿吵什么？”突然，身后没有来由地投来一颗冰冷的炸弹，将我的话给硬生生地打断了。

我挠着头转过身去，瞧见爹将双手负在背后从黑暗中走了出来，脸上带着复杂而又诡异的表情。我费劲地将涌起的话语给咽了下去，微微向后退了一步，挺直的背脊也弯了下去。

爹眉心微拧，一脸凝重地扫了我一眼之后就把目光转向唐婉，那眸子里的怒气正一点点地盛出。他道：“你们姐妹俩在这儿吵吵闹闹成何体统？平日里我是怎么教导你们的？兄弟姐妹要和睦相处，彼此扶持，你俩究竟为了什么事情在这儿争执不休？”

唐静嘴角一阵抽搐，垂下头去，小心翼翼地说道：“也没为何事，婉儿可能言语过激说了一些不该说的话，惹姐姐不高兴了。”

听她这么回复爹，我觉得蛮靠谱的，就没有出声反驳，免得说出实情爹听了之后会更生气，自家的闺女居然大言不惭地蔑视古代的规矩，像两个雷神一样为了一个男人在庭院里面大吵大闹。爹重重地叹出了一口气，面上的神色缓了缓，嗓门也降了下来说道：“姐们之间拌嘴也应当有个分寸，以后这种事若再让我发现，就家法伺候。你们各自回房吧！”

“是。”唐婉悠悠地道，转身往北苑的方向走去。

我望着她的背影愣了一下，才转身正准备离开，爹却叫住了我。

“静儿。”

“嗯？”我皱了皱眉，转过身去看着爹。

爹沉沉地吸了一口气，意味深长地瞅着我，那目光之中好似有千言万语般，可惜我读不懂。

许久，他语重心长地说道：“静儿，这些年你身患恶疾，一直都呆在你娘身边，对府内的其他人都十分生疏。但是如今你病情已康复，那么做姐姐的就应该多包容妹妹，无论她做错什么说错什么，你要记住她永远都是你妹妹。你们身体里面流着的都是唐家的血。”那嗓音苍劲有力带着一丝警告的意味儿。

我沉默着点了点头，明了爹话中的意思，可是我的心里却很不是滋味，一方面是为方才跟唐婉争吵的事，另一方面是为自己犯下的错误而深深地苦恼着。

从一开始我就知道她喜欢左昭，却还要介入。虽然我不介入就不代表其他女人不会捷足先登，但是我跟唐婉的关系不同，一旦靠近左昭就会变成背叛，所以我背叛了唐婉。

我深深地吸了一口气，见爹已经离开，便慢吞吞地回了西苑的暖阁。躺在床上却怎么也睡不着，脑中纠结着唐婉的话一直到天亮。好不容易有了一丝睡意，入宫的轿子很不识相地就在这个时候赶来了。

第十六章

甜蜜怨偶争吵不休

“如果有这个可能，那么我会等你，一年不够就十年，或者更长的时间，直到你回来为止。若是你不愿回来，我就去找你，无论你躲到天涯海角，我都要把你找回来！”

“别吵了我的小祖宗们，消停一下吧，我都来了，是时候该上课了。”由于熬夜的关系，我底气不足，敞开嗓门说话，和小鸡发出的叽叽声没啥区别，完全没一点魄力。我不禁伸手一掌拍在案桌上，发生沉闷的一阵声响，道：“吵什么吵，都给我闭嘴！”

盈盈公主“哇”的一声大哭了起来，我火气也跟着冒了出来，厉声说：“不准哭，再哭，我就让狼把你们给叼走。”

“嬷嬷你坏死了，我定会把这话告诉我父王，你就等着受罚吧。”

“快去快去，小心惹怒了我，我让我的十万狼军将你父王也叼走，我看你还怎么哭闹!”我沉下嗓子说出来的话颇能压得住场子，那帮兔崽子“噌”地下全都闭了嘴，乖乖地坐到椅子上，低垂着脑袋憋屈着。

我心中自鸣得意，想着随便上一两节课就去睡觉吧，反正这帮兔崽子一会儿说不准就会蹦跶起来难以管教，便拿起《搓麻心得》正待张口，门外却没有来由地响起一阵浑厚略带嘲弄的嗓音。

“没想到经过此地，居然能听到这么大逆不道的话。你是吃了熊心豹子胆不成，竟敢无视圣上，口无遮拦。你的脑袋在躯壳上呆腻了吗？”

我眉梢微挑，深深检讨了一下自己刚才的话语。转过头去，瞧见一个相貌不俗，身材挺拔，五官如雕刻般极其精致，浑身上下都散发着高贵气质的美男子。他背脊斜斜地倚在门柱上，乌黑深邃的眼眸里闪烁着一种饶有兴致的光芒打量着我。

他的到来像龙卷风一样，完全没有一点预警，整个搓宫里的光芒都聚集了过去，笼罩在了他的身上。

我也不知道他到底是谁，不过看他衣着华丽头戴金冠，想必身份也自然不凡，我略略猜了下，他应该是个王爷或者殿下吧。不过我对他完全没有一丝兴趣，也就不动声色地杵在原地。

可是我身后的这帮兔崽子却和上次那群“四大天王”见了小刘子一样，经不起目光的摧残，集体组团灰溜溜地从后门逃跑了。这顿时给了我一种无形的压力，老觉得四周暗潮涌动危机四伏，暗暗思忖他们都跑了我是不是也该跟着撤退，免得一会儿招来不必要的麻烦呢？

我便在原地稍稍犹豫了一下，右脚刚往后退，美男子就从门外走了进来，嘴角弯出一抹邪魅的弧度，邪气斐然地吐出两个字："唐静？"

我微感诧异，用疑惑的眼神瞅着他，皱了皱鼻子，笑眯眯地道："是。你是哪位？"

美男子把身子往旁边挪了挪，神经兮兮地将嘴唇凑到我的耳畔，低声道："你不记得了吗？我们在皇宫禁区曾见过一面！"

后宫禁区？我在脑海里搜刮，记得自己就去过一次，那个时候并没有太过注意场内的人中有这么一个顺眼的家伙存在。

美男子一脸的淡然，眼睛眯成一线，道："我啦，你肯定不记得了，因为你眼中只有世子跟王爷。"

"胡说，那个时候血雾弥漫，谁会注意禁区里面有些什么人啦？"我撇嘴道。

美男子忽地一笑，笑容如出水的芙蓉，娇艳欲滴。

"可是我记得那时，你还和我说过话。"

"……"和我说话的人多去了，难道我每张脸都要刻在脑海里吗？这美男子让我觉得有种，他想要与我搭讪的错觉，只是找的桥段有点莫名其妙，一下子就露馅了。

我也懒得理会，觉得自己该干吗干吗去，不想做多余的事，正欲迈步离开，他却将身子挪到我的跟前，我愣是和他绕着案桌转了半天。

"耶，你找茬是不是？"我一脸的黑线，皱着眉头望着眼前这位不厚道的同志。

他却嘻嘻一笑，伸出修长的手指轻柔地捏住我的下颌，细细打量着我的容颜，道："找茬？有那个必要吗？我只是很好奇你究竟是个什么样的人物。那次在禁区也未细瞧，现在仔细一看，你果然是个美人胚子，竟然能让王爷跟世子为了你而反目成仇！"

我心中一怔，暗忖这东域眼下是一个傻瓜云集弱智当道的时期吗，我想当好一个瞎子聋子也这么不容易。我便将脑袋转过去想看看他眼角那道犀利的余光到底是什么意思，哪知我的脑袋微微一偏，额头忽然撞在了他的唇上，痛得他闷闷地低呼一声，将身子往后退了一步，用一种无比震惊的眼神望着我。

这逼装的，无语。

我默默地摊手道："你到底是谁啊，莫名其妙地跑到这儿来张口就说些奇怪的话语,你欠抽吗?"

"欠抽?你还真是一个浑身是胆的女人,难怪王爷会在我面前多次提起你的名字,可惜……"美男子说到这儿露出一抹失望的神色,但转瞬间又神采飞扬起来,"不如这样,你若真想知道我是谁,今夜亥时来搓宫我就告诉你。"美男子把话说完,一副"晚上再见"的表情悠然而去。

我愣在原地,望着他离去的背影愣了半晌才追了出去。可是一出搓宫大门就遇见一个身穿盔甲的男人,对方硬生生用身子将我的去路给拦住,发出一阵底气不足像被谁掐住了一样的嗓音道:"静儿小姐请留步!"

"……"我勒个去,这盔甲男跟美男子串通好了吗,趁这个节骨眼上从一旁冲了出来?

我拧着眉心将脚步停下,瞄了一眼盔甲男,盔甲男从怀中取出一封信函递到我手中。

我一头雾水道:"这是给我的?"

盔甲男木讷地点了点脑袋,道:"鄙人受人所托,务必要将信函交往静儿小姐手中。"

我低头瞄了手中的信函,见上面写着的"唐静"二字,笔迹不像出自鲁奶牛之手,不禁感到奇怪,问:"谁给你的?"

盔甲男一阵犹豫,将眼皮耷拉瞅着地面,好似不愿相告让他送信前来给我的那个人是谁,怕我没了惊喜般,扔下一句"静儿小姐看后,自然会明白"就转身离开了。

我一阵无语,暗忖谁会对我蓄谋已久搞这种低智能的玩意,将信封拆开一看,险些吐血三升。

那雪白的宣纸上,笔墨如流地写着:

(一)、我想告诉你一件事,请你先看向(五)

(二)、我想说的话在后面,请看(十一)

(三)、不要生气,千万不要生气,请看(十五)

(四)、冷静,不要生气,请看(十三)

(五)、这件事说来话长,首先请你看(二)

(六)、请不要生气,忍住耐性,继续看向(十二)

(七)、我只想告诉你,我爱你。对不起,我现在在城南竹林等你。

(八)、我想要告诉你的是,答案在(十四)

(九)、请耐心地看(四)

(十)、这是我最后一次这样做了,请看(七)

(十一)、我希望你不要生气,就当我在向你道歉,所以请你再看向(六)

(十二)、抱歉,还得继续让你往后看(八)

(十三)、不要生气,请看(十)

(十四)、我不知道想告诉你的事,该如何说起(三)

(十五)、你一定十分生气,请看(九)

这封信好让我窝火,不过看到最后一句话时,我忍不住深深地倒抽了一口冷气,知道写这玩意的人是谁了。暗暗思忖他难不成也是穿越来的,居然还懂得这种玩意?我就把信函握在手心里,心事重重地望着透过枝桠的缝隙折射出闪闪烁烁的阳光,想起了在西宁,在锦城城外,在鹤峰堡与他之间的种种事情,觉得避而不见始终不好,便举步朝着出宫的方向走去。

大概过了一盏茶的时间,我便来到了城南竹林。远远地瞧见左昭穿着官服立在那里,看着周遭的景色,像整个灵魂都沉醉于其中,没有察觉出身后逐渐靠近的我。

我来到他的身侧,正待张口说话,就听见他轻轻地道了一句:"你终于来了!我真怕,你不会来。"那嗓音低沉,夹杂着浓浓的忧郁。

我浅浅一笑,睨他一眼就把目光移开,以直视前方的姿态,说道:"你约我来,有什么话想对我说吗?昨夜——"

"我找你来,是想询问你的伤势,至于昨夜的事我不想再提。"左昭打断我的话道,伸手将我的脸扳向他,"那一剑我真的伤得你如此的深,使你我之间变得这般陌生?"

我微拧着眉心,看着他眼底闪过的一抹凄凉之色,胸口不禁隐隐地作痛起来。鼻头一酸,眼泪总是比话语来得还快,扑簌簌欲往外流,我不愿让他见到这样的自己,就硬是把眼泪憋回去了。垂下眼眸,犹犹豫豫了许久,避开他的问题说道:"我的伤已经不碍事了,昭哥你用不着自责和担忧。对了,信函上的那些东西,你是从哪儿学来的?"

"从你那儿学来的。"左昭持起我的手,细细摩挲着我掌心里面的两道伤痕。

我眸光流转道:"我?"

左昭点了点头,嘴角上噙着一丝浅笑,道:"还记得在西宁我身受重伤时,你在军帐里案桌上用刀刻下的那些文字吗?你走之后我翻阅军书时无意间瞧见,觉得好奇怪,怎么会有人写出这么让人头晕的文字来,但是我知道那些文字除了你之外,没人能写。"

听他这么一说，我倒是恍然大悟。在西宁时，自己无聊用刀子在案桌上织微博玩，只是没想到他还会借用我的东西写道歉信了。不过问完这个问题，我和他之间就好像没话可说了一样。沉默的气息足足包围我与他有半盏茶的时间，我垂下脑袋，急急地道："我有点累了，昭哥你若是没有其他的事，那我就先回府。"

"为什么要急着离去?"左昭的手握向我的手腕，一把将我抓住，脸上的笑容隐约加深了几分，可是他眼中却没有一点笑意，像有抹疼痛自心底蔓延开来，透过双目传递而出，"难道让你和我待在一块儿很难受吗？难道我们之间除了说信函的事，就已到无话可说的地步了？"

我的眼眶微微发热，静静地观察着他那张略显僵硬表情的脸，轻轻地吐出一口气，道："昭哥，我真的不知道该和你说什么，我试图找话题，但是除了询问你信函的事之外，我真的不知道该说什么了。我突然觉得好累，跟你站在一起时，我整个人就像被一种无形的压力紧紧压迫着，总感觉自己心境很复杂，有四分的不真实，三分的痛苦，两分的无助，和一分的不知所措。"

或许我的这番话对他来说像一把匕首深深地刺进了他的胸膛，令他脸上露出一抹悲痛，连同嗓音都变了调："原来，我真的将你伤得如此的深，那一剑把你我之间的感情全毁了吗？"

"不要再提那一剑的事了，已经过去了，若再提只会让大家难受。"我忍着心中的悲哀，装得风轻云淡地对他强颜欢笑着。可是那笑容就像一张假面具一样，让左昭有片刻的失神。他脸上的神色微微恍惚了一下，道："我突然觉得，你好陌生，为什么要变成这样？"

我沉默不语，觉得自己哭也不是笑也不是，真不知该用何种表情去面对他了。

"阿静，难道我们真的非走到这一步吗？我当时只是……只是想得到你而已，从未想过要伤害你……那个时候你为了世子迎面冲到我的剑下，真的难以控制住心头的怒火才会……原谅我，阿静原谅我，告诉我你是爱我的！"

"我……""我不爱你"这句话就像卡在了我的喉头，让我吐不出也咽不下去，硬生生地噎在那里，难受极了。而且，我本来都想好要告诉他，我跟他之间从一开始就是站在友情的角度上，从来就没有男女之间的爱情可言。

可是看到他表露在脸上的痛苦神色，我的意志也开始动摇，茫然不知所措地垂下脑袋，陷入纠结。忽地，一双强而有力的胳膊紧紧地将我拥入怀中，那胳膊的主人用犹如狂风暴雨般十分霸道的语气，道："告诉我，你爱我！"

我摇了摇头，脑中竟是挥之不去昨晚与唐婉争执的话语以及爹对我的叮嘱。我下定决心不管他的脸色如何难堪，心会如何的疼痛，都一定要斩断这暧昧不清比蜘蛛网还复杂的关系，道："昭哥，对不起，我对你的那种感觉不是爱情。"

左昭怔了怔，眼中的所有情绪随着我话音的落冷也全部褪去。他将手指无比轻柔地插进我的发髻中，眸光复杂地看着我的眼睛，好似没有听懂我方才的话，不断重复着询问我："你在说什么……你刚才在说什么……"

我咬紧牙关，几乎用尽全身力气，无情地说道："我不爱你。昭哥，一直以来我觉得自己的整颗心都被某个人的身影涨得满满的，而这种被人占据着灵魂的感觉我以为是爱。可惜不是，那只是感激，感激在兵荒马乱中你不顾一切地救我。我今天来就是想告诉你，我原谅你那日所给我带来的伤害，不要辜负婉儿对你的一片真心，你与她的初见，只是一眼，就注定了她的一生。"

"她的一生?你告诉我这些话时，可有问过我的心，我心中有她的身影吗?是不是就因为婉儿，所以你想要离开? "他的目光瞬间变得冷冽，连同全身都笼上了一层寒冰，那股寒气仿佛可以冻结四周的一切，将我的思维都给凝固了。

我感到好怕啊，深深地觉得左昭好恐怖。我挣扎着离开他的胸膛，与他拉开距离，道："对不起，如果那日在城西我理清自己与你之间的只有友谊，也就不会让你心中抱有希望之后一刀破灭掉，真的很对不起。昭哥，如若你放不下你心中的感情，你我之间从此就再也不要相见。若放下了，你还是我的昭哥，还是那个让我敬重仰慕的人。"话音一落，我避开他怒意狂飙的目光，转过身去就往回府的方向走。

"你爱刘文轩吗? "

我脚下略顿，努力吸了口气，道："不知道，不过我觉得和他在一起，虽然有时候会被他气得火冒三丈，但是我却是开心的，真的觉得和他在一起的每天过得都很充实。"

"是吗? 可是，我左昭想要的东西，从来就没有得不到的。"左昭的这句话就像裹了寒气一样砸在我的背上，惊得我一阵心悸。我不禁加快了脚步，心中老是觉得好像有不好的事情要发生般，整颗心都悬在半空，一直难以落地。

神情恍惚间，我回到府上。前脚刚一跨进西苑大门，就听到美女老妈叫我的声音："静儿。"

我抬起头，看见美女老妈望向我的目光中透出一抹忧虑。她伸手前来想拉我的手，我赶紧挪了挪身子假装脑袋痒，伸手挠了挠头避开了她，但又怕她从中端详出猫腻发现我掌心里的伤，我便用手去挽着她的胳膊。

她笑了笑，伸手摸着我的发髻，道："静儿，我本来打算让秋菊去宫里找你，没想到还没出西苑就瞧见你在这儿。来，让娘给你补补妆。"话音一落，美女老妈就把我安顿在妆台前，拿着胭脂盒为我补妆以及整理着发髻。

我感到诧异，美女老妈难不成还想进军美容协会，便忍不住发着牢骚道："娘，补妆做什么？我又不出门，难不成今儿爹又请人在家用膳？"

"不是。是今儿世子要约你一起去游湖，可是在等你的途中林枫前来说世子府有要事，让他回去一趟，所以他让林枫在府上等候你。"

游湖，他想搞什么飞机哇？我记得今日可是我与他对决的日子吧？只是，现在好像已经没有那个必要了，我已经对左昭表明了心意。

我眉头微蹙，忍不住发起牢骚来："他这个人老是自作主张，给他点甜头就心怀叵测地欺负我这个丞相千金来。我都没有答应，他居然就让林枫在府上等候我。真当我是个软柿子不成？"

美女老妈闻言，稍稍愣了一下，将手中的白玉花木梳搁在妆台上，细细地打量着我道："听静儿方才之言，是不想去了？那我让崔妈妈去内堂告诉林枫，就说今儿三小姐身体不适，改明儿再去如何？"

我被她犀利的目光盯得紧了，心中有些不安起来，也竭力掩饰心底其实蛮想出去溜达的想法，超级憋屈地说道："娘，你怎么能这样呢？"

美女老妈转动着眼珠子，露出一副完全不懂我在说什么的表情，道："我哪样了？"

"哎哟，娘你是知道的，"我撇嘴，脸烫如烧，心跳忽快忽慢，"人家都派人来接我了，我即使再不愿去也不能让他面子挂不住吧？"

美女老妈"噗嗤"一声笑了起来，眉宇间难掩喜色，打趣道："静儿总是喜欢说和心中相反的话，不过过完今年，你就能和世子喜结连理，也不用饱受相思之苦。"

"娘，你在说些什么啊？"我不好意思地垂下脑袋，瞄见镜中的自己双颊绯红。

"你乃娘所生，你心中的想法难道我还看不出？"娘将双手搭在我的肩上，笑道。

我抿唇不语，瞄了瞄外面的天色，觉得差不多可以出门，免得让小刘子等久了，便站起身和美女老妈唠叨了几句往外走。

刚过了长廊，我就瞧见林枫的身影竖立在内堂的门外。他目光瞄见我，双眼绽放出光亮，笑颜逐开地道："终于等到静儿小姐你出来了，林枫还以为静儿小姐今儿不愿与世子游湖，没想到……今日，你美得就像壁画中走出来的仙子一样。"

对他的赞美，我喜滋滋全部收纳，冲他笑道："哈，你说起话来比你家世子中听多了，我们走吧。"

林枫挑了挑眉，露出一个憨厚的笑容，转身行在我前面为我开路。我跟在他的身后，刚出了大门坐上马车，一个我不认识的人便从一旁蹿了出来。我正纳闷这人是谁，就瞧见他在林枫的耳边说了几句悄悄话，林枫也不回应，驾着马车朝着与世子府相反的方向行去。

我心中微感诧异，道："你这是要带我去哪儿，不是去世子府吗？"

"去映日湖，世子已在那里等候静儿小姐了。"林枫笑呵呵地说道。

"哦。"我放下帘子，变换了一下姿势闭上双目养神去了。

直到太阳落山，天空完全入黑，月亮高挂起时，马车才抵达映日湖。半睡半醒中的我，隐隐约约听见一阵乐曲声从外面传来。

我稍微愣了一下神，伸手掀开帘子把脑袋探了出去。不远处一艘四周挂满了琉璃灯，亮得就连月光都黯然失色的画舫上，几个穿着白色劲装的男子立在船头，谨慎地观察着四周的一举一动。

而坐在画舫里的人正悠然自得，陶醉于琵琶乐音之中，目光中带着一丝如水波般似有若无的柔情，脸上则是足以让女人面红心跳的笑容。

我感到一阵无语，真不知这小刘子是不是出门前吃错了药，身边又没美女佳人，傻笑个什么劲呢？

我从马车内走了出去，在林枫的引领下来到画舫里时，小刘子敛了脸上的笑意，露出一副需要别人帮他解答的表情，语气里夹杂着一丝不爽道："唐静你面子可真大，竟然让小王苦苦白等了这么长的时间？"

我不给予回应，坐到一旁目空一切地斟了一盏茶。林枫瞥了我一眼，见我只顾着喝茶不答话，让小刘子有点下不了台，面子上挂不住，便出声替我回答道："世子，女儿家出门，肯定要梳妆打扮下。"

"再怎么梳妆打扮，还不是让小王看了都觉得很不顺眼。"小刘子眉头紧蹙，紧紧逼视着我的眼睛。

我不悦顿起，没让他像林枫见我就赞美已经很不错了，他何必要像个睁眼瞎跑来挖苦我呢？我把手中的茶盏重重地搁在桌子上，道："你以为你就让我看得顺眼了吗？真不知会不会影响我今晚吃红烧肉和清蒸鱼的心情。"

“你？”小刘子狠狠地瞪了我一眼，那目光简直血腥得少儿不宜。一旁的林枫死命憋笑，小刘子便缓了缓脸色，嘴角浮出一丝苦涩的笑容，道：“林枫，你先退下。”

“是。”林枫笑嘻嘻地瞥了世子和我一眼就离开了。

小刘子见他一走，好似又不放心他会在暗处偷窥般转过目光去又瞄了一眼他离去的方向，见他真的已经离开了，这才收回目光，冷冰冰地对我说道：“把手伸出来。”

“……”我有一丝疑惑，以为他是想查看我掌心里的伤痕，就把手朝他伸去。一只白玉镯子突然套在了我的手腕上，镯子的温凉让我心中微微一惊。我瞬间变了神色低眸一瞧，发现手腕上的玉镯温润剔透，映着月光像有一缕青烟在缠绕般，我断定此镯乃玉中极品。

“喜欢吗？”小刘子轻声道，眼神变得如云般轻柔，手指沿着我发丝滑下我的脸，然后俯身在我左侧的椅子上坐下，伸手一把将我拥入怀中。

我抿唇不语，脸蛋“腾”地一下红了起来，将脑袋垂下，小声嘟囔着：“你干吗要送我这么贵重的玉镯子？我记得在回疆时，你曾说过贵重的东西只能给我看看，绝不会交到我手中的？”

他爱怜地拂了拂我因低头散落在额间的发丝，笑道：“是啊。不过这镯子不同，戴上了之后就别取下来。我娘曾说过，若有喜欢的姑娘就将这玉镯赠给对方。我不期望你能回应我什么，但是我希望你跟着我之后，你就得全心全意地爱我，不要再和其他王爷、殿下有任何瓜葛。”

我忍不住对小刘子道：“话说，我不和你说的那些人有瓜葛，但是不代表他们就不会来招惹我啊？而且今儿有个神秘男子很诡异出现在搓宫，张口就对我说了一些莫名其妙的话。我问他是谁，他居然抛下一句你‘想知道我是谁，今夜亥时去搓宫我就告诉你’然后就溜了。你说这人是不是脑袋不正常啊？”

“谁知道，会不会又是你夜游时跑去勾搭的情郎？”小刘子的回答充满挑衅，拥着我肩膀的手也突然松开，活像我去招惹一群狂蜂浪蝶，硬生生把事实掰弯成他们来黏着我一样，我觉得自己比窦娥还要冤。

这男人心理的不平衡比女人的生理期还来得平凡，不沟通简直不行。我赶紧蹭了过去，矫情道：“哪里嘛，是你自己想多了。”

小刘子狐疑：“是吗？”然后眉毛一挑，缄默不语起来。但是样子看起来十分的憋闷，让人发觉他不仅仅只是因为我刚才的话才会如此反常，好像还有其他什么事似的，正巧被我的话给引出了源头。我心底隐隐不安，正犹豫着要不要询问他在想些什么，他就突然蹦出一句足以恶心到我的话，道："今日你不是也溜出宫去，跟王爷私下里幽会吗？别用那种无辜的眼神看着我，我可不会冤枉你。"

我心跳顿时到了嗓子眼里，道："你跟踪我？"

"谁会没事跑去跟踪你？只是今日我去搓宫找你时，听宫女说起王爷让属下交了一封信函给你，之后你就离开了搓宫。没想到他将你伤得如此的深，你还能既往不咎和他来往。我该用如君子的大度来形容你的度量，还是你们之间的感情如莲藕，即使斩断了藕节，可是丝却永远都连在一起，扯不断？"

他是什么意思啊？一边用镯子来故意讨好我，一边又说出这么恶心人的话。我实在是瘆得心慌，没蛋也疼，心情一下子恶劣到了极点，上蹿下跳都难以发泄心头那把邪火，立刻用冷冰冰的话反击道："刘文轩，你让我好失望，你今日约我出来是游湖，还是为了讽刺我？你眼神不好就把眼睛跟我瞪大点，省得只会睁着眼睛说瞎话。你去死吧，我这次真的生气了，再也不想理你了。"

我气呼呼地伸手想把玉镯子取下来扔给他，可是这东西像被小刘子强行灌输了思想一样，套上去容易取下来却十分困难，连扯几下皮肤被刮得一阵火辣辣的刺痛。我就索性不取了，狠狠地瞪了小刘子一眼朝着外面走去。

小刘子却一把将我拽住，语气里夹杂着一抹无奈道："说你两句就不高兴得急着走人，我也只是想提醒你，不要再和除了我以外的男人有任何瓜葛罢了。"

我转回头去瞪着他，他却像只甩动着尾巴的傲娇狐狸，一双黑色的眸子里蕴含着一丝似有若无的狡黠之色。他右手微微往后一拉，我整个人顺势跌进了他的怀中。他紧紧圈住我的腰，把下颌放在我的肩上，轻声低喃："你这股驴子脾气，什么时候才能改掉呢？我爹跟娘可能就在这几天回锦城，我不希望他们看见这个样子的你我。"

"……"我微抿唇，垂下睫毛陷入沉思之中。

他续道，唇息温酥，洒在我的脖颈上，道："我知道你一直都是一个又急又倔的人，而且听不得别人说你半点不好，即使是缺点也不能摆到台面上对你讲。但是，我娘她喜欢知书识礼温文尔雅的姑娘，所以我希望你的这些缺点即使改不了，能不能到时候尽量掩饰一下，别一而再再而三地暴露了出来？"

"……"姐向来我行我素惯了，要我装淑女，能行吗？我重重地叹出一口气，转了转眼睛。

"唐静，我刘文轩既然选择了你，所以这一辈子爱的人也会是你。"他扳过我的身体，双眸深处流淌着满满的感情，“而你能不能为了我，为了我和左昭划清界限，从此不再来往？有时候我听到你跟他的事，甚至跟其他男子之间所发生的事，我的心都很难受。”

我屏息，被他的甜言蜜语迷惑得整颗心跳得忽快忽慢，满脸通红地用手指轻轻抚摸着他滑润如玉带着一股温凉的脸颊，他那充满诱惑总是让人迷失在他的魅力之中的眼睛，他薄而让人好想跟他亲吻的嘴唇。

文轩……仿佛从你我订婚的那时起，这缘分就已注定，所以上天不愿见前世的我如此命薄，才会将今生的我送到这个世界，与你在春晖园相遇再续前缘……

我把脑袋靠在他的怀里，用手抱着他的腰，听着他的心跳声，心头的那份焦躁竟平静了下来，也生出此生都赖在这个胸膛里的想法。

我思绪满筐，道：“文轩，我今日和昭哥见面，其实是告诉他，我跟他的缘分已尽了，今生今世永远都不可能会在一起，因为我喜欢你。”

我话音一落，小刘子的吻就落了下来吸吮着我的唇，迷离的眼眸中燃烧着的那层炙热让我浑身燥热，呼吸也变得急促起来，最后阖上双眼，沦陷到他的吻中。

“静儿？”小刘子声音沙哑，身子滚烫如火烧，迷离深邃的眼眸里有氤氲的雾气。

我脑袋晕晕沉沉地望着他：“嗯？”

“我想要你。”

哇，这得有多么无耻的本性来吸收悠久的《金瓶梅》文化，才会说出这般话呢，他就没有一点羞涩感吗？我被他的话雷得通体清醒了过来，猛地摇了摇脑袋，小声嘟囔：“娘说过，女儿家未出嫁之前不能随便将自己给了别人。”

“好想能早日娶你进门。”他说，嗓音里透出心中的急迫。

我害羞地垂下脑袋，不知作何回答。还好这时，一个丫鬟打扮的女子从内舱走了过来，将空气中充满罂粟香味的气息给击散了。

丫鬟说：“世子，眼下已过戌时，是否要备晚膳？”

小刘子不语，只是点了点脑袋。

那丫鬟领命退下，没过一会便领着几个仆人将晚膳一一地呈了上来，摆放在我身侧的雕花红木桌上。

我扭过脑袋瞧了瞧，发现这一桌除素菜之外全部都是按照我的口味做的，看来小刘子废了不少心思嘛，居然会这么体贴。我顿时笑逐颜开着凑到桌前，为照顾他方才说过要我装一装淑女的话，我就拿起竹筷夹了一块鸡肉放到嘴巴里细嚼慢咽起来。然后，我用眼角的余光瞄着他，见他慢吞吞地接过丫鬟递来的绢帕擦了擦手，才来到我的身边，拿起竹筷夹了一块蘑菇。

"为什么你老是喜欢吃素呢，你又不是带发修行的和尚。"

"至从旭贤离开之后，我就养成了这个习惯。"小刘子淡淡地道，可是眉目之间却透出了一抹哀恸之色。

一听到这个名字，我的心变得沉甸甸的，垂下眼眸，夹了一块鱼肉放到小刘子的碗中，道："老是吃素也不好，容易衰老，我也不想自己的夫君未老先衰，以后还怎么出去见人。这鱼不错，你爱吃就吃不爱吃就扔了吧！"

小刘子微微一怔，心头好像有什么东西被点燃了似的，黯淡无色的眸光瞬间一亮，举筷夹起碗中的鱼肉，送入噙着笑意的嘴里。

这一夜，就在我俩吵吵闹闹，吃吃喝喝中过完了。

而眼下差不多已是九点多钟吧，喝了几杯酒的我有点犯困起来，就坐上回府的马车，慵懒地赖在小刘子的怀里不肯睁开眼睛，任由他炽热的手指轻柔地抚摸我的脸颊和发丝。突然想起了一个问题，懊恼地纠结了起来，那便是我这个穿越体会不会突然有一天回到二十一世纪去呢？

万一回去了，这不成了时空相恋，比人家那些两地相恋的人还要悲催？

我的内心一瞬间荒凉得像进入了一片沙漠中，脑袋乱糟糟地睁开眼睛，坐起身望着小刘子，对他说道："文轩，如果有一天，我从你的世界里消失了，只给你留下了一片回忆，你会怎么办？"

"怎么可能？"小刘子用简短的话来推翻，好像不会有这种奇怪的事情发生，"就算你想死，我也不会允许，阎王更不会收留你。再说，就算真有这么一天的到来，也是我先去黄泉给你开路，而不是你去。"

我眉间轻轻一蹙，道："我不是说谁先死谁后死的事，而是有一天我突然凭空消失了，凭空消失！"

"凭空消失这更不可能，你这么大一个活人怎么会说消失就消失？除非是你想离开我，和别的男子逃得远远的，不过我也不会允许有这么一天的到来！"小刘子用奇怪的眼神望着我，语气坚定。

"不怕一万就怕万一。"我表情沉重地说，"万一我真的消失了，永远也不能回到你的身边，你会怎么办呢？"

"如果有这个可能，那么我会等你，一年不够就十年，或者更长的时间，直到你回来为止。若是你不愿回来，我就去找你，无论你躲到天涯海角，我都要把你找回来！"他目光紧紧地锁着我，神情异常认真，每一个字每一句话都铿锵有力，仿佛谁都无法改变掉他的想法一样。

我的眼泪瞬间像潮水般不听使唤地从眼眶里涌了出来。

"你怎么哭了？"小刘子不知所措，一脸无辜地望着泪眼婆娑的我。

"我是感动，感动得流泪。即使你说的话不会变成事实，是哄我开心的，但是我却依旧相信……"我喉头哽咽。

"傻丫头，我对你的爱是真的。如果有一天你不见了，也只许是我闭上眼永远无法睁开的那一天，所以不要从今往后不要再有流泪，每次看见你哭，我的心都疼痛不已。"小刘子神色凝重地道，用手指拭去我脸上的泪水。

我点点头，轻轻地依偎进他的怀里。

上部完

下部预告

俏世子刘文轩历经千辛万苦，终于让小麻神唐静看清楚了自己的真心，但野性十足的小麻神岂是这么容易就被驯服之人。

鬼面夜先生神秘莫测，似乎对唐静呵护有加，他和唐静之间到底有怎么样的前尘往事，两人之间接下来又将有什么样的爱恨纠葛？

虽然被拒绝，但是冷酷的左昭发下狠话，他想得到的东西，从来没有得不到的。下部里他将使出怎样阴狠毒辣的手段，逼唐静就范？

唐静的桃花一朵接一朵，令小刘子防不胜防。看来，想要将麻神变麻妃，小刘子还有很长的一段路要走。

瞬间花火
Shun Jian Hua Huo
认识你，让我变得更寂寞！
最大的安慰，像夜空绽放的烟火，
是那样的绚烂和美丽，就像一首歌中唱的
——瞬间变成永恒！
你没有辜负我的勇敢，
值得我如此峰回路转！
千遍万遍唤不回我娇羞的爱人，痴情法官情何以堪？
传说中高干家庭的腥风血雨，
问世间何处有真情？
远远守望，年龄的距离为何总是
一段君生我未生的悲剧？
安芷默和董憧必须面对欧阳夕的仇恨和安芷默父亲安惟的权力压迫，经历此番风雨，二人能否走到一起？
定价：19.80元
桃桃一轮 作品
现已上市
江西高校出版社

姐不到美男不笑
JIE BUDAO
MEI NAN BU XIAO
作　者：桃桃一轮
定　价：19.80元
出版社：江西高校出版社
一部让诸君忍俊不禁的轻喜剧
千万不可错过！
青鸾爱小说
姐不到美男不笑
桃桃一轮
江西高校出版社
人气作家
桃桃一轮
巅峰
力作
躲得过的『明骚』躲不过的『暗贱』
她用耍宝调戏美男，他用腹黑撒下情网
腹黑老狐狸，冰山高富帅，还有个天使弟弟，
喂，她到底该扑向哪边♥！
我是御姐，
我怕谁！